BOOKS on DEMAND

Heike Campe

Berichte über meine Frau

Bibliografische Information der Deutschen Nationalbibliothek:
Die Deutsche Nationalbibliothek verzeichnet diese Publikation
in der Deutschen Nationalbibliografie; detaillierte bibliografische Daten sind im Internet über http://dnb.dnb.de abrufbar.

Covergestaltung: P&P

Herstellung und Verlag: BoD – Books on Demand, Norderstedt

ISBN: 978-3-7481-3771-9

für P.

Sehr geehrter Herr Dankbar!

Auf Ihr Anraten und aus einem eigenen, angeborenen Bedürfnis nach Gerechtigkeit und Wahrheit heraus habe ich mich dazu entschlossen, alles Wissenswerte über Frau Baştürk und meine, fast bin ich geneigt zu sagen, tragische Beziehung zu dieser Person niederzuschreiben. Nicht weil ich nur im Traum daran denken würde, es gäbe irgendetwas Wertvolles, was der Nachwelt im Zusammenhang mit derselben erhalten bleiben müsste (von einer Warnung vor dieser Sorte Menschen abgesehen), oder weil mir eine wiederholte mentale Beschäftigung mit jenem gefühllosen und hinterhältigen Wesen keine seelische Qual bereiten würde, sondern ist leider der ausschlaggebende Grund dieser meiner Selbstkasteiung der unangenehme Umstand, dass unsere Treffen, Ihre und meine, zu kurz waren, als dass ich Ihnen alles Wichtige über den zerstörerischen Einfluss der Angeklagten auf unsere Ehe hätte mitteilen können, sowie die simple Tatsache, dass ich mit meinem Handeln einzig und alleine der Wahrheit, dem Recht und Gesetz dienen möchte, mich nur diesen verpflichtet fühle, und der Umstand, dass es mir schließlich ein inneres Bedürfnis ist, die Wahrheit ans Licht zu bringen, damit alle am Prozess Beteiligten vom Engelsgesicht dieser Person, ihren Lügen und Intrigen nicht hinters Licht geführt werden können.

Hierbei muss ich betonen, dass ich keinesfalls beabsichtige, die

Urteilsfähigkeit des hohen Gerichtes in Frage zu stellen, das hohe Gericht lediglich vor Frau Baştürks Doppelzüngigkeit warnen will, bzw. Sie in der Funktion meines Anwalts, Sie würden dies natürlich übernehmen und die Berichte über meine Frau werden Ihnen dabei behilflich sein.

Selbst halte ich mich nämlich für einen hellwachen, ja äußerst pfiffigen Menschen, mit einer unbestechlichen Ratio gesegnet, doch muss ich leider Gottes nichtsdestotrotz zugeben, dass ich mich in dieser durch und durch ausgefuchsten Person schwer – ja nennen wir es beim Namen – ganz und gar folgenschwer geirrt habe. Nun bin ich ja ein erwachsener, kluger, widerstandsfähiger Mann, durchaus in der Lage, aus den schlimmen Erfahrungen, die ihm das Leben beschert – mögen sie noch so brutal sein und einen in der Gestalt von Gülsüm Baştürk als Ehefrau heimsuchen –, die richtigen Schlüsse zu ziehen. Sorgen macht mir jedoch der Einfluss dieser Person auf die Frucht meiner ehemals wahrhaftigen Liebe zu derselben, unseren Sohn Sinan, der nicht – noch nicht im Stande ist, die Wahrheit von der Lüge zu trennen. Bloß beim Gedanken daran, dieses unschuldige Wesen, das, von einigen, sicherlich weniger bedeutsamen, äußerlichen Merkmalen abgesehen, nur meine Eigenschaften geerbt hat, den fragwürdigen Erziehungspraktika seiner Mutter zu überlassen, wird mir angst und bange.

Natürlich bin ich nach unserem letzten Treffen wesentlich zuversichtlicher, was die endgültige Entscheidung des hohen Gerichtes anbetrifft, möge sie sogar von einer Richterin, einer Frau demnach, gefällt werden!

Sie, Herr Dankbar, haben mir den Glauben an die Gerechtigkeit in Gestalt der Justitia wiedergegeben, welcher nach unmenschlich kaltblütigen, ja grausamen Forderungen der Anwältin meiner Frau dahinzuschmelzen begann. Ja, Sie haben mich überzeugt, durch Ihre Eloquenz, Ihren Scharfsinn, Ihre Kompromisslosigkeit im Kampf für die rechte Sache und nicht zuletzt durch Ihre haargenau dosierte Empathie – groß genug, um alle an der Rechtssache Beteiligten zu verstehen und die, die im Rechte sind, mit allen Ihnen zur Verfügung stehenden Mitteln zu unterstützen, ausreichend gering jedoch, um sich davon den eigenen Geschäftssinn trüben zu lassen.

Kurz: Ja, ich glaube an Sie und bin nur deshalb bereit, mich von Ihnen und nicht von mir selbst, wie ursprünglich beabsichtigt, vertreten zu lassen. Dies, wie Sie wissen, nachdem ich erfahren habe, dass der Prozess ebenso von einer Dame geleitet werden könnte wie von einem Herrn.

Hierzu bedarf es einer Präzisierung:

Selbstverständlich mag ich das weibliche Geschlecht! Ich würde sogar so weit gehen zu behaupten, ausgerechnet ich gehörte zu dessen größten Bewunderern, und ja, es wurde mir sogar mehrfach von einigen ansehnlichen Vertreterinnen dieser – leider

Gottes in der Mehrzahl der Fälle erwiesenermaßen unzureichend entwickelten, doch überaus reizenden Spezies – bestätigt, wie verständnisvoll und charmant ich mit ihren Schwächen umzugehen verstehe und welch Geduld und „entzückendes" Wohlwollen diesem Geschlecht gegenüber ich aufzubringen in der Lage sei.

Die Erfahrung lehrt uns jedoch, dass es so etwas wie eine Art Schwesternschaft im Geiste unter den Vertreterinnen des schöneren Geschlechtes gibt, die dazu führt, dass selbst diejenigen einzeln durchaus räsonabel anmutenden Damen, in Gruppen wohlgemerkt ihrer gemeinsamen Bezeichnung (die Bezeichnung „Dame" kommt ihrem Ursprung nach von „dämlich", wie Sie gewiss schon erkennen konnten) jede Ehre machen und die Dinge aus demselben Blickwinkel zu sehen pflegen wie die meisten ihrer mit weniger Verstand gesegneten Geschlechtsgenossinnen.

Nichtsdestotrotz ist die Situation in unserem Fall so eindeutig klar, die Argumente so sehr auf meiner Seite, dass man taub, blind und rücksichtslos sein müsste, um den Fall nicht in unserem Interesse zu entscheiden. Immerhin bin *ich* derjenige, der jahrelang tagaus, tagein Geld verdient, sich um die beachtlich große Wohnung kümmert und aufpasst, dass alles den rechten Weg geht, ohne dabei jemals das Wohl meines Sohnes aus den Augen zu verlieren, während Frau B., eine nachgewiesenermaßen psychisch kranke Person, nichts Besseres zu tun hat, als den ganzen lieben Tag antiquierte Bücher zu lesen, die keinen normalen Menschen interessieren, ja sogar unserem Sohn Gedichte vorliest – einem Sechsjährigen! –, die sein kindliches Gemüt unnötig verwirren, überstrapazieren und eindeutig überfordern.

Abschließend möchte ich betonen, dass es mir keinesfalls daran liegt, Frau B. anzuschwärzen, sie womöglich schlimmer darzustellen, als sie ist (was übrigens kaum möglich sein dürfte). Deshalb werde ich in meinen weiteren Ausführungen über diese Person und mein Leben mit derselben auf meine Sichtweisen, die die Lektüre dieser Berichte, dessen bin ich mir durchaus bewusst, noch spannender machen würden, so weit wie möglich verzichten. Stattdessen werde ich nur und vor allem die Tatsachen aufzählen, so wie sie sich bei uns wirklich zugetragen haben, schmerzhafte Erfahrungen, wie ich sie in meiner Rolle als Vater und Ehemann immer wieder machen und erdulden musste.

In fester Überzeugung, dass ich Ihnen und dem hohen Gericht mit den folgenden Ausführungen helfe, die Wahrheit und nichts als die Wahrheit zu finden, verbleibe ich hochachtungsvoll.

Jürgen Habich

Hier sind meine Aufzeichnungen:

Der Authentizität zuliebe und aus Zeitgründen wurden einige der Berichte – jene, die die aktuelleren Ereignisse beschreiben – aufs Diktiergerät gesprochen und für den Fall, dass sie den

Zweck eines gerichtlichen Zeugnisses erfüllen sollten, aufgehoben. Ebenfalls wurden scheidungs- und entscheidungsrelevante Situationen, über die wir zwei uns noch, bevor sich mein Scheidungswunsch klar herauskristallisiert hat, unterhalten haben, detailreich und wahrheitsgemäß aufs Papier gebracht.

03. 04. 2005

Heute ist Dienstag, der 3. April 2005. Ich berichte über die aktuellsten Vorkommnisse im Zusammenhang mit meiner Noch-Ehefrau Gülsüm Baştürk.

Die Obengenannte hat erneut zugeschlagen. Mit einem für 300 Euro erworbenen Laptop. Gebraucht wohlgemerkt und über Beziehungen. (Möchte nicht wissen, was für „Beziehungen" das waren, aber das nur unter uns!)

Alles trug sich zu, dies betone ich ausdrücklich, um Ihnen die ganz und gar fehlende Verlässlichkeit der Besagten vor Augen zu führen, sechs Wochen nachdem ich unseren neuen Computer auf den Sperrmüll geworfen habe.

Natürlich kam es zu solch einem Akt der Unvernunft unter enormer nervlicher Belastung und Anspannung meinerseits. (Im Wutanfall wohlgemerkt!) Ich bin weder verrückt noch ein Krösus und selbstverständlich werfe ich nicht Hunderte von Euro aus dem Fenster.

Auch kann ich mich nicht daran erinnern, jemals gezwungen worden zu sein, meinen nächsten Schritt aus dem Bauch heraus zu entscheiden; gezwungen, mich meiner Natur entgegengesetzt zu verhalten!

Es gibt jedoch Herausforderungen, da werden Sie mir sicherlich beipflichten, mein lieber Herr Dankbar – da Sie in Ihrer anwaltlichen Praxis ähnliche auch werden kennen gelernt haben –, es gibt Situationen, so verfahren, unzumutbar, die mit Ruhe und Anstand eines wohlerzogenen, werteorientierten Westeuropäers nicht bewältigt werden können. Ja, fast bin ich geneigt zu sagen, sie sind dazu da, den Auserwählten Prüfungen aufzuerlegen, um ihnen die Chance zu geben, an diesen zu wachsen.

Der Anlass meines Wachstums lag seit dreieinhalb Monaten in unserem Wohnzimmer herum. Genau genommen in dessen linker Ecke. Dreieinhalb Monate! Ich bitte darum, sich, vorm Weiterlesen, diesen Satz – das Gewicht des Zeitraums – auf der Zunge zergehen zu lassen!

Jetzt stellen Sie sich bitte ebenso vor, was ein Durchschnittsmensch alles in drei Monaten erledigen und erreichen kann, kein Genie, kein Spitzensportler, kein Akkordarbeiter, ein ganz normaler, durchschnittlich befähigter Mensch.

Ich darf davon ausgehen, dass Sie meiner Empfehlung gefolgt sind? Jetzt denken Sie bitte darüber nach, was es bedeutet, dreieinhalb Monate tagaus, tagein mit einem Fremdkörper mitten in Ihrem Privatesten, in ihrer Unterhose quasi, in diesem speziellen Fall jedoch in Ihrem Wohnzimmer konfrontiert zu sein – Auge in Auge mit einem Einbrecher, blinden Passagier, dort, wo Ruhe und Ordnung herrschen sollten, in dem Raum, in dem man sich entspannen und die Kraft für den nächsten Tag tanken soll! Dreieinhalb Monate oder 105 Tage!

Tagaus, tagein.

Sie kommen von der Arbeit nach Hause, lassen sich aufs Sofa fallen und plötzlich, nichts Böses ahnend, wandert Ihr Blick in die linke Wohnzimmerecke. Zuerst passiert es zufällig. Nach einer Woche spätestens wird er aber von einer fremden Macht in Ihrem Gehirn, die sich vergewissern will, ob der Computer immer noch da ist, wo er nicht hingehört, gezielt in die linke Wohnzimmerecke geführt. Sie können nicht anders, als hinzusehen, und Sie können nicht anders, als sich wieder mal darüber aufzuregen. Ich wiederhole, Sie sind gerade von der Arbeit nach Hause gekommen und Sie wollen sich entspannen!

Sie wollen einen ruhigen Abend im Wohnzimmer vor der Glotze verbringen, doch Sie wissen bereits, dass daraus nix wird.

Zuerst sagen Sie natürlich nichts oder nicht so viel, weil Sie hoffen, die Sache würde sich auch ohne Ihre Einmischung regeln. Doch die Zeit vergeht und es passiert nichts!!!

Die Person, die die Ursache Ihres allabendlichen Unwohlseins ins Wohnzimmer geschleppt hat, sagt ebenfalls nichts – und sie fragt nichts. Nicht zu diesem Thema.

So vergehen Abende. Abende, an denen man nicht entspannen

kann. Vollkommen überflüssig nicht entspannen kann. Der Mann kann nicht entspannen, wohlgemerkt! Frau Baştürk scheint sich durch das Vorhandensein des fehlplatzierten Gerätes in keinerlei Hinsicht gestört zu fühlen. Sie bemüht sich auch nicht mal ansatzweise, etwas an diesem unerträglichen Zustand zu ändern.

Oder glauben Sie vielleicht, sie hätte einen Gedanken daran verschwendet, das dämliche Teil selbst anzuschließen?

Nun, wenn Sie so denken, dann irren Sie sich gewaltig und ich habe ob Ihrer Naivität – die mit Ihrem doch noch jungen Alter und dem entsprechend bescheidenen Erfahrungsschatz zu tun haben dürfte und deshalb sicherlich zu verzeihen wäre – nur ein mildes Lächeln übrig.

Ich selbst war, früher als mir lieb, genötigt, Erfahrungen zu sammeln, die mich Obacht lehrten. Mir hat man meinen Idealismus früh abgenommen, *aberzogen*, wenn Sie so wollen. Mich können keine netten Gesichter mehr täuschen, kein strahlendes Lächeln! Leider der Preis dieser Weisheit war zu hoch.

Doch zurück zu unserem Anliegen:

Selbstverständlich hat Frau Baştürk den Computer nicht angeschlossen und selbstverständlich hat sie so getan, als zähle diese Sache ganz und gar nicht zu ihrem Zuständigkeitsbereich, so wie niemals etwas, was der gnädigen Frau keinen Spaß machte, zu ihrem Zuständigkeitsbereich zählen konnte. Oder was glauben Sie, wer unsere Steuererklärung gemacht hat?

Sie habe ja Sprachen studiert und verstehe nichts von Mathe!

Aufs Geldausgeben versteht sie sich komischerweise!

Davon jedoch später mehr.

Als ich am besagten Vormittag die verzogene junge Dame wieder mal höflich, doch energisch darauf hinweise, etwas, was nicht ins Wohnzimmer gehöre, befinde sich unbegreiflicherweise immer noch in demselben, antwortet sie in ihrer unnachahmlich unverschämten, weil ganz und gar naiv anmutenden Art: sie könne keinen Computer anschließen. Als ich diese sinnlose Antwort keines Kommentars würdige, meine Frau stattdessen mit einem markanten, dem Ernst der Lage entsprechenden Gesichtsausdruck auffordere, den Computer sofort anzuschließen, da ich mich ansonsten würde genötigt fühlen, denselben auf den Sperrmüll vorm Nachbarhaus zu werfen, wiederholt sie – diesmal mit einer sich überschlagenden Stimme, die einen drohenden Weinkrampf ankündigt – das bereits Gesagte.

Ich muss hinzufügen, dass wir diesen Computer auf ausdrücklichen Wunsch Frau Baştürks gekauft haben, damit *sie* ihre Übersetzungen machen kann. Ich brauchte zu diesem Zeitpunkt keinen Computer, und wenn ich ab und zu etwas vom Computer brauchte, ließ ich es mir von Gülsüm in ihrer Firma erledigen, oder ich ging – seit meine Frau arbeitslos war, folglich keinen Zugang mehr zu Firmencomputern hatte – zu meinem Nachbarn Ercan, einem Türken aus Edirne, der gute Nachbarschaft zu schätzen wusste und solche Kleinigkeiten bereitwillig für mich erledigte.

Es gab also, wie für Sie bereits ersichtlich, für mich zum besagten Zeitpunkt keinen Grund, das schöne Geld in einen PC zu pulvern.

Gülsüm Baştürk sah das selbstverständlich anders.

Sie bestand darauf!

Sie brauche unbedingt einen Computer, um ihre Bewerbungen zu schreiben, quengelte sie.

Natürlich habe ich sie gefragt, welche Bewerbungen und wer sie denn anstellen sollte – eine damals 37-Jährige mit Kind und keinen anderen Referenzen außer einem Germanistikstudium – einem in der Türkei abgeschlossenen Germanistikstudium wohlgemerkt!

Wäre sie bloß dortgeblieben! Manch deutscher Tourist hätte sich vielleicht gefreut, mit einer derart attraktiven Einheimischen in seiner Muttersprache eine kleine Konversation zu führen. Aber hier in Deutschland? Wem sollte sie hier Deutsch beibringen, in Deutschland, wo jeder besser Deutsch spricht als sie?! Nun, besser vermutlich nicht – mit der Grammatik kannte sie sich tatsächlich sehr gut aus –, doch ihr Akzent war unüberhörbar!

Ja, dieser lästige, grausame, türkische Akzent, der sie immer wieder zur Verzweiflung brachte! So unglaublich und unverständlich das auch klingen mag, zeigte meine Frau von Anfang an eine krankhafte Neigung, in einer Sprache, die nicht mal ihre war und nie ihre werden konnte, alles hyperkorrekt auszudrücken. Hemmungslos und ohne Rücksicht auf die Empfindlichkeiten der Einheimischen legte sie ein ausgefeiltes Sprachgefühl an den Tag, dass sogar ich, der ich mich seit meiner Schulzeit in den höchst komplizierten grammatikalischen Konstruktionen heimisch fühlte – Sie müssen wissen, dass die deutsche Grammatik lange Zeit ein Steckenpferd von mir war und ich ob dieser meiner seltenen Begabung an diversen Wettbewerben teilnahm –, dass ich es mir trotz all dem nicht verkneifen konnte, auf ihr Sprachgefühl neidisch zu sein. Nur hin und wieder natürlich! Ich wusste ja, wer ich war und was ich konnte.

Die Tatsache war, so viele Genitivkonstruktionen, wie meine Frau an einem Tag benutzte, hatte ich in einem Monat nicht angewendet! Dabei war ich bereits in der Schule ob meiner Genitivkonstruktionen wie ein bunter Hund bekannt – wie das Fell eines bunten Hundes, wenn Sie so wollen. Meine Sprachbegabung führte sogar dazu, dass sich in den höheren Klassen, von einigen wenigen Lehrern abgesehen, kaum einer fand, der sich traute, mit mir zu kommunizieren. Alle fürchteten sich, vor meinem feinfühligen Gehör mit ihrem Slang nicht bestehen zu können, sich demzufolge eine berechtige Sprachkritik (vielmehr eine sprachliche Analyse) anhören und gefallen zu müssen.

Ja, die deutsche Sprache war mir immer lieb und teuer und ich hörte nicht auf, gegen ihre Verunstaltung und Verstümmelung mit Wort und Sprichwort zu kämpfen.

Das Schlimme bei Gülsüm war: Sie gebrauchte den Genitiv immer richtig! Sie schlug mich sozusagen auf meinem eigenen Terrain, wobei ich nicht mal glaubte, dass sie das persönlich meinte. In diesem – grammatikalischen Fall hatte sie nicht unbedingt vor, mich zu provozieren. Sie hat es einfach so gelernt. Aber akzentfrei sprach Gülsüm nicht und das hat man gehört – wenn man nicht schwerhörig war. Oh ja! In ihrem Perfektionismus litt sie so sehr darunter, dass sie in den ersten Jahren in Deutschland vor Menschen, die sie nicht sehr gut kannte, kaum den Mund aufmachte, sich stattdessen wie ein schüchternes Kind verhielt. Da sie dabei eine groß gewachsene, erwachsene Frau war, wirkte dieses Benehmen ziemlich deplatziert, überflüssig und nicht selten unhöflich.

Und auch ihr Russisch konnte sie hier getrost an den Nagel hängen!

Dieses Studium der Slawistik war sowieso eine Geschichte für sich. Die sogenannte Diplomarbeit in der russischen Literatur lag in ihrer Schreibtischschublade! Mir brauchen Sie nicht zu erzählen, wie eine unfertige Diplomarbeit aussieht! Allerdings, dessen bin ich mir auch bewusst, im Nachhinein, beim Waschen der schmutzigen Wäsche, wird bestimmt mir vorgeworfen, dass sie ihr Studium, ihre Karriere, für mich und das Kind aufgegeben hätte. Dabei haben wir uns über die Fortsetzung bzw. Beendigung ihres Slawistikstudiums mehr als ausgiebig unterhalten. Ja, es kommt mir so vor, als hätte ich zu Beginn unserer Ehe jeden Tag mit diesem leidigen Thema angefangen!

Doch meine Frau hatte andere Pläne. Sie wollte Geld verdienen! Am liebsten, ohne sich dabei irgendwie anzustrengen. Sie wollte das tun, was sie sowieso am liebsten tat: reden. Sie wollte dolmetschen, ohne das Diplom wohlgemerkt. Sie dachte, es würde reichen, in einer Bewerbung zu schreiben, sie wäre der russischen Sprache mächtig, und eins von ihren besonders gut gelungenen Fotos dranzuheften. Sie müssen wissen, Gülsüm hatte die schreckliche Gepflogenheit, die misslungenen Fotos von ihr wegzuwerfen, zu zerschneiden und wegzuwerfen. Die Öffentlichkeit durfte sie entweder in Perfektion oder gar nicht zu Gesicht bekommen. Deshalb gibt es von Gülsüm nur gelungene oder sehr gut gelungene Fotos.

Doch Bewerbungen schrieb sie keine! Sie hatte ja keinen Computer! Außerdem war ich ihrer Meinung nach derjenige, der sie bei den Versuchen, eine Arbeit zu finden, immer entmutigt hatte. Ich soll gesagt haben, mit ihren Kenntnissen und Fähigkeiten hätte sie in der jeweiligen Firma keine Chance und man würde sie beim Vorstellungsgespräch, sollte es zu so was überhaupt kommen, fertigmachen, weil sie der Auswahlkommission das im Spätkapitalismus Wertvollste klauen würde: die Zeit nämlich!

Gut, das hatte ich gesagt …

Im besten Fall würde man sie freundlich anlächeln und sagen, hatte ich gesagt, „Sie hören von uns", und anschließend würde man sich zu fein sein, den Hörer abzuheben, um ihr auch nur die negative Nachricht mitzuteilen, dass sie sich nämlich – wenn auch verständlicherweise – für einen anderen Kandidaten entschieden hätten. Und sie würde sich mit jeder weiteren Ablehnung selbst immer mehr in Frage stellen, sich selbst als Person, sich selbst, nicht ihre Fähigkeiten und Kenntnisse, die sicherlich auch nicht ausreichend seien, denn sonst hätte man sie logischerweise genommen. Mit der Zeit würde sie anfangen, sich den Kopf darüber zu zerbrechen, was es denn an ihr wäre, was auf die anderen so abweisend wirke, und sie würde es nicht herauskriegen. Folglich würde das Produkt der gesamten Bewerbungsarbeit verlorene Zeit, verlorenes Geld und ein angeschlagenes Selbstbewusstsein sein.

Nur das, genau das waren meine Worte. Mehr nicht!

Gülsüm zu zeigen, wie die Realität aussieht, sie auf die möglichen Rückschläge vorzubereiten, bedeutete für mich, sie zu stärken, auch für die unangenehmen Situationen zu wappnen. Für Gülsüm Baştürk bedeutete dies, *„sie zu entmutigen"*!

Wie Sie aus den folgenden Ausführungen genauestens erfahren werden, war Frau Baştürk weltfremd und sie wollte weltfremd bleiben, weil alles andere die Übernahme von Verantwortung bedeutet hätte. Schlimmer noch, jeder Mensch, der Frau B. daran erinnerte, dass es zwischen Himmel und Erde noch ein paar andere Dinge gab, von der Poesie und ihrem Sohn abgesehen, war für sie ein Störenfried und ein zusätzlicher Stressfaktor! Ein

„Stressmacher", wie sie z. B. meine Person bei einer Gelegenheit respektlos und menschenfeindlich charakterisierte.

Ich war selbstverständlich, seit ich denken kann, der Auffassung, dass es besser sei, die Realität genau unter die Lupe zu nehmen, um entsprechend richtig zu handeln, statt nachträglich Korrekturen vorzunehmen und Fehlschritte zu bereuen.

Diese Welt ist nichts für Schwächlinge, das Leben kein Zuckerschlecken! Je schneller man dies begreift, desto besser. Träume sind etwas für kleine Kinder und Versager! Kein ernst zu nehmender Mensch träumt!

„Gülsüm", habe ich gesagt, nachdem ich gemerkt hatte, dass sie der Gedanke, übersetzen zu wollen, nicht losließ:

„Was willst du denn hier in Köln aus dem Russischen übersetzen und für wen? Russlanddeutsche, die hierherkommen, wollen möglichst schnell die deutsche Staatsangehörigkeit erhalten. Von ihrer alten Heimat wollen sie nichts mehr wissen! Nicht mal erinnert werden an sie wollen sie! Verständlicherweise! Sonst hätte man gleich zu Hause bleiben können, wo alles an die Heimat erinnert! Wenn sie einen Dolmetscher brauchen, dann suchen sie sich jemand aus der eigenen Familie oder dem Bekanntenkreis, der einigermaßen Deutsch kann und keine finanzielle Entlohnung beansprucht.

Welcher Russe wäre außerdem so verrückt, Dolmetscher für seine persönlichen Angelegenheiten in den Türkenreihen zu suchen? Dies käme ja dem Staatsverrat gleich! Bei aller Liebe, Gülsüm, ich kann mich nicht erinnern, dass die zwei jemals auf einer Seite gekämpft haben, Russland und die Türkei. Wir schon, die Deutschen und die Türken schon, aber die Russen mit den Türken?! Nö! Für sie seid ihr alle – mit Verlaub – Terroristen!" Gut, es sind ja auch die eigenen Nachbarn, da ist natürlich Vorsicht angebracht! Gegenüber den weiter entfernten Moslems in Afghanistan oder Iran sind sie freundlicher gestimmt. Fragt sich nur, ob diese Liebe echt ist oder ob sie nur deshalb existiert, damit man mit ihr die angloamerikanische Konkurrenz ärgern kann.

Die Moslems untereinander, die hassen einander ja teilweise auch wie die Pest! Es heißt nicht umsonst, die Afghanen gucken keine iranischen Fernsehsender, weil die ihnen zu sexy sind. Selbstverständlich weiß ich, dass es sich hier um einen Witz handelt, doch steckt nicht in jedem Witz auch ein Körnchen Wahrheit? Lachen Menschen nicht gerade deshalb, weil sie sich in dem Witz erkennen?

Das ist jetzt alles natürlich nicht unser Thema. Wir können uns aber gerne auch mal über die Weltlage und die religionspolitischen Beziehungen der Länder untereinander unterhalten. Ich besitze auf diesem Gebiet viele Kenntnisse und bin bereit, wenn meine Zeit es zulässt, mein Wissen mit Ihnen zu teilen. Ich hoffe auch, ich verrate nicht zu viel, wenn ich sage: Es würde mich kaum wundern, wenn Sie danach das eine oder andere politische Bündnis mit ganz anderen, um im verwandten Wortfeld zu bleiben, mit entschleierten Augen sehen.

Aber eins nach dem anderen, mein lieber Herr Anwalt, eins nach dem anderen!

Kommen wir doch zu den unerfreulichen Inhalten unserer Bekanntschaft zurück:

Als Frau Baştürk es nun ablehnte, den Computer anzuschließen, auch noch ironisch bemerkte, sie hätte gedacht, sie wäre mit einem Elektroingenieur verheiratet, rastete ich förmlich aus, weil man es immer von mir erwartete, solche Sachen zu erledigen. Ich könne mich nicht erinnern, bemerkte ich, bei unserer Hochzeit einen Zusatzvertrag über die Zuständigkeit für die Reparaturen und Anschlüsse jeglicher Art unterschrieben zu haben!

Der Ehrlichkeit zuliebe, der ich mich in diesen meinen Berichten ausschließlich verpflichtet fühle, muss ich gestehen, dass ich einmal am Anfang unserer Beziehung oder sogar am Abend, als wir uns kennenlernten und ich logischerweise nicht ahnen konnte, was für eine tragende Rolle die Frau, mit der ich mich unterhielt, um die Langeweile abzutöten, in meinem Leben spielen sollte, dass ich also dieser zum besagten Zeitpunkt für mich vollkommen bedeutungslosen Frau erzählt hatte, ich wäre Elektroingenieur, was so nicht hundertprozentig stimmte, obwohl es der Wahrheit entsprach.

Mein Kenntnisstand war der eines Elektroingenieurs! Dennoch durfte ich mich in der Öffentlichkeit nur deshalb keinen Elektroingenieur nennen, weil ich nicht eine von diesen überflüssigen Hochschulinstitutionen, die damit prahlen, Menschen den technischen Verstand beizubringen, die einen Akku-Bohrer von einer Kettensäge nicht unterscheiden können, von innen gesehen habe. Selbstverständlich wären in meinem Fall solche Ausflüge in den Umkreis der oft leider nur durchschnittlich intelligenten Personen, die ihr schwaches Selbstwertgefühl mit einem Universitätsabschluss aufzupolieren versuchen, vollkommener Zeitverlust, da man sich alles (ein gewisses Intelligenzniveau vorausgesetzt), was die überbezahlten Möchtegernfachleute am Rednerpult ihren antriebsarmen und nicht selten drogenfreundlichen Zöglingen beizubringen versuchen, autodidaktisch und in wesentlich kürzerer Zeit aneignen kann. Spätestens beim Auftritt der erfahrenen Lehrerin, Frau Praxis, vor der die meisten Hochschulabsolventen direkt nach dem Studium großen Respekt und keine Ahnung haben, zeigt es sich, wozu die ganze Theorie nützlich war: zu nämlich rein gar nichts!

Sehen Sie, diese Praxiserfahrung, die die von meiner Frau bewunderten Universitätsabsolventen schlicht und einfach nicht haben, besaß ich bereits und durfte mich deshalb, meines Erachtens und ruhigen Gewissens, einen Elektroingenieur nennen.

Meiner Frau, die selbst nicht mal in der Lage war, einen stinknormalen PC anzuschließen, reichte dies aber nicht. Sie wollte ein Diplom sehen! Obwohl sie selbst eins hatte und mit dem höchstens einen Fleck an der Wand verdecken konnte, wollte sie das Dokument, das besagte, dass sie mit einem Elektroingenieur verheiratet war, mit den eigenen Augen sehen!

Ich möchte anmerken, dass ich dies alles nicht mit der Absicht schreibe, Gülsüms schmutzige Wäsche in aller Öffentlichkeit zu waschen, sondern damit die Wahrheit ans Licht kommt – so schwer es mir auch fällt und sosehr ich mich für meine Frau manchmal schäme.

Sie hatte einen Mann aus Fleisch und Blut mit all seinen Fähigkeiten, doch brauchte sie einen billigen Wisch, um dem, was sie sah, Glauben zu schenken. Meine Frau wusste, wozu ich in der Lage war, und doch behauptete sie allen Ernstes, ich könne kein Elektroingenieur sein, ohne dies studiert zu haben! Sie gab es sogar zu, dass meine Kenntnisse auf dem Gebiet umfangreicher sein könnten als die eines „richtigen Elektroingenieurs", so formulierte sie es, doch ihrer Meinung nach entschied nicht das Wissen über die Berufsbezeichnung eines Menschen, sondern sein Schulabschluss und der Beruf, den man aktuell ausübte.

Ja, da können Sie nur noch die Hände über den Kopf schlagen! Doch zurück zu unserem Konfliktfall: Ich muss hinzufügen, dass mir solche Ausraster wie in der besagten Situation fremd sind und gar nicht zu meinem Naturell passen; dass ich mir in solchen Momenten selbst nicht gefalle und mich im Nachhinein von diesem unangebrachten und nutzlosen Verhalten distanzieren möchte. Die Wut ist bekanntlich ein schlechter Ratgeber! Wutentbrannt (leider!) packte ich den Computer und trug ihn zum Sperrmüll, in der Hoffnung, spätestens auf dem Weg dorthin würde Frau Baştürk mich aufhalten und unvermittelt versuchen, das Teil anzuschließen. Ich sah sie schon, wie sie zusammengekauert die Kabel auseinanderzuklamüsern versuchte – rotbackig und durch die Nase pustend –, und musste mir ein Lächeln verkneifen. Nachdem sie dann kläglich versagt hätte, würde sie natürlich mich um Hilfe bitten.

Ich malte mir die Situation vor meinem geistigen Auge aus und fand sie, trotz des Zorns, der alles überschattete, durchaus reizvoll. Sie würde sich entschuldigen, sie würde mich mit ihren schwarzen Knopfaugen flehentlich angucken und um Hilfe bitten, nachdem sie wieder mal hatte feststellen müssen, dass sie ohne mich völlig verloren war.

Und ich hätte ihr geholfen! Ich weiß, jetzt wundern Sie sich und halten mich für einen gutgläubigen Idioten, dem nicht mehr zu helfen ist, doch ich hätte diesen verfluchten, unnötigen PC angeschlossen! Nicht sofort natürlich! Keine Sorge! Trotz meiner gelegentlich durchscheinenden Gutgläubigkeit bin ich nicht von gestern! Ich hätte sie schon ein, zwei, drei Tage zappeln lassen. Wir wollen nicht vergessen, wie lange ich warten musste! Tage voller Ärger, voller Wut, voller Verzweiflung!

Doch sie tat es nicht.

Sie müssen ebenfalls wissen, dass Frau Baştürk über eine diabolische Fähigkeit verfügte, zu erahnen, was Männer sich von ihr sehnlichst wünschten, selbst wenn man diese Wünsche niemals aussprach. Sie erriet sie schlichtweg! Mit dem Gespür eines Drogenhundes erfasste sie es. Sie sah jeden so flüchtigen Blick, jede Gesichtsregung, jedes Zucken der Hand in der Jackentasche, jeden Hoffnungsschimmer und sie ließ sie warten und hoffen und verzweifeln und wieder glauben und sich ärgern, bis sie schwarz waren und des Wartens überdrüssig und trotzdem immer noch bereit, für sie alles zu tun!

Und sie selbst, sie tat dabei so, als würde sie dieses ganze Netz von Sehnsüchten, Hoffnungen, Enttäuschungen, Wut und Bewunderung um sie herum gar nicht merken, so als gäbe es dies alles gar nicht, vielmehr als wäre alles so alltäglich und normal und als gäbe es auf dieser Welt sowieso nur sie, Gülsüm Baştürk, mit ihren Stimmungen, ihren Inspirationen, ihren Gefühlen und ihrer gepeinigten zarten Seele.

Den Blick auf den Teppich geheftet, als versteckten sich darauf wichtige geheime Botschaften, entfernte sie Flusen vom Sofaüberwurf, gedankenverloren und ungenau wie meistens — sprich eine Menge Flusen blieb immer auf dem Überwurf haften. Da machte sich einer eine vollkommen überflüssige, weil nur oberflächlich ausgeführte Arbeit. Wieder mal. Auch wenn diese Szene für einen ungeübten Beobachter harmlos anmuten mag, so war jene immer wiederkehrende Handlung strategisch vorbereitet, einzig und allein dafür gedacht, einen, in diesem Fall mich, mit einer ihrer vollkommen überflüssigen Tätigkeiten vom Wesentlichen abzulenken und mir den letzten Nerv zu rauben. Trotz ihrer Raffinesse (sie tat so, als wäre sie auf ihre aktuelle Beschäftigung konzentriert) konnte ich natürlich merken, dass sie im Begriff war, zu weinen anzufangen, obwohl ich ihr bereits bei unserem ersten Streit, ziemlich am Anfang unserer Ehe, mitgeteilt hatte, dass mir weinende Frauen mit ihren hohen, piepsigen Stimmen und tränenverschmierten, klebrigen Wangen zuwider seien. Damals hat sie versprochen, in Zukunft Kontenance zu bewahren, zumindest es zu versuchen – anderenfalls könne ich sie mit ihrem Anliegen niemals ernst nehmen, habe ich ihr sachlich erklärt. Weinende Frauen würden sich hinter ihren Tränen verstecken, habe ich ihr gesagt, von dem eigentlichen Inhalt der Auseinandersetzung ablenken wollen, weil sie es fürchten, von ihrem Gegenüber zum Argumentenaustausch aufgefordert zu werden. Weinende Frauen haben nämlich keine Argumente! Deshalb weinen sie: aus Angst, ertappt zu werden!

Davon abgesehen, wusste Gülsüm damals schon, was für ein Ästhet ich war und wie viel Überwindung es mich kostete, mir solch aufgedunsene, verunstaltete Leidensgesichter, durch ekelhafte, rote, geschwollene Augenlider überschattet, anzusehen. Wenn Frauen nur wüssten, wie unattraktiv sie sich mit diesem durchsichtigen Versuch, die Gefühle eines Mannes zu manipulieren, seinen Widerstand zu brechen, machten, würden sie schleunigst und auf alle Ewigkeit auf jegliche Heultiraden verzichten.

Selbstverständlich bin ich eine Stunde später wieder über die Straße, um mir den Computer zurückzuholen. Den hatte ich vor, von Gülsüm unbemerkt, in die Werkstatt zu stellen. Da hatte sie seit genau einem Jahr keinen Zutritt mehr – seit sie meinen neuesten Akku-Schrauber in die Schublade mit den Schraubenziehern gelegt hatte, so dass ich ihn, nichts Böses ahnend, eine Woche lang suchen musste. Nun, obwohl ich nach außen oft Härte zeige und zu mir selbst unnachgiebig und konsequent in allem, was ich tue, bin, so bin ich doch ein verständnisvoller und äußerst sensibler Mensch, der niemals mit Absicht Gefühle anderer, ihm nahestehender Personen verletzen würde.

Ich musste in diesen acht Jahren unserer Ehe massiv unter dem Ordnungssinn, genauer gesagt Unordnungssinn oder besser Ordnungsunsinn der Frau Baştürk leiden. Trotzdem habe ich ihr verziehen. Man fragt sich, warum.

Wegen ihrer Krankheit und weil ich sie – so sinnwidrig das jetzt klingen mag – weil ich sie geliebt habe. Auch wegen der Erkenntnis, dass manche Menschen mit einem Sinn für Ordnung und Harmonie gesegnet sind und sich daran erfreuen können und andere eben nicht. Da sie ja in ihrem Inneren unharmonisch und höchst unsortiert sind, können sie folglich auch in ihrer Umgebung keine Ordnung schaffen. Das ist zutiefst ärgerlich und verantwortungslos ihrem sozialen Umfeld gegenüber, dies versteht sich von selbst, aber da können sie tatsächlich nichts dafür, da hilft nur der Seelenklempner, wenn überhaupt.

Natürlich habe ich ihr verziehen! Schließlich liebte ich die Frau! Ich habe jedoch auch gesagt, dass ich mich vor solchen ihren Übergriffen auf meine Privatsphäre schützen und ihr daher jeden Zutritt in meinen intimen Arbeitsbereich verbieten müsse. Anscheinend hat Frau Baştürk doch noch gemerkt, wie weit sie in ihrer Schlampigkeit gegangen war. Jedenfalls hat sie diesmal nichts gesagt. In meiner Werkstatt hat sie sich ab jenem Tag immerhin nicht mehr blicken lassen. Ich weiß, sie hätte, während ich auf der Arbeit war, von mir unbemerkt in die Werkstatt gehen können, doch das hat sie nicht getan.

Woher ich mir da so sicher bin, fragen Sie sich?

Nun, ich habe schon meine Methoden, mit denen ich bar jeden Zweifels feststellen kann, ob ein Unbefugter einen meiner Räume betreten hat oder nicht. Ich gehe auch nicht zu weit, wenn ich sage, bei mir könnte sich der eine oder andere Tatortermittler eine Menge Tipps holen.

Wie auch immer, Gülsüm hat nach meinem Verbot in meiner Werkstatt nichts mehr zu suchen gehabt und das hat sie respektiert.

Folglich wäre es für mich kein Problem gewesen, den PC, von Gülsüm unbemerkt, in der Werkstatt zu verstecken und nach Bedarf zu nutzen.

Aber die schlimmste Überraschung wartete erst auf mich.

Sosehr ich mich bemühte, in dem aus alten Stühlen, Brettern und verrosteten Gitternetzen zusammengetragenen Haufen meinen PC zu orten, so war die Stelle, wo ich ihn vor ein paar Stunden stehen gelassen hatte, leer! Sooft ich auch um den Schrotthaufen herumging, so lag der Computer, das war sonnenklar, trotzdem nicht auf dem Sperrmüll; nicht an der Stelle, wo ich ihn stehen gelassen hatte, nicht daneben und auch nicht irgendwo in der Nähe! Er war schlicht und einfach weg!

Schnell rannte ich zu unserem linken Nachbarn, Herrn Kowalski, dessen Wohnzimmerfenster direkt auf die Straße und somit auch auf den an dieser Stelle befindlichen Sperrmüll guckte. Der gute Mann wusste aber von nichts.

Muss sich wohl ein Landsmann von Gülsüm gekrallt haben, während ich oben im Haus im Begriff war, die Scherben meiner kaputten Ehe zu kitten. Der Meinung war übrigens Herr Kowalski ebenfalls. (Diese letzte Bemerkung tut nicht viel zur Sache, ich erwähne es nur für den Fall, dass einer auf die Idee käme, mich in die ausländerfeindliche Ecke zu platzieren!)

Über die sehr bedenkliche Beziehung meiner Frau zu Geld habe ich Ihnen schon mündlich ausführlich berichtet, daher werde ich mich an dieser Stelle mit diesem leidigen Thema nicht mehr aufhalten. Hier nur so viel:

Sechs Wochen, nachdem sie ihre Sekretärinnenstelle hatte verlassen müssen, bekam Gülsüm ein Angebot, auf der Messe für eine türkisch-russische Gruppe zu dolmetschen. Im Anschluss daran kamen einige weitere Aufträge. Fragen Sie mich nicht, wie es zu diesem Angebot kam! Sie habe da so ihre Quellen, sagte sie grinsend, und ich hatte plötzlich keine Lust, Genaueres zu erfahren. Vermutlich lag es an der bösen Vorahnung, die Details würden mich noch unruhiger, noch unzufriedener machen, als ich bereits war.

Wie auch immer, jedenfalls verdiente Gülsüm so innerhalb von vier Wochen ihrer Meinung nach genug Geld, um einen gemeinsamen fünftägigen Urlaub für unsere dreiköpfige Familie zu finanzieren, was sie mir, als es so weit war, in aller Ausführlichkeit offerierte. Als ich mein ehrliches Entsetzen über dieses schwachsinnige Angebot äußerte, da wir dank Gülsüms Finanzgebaren der letzten Monate und Jahre immer noch kein schuldenfreies Konto hatten, sagte meine Frau, ohne mit der Wimper zu zucken, es sei doch nur Geld (einer ihrer Lieblingssprüche übrigens), jeder Mensch brauche Urlaub, sie müsse hier unbedingt weg, genau so hat sie das ausgedrückt: „Ich muss hier weg!", und der Urlaub wäre eine Möglichkeit, neue Kraft für unsere angeschlagene Beziehung zu tanken. Das waren, kurz zusammengefasst, alle „Argumente", die meine Frau hervorbringen konnte.

Meine Antwort kam wie aus der Pistole geschossen: Eine angeschlagene Beziehung könne nur am Ort des Anschlages, in diesem Fall also zu Hause, gekittet werden! Eine zu Hause zerbro-
chene Vase trage man auch nicht nach Holland, um sie dort zu
reparieren, und sie solle besser gucken, mit dem anscheinend
leicht verdienten Geld erst mal ihre Schulden zu begleichen. Die
schnippische Bemerkung, sie selbst habe sich zwischen zwei
Jobs genügend ausgeruht und sei die Letzte, die sich erdreisten
dürfe, sich nach einem Urlaub zu sehnen, konnte ich mir verständlicherweise nicht verkneifen.

In den folgenden Tagen ließ Gülsüm nicht locker. Sie machte
immer wieder leicht durchschaubare Bemerkungen, die mir ein
gemeinsames Verreisen mit ihr und dem Kleinen schmackhaft
machen sollten, bis ich ihr schließlich verbot, das Thema Urlaub
in der nächsten Zukunft in meiner Anwesenheit zu erwähnen.

Drei Tage später kam die Retourkutsche mit dem Laptop.

An diesem Vormittag war es mir endlich gelungen, den passenden Minifernseher für meine Werkstatt zu finden, und ich berichtete voller Stolz und Erleichterung über diesen unerwarte-
ten und sehr erfreulichen Fund, als sie mir aus heiterem Himmel ein Paar Kinderturnschuhe, mit dem obligatorischen „Sind-
sie-nicht-süß-Satz" vor die Nase hielt. Es folgten noch ein Paar
Turnschuhe für mich und so nebenbei sagte sie, sie habe sich
auch einen gebrauchten Laptop gekauft, weil die Übersetzungs-
aufträge der Russen jetzt doch häufiger sein würden, als wir es

ursprünglich vermutet hätten – der ganze Wahnsinn von ihrem hübschesten Lächeln und einem erwartungsfrohen Blick beglei-tet. Meine Frau erwartete für das, was sie anrichtete, auch noch gelobt zu werden.

Mein Entsetzen wuchs im Sekundentakt.

Erwähnen muss ich, dass mein Sohn bereits ein Paar Turn-schuhe hat (Gülsüm wortwörtlich: „Die sind aber wirklich nicht mehr schön und außerdem passen sie ihm nicht mehr lange!"), dass ich außerdem meine Frau niemals um den Gefallen gebe-ten habe, mir Schuhwerk zu besorgen, dass ich es geradezu ver-achte, wenn Frauen aus Mangel an Kreativität, Fleiß und Aus-dauer ihren Ehemännern, Söhnen und Brüdern Schuhe schen-ken, als wären die Besagten blind oder schwer von Begriff oder beides gleichzeitig und könnten in der Fußgängerzone kein Schuhgeschäft finden – weil Fußgängerzonen dieses Landes so kompliziert aufgebaut wären, dass man hier nur mit freundli-cher Hilfe einer Frau, und dann ausgerechnet der eigenen, zu-rechtkäme.

Dass man in solch einer Situation die Fassung verliert, da wer-den Sie mir sicherlich zustimmen, mein lieber Herr Dankbar, das ist nun allzu natürlich.

Das alles, nachdem sie versprochen und beteuert hatte, auf ihre Ausgaben zu achten, nachdem sie eine Therapie wegen ihrer Kaufsucht freiwillig und nach eigener Behauptung mit Erfolg ab-geschlossen hatte.

Ich bestand selbstverständlich darauf, dass sie den Laptop sofort zurückbringt, was meine Frau mit der Begründung ablehnte, sie habe ihn auf dem Flohmarkt gekauft! Dafür sei er viel billiger als im Geschäft gewesen!!!

Abgesehen davon brauche sie ihn dringend, sagte sie. Sie hätte jetzt die Chance, in die Arbeit mit den Russen richtig einzusteigen! Jetzt!

Man musste kein studierter Psychologe sein, um zu merken, dass das, was sich gerade vor meinen Augen vollzog, ein knallharter Rückfall war. Ich habe es natürlich sofort gemerkt, und statt sie zu beschimpfen oder gar zu schlagen – was, dessen bin ich mir bewusst, in dem Land, aus dem Gülsüm kommt, die Mehrheit der männlichen Bevölkerung ohne eine Spur von schlechtem Gewissen getan hätte –, statt also unangenehm körperlich zu werden, um die Wendung zu benutzen, die Helen, eine lesbische Freundin von Gülsüm, mit Vorliebe gebraucht, „unangenehm körperlich" sagt sie ständig, wenn einer ihr zu nahe kommt, nahm ich mich schnellstens zusammen und überlegte fieberhaft, wie ich der psychisch kranken Mutter meines Sohnes helfen konnte.

Ich sagte zu Gülsüm, ihr Gesundheitszustand verschlechtere sich besorgniserregend und sie müsse sich umgehend bei ihrem Psychologen melden, bevor der Schaden schlimmer würde.

So weit, so gut. Ich rechnete schon mit ein wenig Widerstand. Kein Alkoholiker gibt gerne zu, an der Flasche zu hängen, doch das, was kam, übertraf meine Erwartungen bei Weitem.

Frau Baştürk antwortete darauf (halten Sie sich fest!): sie wäre nicht krank, sie möchte nur endlich wieder arbeiten und mitverdienen und brauche schlichtweg Werkzeug dafür! Ihr Psychologe, fügte sie eiskalt hinzu, würde ihre Entscheidung, wieder zu arbeiten, begrüßen, wenn er hier wäre; im Moment sei er allerdings im Urlaub und ich müsse mich noch mindestens eine Woche gedulden, wenn ich denselben zu Rate ziehen wolle. In der Zwischenzeit müsse ich mich mit dem gesunden Menschenverstand meiner besseren Hälfte zufriedengeben, fügte sie dreist lächelnd hinzu.

„Wenn er nur gesund wäre!", parierte ich.

Ich gestehe, ich kam in Versuchung, zu denken, Frau Baştürk wolle mich nur auf den Arm nehmen, und das machte mich wütend. Ich hatte keine Energie mehr für solche Späße. Ihr siegreiches, stolzes Lächeln überzeugte mich jedoch schnell, dass jedes Wort, das die geistig verwirrte Frau von sich gab, ernst gemeint war. Ich spürte, wie bei mir eine gewaltige Wutwelle hochstieg und meine Hände zu zittern anfingen.

Diese verrückte, realitätsferne Person sprach vom gesunden Menschenverstand! Ich konnte buchstäblich fühlen, wie mir das Blut in den Kopf schoss und anfing, meine Sinne zu vernebeln. Fast würde ich sagen, ich stand kurz davor, die Wagentür aufzureißen und sie hinauszuwerfen. Ich wäre aber kein Jürgen Habich, wenn ich nicht auch in den heikelsten Situationen und schlimmsten Momenten meine Geistesgegenwart behalten würde. Ich nahm also einen tiefen Atemzug, vertrieb, so gut es ging, alle meine negativen Gefühle, guckte meine Frau ernsthaft, doch liebevoll an und sagte: „Gülsüm, es ist leider wieder so weit! Du brauchst dringend ärztliche Hilfe. Wir dürfen keinen Augenblick verlieren! Ich kann keine weitere Verantwortung für dich in diesem Zustand übernehmen!"

Was ich als Antwort zu hören bekam, konnte ich zuerst nicht glauben:

„Ach Gott, Jürgen", zischte sie mich an, „wem willst du hier was beweisen? Wir sind allein und ich glaube dir nicht mehr!"

Ich weiß nicht, Herr Dankbar, ob Sie sich vorstellen können, wie es in einem aussieht, der das Schlimmste überstanden zu haben glaubt, wenn auch nur mit fremder Hilfe – in Gülsüms Fall mit Psychopharmaka – und plötzlich erfährt, dass das Ende mit Schrecken plötzlich zu einem Schrecken ohne Ende ausartet und der einzige Strohhalm, nach dem man hätte greifen können, vor den eigenen Augen angezündet wird. Dies von der Person, die man mit dem besagten Strohhalm zu retten beabsichtigt hat.

Gülsüm war einsichtig geworden. Es hatte lange gedauert. Es war ein zäher Kampf gewesen und es hatte mich eine Menge Energie und Überzeugungskraft gekostet, ihr zu beweisen, dass ihr Verhalten so abnormal wie beziehungstötend sei und unsere Ehe, das Glück von uns dreien, von ihrer Bereitschaft abhänge, sich freiwillig in die Therapie zu begeben.

Und wie sie sich gewehrt hatte! Wie sie versucht hatte, mir weiszumachen, es gäbe an ihrem Verhalten nichts Zwanghaftes, nichts Verwerfliches! Eine Zeitlang hatte sie mich sogar so weit, dass ich zu grübeln begonnen hatte, ob es vielleicht an ihrer Abstammung liege. Das Klima und die Sonne sollen bei so etwas eine nicht unbedeutende Rolle spielen. Ich dachte schon, die anderen türkischen Frauen wären genauso wie sie und deshalb, weil sie alle so waren, fiele es keinem als Absonderlichkeit auf. Verrückte unter sich denken, sie seien normal, mutmaßte ich.

Erst nachdem ich zwei andere 37-jährige Türkinnen hatte kennenlernen dürfen, begann ich, klar zu sehen.

In ihren Wohnungen lagen nämlich keine Bücher neben dem Toaster, keine bekleckerten Zeitungsausschnitte auf dem Küchentisch! Dort fand man keinen ausgepackten Stinkekäse im Kühlschrank und keine verschimmelten Salatreste in der Tupperdose. Das Gästezimmer dieser Leute war nicht zum Umkleide- und Bügelzimmer ausgeartet, sondern es sah ordentlich aus, mit frisch bezogenen Betten, so dass auch unerwartete Gäste gebührend empfangen werden konnten und man nicht spät in der Nacht in den besagten Raum rennen musste, um dem Schlachtfeld den Schrecken zu nehmen. Die beiden türkischen Frauen habe ich übrigens, nachdem wir uns ein wenig besser kennengelernt hatten, gebeten, ihrer Landsmännin bei der Haushaltsführung unter die Arme zu greifen, was sie durchaus bereit waren zu tun. Leider ging die Hilfe nicht so weit, aus Gülsüm eine perfekte Hausfrau zu machen. Im Nachhinein würde ich sagen, es wäre auch ein aussichtsloses Unterfangen gewesen, doch immerhin reichte sie, die Hilfe, meine ich, dafür, Gülsüms Augen endgültig zu öffnen, damit sie versteht, dass ich ihr an diesem Punkt nicht mehr helfen konnte und sie andere, professionelle Hilfe brauchte. Dies erfüllte mich mit Dankbarkeit den beiden Frauen gegenüber und es fiel mir, weiß Gott, nicht schwer, diese bei jeder Gelegenheit und in jeder Gesellschaft zu äußern, das gute Beispiel der beiden Türkinnen zu loben, sosehr auch Gülsüm aus purem weiblichem Neid dagegen wetterte.

Und jetzt solch ein Rückschlag!

Wir sind selbstverständlich sofort in die Psychiatrie gefahren. Gülsüm natürlich mit Widerwillen und Widerworten, aber wenn es um die Zukunft meiner Ehe geht, kenne ich keinen Pardon.

Was hätte sie auch sonst tun können? Wenn sie aus dem fahrenden Auto gesprungen wäre, hätte man sie aber wirklich für verrückt erklären können!

Das Treffen mit der diensthabenden Psychiaterin, Frau Holzmann, war ein voller Erfolg. Dass meine Frau bereits eine Zeitlang in der psychiatrischen Klinik verbracht hatte, erfuhr Frau

Doktor bereits in unserem Zwiegespräch, ebenso die besorgnis-erregende Tatsache, dass Gülsüm auf dem Wege der Besserung gewesen war, bis sie sich plötzlich in den Kopf gesetzt hatte, Karriere und großes Geld machen zu müssen, und wie sie dies über zwielichtige, versumpfte russische Mafiakanäle zu ver-wirklichen gedachte.

Natürlich habe ich zugegeben, dass ich meine Frau über alles liebe, dass ich es nicht aushalten kann, sie traurig zu sehen, und aus diesem Grunde vielleicht manchmal inkonsequent und nachgiebig handele. Zu meiner Verteidigung konnte ich jedoch hervorbringen, dass es mir nur darum gehe, Gülsüm wieder ge-sund und glücklich zu wissen und unsere Ehe zu retten. Später wollte Gülsüm uns beiden, Frau Doktor und mir, weismachen, dass es sich bei ihren Gelegenheitsjobs um stinknormale Über-setzerdienste für eine russische Möbelfirma handele, die ihre Produkte unter anderem auch auf dem deutschen und türki-schen Markt vertreiben möchte. Angeblich brauchten die dafür jemanden, der sowohl der beiden Sprachen mächtig war als auch sich mit den Gegebenheiten in den beiden Staaten, wie Gülsüm das formulierte, „mit den Gegebenheiten und dem Kaufverhalten hier und dort", sagte sie und nickte dabei mehr-mals, als könnte sie uns mit diesem überflüssigen Nicken doch noch überzeugen, auskannte. Sowohl Frau Holzmann als auch mir war leider klar, dass Gülsüm bereits nicht mehr in der Lage war, die Gefahr zu erfassen, die sich hinter diesem angeblich lukrativen Projekt verbarg. Frau Holzmann riet ihr dazu, sich bei ihrem Psychologen zu melden, sobald er wieder aus dem Urlaub zurück wäre. Gülsüm antwortete beleidigt, dies hätte sie sowieso vorgehabt.

Abschließend bemerkte Frau Holzmann noch, selbst zweifache Mutter, wie sie es am Gesprächsbeginn nebenher erwähnte, der Platz einer Mutter sei bei ihren Kindern und meine Frau solle immerzu daran denken. Daraufhin fragte Frau B. in ihrer unnachahmlich unverfrorenen Art, warum denn die Frau Doktor am späten Abend in der Klinik schlechte Mütter therapiere, statt zu Hause bei ihren Kindern zu sein. Für diese Unverschämtheit entschuldigte ich mich selbstverständlich persönlich bei der Frau Doktor.

Am kommenden Tag habe ich den Laptop konfisziert. Gülsüm würde ihn wieder zurückkriegen, wenn sich ihr psychischer Gesundheitszustand soweit stabilisiert hätte, dass sie mit ihren Entscheidungen anderen keinen Schaden zufügen könnte, teilte ich ihr freundlich, doch mit Nachdruck mit.

Das Kennenlernen

Um Ihnen und dem hohen Gericht ein vollständiges Bild der Katastrophe, genannt Ehe mit Frau Baştürk, näherzubringen, fange ich meinen Bericht chronologisch an. Ich beginne mit der

Schilderung der Umstände, unter welchen Gülsüm und die Tragödie, die sie entfachte, in mein Leben kamen.

Wie die meisten großen Katastrophen, so fing auch diese meine völlig harmlos an:

Ich lernte meine Frau auf einer Grillparty auf den Rheinwiesen kennen, zu der mich einer unserer Studenten, einer der beiden vorlauten, überredet hatte mitzukommen. Daniel, so hieß der Gute, half drei Tage die Woche bei uns in der Firma aus. Wer da wem unter die Arme griff, Daniel der Firma oder die Firma Daniel, sei dahingestellt. Daniel selbst bat jedenfalls mich um Hilfe, wenn er sich überfordert fühlte und mit der Arbeit nicht weiterkam. Sie können sich schon vorstellen, dass dies oft der Fall war. Ich jedoch ließ mir meinen Ärger ob so viel Unwissenheit bei studierten Köpfen nicht anmerken. Schließlich konnte der arme Junge nichts für ein missratenes Hochschulsystem – denn dumm war er nicht. Ich griff ihm also immer und immer wieder unter die Arme und lernte mich dabei, wie ein vorbildlicher Vater, der es zu warten versteht, um im richtigen Augenblick einzugreifen, in Geduld zu üben. Bei einer Gelegenheit jedoch, er fragte mich erneut minutenlang über die Dinge aus, die so sonnenklar waren, dass sie sich von selbst erklärten, konnte ich nicht anders, als ihn wiederum zu fragen, ob er, statt eine Ingenieurlaufbahn einzuschlagen, nicht lieber Talk-Show-Moderator werden wolle, da man so viele überflüssige Fragen nur noch in Talk-Show-Runden zu hören bekomme. Der liebe Daniel verstand den Wink mit dem Zaunpfahl nicht (er zählte zu den Typen, die offenbar einen ganzen Zaun brauchten), dachte, ich wolle ihn ob seines Mitteilungs- und Fragebedürfnisses liebevoll ärgern! Dabei halte ich es für ausgesprochen wichtig, dass Menschen fragen, bevor sie dumm sterben! Es kommt natürlich auf Art, Inhalt und Sinn der Fragen an.

Doch statt sich endlich ernsthafte Gedanken über seine Zukunftsziele zu machen, entschied Daniel sich – wie die meisten Durchschnittlichen wohlgemerkt – für den leichteren Pfad. In der Folgezeit ging er mir aus dem Weg und stellte seine Fragen anderen, die von einem Kenntnisstand wie meinem nur träumen konnten, die allerdings bereit waren, dieses Wenige, was sie wussten, mit ihm zu teilen. Immerhin ließ er mich in Ruhe.

In der Firma blieb er leider trotzdem.

Die Einladung zur Grillparty stammte aus der Zeit, als er mich mit seinem Nichtwissen durchlöcherte und meinen Altruismus, zumindest in Bezug auf die Gruppe der 25- bis 30-jährigen studierenden Männer ohne eine vorausgegangene handwerkliche Ausbildung, ernsthaft auf die Probe stellte.

In seiner grenzenlosen Naivität – aus Rücksicht auf sein zartes Alter ziehe ich diese verharmlosende Bezeichnung dem Ausdruck „Dummheit" vor – stellte Daniel mich auf der Party als den Mann vor, ohne den er verloren wäre, da ich das alles wisse, was er eigentlich wissen sollte und irgendwann auch wissen würde. Bei so viel unangebrachtem Optimismus entkam mir ein vielsagendes „Die Hoffnung ist die geduldigste Begleiterin der Aussichtslosigkeit", doch näher kommentiert habe ich seine Unfähigkeit nicht. Diejenigen Anwesenden, die die kleinen Zeichen der menschlichen Physiognomie zu deuten wussten, konnten an meinem Gesichtsausdruck unschwer erkennen, dass der arme Junge einen langen, möglicherweise niemals endenden Weg vor sich hatte und ein erfolgreicher Studienabschluss in den Sternen stand. Warum dem so war, nun, das alles hätte ich problemlos erklären können, doch hielt ich meinen Mund. Erstens hatte ich es nicht nötig, ihn in der Gesellschaft seinesgleichen zu blamieren, und zweitens war ich mir nicht sicher, ob die Zuhörer überhaupt die Fähigkeit besaßen, mir zu folgen.

Es wären vermutlich die berühmten Perlen vor die Säue gewesen.

Warum Geistesblitze vergeuden?

Doch es gab auch Ausnahmen.

Sie hatte mich verstanden! Ich habe es an dem in ihren Mundwinkeln angedeuteten Beginn eines Lächelns erkannt. Damals hatte sie noch ihre schwarzen Locken, die ihr bis tief in den Rücken langten. Später ließ sie sie kurz schneiden. (Sie würde Ihnen bestimmt erzählen, der Grund für dieses Verbrechen mir und sich selbst gegenüber sei, dass ich über ihre Haarbüschel in der Badewanne ständig geklagt und sie keine Lust auf Auseinandersetzungen gehabt hätte, aber diese Erklärung wäre buchstäblich an den Haaren herbeigezogen – sprich sie stimmte einfach nicht. Eigentlich wollte sie mich, wie so oft, mit ihren unberechenbaren Reaktionen provozieren. Sie wollte sich hässlich machen, um mich zu bestrafen. Wofür, das habe ich in den ganzen Jahren unserer Ehe nicht herausbekommen können.)

An diesem ersten Abend versuchte sie sie immer wieder hinter ihr rechtes Ohr zu klemmen, zwei besonders widerspenstige Strähnen, aber das gelang meistens erst nach dem dritten oder vierten Versuch, wodurch dann ihr Lächeln deutlicher zum Vorschein kam. Gülsüms Haare sind nämlich so widerspenstig wie ihr Charakter und führen im Grunde genommen ein Eigenleben, das mit ihrem Seelenleben Hand in Hand geht. Ein paar Locken fielen ihr immer wieder ins Gesicht zurück, auch nach der erfolgreichen Klemmaktion, sie versteckten ihr Schmunzeln für eine Weile, dann kam wieder die kleine rechte Hand, klemmte die Strähne hinter das Ohr. Nach ein paar Sekunden fing das ganze Spiel von vorne an.

Insgesamt sah Gülsüm sehr gut aus. Eine von den Frauen, bei denen einem sofort die Knie wegklappen, sobald man sie aus dem Augenwinkel wahrnimmt, wenn Sie verstehen, was ich meine: Keine der Türkinnen, die man in Deutschland normalerweise trifft! Weder eine mit Kopftuch noch eine von der Bauchnabelpiercingsorte. Auch keine von denen, die pausenlos daran arbeiten, deutscher zu sein als deutsche Frauen: Ich meine die Fernseh-Quotentürkinnen, leider die hässlichsten von allen (eine bis zwei, höchstens drei oder vier ausgenommen), aber in allen Kanälen zu sehen und, schlimmer noch, zu hören – diese chronisch unzufriedenen Frauen, die, machen wir uns nichts vor, mein lieber Herr Dankbar, die nur aus einem Grund ins Fernsehen eingeladen werden, um nämlich über ihre Landsleute ordentlich herzuziehen.

Ich kann Ihnen auch sagen, warum: Ja, damit Deutsche es nicht selbst tun müssen! Denken Sie an unsere Vergangenheit! Wie sähe das denn aus, wenn wir, nachdem wir eine Religion auf unserem Grund und Boden fast ausgerottet haben, plötzlich gegen eine andere, ähnlich kompliziert geartete, zu stänkern anfingen?

Schweizer oder Schweden dürfen das, sie könnten sich selbiges gefahrlos erlauben! Wir nicht! Die ja, wir nicht! So ist das Leben. Uns Deutsche sieht man sofort! Einmal geklaut, für immer ein Dieb geblieben, und nicht nur du, sondern auch deine Kinder und Kindeskinder und so weiter und so fort!

(Die ganze Sache würde sich natürlich anders gestalten, würden andere anfangen und wir uns nur anschließen dürfen, dann wäre das fast so etwas wie ein stinknormaler Bündnisfall, nur eben im Bereich der öffentlichen Meinung – kein Chauvinismus oder Ähnliches – keiner könnte was sagen. Aber Deutsche im Alleingang, da läuten schon die Alarmglocken. Sogar bei den

Deutschen selbst! (Gut, manche sind schon so taub, dass sie keine Glocken hören können, aber das ist dann ein Persönlichkeitsmerkmal.)

Man wird ja schnell in die Nähe des braunen Gedankenguts gerückt ... so sagt man das heutzutage politisch korrekt, „in die Nähe des braunen Gedankengutes", wenn man sich als deutscher Bürger eine kritische Bemerkung über die in Deutschland wohnenden ausländischen Mitbürger erlaubt. Sehr schnell!

Prinzipiell keine dumme Sache, diese TV-Einladungen! Man lässt sie sich gegenseitig zerfleischen und ist selbst fein raus. Schlägt gleich zwei Fliegen mit einer Klappe! Warum auch nicht? Es wird gesagt, was gesagt werden muss, es trifft meistens die Richtigen, man macht sich selbst die Hände nicht schmutzig und in einer Nebenbotschaft erfahren die, die es betrifft, auch noch: Wenn ihr von uns wirklich akzeptiert zu werden wünscht und dabei auch noch ins Fernsehen wollt, dann müsst ihr so aussehen wie wir, so denken wie wir, so essen wie wir, vor allem müsst ihr so tun, als ob ihr mit dem ganzen Türkenkram nichts am Hut hättet, weil *ihr* die besseren Türken seid. (Man könnte natürlich sagen: „Also keine Türken in der Endkonsequenz", aber wer beim Fernsehen hat noch Zeit, einen Gedanken konsequent zu Ende zu denken?) Ihr müsst nicht wirklich so sein, das nimmt euch eh keiner ab, wenn ihr euch auch 20.000 blonde Strähnchen machen lasst, ihr müsst nur so tun als ob!

Oder ihr tretet als Kabarettisten auf.

Dann dürft ihr nicht nur eure, sondern auch unsere Heimat gleich mit durch den Kakao ziehen! Ihr dürft eure und unsere Heiligtümer gleich mit aufs Korn nehmen, und wenn ihr wollt, auch eure und unsere Götter. Macht euch keine Sorgen! Ihr dürft reden, wie euch eure Hakennase gewachsen ist, ihr dürft euch richtig freilabern, ihr dürft beleidigen, wen und was ihr wollt, ihr dürft über euch lachen und über uns auch – alles kein Problem, man wird es euch verzeihen, weil man lustige Ausländer nicht ernst nehmen muss – auch dann nicht, wenn sie die Wahrheit kundtun. Besonders dann nicht.

Gülsüm war anders. Sicher war sie anders! Hätte ich mich sonst für sie interessiert?! Sie gehörte keiner der eben gemachten Klassifizierungen an. Sie wirkte integer und schutzbedürftig zugleich, stark und zerbrechlich, das alles gepaart mit den längsten Beinen, die mir bisher untergekommen sind – eine äußerst attraktive Kombination an Eigenschaften, wenn Sie mich fragen, und für eine Türkin sowieso. Und sie lächelte eines ihrer atemberaubenden Lächeln, das einem etwas im Magen verschnürte, so dass es fast wehtat. Doch was auch immer ihre Anwesenheit mit einem machte, man genoss es.

Im Nachhinein ist man natürlich klüger. So weiß ich jetzt, dass dieser Eindruck, den sie bei unserem ersten Treffen auf mich machte, nur ein Teil einer perfekt ausgeklügelten Strategie war, in Deutschland einen fürsorglichen und smarten Ehemann ein-zufangen, auf dessen Kosten man leben konnte, bis man ihn psychisch und materiell vollkommen ruiniert hatte.

Diese für mich damals leider völlig neue Methode wird wahr-scheinlich von allen südlich der Alpen stammenden Ausländerinnen beherrscht (machen wir uns nichts vor, mein lieber Herr Dankbar, sie sind gekommen, um zu bleiben!) Doch Gülsüm war meine *erste* Ausländerin. Ich konnte es schlicht und einfach nicht wissen!

Augenscheinlich war ich damals, trotz meines messerscharfen Verstandes, zu naiv, zu gutgläubig, ja zu idealistisch, um zu realisieren, dass es eine solche Ansammlung von so auffällig positiven Eigenschaften bei einem weiblichen Wesen nur in den billigen Kitschromanen und Hollywoodstreifen geben konnte.

Zu meiner Ehrenrettung muss ich hinzufügen, dass ich, wenn auch sehr spät, meine Lektion gelernt habe, was mir schließlich geholfen hat, Gülsüms wahrem Charakter mit gebührender Strenge und Konsequenz zu begegnen.

Kann man in meinem Fall von „besser spät als gar nicht" sprechen?

Wären die ewigen Scheuklappen eine weniger schmerzliche Lösung gewesen? Was ich nicht weiß, macht mich nicht heiß. Oder: Was ich nicht sehe, kann mich nicht aus der Bahn werfen? Nun, die eine oder andere qualvolle Erfahrung wäre mir vielleicht erspart geblieben, eine Menge unnützer Auseinandersetzungen vermutlich auch – die Katastrophe und das böse Erwachen danach sicherlich nicht. Und hätte ich alles viel zu spät oder gar nicht gemerkt, was wäre dann aus meinem Sohn geworden? Bloß der Gedanke daran wäre ein gruseliges Wagnis!

Gülsüm war damals nur zu Besuch in Deutschland. Sie wohnte bei Silke, einer Briefbekanntschaft aus der Studienzeit. Ich weiß immer noch nicht genau, wie sich diese zwei völlig ungleichen Frauen kennengelernt hatten und wo sie sich hätten finden können. So wie es Menschen gibt, die mir auf Anhieb sympathisch sind – meine Frau war einmal ein solcher Mensch oder mein Nachbar Ercan –, so gibt es ebenfalls Menschen, die ich vom ersten Augenblick an nicht ausstehen kann, und das gebe ich diesen, um meine und ihre Zeit nicht zu vergeuden, auch sofort zu verstehen. Ich mag sie nicht, folglich interessiert es mich nicht die Bohne, was sie machen, was sie mögen und was sie denken, wenn sie denken. Selbstverständlich interessiert es mich auch nicht, wo sie ihre Freunde kennenlernen und wie. Dass Gülsüm wiederum Silke als Freundin hatte, nahm ich in Kauf. Selbstverständlich würde ich ihr Silke, sollten wir zwei uns so weit annähern, dass ich mit Gülsüm mehr als ein paar partybetreffende Gedanken teilen wollte, austreiben. Dachte ich! Nichtsdestotrotz erwischte ich mich bald dabei, vollkommen grundlos, nach einer Entschuldigung für diese durch und durch unpassende Verbindung zu suchen. Wahrscheinlich hatte sie die langweilige Frau in der Schulzeit als Austauschschülerin zugewiesen bekommen. Sie konnte nichts dafür. Sie hat sich gemeldet, ihre Familie hat ebenfalls Interesse bekundet und schon stand die komische Brieffreundin in spe auf der Matte. Aus der ersten Begegnung und dem *wunderschönen Aufenthalt in der Türkei* entstand eine Brieffreundschaft, mit dem einzigen Ziel und Zweck, Deutsch an einem lebenden Objekt (namens Silke) zu trainieren.

Ja, so musste sich das zugetragen haben. Es durfte einfach nicht anders sein!

Silke hatte nichts an sich, nichts, was irgendjemanden interessieren konnte. In sich auch nicht.

Die Frau, in die ich mich im Begriff war zu verlieben, durfte sich nicht im Ernst für so ein unscheinbares Objekt interessieren!

Im Fall von Silkes türkischer Freundin sah die Sache diametral anders aus. Gülsüm als unscheinbar zu bezeichnen wäre genauso, wie Amerikas Außenpolitik Frieden stiftend, Sojaschnitzel deliziös oder Harald Schmidt lustig zu nennen.

Sie war nicht zu übersehen – ihre wohlproportionierte Erscheinung, ihre langen schwarzen, bläulich schimmernden Haare, ihre grazilen Bewegungen! Es gab auf der ganzen Party keinen Mann, da wette ich mit Ihnen, um was Sie wollen, der sich nicht gewünscht hätte, diese geheimnisvolle, schlanke Person würde an seiner Seite stehen, ihn anlächeln und ihm gehören.

Man erzählte sich bereits, sie wäre nur für drei Monate in Köln, *„leider!"*, es sei ein Sprachaufenthalt und Silke sei die Person, die Unterkunft und Verpflegung bereitstellte. Deutsch sprach Gülsüm, hieß es, weil sie es zu Hause in der Türkei studiert hatte.

„Sie muss aber erst lernen, das Gelernte anzuwenden!", sagte Daniel beiläufig, als wäre es das Selbstverständlichste von der Welt, dass jeder, so wie er, nicht nur während, sondern auch nach dem Studium von der studierten Materie erst einmal keine Ahnung hatte. (Ich habe immer noch nicht begriffen, wozu man etwas studiert, wenn man es erst nach dem Abschluss des Studiums lernen kann, aber um diese traurige Tatsache zu begreifen, muss man vermutlich tatsächlich studiert haben!)

In der Gruppe junger Männer, zu der ich mich gesellte, war Gülsüm jedenfalls das Thema Nr. 1. Mann war in alter Männermanier damit beschäftigt, an dieser Frau etwas Unattraktives zu suchen und zu finden, um die zu erwartende eigene Niederlage leichter zu verkraften, doch man fand nichts. Verständlicherweise.

„Es soll solche Frauen geben", seufzte ein kleiner, von hellrotem Flaum bedeckter Student mit abstehenden Ohren neben mir und blinzelte mir kumpelhaft zu. Diese Vertrautheit signalisierende Geste von jemandem, der von mir und meiner Welt ganze Galaxien entfernt war, regte mich zusätzlich zu diesem albernen Kommentar auf.

„Warum sollte es solche Frauen nicht geben?", fragte ich herausfordernd. „Immerhin gibt es genauso ansehnliche Exemplare, zugegeben nicht besonders viele, auch beim anderen Geschlecht." Weder meine Bemerkung noch meinen mahnenden Blick verstand er leider; oder er ging aus Hilflosigkeit darüber hinweg.

„Ach was soll`s", fuhr er lakonisch fort, „bestimmt hat sie einen fiesen Charakter!" Er lachte auf und guckte in die Runde, nach Zustimmung heischend.

Damals hielten wir es alle für einen Witz von jemandem, der einfach nur wusste, dass diese Frau für ihn schlicht unerreichbar war, und sich mit dieser so ernüchternden wie gerechten Tatsache die Laune nicht verderben wollte.

Der Wahrheit zuliebe, der ich mich, wie bereits gesagt, verpflichtet fühle, muss ich zugeben, die anderen anwesenden Frauen waren entweder dick oder hässlich oder beides. Einige waren vierzig und älter und von Natur aus uninteressant. Wahrscheinlich wäre unter diesen Umständen auch mit einem bescheideneren Aussehen die Krone der Schönheitskönigin Gülsüm zugefallen. So aber sah sie unter ihren teilweise formlosen, teilweise durchaus interessanten, leider Gottes überalterten Konkurrentinnen aus, als hätte sie sich aus einer fremden Galaxie, wo nur überirdisch schöne Wesen lebten, zu uns auf die

Erde verirrt und als wüsste sie gar nicht, wie schön sie uns allen erscheinen musste, denn dort, auf ihrem Planeten, dort sahen alle so überirdisch schön aus, dass diese Schönheit keinem mehr als etwas Besonderes auffiel. Ja, so wirkte sie, wie jemand, der sich seiner Überlegenheit nicht bewusst, weil sie für ihn etwas Alltägliches war; ein wenig wie einer, der wusste, dass er irgendwohin nicht gehörte, und darauf wartete, von einer verwandten, ähnlich herumirrenden Seele den Weg nach Hause gewiesen zu bekommen. Übrigens nützte die schöne Außerirdische diese Wartezeit aus, indem sie die Wesen auf dem neuen Planeten und deren Gepflogenheiten mit Interesse und einer kaum bemerkbaren Spur von mit Skepsis gemischter Arroganz (von diesem ihrem Gesichtsausdruck behauptete sie später, es wäre lediglich gut maskierte Schüchternheit gewesen, aber ich weiß, was ich gesehen habe!) betrachtete.

Ihre teure Brieffreundin Silke war nach kurzer Zeit mit einem genauso missratenen Pendant männlichen Geschlechts verschwunden.

Gülsüm blieb also, nachdem Silke kurz etwas zu ihr gesagt und sich dann mit der eben beschriebenen Gestalt aus dem Staub gemacht hatte, allein da.

Ich guckte ein paar Mal interessiert in ihre Richtung, mehr aus Neugier, als weil ich beabsichtigte, an diesem Abend irgendwelche Liebesabenteuer vom Zaun zu brechen. Die Frau, die mich dazu bewegen konnte, mein Junggesellendasein aufzugeben, war, so dachte ich, noch nicht geboren. Ich kannte meine Ansprüche und machte mir diesbezüglich nichts vor. All die Vorzüge, die, um mich auf die Dauer zu interessieren, in einer einzigen weiblichen Person versammelt sein mussten, konnte keine Frau in sich vereinen. Keine!

Leider, muss ich im Nachhinein sagen, fiel es mir sofort auf, dass Silkes Freundin, die seit geraumer Zeit Daniels Promenadenmischung, einem verfressenen Tierheimfund, lustige deutsche Koseworte an den Kopf warf, auffällig schön war. Ich merkte auch, wie sie jedes Mal rot wurde, wenn ich sie anlächelte – ein untrügliches Zeichen dafür, dass sie mich mindestens genauso attraktiv fand wie ich sie. Die Möchtegern-Casanovas neben mir suchten währenddessen – still und heimlich, versteht sich, und jeder für sich – nach dem einschlägigen Anmachspruch, der ihnen die wohlwollende und möglichst langanhaltende Aufmerksamkeit der Schönen sichern würde, unternahmen aber vor lauter Angst, einen Korb zu kriegen, nichts. Ich dagegen ergriff die Gelegenheit beim Schopfe und schritt zu ihr.

„Sprachhemmungen einer Germanistikabsolventin?!", bemerkte ich kopfschüttelnd, lächelte sie freundlich an, tätschelte Karl-Heinz Krüger einmal kurz, stellte mich aber sofort bei ihr vor.

Sie lächelte ebenfalls, verzagt, doch freundlich, guckte mich ein wenig unentschlossen an, nannte dann ihren Namen.

„Bloß nicht vom klugen Blick täuschen lassen!", fuhr ich gelassen fort. „Als Gesprächspartner ist er völlig ungeeignet."

Sie guckte ein wenig irritiert, als habe sie nicht sofort gewusst, wen ich meinte.

Ich hockte mich hin und streckte meine Hand aus. Der Hund, der es sich inzwischen wieder an Gülsüms Seite bequem gemacht hatte, kam zu mir.

„Kaltschnäuzig und käuflich!", fügte ich mit gespielter Enttäuschung hinzu und lockte den Köter mit einem Stückchen Wurst, das ich zwischen Daumen und Zeigefinger versteckt hielt, zu meinen Füßen.

Karl-Heinz Krüger wäre auch für ein Stück Plastik, das in der Nähe eines Grills lag, gekommen, hätte gemordet oder zumindest fest zugebissen, aber das brauchte sie nicht zu erfahren. Ich bin jedenfalls noch nie einem Tier begegnet, das für seine Größe so viel Essbares und nach Essbarem Riechendes verdrücken konnte.

Staunend sah sie dem Hund zu, als könne sie nicht glauben, dass er, nachdem er nur ein einziges Mal von mir gerufen worden war, ihre Liebkosungen verschmähte und ohne Gruß verschwand. Sie stieß ein belustigtes und ein wenig enttäuschtes „Oooh" heraus und zuckte mit den Schultern.

„Tut mir leid!" Ich habe ihr nur ein böses Erwachen ersparen wollen, sagte ich und lächelte sie wiederholt an. „Besser weiß man es von Anfang an, vor wem man sich in einer fremden

Sprache offenbart!"

Sie nickte beflissen. Ihr fragender Blick wurde von mir ebenfalls richtig gedeutet.

„Es war die Wurst!", erklärte ich lächelnd, öffnete meine Hand und deutete auf die Fettreste auf den Fingerspitzen hin.

Sie verstand es und lachte. Mir fielen zwei reizende Grübchen auf, die ihrem Gesicht, während sie lachte, einen naiven, fast kleinkindhaften Ausdruck verliehen.

An ihrer Stelle würde ich es, wenn auch erst mal nur zu Konversationszwecken, mit der Spezies „deutscher Mann" versuchen, da diese relativ unkompliziert, durchaus lernwillig und etwas weniger magengesteuert sei, fuhr ich mit gespieltem Ernst fort. Dann schob ich eine kurze Pause dazwischen und wandte mich für eine Weile von ihr ab, während ich so tat, als würde mich im Augenblick das Verhalten von Karl-Heinz Krüger mehr interessieren als sie und als sei meine letzte Bemerkung mehr als Smalltalk denn als ein ernsthaft bekundetes Interesse zu verstehen. Mein untrüglicher Instinkt sagte mir, dass diese Frau männliche Annäherungsversuche gewohnt war, jene folglich für sie nichts Außergewöhnliches waren, während wiederum die Eigenschaft „tierlieb" bei einem Mann ganz oben auf ihrer Beuteschemaliste stand. Ich irrte nicht.

Sie lachte, guckte mich schelmisch an und fragte, ob ich denn besonders gut gelungene Exemplare empfehlen könnte. Daraufhin stand ich auf und verbeugte mich kurz, einen Handkuss andeutend. (Auf solche kleinen Gesten werden Frauen auch in zweihundert Jahren noch stehen! Machen Sie sich da nichts vor, mein lieber junger Anwalt, von wegen modern und emanzipiert – ein wenig ritterliches Gehabe und jede schmilzt wie Wachs in Ihren Händen!)

„Viele nicht. Einige wenige. Oder vielleicht doch nur einen ..." Doch, es würde mir, nach reiflicher Überlegung, einer einfallen, antwortete ich mit einem verschmitzten Lächeln. Ein freundlicher, kultivierter und interessierter Zeitgenosse, ein mindestens genauso guter Zuhörer wie Karl-Heinz Krüger, nur durch kein Grillgut der Welt von einer Unterhaltung mit ihr abzuhalten; einer, der auch noch Fragen stellen und ihre Fragen beantworten und der, nebenbei, kaum erwarten könne, mehr über très charmantes türkische Germanistikabsolventinnen mit Grübchen zu erfahren!

Natürlich fielen einige andere körperliche Vorzüge von ihr mehr auf als ihre Grübchen, aber ich hätte sie ja kaum laut nennen können, ohne sie zu vergraulen. Abgesehen davon mögen Frauen es, wenn man sich ein kleines Detail an ihnen herauspickt und dieses positiv erwähnt. Das zeugt von Feingefühl und wirkt, da werden Sie mir Recht geben müssen, im ersten Moment nicht so plump wie die Aussage „Sie haben einen Wahnsinnsarsch!".

Das Erste zeugt von Raffinesse, das Letzte von Schwachsinn im fortgeschrittenen Stadium.

Für plumpes Anmachen haben Frauen wie Gülsüm nichts übrig. Nun, die Grübchenbemerkung erreichte ihr Ziel. Gülsüm lächelte geschmeichelt und ich fuhr überzeugend fort, im Gegensatz zu Karl-Heinz könnte der Gesprächspartner, der mir vorschwebte, selbst eventuelle Sprachfehler verbessern. Würde es ihr daran liegen, natürlich! Sollten sie jegliche Korrekturen jedoch stiller machen oder verschrecken, Gott behüte, so würde er schweigen wie ein Grab, oder wenn sie es so lieber hätte, wie ein Hund. Nebenbei, loyal sei er mindestens genauso und er bedürfe nur eines Lächelns als Belohnung.

Und schon kam es!

Im Nachhinein weiß ich nicht mehr genau, ob ich zu Gülsüm gegangen bin, weil sie mich tatsächlich so intensiv angezogen hatte oder weil ich den studierenden Waschlappen von gegenüber eine seelische Abreibung verpassen, sie in ihrer Unfähigkeit, alltägliche Aufgaben zu erledigen, wie z. B. eine attraktive Frau anzusprechen, vorzuführen gedachte. Wenn es das Zweite gewesen sein sollte, so wurde ich für diese kleine Gemeinheit gebührend gestraft.

„Unbedingt verbessern!", unterbrach die wunderschöne Türkin meinen Redefluss. Sie habe zwar Deutsch und Russisch studiert – sie sagte das so, als wollte sie sich dafür fast entschuldigen, was in mir zusätzliche Sympathien weckte –, mit der deutschen Umgangssprache habe sie aber ihre liebe Mühe. Obwohl sie das

Gesagte verstehe, könne sie darauf nur in einem hochtrabenden Hochdeutsch antworten, sagte sie, und etwas wie ein Ansatz von Sorgenfalten erschien auf ihrer schönen Stirn. Es sei ihr bereits aufgefallen, dass Deutsche, wenn sie sich mit ihr unterhalten, entweder unentwegt lächeln oder plötzlich schweigen und länger überlegen. Vermutlich suchten sie nach Wörtern, die auch sie verstehen könne, schloss sie daraus.

Anscheinend mache sie beim Reden mehr Fehler, als ihr bewusst sei, überlege länger als nötig oder ihr Akzent sei so schrecklich, dass man sie deshalb kaum verstehe ... Ein wunderschöner, Hilfe suchender Blick der dunkelsten Brombeeraugen, denen ich jemals begegnet bin. Ich sollte sie, wie später so oft, vom Gegenteil überzeugen und dies dann womöglich ernst meinen!

Der Akzent sei tatsächlich schrecklich, wollte ich sagen, doch ich verkniff es mir. Zu viel Ehrlichkeit bei einem Kennenlerngespräch wäre meinem Anliegen abträglich gewesen, also sprach ich stattdessen Folgendes:

Ich hätte nicht gedacht, dass ich sie schon am Anfang würde korrigieren müssen; dass bereits in ihrer Argumentation ein gewaltiger Fehler verborgen sei.

Sie blickte mich so erschrocken an, dass ich nicht umhinkonnte, laut und von Herzen zu lachen. Es gab etwas Entwaffnendes in diesem Blick; etwas, was einen dazu zwang, die Karten auf den Tisch zu legen, alles preiszugeben, was auch immer nach dieser hirnlosen Tat eintreffen wollte. Dass sie auch diesen wie alle anderen aus der Kollektion Gülsüms unwiderstehlicher Blicke beliebig abrufen konnte, um unschuldige, hauptsächlich männliche Opfer dahin zu bringen, das, was sie von ihnen wollte, zu tun, das erfuhr ich leider, als es schon zu spät war – und trotzdem früher, als mir lieb. Ich schätze, auch ich wollte mich möglichst lang in der Wärme dieser Blicke sonnen und erkannte nicht, dass die Wärme in sich eine gefährliche Strahlung barg.

Ihre Sprechweise spiele dabei eine geringe Rolle, beeilte ich mich, die wunderschöne Frau zu trösten. Dieses „als", das sie gerade benutzt habe, sie sagte „länger als nötig", würden wahrscheinlich neunzig Prozent der Anwesenden durch ein falsches „wie" ersetzen.

Somit sei sie der Mehrzahl der Partygäste schon mal grammatikalisch weit überlegen. „Leider nicht nur im grammatikalischen Sinne!" Diese letzte Bemerkung flüsterte ich mehr, ja ich begleitete sie mit einem kaum hörbaren Seufzer, der in ihr eine Art Vorahnung von meinem wachsenden Interesse an ihrer Person wecken musste. Man soll die Eitelkeit schöner Frauen nicht unterschätzen!

Nachdem ich mich eines zauberhaften Lächelns in ihren Mundwinkeln versichert hatte, fuhr ich mit Nachdruck fort: „Zweitens", sagte ich und guckte sie dabei ernsthaft an, „zweitens: Es gibt kein hochtrabendes Deutsch! Es kann höchstens ein von vielen falschen, oft leider ausländischen Einflüssen verunreinigtes Deutsch geben oder ein verkrüppeltes, präpositionsloses; auch das kleinbürgerliche, das die Dialektfärbung in den Vordergrund setzt, um sich interessant zu machen, ohne den Dialekt an sich wirklich zu beherrschen." Zu meiner großen Freude – denn obwohl kein Sprachwissenschaftler, sei mir die schöne deutsche Sprache lieb und teuer – zu meiner großen Freude also hätte ich ihre Ausdrucksweise in keiner der eben gemachten Qualifizierungen wiederfinden können. Sie dürfe daher beruhigt weitererzählen. Wenn mir noch eine letzte Bemerkung erlaubt sei, ich guckte ihr dabei tief in die Augen – ihre Körpersprache, alles an ihr sagte mir, ich solle weitersprechen, sie hörte mir gerne zu, sie lächelte mich an und sie konnte mir vor allem geistig folgen, was bei Frauen, deren Bekanntschaft ich bisher gemacht hatte, keine Selbstverständlichkeit und deshalb diesmal umso erfreulicher war –, alles sei einfacher, als sie denke: Männer, die die Gelegenheit bekämen, mit derart schönen Frauen, wie sie zweifellos eine war, zu sprechen – dies wäre eine objektive Beobachtung ohne jegliche Hintergedanken, fügte ich erklärend hinzu, um ihr die Angst zu nehmen, sich schnell entscheiden zu müssen, um mich nicht zu verlieren –, diese schwachen (denn machen wir uns nichts vor, mein lieber Herr Dankbar, in der Mehrzahl der Fälle werden wir Männer schwach, wenn wir es mit Schönheit zu tun bekommen), diese schwachen Geschöpfe Gottes, diese nur vermeintlich starken

Vertreter des starken Geschlechts sind schlicht und einfach glücklich, in Gesellschaft dieser Art Frauen sein zu dürfen.

Sie legte ihre schöne Stirn in Falten – eine Geste, mit der sie auch später immer wieder ihre Skepsis ausdrückte (was auf ihrem immer noch wunderschönen Gesicht mittlerweile leider deutliche Spuren hinterlassen hat), und guckte mich fragend an.

„Ja, so einfach ist das!", lächelte ich sie an und setzte meine Erklärung fort.

„Entweder lächeln sie die schöne Frau vor lauter Freude immerzu an, ohne an irgendetwas anderes denken zu können, außer daran, sie möglichst sofort zu besitzen, oder aber sie versteifen vor Ehrfurcht, wenn sie merken, dass hinter so viel Schönheit auch ein bemerkenswerter Verstand steckt und sie möglicherweise mit einem Gegenüber parlieren, das sich der Perfektion gefährlich genähert hat. Mit anderen Worten, sie fangen an, die so bittere wie gerechte Tatsache zu realisieren, dass das umwerfende Wesen, das gerade im Begriff ist, einen mit einem der attraktivsten Lächeln zu beglücken, die man jemals zu Gesicht bekommen hat, für sie selbst für immer unerreichbar bleibt.

Dies ist natürlich hart und kann ebenfalls zum Verstummen führen."

Eine andere Möglichkeit wäre, dass sie in Anbetracht ihrer unverkennbaren äußerlichen Vorzüge dächten, sie träumten nur, und deshalb fürchteten, wenn sie sich bewegten oder irgendeinen Laut von sich gäben, ginge der Traum zu Ende und sie wachten im nächsten Augenblick einsam und alleine auf, anstelle einer schönen Frau einen zotteligen Hund an ihrer Seite.

Als hätte er meine Worte verstanden, kam Karl-Heinz wieder zu mir und ließ sich genau vor meinen Füßen auf den Rücken fallen, mit der diesmal berechtigten Hoffnung, von mir gekrault zu werden. „Oh!", rief sie begeistert und lachte.

„Vielleicht bangen sie auch, die Frau ihnen gegenüber würde mit ihren klugen Augen ihre Gedanken lesen können und sie könnten deshalb eine Ohrfeige kassieren."

Sie schmunzelte und schüttelte geschmeichelt den Kopf.

Ich tat so, als hätte ich ihre Reaktion gar nicht mitbekommen, und fuhr fort:

Das wären, grob geschätzt, alle Verhaltenstheorien, die ich im Augenblick im Zusammenhang mit dem deutschen Mann, einer schönen Frau und einer Schweigepause hätte hervorkramen können. Sollte sie nicht zufrieden sein, so möge sie mir einen Tag Bedenkfrist gewähren, ich würde, wenn sie darauf bestehe, am nächsten Tag an derselben Stelle auf sie warten und meine Abhandlung fortsetzen. Daraufhin nickte ich, breit lächelnd, entschuldigte mich kurz und nutzte die Zeit, uns Getränke zu holen. Sie blieb etwas verlegen, doch gut unterhalten an Ort und Stelle und blickte mir interessiert nach. Ich habe gespürt, dass sie mir hinterhergeschaut hat. Manche Eigenschaften, die ungerechterweise nur Frauen zugeschrieben werden, besitzen feinfühlige Männer genauso.

Die Gesichter der Geier in unserer Nähe hätten Sie sehen müssen, als sie merkten, dass ihnen die schönste Frau auf der Party vor der Nase weggeschnappt wurde.

Diese hängenden Kinnladen! Faszinierend!

„Ja, Jungs, so was lernt man nicht in den Hörsälen!", hätte ich ihnen fast zugerufen, aber das war nicht mehr nötig! Sie hatten ja an ihrer Niederlage genug zu knabbern. Außerdem bin ich ja kein Unmensch.

Mein Sieg war doch mehr als offensichtlich. Der Gegner lag am Boden und atmete schwer. Es wäre vollkommen überflüssig, ja stillos gewesen, den Verlierer zusätzlich in die Seite zu treten.

Ebenfalls verzichtete ich darauf, Gülsüm vor den Augen der ausgehungerten Meute zu küssen, obwohl die Situation günstig gewesen wäre. Wenn es sich tatsächlich herausstellen sollte, dachte ich, dass ich mit dieser Frau mein Leben verbringen werde, brauchte ich mit Zärtlichkeiten nicht verschwenderisch umzugehen. Folglich sollten keine Schritte unternommen werden, die nicht hundertprozentig durchdacht waren. Ebenfalls lag es nicht in meinem Interesse, dass man später erzählt, Jürgen Habich hätte die erste Frau geheiratet, die ihm um den Hals gefallen wäre.

Ich konnte warten.

Wir redeten also.

Ich habe an dem Abend alles Wichtige über Gülsüm erfahren. Klar, ebenso viel Unwichtiges, aber das bleibt einem nie erspart, wenn man mit Frauen zu tun hat.

Ich will es Ihnen nicht verheimlichen: Gülsüm übte von Anfang an eine starke erotische Anziehungskraft auf mich aus und ich musste erst einmal überlegen, wie ich in dieser doch etwas delikaten Hinsicht weiterkomme. Immerhin hatte ich es hier mit einem türkischen, sprich moslemischen Mädel zu tun und ich wusste, dass ich eine subtile Vorgehensweise wählen musste, um sie nicht in die Flucht zu schlagen und entsprechend erfolgreich zu sein. Außerdem interessierte sie mich wirklich. Sie war die erste schöne Frau, die ich kannte, die sich von ihrer Schönheit nicht ablenken ließ. Sie war nicht die meiste Zeit damit beschäftigt, die schmachtenden Männerblicke zu zählen und zu erwidern. Sie redete und sie hörte zu.

Sie verstellte sich nicht. Im Nachhinein würde ich natürlich eher behaupten, sie beherrschte die Kunst der Verstellung bis zur Perfektion – doch später mehr davon.

Jetzt vielleicht nur so viel: Gülsüm erspürte immer, welcher Typ Frau ihren Gesprächspartner am ehesten fesseln würde, und lebte diese Rolle, statt sie, so wie die meisten anderen, nur zu spielen.

Sie versuchte mich nicht zu verführen, wie all die Frauen, die mir begegneten, indem sie, wie zufällig, ihren Ausschnitt vor meine Nase platzierten oder beim Aufstehen ihren Hosenbund hochzogen und dabei ihren wohlproportionierten Hintern besonders deutlich zur Schau stellten. Sie flirtete nicht einmal – zumindest nicht offensichtlich –, jedoch war alles an ihr so verführerisch, als hätte sie in ihrem Leben nichts anderes gelernt, als mit allem, was sie tat und sagte, unserem Geschlecht zu imponieren. Sie dürfen mir glauben, mein lieber Herr Dankbar, denn ich habe in meinem Leben genug Frauen kennengelernt, darunter nicht wenige hochkarätige Verführerinnen! Gülsüm schlug sie alle um Längen, und ich weiß nach all diesen Jahren immer noch nicht, ob sie ihre Verführungskünste bewusst einsetzte, indem sie so tat, als wäre sie ihrer Vorzüge gar nicht gewahr, oder ob sie sich ihrer Schönheit in der Tat nicht bewusst war. Sie erzählte, ohne zu versuchen, mich mit irgendeinem weiblichen Trick zu manipulieren, als wüsste sie, dass ich alle Tricks bereits kannte und dass diese auf mich keinen Eindruck machten. Sie lachte – jedes Mal an der richtigen Stelle – immer dann nämlich, wenn ich eine Pointe brachte, kurz, sie verstand mich so, wie mich keine Frau vor ihr verstanden hatte. Obwohl sie selbst keine Spur ironisch war (das hätte mich ihr sofort entfremdet, da ich diese Eigenschaft für ein durch und durch männliches Privileg halte), obwohl sie also selbst keine ironischen Kommentare gemacht hatte – dazu wahrscheinlich gar nicht in der Lage gewesen wäre, denn Ironie erfordert neben einer großen geistigen Flexibilität auch noch einen umfangreichen Wortschatz, den sie zum damaligen Zeitpunkt nicht besaß

–, brauchte ich mich dennoch für meine Ironie nicht zu entschuldigen. Sie hat mich verstanden, sie hat gelächelt oder genickt, und alles war so, wie es sein sollte. Erst später habe ich erkannt, dass genau das der Trick war: Man wähnt sich als Herr der Lage, entspannt sich, das Denken wird träger … prompt schnappt die Falle zu.

Sie guckte mir nicht einmal tief in die Augen, während sie erzählte. Unsere Blicke trafen sich eher flüchtig und das, das können Sie mir glauben, das lag nicht an meiner Schüchternheit. An ihrer auch nicht.

Wir saßen also nebeneinander, auf einer Bierbank, Karl-Heinz Krüger zwischen uns. Ich stellte Fragen, sie fand sie äußerst unterhaltsam (sie lächelte immer ein wenig, wenn sie eine Frage vernahm, guckte kurz zu Boden, als nutzte sie die Zeit, um über die Frage nachzudenken oder die Antwortsätze zuerst für sich zurechtzulegen, dann guckte sie mich an und lächelte) und sie gab Antworten. Gute Antworten. Manchmal antwortete sie etwas zu umständlich, auch nicht besonders genau, ein wenig weitschweifig, aber, wir dürfen nicht vergessen, sie war trotz all ihrer Vorzüge, trotz eines durchaus bemerkenswerten Verstandes immer noch eine Frau.

Diese an sich ernüchternde Tatsache begeisterte mich damals. Im Laufe unseres Gesprächs merkte ich, wie meine Gedanken immer häufiger um eine Frage kreisten, eine, von der ich mir sicher gewesen war, dass ich sie mir nicht würde stellen müssen

– nicht in diesem Leben und nicht mit den zur Verfügung stehenden weiblichen Zeitgenossinnen! Ich fragte mich allen Ernstes, ob ich mir ein Zusammenleben mit dieser Frau vorstellen konnte. Und mein verräterisches Gehirn sagte mir, wenn überhaupt ein Leben mit einer Frau, dann mit dieser.

Ein perfektes Gegenstück für Jürgen Habich gab es nicht. Das wusste ich. Doch schien meine aktuelle Gesprächspartnerin gefährlich nah herangekommen zu sein.

Nicht einmal an ihrem Deutsch hatte ich viel auszusetzen! Es entbehrte vollkommen jener anstrengenden Färbung, die man bei jungen, oft sogar sehr anziehenden Türkinnen in Deutschland heraushörte und danach nie wieder hören wollte.

Es war ein gutes und richtiges Deutsch, weicher, als die deutsche Sprache sein sollte, aber von ihren Lippen, von ihrer Zunge gebildet, klangen die deutschen Wörter vielmehr charmant, erotisch und ja, melodisch. Anders melodisch wohlgemerkt, aber immer noch angenehm. Gepaart mit ihren weichen, fließenden Bewegungen, ihrer Mimik, ihren langen feinen Gliedern, entstand das Bild, der Eindruck eines Engels. Eines schwarzhaarigen Engels wohlgemerkt!

Da konnte etwas nicht stimmen!

Doch das sah ich damals nicht.

Mehr als das, was diese Frau zu bieten hatte, durfte ich vermutlich nicht verlangen, dachte ich. Mehr, als möglichst lange in ihrer Nähe zu bleiben, wollte ich nicht verlangen.

O Herr, wie kann ein kluger Mensch bloß so naiv sein?

Ich entschied mich, mich mehr für diese Frau zu interessieren, weil ich mich dazu entscheiden wollte, sie zu heiraten. Und wie erfährt man mehr über Frauen, die man heiraten will?

Indem man ihnen zuhört. Behaupten Frauen.

Das wirklich Wichtige, was man über eine Frau wissen muss, lernt man sowieso, wenn es zu spät ist, behaupte ich heute.

Damals hörte ich aber tatsächlich zu.

Ich erfuhr also, welche Farbe der Himmel in der Türkei hatte, und das im Sommer, im Frühling, im Herbst und im Winter wohlgemerkt! Ich erfuhr, welche Gefühle sie auf der Reise nach Deutschland begleitet hatten, und auch noch, warum gerade diese Gefühle und warum keine anderen. Ich erfuhr, warum sie Hunde so mochte, dass sie aber auch Katzen liebhatte. Ich erfuhr, wie all die Katzen und Hunde hießen, die sie in der Türkei umsorgt hatte, wie sie ausgesehen hatten, und überflüssigerweise auch noch, was aus ihnen geworden war! Ich erfuhr, wie der beste Istanbuler Graphikkünstler hieß, und vergaß es direkt. Ich erfuhr, dass es männliche und weibliche Feigenbäume gibt, so wie es männliche und weibliche Kiwi-Pflanzen gibt. Ich erfuhr, welche türkische Zeitung ihrer Meinung nach ernst zu nehmen war (selbstverständlich wusste ich, dass man keine orientalische Zeitung ernst nehmen konnte, da man es mit orientalischen Märchenerzählern zu tun hatte – behielt aber in diesem Fall meine Meinung für mich). Zeit genug, meine Frau zu erziehen, würde ich haben, dachte ich damals und merkte mit einer wundersamen Mischung aus prickelnder Aufregung und großer Erleichterung, dass ich in diesem feingliedrigen Lockenkopf, der neben mir saß und lächelte, meine künftige Ehefrau zu erkennen begann.

Ich erfuhr, dass Gülsüm gerne Rilkes Gedichte las, und wechselte schnell das Thema, als sie im Begriff war, eins aufzusagen.

Am nächsten Morgen, während ich über die Möglichkeit einer dauerhaften Verbindung mit der wunderschönen Ausländerin sinnierte, fiel mir ein, was türkische Germanistikdozenten ihren Studenten für komische und teilweise völlig überflüssige Wörter beibrachten, und lachte plötzlich laut.

Manchmal schwieg Gülsüm auch und sagte eine Weile gar nichts. Sie guckte nur in die Ferne. Dieses seltsame Verhalten, das mich damals noch mehr in ihren Bann zog (ich hatte bis dahin keine Frau kennen gelernt, die – wenn sie schon einen dankbaren Zuhörer gefunden hatte – freiwillig schwieg), konnte zweierlei bedeuten – die erste Möglichkeit: So wie alle studierten jungen Frauen wollte auch sie mit ihrem versonnenen Schweigen ein intensives Innenleben signalisieren, das sie für den Beobachter interessanter erscheinen ließ.

Während sie nämlich gedankenverloren in die Ferne blicken, einem in dem besagten Augenblick so nahe und trotzdem so fern erscheinen, dazu auch noch besonders attraktiv aussehen, folglich im armen, nichts ahnenden Beobachter die Lust wecken, sie, von den Sternen zurück, direkt in seine Arme zu holen, bauen sie – alles ein abgekartetes Spiel – vom künftigen Opfer unbemerkt, ihre tödliche Falle auf. Man wähnt sich unbeobachtet und landet vorm Standesamt, bereit, sich samt Besitz verspeisen zu lassen.

Die zweite Möglichkeit, die übrigens die erste nicht ausschließen muss oder, wie in meinem Fall, mit ihr – tragischerweise – Hand in Hand ging: Dieser gedankenverlorene leere Blick ist der eindeutige Hinweis auf einen möglichen späteren Ausbruch einer schweren psychischen Krankheit, auf einen schweren inneren Kampf mit einer irrealen Welt der Seele, den Frau Baştürk damals schon auszufechten hatte und der demjenigen, der mit der Kranken Tisch und Bett teilte, das Leben zur Hölle machen sollte und welchen ich, mit der Blauäugigkeit eines verliebten Jungen, meiner in der Regel hervorragenden Intuition zum Trotz, nicht wahrnahm. Im Nachhinein denke ich, dass ich es vielleicht einfach nicht wahrnehmen wollte, zu verliebt, um klar zu denken.

Nachdem Gülsüm alles Unwichtige losgeworden war, war es an der Zeit, auch manches Wichtige über meine künftige Frau zu erfahren.

Ich weiß jetzt nicht mehr genau, ob mir bereits an diesem Abend klar war, dass ich mit dieser Person Tisch und Bett und den Rest meines Lebens würde teilen wollen.

Selbstverständlich merkte ich sofort, dass Gülsüm nichts lieber getan hätte, als mich zu heiraten. Verstehen Sie mich nicht falsch! Sie war keinesfalls die Art Frau, die sich dem erstbesten Mann an den Hals warf. Weit gefehlt!

Man kann Gülsüm Baştürk sicherlich eine Menge vorwerfen, aber in dieser Hinsicht zählte sie wirklich zu den gemäßigten Exemplaren ihrer Gattung. Sie kannte ihren Wert! Diese Frau musste lange warten, bis sie jemanden gefunden hatte, zu dem sie hochschauen konnte, den sie (mit ihrem Aussehen und ihrer Intelligenz!) immer noch bewundern konnte und der ihren hohen Ansprüchen entsprach.

Plötzlich stand dieser Jemand vor ihr.

Klug genug war sie, um ihn zu erkennen, und gewandt genug, im richtigen Moment und mit passenden Waffen zuzuschlagen. Ich muss vorausschicken, selbst zu den seltenen Vertretern des leider nur vermeintlich stärkeren Geschlechts zu gehören, die in der Lage sind, ihren Unterleib bei zukunftsweisenden Entscheidungen aus dem Spiel zu lassen.

Alles andere wäre in Gülsüms Fall dem Verderben gleich gewesen. Abgesehen von den üblichen Höflichkeitsfloskeln und Seifenblasen, die man als Mann von Welt in der Gesellschaft einer schönen Frau einstreut, ließ ich mir meine ernsthaften Absichten mit ihr erst einmal gar nicht anmerken. Meine Schlagfertigkeit und mein kommunikatives Geschick erlaubten es mir nichtsdestotrotz, das Gespräch mit einer (man darf sich auch mal selbst loben) bewundernswerten Leichtigkeit in die Richtung zu lenken, aus der ich mir die nötigen Informationen versprach.

Mit anderen Worten: Die Katze aus dem Sack kannte man schon, jetzt war es an der Zeit zu erfahren, was alles, von der Katze abgesehen, noch im Sack steckte, denn wie Sie es als Anwalt bereits wissen, die Postleitzahl prägt ebenfalls. So erfuhr ich Folgendes:

Gülsüm wurde am Istanbuler Rand geboren, so sagte sie es: „am Istanbuler Rand", auf der europäischen Seite.

Ihre Eltern trennten sich, als sie sechs Jahre alt war. An ihren Vater konnte sie sich nur verschwommen erinnern. In Istanbul lebte er nicht mehr. Wo er sich herumtrieb, das konnte sie mir nicht sagen. Sie wusste es anscheinend wirklich nicht. Ein Freund des Vaters vermutete, er sei während der Balkankriege nach Bosnien zurückgekehrt, in seine Heimat, die er wegen Gülsüms Mutter verlassen hatte, weil diese wiederum ihre Heimatstadt Istanbul für nichts in der Welt, so drückte Gülsüm sich aus, „für nichts in der Welt" verlassen wollte.

Viele Erinnerungen an die Zeit mit dem Vater hatte sie nicht, doch die wenigen, die sie hatte, schienen ihr eine Menge zu bedeuten.

In typischer Gülsüm-Manier jedoch konnte sie sich genau an die unwichtigen Dinge erinnern, die unnützen Details, so an das Bild eines Flusses, den er immer wieder gemalt haben soll, wusste aber nicht mehr, wie das Dorf hieß, in dem die Familie ihres Vaters sesshaft war.

„So wie Kurt Wallanders Vater das Rebhuhn", sagte sie lächelnd, „immer und immer wieder, immer dasselbe Motiv!"
Höflichkeitshalber wollte ich wissen, was denn an diesem Fluss so besonders war, dass er ihn immer wieder malte. Nicht dass ich mich jemals für die Malerei interessiert hätte und wer Kurt Wallander und dessen Vater waren, wusste ich auch nicht, aber die Frau, die ich mich entscheiden wollte zu lieben, schien es zu beschäftigen. Deshalb fragte ich nach. Nun ja, man hätte es auch so erraten können: Die Farbe war es. Angeblich konnte man sie nie treffen, so wie sie in der Realität war, weil im betreffenden Fluss alle Töne von Blau und Grün enthalten waren, die es jemals auf der Welt gab. Ein ziemlicher Blödsinn, wenn Sie mich fragen, oder haben Sie schon vom Beruf Flussfarbenzähler gehört? Auch ein sehr „nützliches" Wissen, wenn es darum ging, den eigenen Vater zu suchen und zu finden – kein Name, keine Adresse, aber die Farbe eines Flusses irgendwo auf der Welt. Und selbst die unbestimmt! Doch Gülsüm erfasste die Welt eben anders als die meisten Menschen.

In unserer Kennenlernphase dachte ich noch, diese Tatsache spreche für sie. Sie schaut eben anders und deshalb genauer hin. So wie ich.

Ich weiß, ich war ein Narr!

Sosehr die wenigen Informationen, die meine Frau über ihn besaß, darauf hindeuteten, ein Taugenichts war mein unbekannter Schwiegervater ganz und gar nicht. Monate später erfuhr ich nämlich, jedoch nicht von meiner Frau, sondern von einem ihrer vier Onkel mütterlicherseits, dem dicken Onkel Mahmut, der immer angestrengt durch die Nase pustete, wenn er eine Frage beantworten sollte, deren Antwort er ausnahmsweise kannte, dass dessen Schwager, Gülsüms Vater, neben der Malerei, der er anscheinend durchaus frönte, auch einen richtigen Beruf hatte und in Istanbul Augenarzt war. Anscheinend hätte er noch viel mehr werden können. „Der Weg war da", sagte Mahmut, „der Wille aber pfutsch", und bei dem Wort „pfutsch" hob er seine dicken zusammengewachsenen Augenbrauen und pustete drei Mal hintereinander schnell durch die Nase.

Mit anderen Worten, der unbekannte Schwiegervater hätte Karriere machen können, wenn er auf Karriere aus gewesen wäre. „Große Karriere!", wiederholte Mahmut zwei Mal und pustete ebenso oft.

Mahmut hatte neun Jahre in Deutschland gearbeitet, sprach ein gebrochenes Deutsch und dachte ebenso gebrochen. Offensichtlich glaubte er, dass man in der deutschen Sprache einer Sache mehr Gewicht verlieh, wenn man sie nicht nur häufig genug wiederholte, sondern ihr ebenso oft hinterherpustete.

Man soll Gülsüms Vater einen Posten als Chefarzt irgendwo in der Türkei angeboten haben, doch er zog es vor, für deutlich weniger Geld das Augenlicht der armen Schlucker in einem der bescheidensten Krankenhäuser Istanbuls zu reparieren, bis er sich irgendwann ganz aus dem Staub machte und nicht nur seine Patienten, sondern auch seine Familie im Stich ließ.

„Fürs Geldverdienen war er nicht geschaffen!", räsonierte Mahmut kopfschüttelnd. „Nicht geschaffen! Nicht geschaffen!"

Der Vater hinterließ einen kurzen Brief, der mehr verhüllte als aussagte, einen Kaufvertrag für eine sehr kleine Wohnung in einem der immerhin besseren Viertel Istanbuls, die gleich auf den Namen von Gülsüms Mutter überschrieben war, und eines seiner Flussbilder für Gülsüm.

Ich weiß nicht, was der Mann sich dabei gedacht hat und ob er sich überhaupt etwas dabei gedacht hat, so zu verschwinden und Frau und Kind mit einer Wohnung und dem Bild eines Flusses abzuspeisen, aber ganz bei Sinnen scheint er nicht gewesen zu sein.

Oder es ging doch um etwas ganz Anderes?!

Die ganze Geschichte hätte mir natürlich damals schon eine Lehre sein müssen! Man brauchte nur genau zuzuhören, um zu merken, dass in dieser Familie eine Neigung zu unüberlegten Entscheidungen und zur Verantwortungslosigkeit bereits in den Genen angelegt war! Statt die arme kleine vaterlose Gülsüm zu bemitleiden und beschützen zu wollen, hätte ich mich fragen müssen, warum ein offensichtlich humaner Mensch, einer, dem das Wohlergehen seiner Mitbürger so am Herzen lag, dass er dafür die eigene Prosperität vernachlässigte, ein liebender Familienvater Hals über Kopf die eigene Frau und das Kind verlässt, ohne nur einen plausiblen Grund zu nennen. Wie kann so jemand einfach verschwinden? Was war das eigentliche Geheimnis seines Verschwindens?

Einige Jahre später hörten wir von einem sehr entfernten Verwandten, dass Gülsüms Vater in Dubai praktizierte, reich, angesehen und angeblich verheiratet wäre, doch von diesem Reichtum hatte meine Frau bis zu diesem Zeitpunkt nichts gesehen und später leider, all meiner Bemühungen ungeachtet, sie dazu zu bringen, ihren Vater ernsthaft zu suchen, auch nicht.

Wie auch? Meine Frau glaubte diesen Dubai-Geschichten nicht! Der besagte Vetter würde Märchen erzählen, meinte sie, und ein wenig größenwahnsinnig wäre er angeblich auch noch gewesen: „Immer schon", sagte sie und nickte, „immer schon!"

Meine Frau hatte natürlich für alles ihre eigene Erklärung, die natürlich die einzig richtige war, so auch in diesem Fall. Die Familie ihrer Mutter habe dem Vater seinen fehlenden Ehrgeiz nicht verzeihen können. Sie wollten es nicht glauben (wer sollte es ihnen auch übelnehmen?), dass einer so mir nichts, dir nichts den Posten eines Chefarztes ablehnte. Sie sollen auch Gülsüms Mutter den Kopf gewaschen haben, so dass auch sie ihn am Ende nicht in Ruhe ließ, obwohl sie zuerst seine Haltung akzeptiert haben soll.

„Sie haben ihn gemocht, das weiß ich, nur verstanden haben sie ihn nicht. Jetzt wollen sie ihn in ihren eigenen Augen post festum rehabilitieren, indem sie ihm einen Lebenslauf andichten, den er niemals hätte haben können!", schloss meine Frau schulterzuckend.

Ihr Vater hätte die Seele eines Bauern, meinte sie, als ich wissen wollte, warum sie sich in ihrer Ablehnung der Dubai-Geschichte so sicher war. Angeblich hätte er keine Großstadt der Welt lange ertragen. Dubai war eine.

Ihre Mutter habe Istanbul geliebt, sei ein Großstadtmensch gewesen. Ihr Vater nicht. Deshalb hätten sie sich auch getrennt! Ihr Vater wollte in seine Heimat zurück. Nach Bosnien zurück. Er habe es in der Türkei, in Istanbul, nicht ausgehalten.

Einmal habe sie ihre Mutter schreien gehört, dafür habe sie nicht studiert, um als Dorflehrerin auf irgendeinem bosnischen Berg zu versauern. Ein paar Monate später sei er verschwunden.

„Er ist in seine bosnische Provinz zurückgekehrt!", schloss meine Frau überzeugt. Es konnte für sie nicht anders sein.

Gülsüm bastelte sich ihre Wahrheit immer so zusammen, wie es ihr gerade passte, und dies war ein Paradebeispiel dafür, wie sie gegebene Tatsachen ignorierte und zu leugnen versuchte.

Die Erklärung ließ ihr die Möglichkeit, ihren Vater für das, was er getan hat, nicht zu verachten. Vor allem ließ sie ihr die Freiheit, ihn nicht zu suchen und möglicherweise enttäuscht zu werden, denn wenn sie etwas nicht aushalten konnte, dann waren es enttäuschte Erwartungen. Dafür war Gülsüm einfach zu schwach.

Gülsüms Mutter kommentierte das Verschwinden ihres Ehemannes wie folgt: Er habe sich ein anderes Leben ausgesucht, in dem es keinen Platz für die beiden gegeben habe.

„Kein Platz zum Atmen!", rief sie, obwohl sie keine zwanzig Zentimeter von der Kleinen entfernt war. Sie quetschte die damals pummelige Sechsjährige in ihre rote Lieblingshose hinein, hob sie am Hosenbund hoch, schüttelte einmal kräftig, ließ sie wieder herunter, zog fast verzweifelt am viel zu engen Hüftteil und versuchte vergeblich, den Reißverschluss zuzumachen. Als das Mädchen klagte, die Hose kneife sie überall und sie könne nicht atmen, fuhr die Mutter es auch noch an:

„Siehst du, das bedeutet: kein Platz zum Atmen!'", rief sie. Seitdem assoziierte Gülsüm mit Vaters Heimat Bosnien (für sie gab es einfach keinen Zweifel daran, dass er dorthin zurückgekehrt war) immer ihre schönste, doch zum Atmen viel zu enge rote Hose. Und sie spürte keine Lust, ihm irgendwohin zu folgen, wo es vielleicht am schönsten, doch zu eng zum Atmen war.

In der Pubertät versuchte sie erneut, mehr über den eigentlichen Trennungsgrund der Eltern zu erfahren. Doch sosehr sie sich auch bemühte, sosehr sie auf ihre Mutter einredete, ließ diese sich doch nicht erweichen und sie trug zum Thema nichts

Klärendes mehr bei. Vielleicht hoffte sie, dass der Mann irgendwann wiederkäme. Geheiratet hatte sie aber trotzdem wieder! Vielleicht wusste sie von einer anderen Frau, oder sie hatte einen Verdacht. Vor ihrer Tochter hatte sie dies nie zugegeben, doch das Mädchen wurde älter und machte sich so seine Gedanken.

Gülsüm behauptet immer noch, im Inneren sei sie sich immer sicher gewesen, dass der Vater zu seinem Fluss zurückgekehrt sei, damit er ihn nicht mehr malen müsse – so wie das ewige Denken an die geliebte Person sofort aufhöre, sobald man sie wieder bei sich habe, sagte sie. Suchen wollte sie ihn nicht. „Nicht ich habe ihn verlassen!", fauchte sie mich ungeduldig an, wenn ich auf sie einredete.

Ich versuchte es ohne Gülsüms Wissen. Ich tat es nicht wegen des Geldes, obwohl eine zusätzliche Geldquelle in Dubai bei unserer finanziellen Situation natürlich gar nicht übel gewesen wäre.

Nein! Mir ging es – wie soll es auch anders sein – um Gülsüms seelische Gesundheit, um ihre Identitätsfindung. Ich hoffte, dass ihr eine erneute Begegnung mit ihrem Vater helfen würde, die inneren Schranken, die sie allen Männern gegenüber aufgebaut hatte, mich eingeschlossen, aufzubrechen. Der Cousin von einem Freund eines Bekannten lebte nämlich selbst in Dubai und ich hoffte, dass er uns da weiterhelfen könnte, doch es war schwieriger, als ich gedacht hatte. Gülsüm konnte zwar gerade noch den vollständigen Namen ihres Vaters buchstabieren – sie und ihre Mutter trugen den Namen des zweiten Ehemannes der Mutter –, doch kam ich bzw. der Cousin des Freundes meines Bekannten mit diesen wenigen Infos nicht weiter. Außerdem hätte er natürlich auch seinen Namen ändern können, der fabelhafte Vater, wenn er nicht gefunden werden wollte.

Im Gegensatz zu Gülsüm und ihrer Mutter sprach die Verwandtschaft mütterlicherseits offen von einer anderen Frau, die Gülsüms Vater bezirzt haben soll. Hasan sei ein Bild von einem Mann gewesen, groß und schlank, pechschwarze Augen, dichtes, lockiges Haar – „Ein selten schöner Mann!", so Gülsüms Tante Jasmin schwärmerisch und bei dem hätten einige Damen Schlange gestanden!

Viel zu ihrem Vater sagte Gülsüm an unserem ersten Abend nicht, obwohl ich klar zeigte, dass mich dieses Thema, im Gegensatz zu Rilke, durchaus interessierte.

Ich selbst war damals anscheinend doch so sehr von Gülsüms Aussehen in den Bann gezogen, dass ich nicht einmal daran dachte, genauer nachzuforschen, bevor ich mich zu einem ehelichen Bund entschloss.

War es wirklich möglich, dass eine glückliche Ehe so mir nichts, dir nichts auseinanderbrach? Welcher Grund konnte gewichtig genug sein, jemanden zu verlassen, bei dem man sich geborgen fühlte? Wenn sie sich, wie Gülsüm es gerne behauptete, wirklich geliebt hätten, hätte keine Frau, kein Fluss und auch kein

Meer dazwischenfunken können!

Theoretisch wäre es natürlich möglich, dass Gülsüms Vater in der Pause zwischen zwei Grüner-Star-OP-s Entspannung im Schoß einer lebenslustigen Krankenschwester suchte. Dass er aber deswegen gleich seine Familie verließ, wo er als Moslem ganz bequem beides hätte haben können? Es leuchtete mir nicht ein!

Als einer, der internationales Scheidungsrecht zum Schwerpunkt seiner Studien gewählt hatte, werden Sie jetzt vermutlich entgegnen, dass der Mann nach dem altislamischen Recht auch die lebenslustige Krankenschwester hätte ehelichen müssen und dass dies vielleicht doch zu viel des Guten gewesen wäre: Die Krankenschwester hätte dann die gleichen Rechte wie die Erstfrau, der Mann doppelte Pflichten!

Doppelte Kuschelpflicht!

Faszinierend, wie die Religion das Leben verkomplizieren kann! Zwei Ehefrauen, die beide die gleichen Rechte haben! Schlimmer kann es einen nicht treffen! Und da behaupte einer, der Islam wäre *frauen*feindlich!

Da überlegt man sich die Sache mit der Eheschließung natürlich zweimal und wählt hoffentlich die altbewährte, gutbürgerliche Variante: Ehefrau und Geliebte. Die eine denkt, die Einzige zu sein, und macht einem die Wäsche, die andere denkt, die Einzige, die der Mann liebt, zu sein, und macht alles mit, damit es so bleibt.

Der Mann denkt in diesem Fall mal gar nicht, weil er seinen Spaß haben will. Wenn er es geschickt genug anstellt und die beiden Frauen mitmachen, dann kann er den Spaß jahrelang aufrechterhalten. Er braucht nur jeder in regelmäßigen Abständen zu erzählen, dass sie diejenige ist, die er wirklich liebt und immer lieben würde. Nichts weiter! Sogar der Text bleibt gleich! Nicht einmal versprechen kann man sich!

Wenn er sich sicher fühlt, kann er der Geliebten natürlich auch noch das Verantwortungsgefühl seinen Kindern gegenüber als die einzige, doch unüberwindbare Kluft für ein Leben mit ihr vorgaukeln. Dann steht er auch noch als Märtyrer da, hat quasi auch noch den Anspruch, getröstet zu werden, und alle sind zufrieden! Gut, die Frauen vielleicht nicht in dem Maß wie der Mann, immerhin darf er doppelt genießen – aber, seien wir mal ehrlich: Eine Frau zufriedenzustellen ist ohnehin ein unmögliches Unterfangen! Ich bitte Sie! Welche Frau ist jemals rundum zufrieden? Kennen Sie vielleicht eine? Ich nicht. Eins ist jedenfalls klar: Wenn eine Frau wirklich nichts mehr zu meckern hat – nicht einmal an ihrem Körper –, dann ist sie sicher schon tot!

Spaß beiseite, so einfach, wie ich es hier zu Ihrem Amüsement darstelle, ist es in Wirklichkeit natürlich ganz und gar nicht. Verletztes Ego verzeiht einem keiner!

Mittlerweile bin ich mir sicher, dass doch etwas anderes in der angeblich glücklichen Ehe vorgefallen sein muss. Vielleicht eine schwere seelische Krankheit, die den Mann in die Flucht trieb.

Nicht die Krankheit des Mannes! Die Krankheit der Frau wohlgemerkt!

Den ersten in die Flucht, den zweiten in den Tod.

Ich gebe zu bedenken, dass Gülsüms Stiefvater, Betüls zweiter Ehemann, ums Leben gekommen ist, nur vier Jahre nach der Hochzeit mit Gülsüms Mutter. Gülsüm war gerade mal 12!

Was erfuhr ich noch an dem Abend:

Gülsüm wuchs bei ihrer Mutter auf. Jene arbeitete als Grundschullehrerin in Istanbul. Eine Schule inmitten der Slums. Eine goldene Nase verdiente man sich dort nicht, aber sie besaß eine Eigentumswohnung, musste keine Miete zahlen und für das Leben reichte es offensichtlich. Eine jüngere Schwester hatte Gülsüm auch noch, die in Izmir verheiratet war und zwei Kinder hatte. Diese habe sich, seit die Kinder da seien, sehr verändert, erzählte Gülsüm an dem Abend. Härter geworden. Bildende Kunst habe die Schwester studiert, sei sehr talentiert gewesen, habe noch während des Studiums Ausstellungen gehabt. Seit sie verheiratet war, war sie laut meiner Frau nur noch für ihre Familie da und mochte es nicht einmal, auf ihre künstlerische Vergangenheit angesprochen zu werden. Gülsüm erzählte, sie habe mit Tricks versucht, die Schwester vom Herd zu locken, so drückte sie sich aus, „sie vom Herd zu locken", sagte sie, habe ihr Einladungen für diverse Ausstellungen in Istanbul geschickt, doch jedes Mal habe die Jüngere im letzten Augenblick abgesagt. Entweder hatte sie längst etwas Anderes vorgehabt, was ihr dann zu spät einfiel, oder eins der Kinder war plötzlich erkrankt. Oder der Ehemann.

„Sie hat das Glück der Zufriedenheit geopfert!", schloss Gülsüm, lächelte ihr rätselhaftes Lächeln, das sie noch begehrenswerter machte, als sie ohnehin war, und guckte in die Ferne.

Wissen Sie, Herr Dankbar, das hat die Vorsehung eigentlich schön eingerichtet: Dem Menschen wurde der Verstand gegeben, damit er auch allein zurechtkommen kann, ohne den Herrn ständig zu bemühen. Und das Gehör wurde dem Menschen gegeben, damit er hören und verstehen kann, woher die Gefahr kommt.

Es gab so viele Vorzeichen, so viele Katastrophenwarnungen, die der Herrgott in das Erzählen meiner Frau eingebaut hatte, dass ich jetzt wirklich nicht klagen dürfte, ich hätte es nicht wissen können. Im Gegenteil, ich hätte es wissen müssen! Die Warnlichter leuchteten überall! Schon an diesem ersten Abend. Ich habe sie nicht gesehen, urteilen Sie über mich, wie Sie wollen! Sagen Sie, ich wäre dumm, naiv, unverantwortlich und selber schuld, dass ich mit so einer Person auch noch Kinder in die Welt setzen musste – ich verstehe Sie und Ihre Entrüstung. Nun, ich denke, ich habe die Warnlichter damals nicht gesehen, weil ich sie nicht habe sehen wollen! Ich hatte die Gelegenheit, die Flucht zu ergreifen, bereits an diesem ersten Abend. Wir saßen lange genug in trauter Zweisamkeit! Ich hätte gehen können, spätestens nachdem alle Männer auf der Party mitbekommen hatten, dass die schönste Frau auf mich stand und für mich alle anderen stehenließ! Ich hätte ihr noch einen schönen Abend wünschen können, aufstehen und als Sieger gehen können. „Schön, dich kennengelernt zu haben!", hätte ich sagen können, „ich wünsche dir noch einen angenehmen Aufenthalt in Deutschland!", oder väterlich: „Es war schön, mit dir zu reden, mein Kind. Ich hoffe, du hast noch eine schöne Zeit in Deutschland und lernst viel. Grüße an die Frau Mama!" …, oder auch offen, ehrlich und pädagogisch wertvoll: „Es hat mir Spaß gemacht, mit dir zu reden, mehr, als ich es ursprünglich erwartet hatte. Obwohl ich nicht mal die Hälfte von dem, was du mir erzählt hast, mitteilungswürdig fand, habe ich dir gerne zugehört. Nicht mal deinen Akzent fand ich anstrengend! Nichtsdestotrotz bleibe ich bei meiner Überzeugung, dass Südländer grundsätzlich kein Deutsch sprechen sollten, weil ihre Sprechorgane so viel Kraft einfach nicht hergeben. Dass dein Deutsch in meinen Ohren doch melodisch klang, bedeutet nur, dass du zu den Ausnahmen zählst, die die Regel bestätigen. Ich denke, das Gespräch mit mir hat dir gezeigt, an welchen Stellen deine Akzentgebung noch zu wünschen übriglässt. Insgesamt finde ich, hast du für eine Türkin eine passable, gar attraktive Aussprache und machst beim Sprechen ausgesprochen wenig Fehler. Dass du noch viel Training brauchen wirst, weißt du selbst, da du ein kluges Köpfchen hast, doch leider ist mein Terminkalender in den nächsten Wochen brechend voll." Um nicht Gefahr zu laufen, arrogant zu klingen, hätte ich ihr am Ende anbieten können, sie zwecks weiteren Trainings anzurufen, wenn einer meiner Termine, aus welchen Gründen auch immer, ausfallen sollte.

Ob sie jemals darüber nachgedacht hätte, in Deutschland zu leben, fragte ich sie stattdessen und wusste plötzlich nicht, was in mich gefahren war, welcher Jürgen Habich aus mir sprach und was er überhaupt vorhatte.

Sie kenne Deutschland zu wenig, um sich solche Gedanken zu machen, hörte ich sie wie aus der Ferne antworten. Von der deutschen Sprache und der deutschen Literatur – die sie beide liebte – abgesehen, bestehe keine ausreichende emotionale Bindung zu Deutschland, die sie dazu bewegen würde, ihr Land zu verlassen. Sie kenne in Deutschland so gut wie keinen, die einzige Freundin, die sie hier habe, sei ihre Brieffreundin Silke … Diese tauchte übrigens mit ihrem unansehnlichen Begleiter erst gegen elf Uhr auf und verschwand bald wieder mit demselben, nachdem sie sich den Rest Kartoffelsalat und ein kaltes Tofu-Würstchen in den Mund gestopft und währenddessen – mit vollem Mund wohlgemerkt – etwas über Umweltverschmutzung gefaselt hatte. Die Tatsache, dass Gülsüm und ich auf ihre Anwesenheit sehr gut verzichten konnten – dies habe ich ihr unmissverständlich zu verstehen gegeben, als Gülsüm für eine

Weile auf der Toilette verschwand –, trug Silke mit Fassung. Natürlich muss es sie schwer getroffen haben, dass sie bei mir kein Fünkchen einer Chance hatte! Die Brillenschlange gehörte aber zu der Art Frauen, die solche Gefühle gewandt verstecken können. Immerhin war Silke vierunddreißig und immer noch ohne einen festen Freund – Zeit genug zu lernen, Enttäuschungen zu verbergen. Anderenfalls hätte sie ihr Leben lang zu ihrem hässlichen auch noch ein frustriertes Gesicht tragen müssen, was auch die letzten halbblinden Interessenten, Typ ihr aktueller Begleiter, vertrieben hätte.

Sie verabschiedete sich also bald wieder, indem sie zu Gülsüm sagte, sie hätte ihr nun wirklich sagen können, dass sie sich lieber von Jürgen Habich nach Hause bringen lasse, man gehe ja nicht wie selbstverständlich davon aus.

Die Arme! In ihrem Fall konnte man natürlich nicht auf die Idee kommen, nicht einmal davon träumen, dass Männer wie ich Frauen wie sie freiwillig nach Hause begleiten würden. Wir spielten nun einmal in unterschiedlichen Ligen. Was Gülsüm betraf, ich glaube, sie hatte damals nicht alles ganz verstanden. Sie grinste, als halte sie Silkes Worte für einen Witz, kleine Stichelei unter Freundinnen. Jedenfalls rechnete sie auch noch bis Mitternacht mit Silkes Erscheinen und staunte nicht schlecht, als diese eine Dreiviertelstunde nach Mitternacht immer noch nicht erschienen war.

Aus Solidarität mit Gülsüm, aber auch aus eigenen Stücken bezeichnete ich Silkes Nichterscheinen als äußerst unzuverlässig. Selbstredend hatte ich nichts dagegen, Gülsüm nach Hause zu bringen. Dass Silke jedoch davon ausging, ich würde dies auch tun, ärgerte mich! Natürlich habe ich sie informiert, dass ihre Freundin den Rest des Abends liebend gerne mit mir allein verbringen würde. Doch sprach ich in diesem Fall lediglich von den Wünschen ihrer Freundin und verlor kein Wort über meine eigenen. Silke hatte lediglich Glück, dass sich meine Wünsche von denen Gülsüms nicht wesentlich unterschieden und ich tatsächlich gerne in der Gesellschaft der sympathischen Türkin war. Nachdem Gülsüm schon zum zwanzigsten Mal innerhalb von fünfzehn Minuten besorgt auf die Uhr geblickt hatte, bemerkte ich, sie solle mit ihrer Freundin, so unzuverlässig diese auch sein möge, nicht allzu hart ins Gericht gehen. Die scheine nämlich, aller Wahrscheinlichkeit nach, nach langem Suchen einen Mann gefunden zu haben, der sich für sie interessiere. Da greife sie selbstverständlich zu, vergesse die eine oder andere freundschaftliche Verpflichtung. Wenn die Liebe im Spiel sei, da tue man manchmal Dinge, für die man sich zu einem anderen Zeitpunkt und in einer anderen seelischen Verfassung schämen würde.

Wie Recht ich hatte!

In Silkes Fall kam auch noch der Selbsterhaltungstrieb dazu. Täten sie das nicht, würden Frauen wie Silke aussterben, wollte ich noch sagen, sagte es aber nicht, da ich mir nicht sicher war, ob Gülsüm meinen sehr subtilen Humor verstehen und entsprechend reagieren würde. Ich jedenfalls könne sie nach Hause bringen, ihr Einverständnis vorausgesetzt, sagte ich ernsthaft. Sollte sie von Silkes Wohnung keinen Schlüssel haben, könnte ich als alternative Übernachtungsmöglichkeit auch meine Wohnung und mein Bett anbieten, wobei ich in diesem Fall selbstverständlich auf dem Sofa im Wohnzimmer schlafen würde. Ich bot sogar an, bei einem Freund zu übernachten, sollte sie sich mit dem Gedanken, in einer fremden Wohnung mit einem fremden Mann im Nebenzimmer zu übernachten, nicht anfreunden können. Sie merken, ich tat alles dafür, meiner Zukünftigen zu zeigen, dass ich auf Sex mit ihr nicht aus war. Nicht in dieser Nacht und nicht ausschließlich. Ich wusste, dass besonders schöne Frauen sehr kritisch mit sich umgehen und dass gewisse Zweifel an der eigenen Anziehungskraft eine schöne Frau am schnellsten dazu bringen können, ihren Widerstand aufzugeben. Die Zeit arbeitet für den, der mit ihr lässig umgeht, mein lieber Herr Dankbar!

Gülsüm sagte, sie habe den Schlüssel. Nichtsdestotrotz bedankte sie sich für mein galantes Angebot. Die Spuren der Erleichterung auf ihrem Gesicht sprachen Bände.

An diesem ersten Abend gab ich ihr einen freundschaftlichen Kuss auf die Wange und sagte, dass ich mich freuen würde, sie wiederzusehen. Sie errötete und sagte: „Ebenfalls."

Am nächsten Tag fuhr ich bei ihr vorbei.

Ein freudiges Lächeln ließ ihr Gesicht erstrahlen, ein Hallo und erwartungsvolles, aufgeregtes Schweigen. Da stand sie im Türrahmen und strahlte von Kopf bis Fuß, als hätte sie keine sehr komisch geschnittene Jogging-Hose an, sondern ein glitzerndes Paillettenkleid, das sie bereits für eine Party anprobierte.

Nichts Anderes hatte ich erwartet, doch muss ich trotzdem zugeben, dass mir diese offensichtliche Zuneigung durchaus schmeichelte. Ich meinerseits gab laut und deutlich zu, dass ich, seitdem wir uns kennengelernt hatten, viel häufiger an sie denken musste, als es mir lieb war, und warf ihr einen gespielt vorwurfsvollen Blick zu.

Das sei doch schön, sagte sie, dass ich an sie gedacht hätte, und strahlte. Ich merkte, wie mir bei jedem ihrer Lächeln immer wärmer ums Herz wurde, und musste darüber nachdenken, was für eine seltene Gabe manche Menschen besaßen, mit ein paar Bewegungen der Gesichtsmuskulatur ihr Gegenüber in glücksähnliche Zustände zu versetzen. Meine Zukünftige schien solch ein Mensch zu sein. Dass eine Medaille notwendigerweise immer zwei Seiten hatte, ja, darüber dachte ich nach, als es schon zu spät war.

Trotz ihrer freudigen Ausstrahlung wirkte Gülsüm irgendwie angespannt. Als ich sie darauf ansprach, sprudelte es förmlich aus ihr raus: Sie habe gerade Besuch gehabt: „Zwei sehr höfliche junge Männer." Keine, die sie kannte, deutete sie meinen fragenden Blick richtig.

„Das waren zwei ehemalige Gefängnisinsassen", sagte sie in ihrem schönsten, hochtrabenden Deutsch, „die im Gefängnis waren, weil sie Drogen genommen hatten. Ich hatte noch nie jemanden kennengelernt, der im Gefängnis saß. Und dann waren sie auch noch so nett! Und sie haben es geschafft, jetzt sind sie nicht mehr süchtig und sie wollen ein neues Leben anfangen! Der Chef einer Firma, die den Zeitungsverkauf betreibt, hat ihnen eine Arbeitsstelle und somit eine Chance geboten, neu anzufangen!"

„Wie edelmütig von ihm!", bemerkte ich mit einer kaum wahrnehmbaren Spur von Ironie in der Stimme und ließ mich auf den erstbesten Stuhl fallen. Gülsüm hatte ihr dickes Haar zu einem Pferdeschwanz gebunden und oben auf dem Kopf eingekringelt. Dadurch sah sie niedlich aus, doch nicht annähernd so verführerisch wie am Abend zuvor. Die Frisur würde ich ihr in Zukunft schon austreiben, dachte ich! Wozu langes Haar, wenn man es in einem Dutt versteckt? Ich wollte sie bitten, ihre Haare aufzumachen, doch dies hätte sie als ein falsches Signal deuten können, also verwarf ich den Gedanken und konzentrierte mich erneut auf das, was sie sagte.

Obwohl sie sich am Anfang ein wenig überrumpelt fühlte, gestand Gülsüm, sei sie doch stolz gewesen, alle Fragen der beiden „Jungen" verstanden und beantwortet zu haben. Sie hätten auch ihr Deutsch gelobt, erwähnte sie heiter. Leider musste sie ihnen sagen, fügte sie jetzt wiederum enttäuscht hinzu, in Deutschland nur zu Besuch zu sein.

Deshalb konnte sie auch keine ihrer Zeitungen abonnieren. Das sei ihr selbst sehr unangenehm gewesen, da sie ihnen gerne geholfen hätte, denn mit der Entscheidung für ein Abonnement hätte sie den beiden beim Aufbau deren neuer, legaler Existenz helfen können. Sie wurde kurz still, guckte mich prüfend an, um sich meiner Aufmerksamkeit zu vergewissern, und fuhr beruhigt fort:

Eine Menge Fragen hätten sie ihr gestellt, erzählte sie, und alle habe sie mit einem Ja beantworten können. Nur die letzte, die musste sie verneinen und dadurch sei eigentlich alles umsonst gewesen.

Was das denn für eine schicksalhafte Frage gewesen sei, fragte ich und bemühte mich, ein Lächeln zu unterdrücken.

Ob sie eine der Zeitungen abonnieren würde, berichtete sie, und sie habe die Frage mit einem Nein beantworten müssen.

Dies war ihr überaus peinlich, weil sie zuerst gesagt habe, sie würde helfen wollen. Aber sie hätte sich „den Spiegel" oder „die Brigitte" kaum nach Istanbul schicken lassen können. Sie schloss ihren Bericht und trank einen Schluck Milch aus ihrem überdimensionalen Kaffeebecher. Eigentlich sah es eher so aus, als würde Gülsüm von diesem Becher verschluckt samt den Knopfaugen und dem eingerollten Pferdeschwanz.

Den Sinn und Zweck dieser eimerähnlichen Kaffeetassen hatte ich nie verstanden. Deren Geschmacklosigkeit hätte in einer anderen Situation vermutlich gereicht, mir auch die Frau, die sich daran festklammerte, abstoßend zu machen.

In Gülsüms Fall war einfach alles anders! Ich fand das ganze Bild zwar immer noch komisch, doch irgendwie unterhaltsam, ja ich fand es schön! Jedenfalls verlor ich keinen einzigen Gedanken daran, dass die Nutzlosigkeit des bevorzugten Geschirrs so manches über entsprechende Eigenschaften des Besitzers aussagen mag.

Ich tröstete sie, die jungen Männer hätten ihre Situation bestimmt verstanden und ihr bereits verziehen. Kurz dachte ich darüber nach, meine künftige Frau über die Funktion der Drückerkolonnen aufzuklären, aber aus irgendeinem Grund ließ ich es sein. Ich glaube, ich wollte es vermeiden, Gülsüm zu erschrecken – mit Deutschland zu erschrecken.

Ich befürchtete, sie könnte sich in ihrem Wunsch, anderen Menschen zu helfen, missverstanden, ja missbraucht fühlen.

Noch mehr Angst hatte ich jedoch davor, die Frau, die ich in Gedanken schon als meine Zukünftige sah, könnte beginnen, sich dieses Land aufmerksamer anzusehen und das Ergebnis dieses genauen Hinsehens könnte sie womöglich in die Flucht treiben.

Ich wusste zum damaligen Zeitpunkt noch nicht genau, was ich eigentlich mit dem Lockenkopf, der mir gegenüber in seinem Milchbechereimer zu ertrinken drohte, vorhatte; ich wusste nur, dass ich ihn brauchte, weil mir in seiner Gegenwart die Welt auf einmal erträglich erschien.

Statt Gülsüm in puncto Vertrauensseligkeit rechtzeitig aufzuklären, erkundigte ich mich, wann Silke so nach Hause gekommen und ob sie allein oder in Begleitung gewesen sei. Sie hätten sich nur ganz kurz gesehen, morgens, bevor Silke zur Arbeit gegangen sei. Sie wusste nicht, ob Silke allein nach Hause gekommen war. Gehört hatte sie sie in der Nacht nicht, weil sie selbst tief und fest geschlafen habe. Es wäre natürlich möglich gewesen, dass der ominöse Begleiter vom vorherigen Tag früher aufgestanden und gegangen sei als Silke ... Sie lächelte.

Vielleicht hatte er eine feste Freundin und musste sich beeilen, ins Bett zu kriechen, bevor diese wach wurde, dachte ich, ohne es vor Gülsüm auszusprechen. Nach einem regelmäßigen Arbeitsleben sah die Gestalt jedenfalls nicht aus und dass er sich von einer Frau aushalten ließ, war ihm durchaus zuzutrauen.

Gülsüm bot mir Kaffee an, was ich nicht ablehnte. Sie selbst stellte sich zu ihrem Milchbecher noch eine angetrunkene Tasse kalten Tee auf den Tisch und versuchte sich daraufhin als Kaffeeköchin.

Um Sie an meiner Intelligenz nicht zweifeln zu lassen, schicke ich voraus, dass die im Folgenden beschriebene Episode jeden klar denkenden Menschen in höchste Alarmbereitschaft versetzt hätte! Sie zeigt deutlich auf, dass Gülsüm Baştürk grundlegender lebenspraktischer Fähigkeiten entbehrte. Zum damaligen Zeitpunkt befand sich jedoch meine sonst nonstop funktionierende Alarmanlage für menschliche Makel leider nur im Standby-Modus.

Schlimmer noch: Ein strahlendes Lächeln dieser Frau reichte, die gesammelte Erfahrung Jürgen Habichs, eines Mannes von Welt, seine immer wache Aufmerksamkeit und – leider muss ich das ebenfalls gestehen, so erniedrigend es für mich auch sein mag – seinen immer wachen Verstand außer Kraft zu setzen, ohne dass der Betroffene, in diesem Fall leider meine Person, überhaupt irgendetwas merkte!

Schlimmer noch, ohne dass er irgendetwas vermisste!

Vielleicht merkte ich es auch – im Nachhinein weiß ich es nicht mehr so genau –, doch ich ließ es geschehen, weil ich mich nie zuvor so sicher und so entspannt gefühlt hatte wie in diesem Augenblick, mit mir selbst und der Welt im Reinen. Ein schicksalhafter Fehler, mein lieber Herr Anwalt, den ich jahrelang büßen sollte!

Wenn diese ganze Scheidungssache erfolgreich unter Dach und Fach gebracht und in mein Leben wieder Ruhe und Ordnung eingekehrt sind, werde ich meine gesammelten Erfahrungen in einem Buch veröffentlichen. Andere intelligente Männer sollen daraus lernen, unter keinen Umständen und für kein Geld der Welt auch nur für einen Augenblick sich nur dem Gefühl hinzugeben und auf ihr Urteilsvermögen völlig zu verzichten – dem

Gefühl, dass alles gut wird, nur weil es sich für einen Moment so anfühlt.

DIE FALLE! So sollte das Buch heißen oder besser „VORSICHT, FALLE!"; die von einem hinterlistigen, abgebrühten, verschlagenen, mit allen Wassern gewaschenen boshaften Weib gestellte Falle!

Unser Verstand ist, was uns Männern den Titel das starke Geschlecht eingebracht hat. Nicht unsere Muskeln! *Er* ist das, was uns am Leben hält und allen Gefühlskatastrophen, die z. B. Frauen herbeiführen, die Stirn bieten kann. Wir scheitern nur, wenn wir uns bewusst oder unbewusst, gewollt oder gezwungen in die Gebiete begeben, in denen wir die Orientierung verlieren. Gefühle sind nie unser Terrain gewesen.

Der Verlag wird vermutlich einen anderen Titel vorschlagen, etwas Reißerisches … aber ich finde schon einen Weg, mich durchzusetzen.

Doch zurück zu unserem Anliegen, der so vielsagenden wie schicksalhaften Kaffeeszene: Höflich und gastfreundlich, wie sie wahrlich war und immer noch ist, beeilte sich meine Gastgeberin einen leckeren Kaffee für mich zu kochen – ein reizendes Angebot, das ich nicht ablehnen konnte. Nur kam die süße Gülsüm mit der Kaffeemaschine nicht zurecht, da sie so etwas in ihrer türkischen Heimat noch nie hatte sehen, geschweige denn bedienen oder besitzen können. Kein Wunder – es ging hier um eine handelsübliche, deutsche Kaffeemaschine. Ich wusste nicht, wie die Türken ihren Kaffee kochten, doch offensichtlich zogen sie die manuelle Zubereitungsweise einem maschinellen Prozess vor. Lag es an der schlecht entwickelten Technologie dieses Landes im Allgemeinen, an der orientalischen Bequemlichkeit im Besonderen, oder war es nur die geschlechtsspezifische Abneigung jeder, wenn auch noch so kleinen Maschine gegenüber, deren Zeuge ich hier wurde?

Die meisten weiblichen Wesen, unabhängig von ihrer Herkunft, würden nämlich eher mit dem berühmt berüchtigten Pickel auf der Nase ausgehen, statt auf die Idee zu kommen, freiwillig irgendeine Maschine zu bedienen – vom Entwickeln eines nützlichen Gerätes ganz zu schweigen! Ich betone, die meisten! Natürlich gibt es durchaus erfolgreiche Ausnahmen, die, wie wir es bereits wissen, die Regel bestätigen, doch zu diesen zählte meine Gastgeberin sicherlich nicht.

Was die eigentliche Ursache ihrer Überforderung war, konnte ich in dem besagten Augenblick nicht erkennen. Dazu kam, dass sie hinter einer halb angelehnten Tür stand und ich nur von der Seite sehen konnte, wie sie an den Kaffeemaschinenknöpfen herumhantierte. Sie wirkte konfus, fast erschrocken, nestelte an ihren Haaren, als ob sie darunter den Zettel mit der Lösung ihres Problems versteckt hätte, die Zauberformel für Ungeheuerbändigung.

Doch sosehr sie sich auch bemühte, die Tasse blieb leer.

Im Nachhinein weiß ich natürlich, wie ich diese Situation zu klassifizieren habe. Es war einer Gülsüms berühmter Schnell-schüsse – frei nach dem Motto: Ich tue der Welt jetzt mal etwas Gutes. Wie ich das mache, ja, das sehen wir dann, wenn es so weit ist. Oder auch nicht.

In der Regel sah es meine Frau dann aber nicht! Man hatte also die Wahl, sie mit ihrem Altruismus alleine zu lassen und dadurch noch mehr Zeit zu vergeuden, als bereits geschehen, oder ihr unter die Arme zu greifen, somit zum wiederholten Mal eigene Prinzipien zu verleugnen, aber immerhin einen be-trächtlichen Zeitgewinn zu erwirtschaften.

Die betreffende Situation sah also wie folgt aus: Nachdem sie mir den Kaffee angeboten hatte, merkte Frau Baştürk plötzlich, dass sie diejenige war, die denselben auch hätte kochen müs-sen. In der Wohnung war sie die Gastgeberin, weil Silke nicht da war und kein anderer sich in dem Augenblick finden ließ, der ihr bei dieser sie eindeutig und vollkommen überfordernden Aufgabe zur Hand gehen konnte. So stand sie vor der Kaffee-maschine wie der Ochs vorm Berge (die Kuh vorm Berge, wenn Sie so wollen), als wäre jene aus einem Rosinenbomber heraus-geflogen und just in diesem Moment durch den Schornstein mitten in Silkes Küche gelandet. Nacheinander betätigte die Frau alle Knöpfe, die die Kaffeemaschine zu bieten hatte. Sicher war der richtige Knopf auch darunter, logischerweise konnte es nicht anders sein, doch Gülsüm Baştürk besaß damals schon ein

Riesenproblem: Sie konnte nicht warten. Sie wusste nicht einmal, wie Warten ging! Geduld war immer schon ein Fremdwort für sie. Wenn Gülsüm Baştürk eine Idee hatte, dann dachte sie über die Umsetzung nicht lange nach. Natürlich nicht! Das Nachdenken brachte nämlich die Gefahr mit sich, dass sich die Vorbereitungen als schwierig herausstellen könnten und sie deshalb auf ihre schöne Idee verzichten müsste. Dies hätte Gülsüm Baştürk langweilig gefunden! Sie müssen wissen, Gülsüm fing immer zeitnah mit der Realisation ihrer Ideen an, frei nach dem Learning-by-Doing-Motto, und hoffte, dass die Zeit den Rat bringt, und wenn die Zeit gerade mal nicht konnte, dann natürlich „der Jürgen".

Sie schaltete also die besagte Kaffeemaschine immer wieder ein und sofort wieder aus und erkannte überhaupt nicht, dass dadurch der Prozess der Zubereitung gar nicht in Gang gesetzt werden konnte. Der Automat bekam buchstäblich keine Zeit zu realisieren, welcher Befehl erteilt wurde, schon kam der nächste an, folglich wurde der vorherige zurückgenommen. Als dann durch ein Wunder der Knopf endlich aufleuchtete und ich ihr Aufatmen bis ins Wohnzimmer hören konnte, beeilte sie sich zu sehr, fertig zu werden, machte den Kaffeebehälter nicht richtig zu und das Ganze fing von vorne an.

Heute denke ich manchmal, wenn ich eine ähnlich geartete Situation im Straßenverkehr erlebt hätte – ein Autofahrer, der sich nicht entscheiden kann, in welcher Spur er fährt, schnell hintereinander bremst, Gas gibt, Blinker betätigt – ich wäre da geflüchtet! Achtung: Lebensgefahr!

Warum habe ich es hier nicht getan? Dass Gülsüm den Karren vor die Wand fahren würde, hätte mir eigentlich sonnenklar sein müssen.

Im Nachhinein kann ich mein seltsames Verhalten in dieser Zeit nur mit Verliebtheit und der unwiderlegbaren Tatsache erklären, dass in solchen Phasen chemische Botenstoffe Reaktionen im Körper hervorrufen, die zu Situationen führen, von denen man sich später am liebsten distanzieren würde. Jeden anderen Erwachsenen hätte ich ernsthaft gefragt, ob er noch alle Tassen im Schrank hatte.

Wie konnte es sein, dass ein erwachsener Mensch, und hätte er auch nur ein Fünkchen Verstand, nicht in der Lage war, eine stinknormale Kaffeemaschine ans Laufen zu bringen?

Es war doch kein Düsenjäger!

Doch beim Anblick dieser vollkommen hilflosen Frau spürte ich eher Freude als Ärger und musste plötzlich lachen.

So lachte ich also. Ich kann mich noch erinnern, dass sich dieses Lachen irgendwie befreiend anfühlte, befreiend und schön. Ja, wirklich schön! So wie die Frau, die das Lachen verursacht hat.

Mit ihren vor Stress geröteten Wangen sah Gülsüm neben der Kaffeemaschine aus wie ein zu groß geratenes außerirdisches Kind, das die Funktionsfähigkeit eines Raumschiffes zu ergründen versuchte, kläglich scheiterte und plötzlich realisierte, dass die letzte Möglichkeit, nach Hause zu fliegen, zu seinem weit entfernten Süßigkeitenplaneten, entschwunden war. Sie war kurz davor, in Tränen auszubrechen.

Faszinierend!

Als ich aufstand, um ihr meine Unterstützung anzubieten, guckte sie mich so verzweifelt an, als ob sie von mir zwar keine Hilfe, doch Verständnis erwartete (keine Hilfe, weil kein normaler Mensch das Raumschiff bedienen konnte!).

Ja, dieses zauberhafte Kind wollte nur Verständnis haben und vielleicht auch ein bisschen Mitleid für seine ausweglose Situation. Ich sollte staunen, in welch einer unmöglichen Lage sie sich befand und wie schlecht es ihr damit ging, und deshalb, weil es ihr so schlecht ging, sollte ich ihr ihre Alltagsuntauglichkeit verzeihen. Sie zuckte ratlos die Schultern, murmelte so etwas wie: „Ich schaffe das irgendwie nicht" und „Scheint kaputt zu sein", während sie immer weiter an ihren Stirnhaaren nestelte. Sosehr mich dieses viel zu schnelle Aufgeben überraschte, so wenig konnte ich ob des Anblicks dieser immer noch wunderschönen Frau umhin, selbst anzupacken und für uns beide einen leckeren Kaffee zu kochen.

Sie trat einen Schritt zurück, folgte aber meinen flinken Handgriffen mit Staunen.

„Et, voilà!", sprach ich und stellte die Tassen mit der heißen, duftenden dunkelbraunen Köstlichkeit auf den Tisch. Sie atmete erleichtert auf.

Aus Dankbarkeit küsste sie mich beschwingt auf die Wange, doch ich nutzte die Situation nicht aus und erwiderte ihren Kuss nicht. Der größte Fehler, den man sich bei einer schönen Frau erlauben konnte, war der, sie zu bedrängen!

Schöne Frauen brauchen die Gewissheit, alles selbst zu bestimmen, aus dem Spiel jederzeit aussteigen zu dürfen, wenn es ihnen zu brenzlig wird. Sie dürfen nicht einmal auf die Idee kommen, sie könnten eventuell, unter Umständen bedrängt werden! Schöne Frauen, mein lieber Herr Dankbar, haben nämlich immer auch noch eine andere Option im Kopf! Mindestens einen Plan b.

Mindestens einen! Sie wissen, was sie wert sind, und wollen daraus Kapital schlagen. Sie wollen wählen. Nicht dass sie durch diese Wahlmöglichkeit eine bessere, gar vernünftigere Entscheidung träfen! Ich wenigstens bin noch nie einer Frau begegnet, die eine Entscheidung gefällt hat, weil sie von den guten Argumenten, die für diese sprachen, überzeugt war. Keiner einzigen! Frauen sind nämlich, genetisch bedingt, nicht in der Lage, gute bzw. vernünftige von den schlechten bzw. schwachsinnigen Argumenten zu trennen, weil das weibliche Gehirn – durch zu viel Gefühl blockiert – vernünftigem Denken unzugänglich ist. Dies ist jetzt kein männlicher Chauvinismus, sondern nur das Ergebnis einer großen Anzahl genauer Beobachtungen. Es entzieht sich meinem Kenntnisstand, ob es bereits wissenschaftliche Untersuchungen zu diesem Thema gibt, doch auch ohne diese weiß ich, dass ich Recht habe.

Vielleicht sind sich die Vertreterinnen des oft schöneren Geschlechts dessen noch nicht bewusst. Vielleicht wissen sie nicht, dass ihnen die Möglichkeit der Wahl eigentlich gar nichts nützt.

Das würde mich nicht wundern, denn um sich eines Fehlverhaltens bewusst zu werden, muss man bereit sein, über das eigene Verhalten nachzudenken. Da die Damen grundsätzlich lieber über Äußerlichkeiten, wie z. B. das Aussehen ihrer Oberschenkel oder die Abnutzung ihrer Haarfarbe, sinnieren, ist so etwas Aufwendiges, wie über das eigene Handeln nachzudenken, wenn auch nur aus Zeitgründen, natürlich nicht mehr drin.

Frauen denken eben nicht nach, sie entscheiden sich einfach, weil sie sich irgendwann entscheiden müssen. Und auch dann, wenn sie sich Tage, ach was, wenn sie sich Monate, Jahre, Jahrzehnte genommen haben, die besagte Entscheidung zu treffen, werden sie einem, wenn man sie nach dem ausschlaggebenden Beweggrund für die endlich getroffene Wahl fragt, mit an Sicherheit grenzender Wahrscheinlichkeit sagen: „Es war so 'n Gefühl!"

Machen Sie dann bloß nicht den Fehler und fragen Ihre Auserwählte, warum sie denn für „bloß ein Gefühl" eine Ewigkeit gebraucht habe, und wenn schon bloß ein Gefühl, ob sie fünf Stunden zuvor keine hätte auftreiben können. Sparen Sie sich ihre Erklärung! Sie werden sie nicht verstehen! Folgen Sie meinem Rat, fangen Sie mit Ihrer Zeit etwas Nützlicheres an!

Dabei stimmt nicht einmal diese Erklärung voll und ganz, da Gefühle bei Frauen nichts von Dauer sind. Deshalb kann „So 'n Gefühl" in einem anderen Moment ein ganz anderes „Gefühl" sein und dieses könnte dann selbstredend zu einer entgegengesetzten Entscheidung führen, jene wiederum zu einem genauso leidenschaftlichen Auftreten für eine Sache, die sie eine Stunde zuvor diametral anders gesehen und vertreten hat. Lassen Sie es am besten gleich sein, mein Lieber, denn weibliche Gefühle sind austauschbar und durch ihre Kurzlebigkeit nicht besonders viel wert.

Daher, wenn überhaupt ein für diese Spezies bedeutendes Gefühl, dann höchstens das Gefühl, selbst wählen zu dürfen. Ansonsten käme sie sich umsonst schön vor, die schöne Frau; denn den Erstbesten zu nehmen, der an der Bettkante stolpert, kann jede Hässliche auch.

So wie sie in einem Bekleidungsgeschäft 10 Paar unterschiedliche Strumpfhosen anguckt, anfasst, die Maschen prüft, das Schimmern der Strumpfhose im Schaufensterlicht mit dem Schimmern derselben in der Umkleidekabine vergleicht, mit der Verkäuferin spricht, diese auf den unsichtbaren Schimmerunterschied aufmerksam macht, diese dann den unsichtbaren Unterschied im Schimmern plötzlich zu sehen anfängt (sogar ehrlich daran glaubt, diesen zu sehen, weil man als Frau Dinge sehen können muss, die es so gar nicht gibt), sie dann schnell mit der Hilfe der hellsichtigen Verkäuferin auch noch zwei, drei

Paar Schuhe auswählt, mit in die Kabine nimmt, um die Strumpfhose in unterschiedlichen Farbkombinationsmöglichkeiten und bei unterschiedlichen Lichtverhältnissen zu begutachten, schließlich doch das Paar nimmt, das ihr zuerst aufgefallen ist – nicht das schönste, sondern jenes, das hoffentlich keine andere besitzt, aber alle gerne besäßen, das etwas andere, das besondere, wenn Sie so wollen – genau so, mein lieber Herr Dankbar, ganz genau so verfährt sie bei der Wahl ihrer Männer: Es ist nur ein Gefühl und die Hoffnung, etwas Besonderes zu erwischen. Mehr nicht!

Sie müssen zugeben, die Tatsache, dass schöne Frauen die gleiche Strategie bei der Wahl ihrer Männer und ihrer Strumpfhosen anwenden, hat etwas Ernüchterndes! Doch wenn man vorhat, eins von diesen durch und durch emotional gesteuerten, um nicht zu sagen launischen oder affektierten Exemplaren zu erobern, ist das Wissen um diese bereits beschriebene Schwachsinnsmethode keinesfalls verkehrt.

In der Folgezeit haben wir uns jeden Tag gesehen. Da Silke arbeitete und ich Urlaub hatte, konnte ich ganze Tage mit Gülsüm allein verbringen. Ich zeigte ihr meine Stadt. Ich machte sie mit der beeindruckenden Geschichte ihrer Denkmäler bekannt. Ich hoffte insgeheim, wenn sie genug gesehen und gehört hätte, könnte sie, ja müsste sie sich in sie verlieben und bereit und glücklich sein, hier zu leben.

Ich habe von Anfang an, genau genommen von unserem vierten

Treffen an, keinen Hehl daraus gemacht, dass ich Gülsüm als Frau haben wollte und willens war, sie zu heiraten. Da es keine Zweifel hatte geben können, dass Gülsüm dieses für sie überaus lukrative Angebot annehmen würde – immerhin war sie ein ausländisches Mädchen ohne Arbeit, ohne anderweitigen Rückhalt in Deutschland, das ohne meine Hilfe nicht einmal eine einfache Kaffeemaschine bedienen konnte –, da es also keine Zweifel an Gülsüms Zustimmung geben konnte, fing ich sofort an, Heiratspläne zu schmieden, meine künftigen Pflichten als Ehemann ernst zu nehmen und den Rohdiamanten zu schleifen. Und weil die Liebe bekanntlich durch den Magen geht und der Magen vom Küchentisch aus am einfachsten zu erreichen ist, führte uns unser erster gemeinsamer Weg zum Übungsfeld Küche.

Bei unseren ersten Treffen merkte ich natürlich, dass die Küche nicht der Raum war, in dem sich Gülsüm, bevor sie mich kennenlernte, bevorzugt aufgehalten hatte (siehe hierzu auch den Abschnitt über die Kochkünste meiner Frau).

Ich begann also, für uns beide zu kochen. Der Wahrheit zuliebe muss ich gestehen, dass ich mit meinem Talent auf diesem Gebiet bei Gülsüm ein leichtes Spiel hatte. Von einfachen Gemüsegerichten und Eiern mit Zwiebeln abgesehen, hatte meine Auserwählte vom Kochen schlicht und einfach keine Ahnung und war für jedes warme Essen, das sie nicht selbst zubereiten musste, ausgesprochen dankbar.

Doch so schlecht Gülsüm als Köchin auch war, so wusste sie doch ein schmackhaftes Essen gebührend zu würdigen. Einen gesegneten Appetit hatte sie ebenfalls, was mich zusätzlich für sie erwärmte. Bei ihr war am nächsten Tag immer schönes Wetter, sie aß ihren Teller immer brav leer und fragte oft nach Nachschlag. Zwischendurch, und das nicht selten, lobte sie in höchsten Tönen und voller Begeisterung meine Kochkreationen und fragte auch immer nach dem Rezept, sprich: Sie machte alles richtig!

Mit dieser Frau könnte man alt werden, dachte ich und zauberte jeden Tag von neuem ein einmaliges Gaumenvergnügen. Wenn meine Frau von etwas Ahnung hatte, dann von der Kunst, andere für sich arbeiten zu lassen. Aber damit beschäftigte ich mich zu dem Zeitpunkt nicht, glücklich, endlich eine attraktive weibliche Person getroffen zu haben, die hervorragendes Essen entsprechend zu würdigen wusste.

Es gibt wenig Schlimmeres, da werden Sie mir zweifellos Recht geben, mein lieber Herr Dankbar, als die Sorte Frau, die ihre fünfeinhalb Salatblätter mit einer Scheibe Käse und einer halben Walnuss drauf über fünfzehn Minuten zu strecken versucht, sich danach, frustriert, selbstredend, da immer noch hungrig, gelangweilt umschaut (Ärger suchend!), den Blick dabei über die anderen Restaurantgäste, scheinbar zufällig, gleiten lässt, das Aussehen der anwesenden Frauen kritisch unter die Lupe nehmend, mit Vorliebe derer, deren Teller ordentlich gefüllt sind, dabei die Augen immer wieder vorwurfsvoll verdrehend, in der Hoffnung, der Begleiter würde sich nach dem Zweck und Anlass dieser so vielsagenden wie unfreundlichen Gebärde erkundigen. Dies tut der Ärmste – ein Neuling auf dem Gebiet der Pärchenmahlzeiten –, höflich und nichts Böses ahnend, tatsächlich und da nimmt das Unheil dann seinen Lauf.

Vor lauter Neid nämlich, dass eine andere mehr essen darf als sie selbst, verwandelt diese Art Frau den ganzen Abend in eine Hasstirade gegen das arme, ahnungslose, seine Schnute in den Nudeln mit Käse-Sahne-Soße badende Pummelchen am anderen Tisch. Natürlich wird zuerst die Oberweite der Betroffenen kommentiert und das farblich unpassende Outfit, bis man sich dann bis zu den „für den Minirock eindeutig viel zu dicken Beinen" vorarbeitet. Wenn sie dann auch noch des Tiramisus ersichtlich wird, das das Pummelchen, um nicht noch pummeliger zu werden, freundlicherweise mit seinem Begleiter teilt, dreht die Salatfresserin buchstäblich durch und nur der letzte Rest Selbstachtung hindert sie noch daran, aufzustehen, zum anvisierten Tisch zu schreiten, dem Pummelchen den Teller unter der Nase wegzuziehen und diesen selbst zu leeren. Ohne Besteck!

Es gibt aber auch noch den anderen Typus der sich selbst kasteienden Sorte Essensbegleiterin, und der zieht es vor, statt einer anderen Frau den Ehemann, den eigenen meine ich, aufs Korn zu nehmen, ihn quasi für den eigenen Hunger zu bestrafen und ihm, wenn möglich, den Appetit zu verderben. Am besten gelingt das, da werden Sie mir wahrscheinlich zustimmen, indem sie sein Leibgericht in dessen chemische Bestandteile zerlegt, die genauen Angaben über die Fett- und Cholesterinwerte einer Schweinshaxe herunterbetet – meistens leider schon bevor der Unglückliche den ersten Bissen heruntergeschluckt hat. Selbstverständlich machen solche äußerst unangenehmen weiblichen Begleitungen einem die Stimmung kaputt! Doch die merken es nicht. Oder sie merken es, es ist ihnen aber herzlich egal. Meist beklagt diese Art Frau im Kreis der gleichgesinnten, low-fat-lebenden Geschlechtsgenossinnen oder schon während des Essens und in Gegenwart des Partners, wie verschlossen, unkommunikativ und was für eine Spaßbremse der eigene Lebensabschnittsgefährte wäre und wie gut es andere Frauen an anderen Tischen hätten, wie liebevoll und interessiert ihre Männer zuhörten, selbst dann, wenn sie (die Frauen an anderen Tischen) die absurdesten Dummheiten! von sich gäben, denn dass es Dummheiten sind, das hat die Salatfresserin aus fünfzehn Meter Entfernung erkannt, weil das Salatfressen die Sinne schärft (siehe Kühe oder Hasen)! Wenn Sie als Mann sich dann aber nicht für dumm verkaufen lassen und ruhig Blut entgegnen, die werte Gattin solle sich nächstes Mal etwas Anständiges zu essen bestellen, statt herumzunölen, denn schmackhafte Mahlzeiten würden bekanntlich die Stimmung heben, siehe „dumme Pute von schräg gegenüber" – wenn Sie es wagen, Sie armer Wicht, dies auszusprechen, dann können Sie ebenso gut direkt zahlen, nach Hause fahren und die nächsten drei bis sieben Nächte auf dem Sofa übernachten. Ihre Begleiterin verwandelt sich nämlich just in dem Moment, in dem die letzte von Ihnen gesendete Information ihre Gehirnzellen erreicht hat, in eine Furie par excellence, die alles um sich herum mit einem Schlag vernichtet und Sie, Wurm, für primitiv, herz- und charakterlos erklärt und sich im Anschluss laut fragt, ob eine Beziehung mit solch einem „gehirnamputierten Idioten jemals mehr als eine sexuelle" hätte sein können. Doch auch hier gilt es: Vorsicht, Falle!

Lassen Sie bloß nicht zu, dass ein kleines selbstzufriedenes Lächeln, wenn auch nur für eine Sekunde, über Ihr Gesicht huscht, denn dieses Lächeln wird schon im Anflug richtig gedeutet und ist immer der Startschuss für den Nachsatz, in welchem euer Sexualleben vor zwölf bis dreißig anwesenden Gästen als „lauwarm und bar jeder Erotik" diskreditiert wird, doch was könne man schon von jemandem erwarten, der kein Problem damit habe, einen Braten von einem unglücklichen Schwein zu essen! Wenn Sie darauf parieren, Ihnen sei noch kein einziges Schwein untergekommen, das jubelnd zum Schafott gegangen sei, von dessen Lebenswandel unabhängig, dann, ja dann kann Ihnen sowieso keiner mehr helfen, denn die Salat-mit-einer-halben-Walnuss-darauf-essenden-Frauen verstehen keinen Humor!

Und selbst wenn sie den Witz zum Brüllen fänden, würden sie es nicht zugeben! Es gibt nämlich Dinge auf der Welt, über die verbietet es einem der Anstand zu lachen, zu diesen zählen unbedingt die unglücklichen, zum Schafott gebrachten Schweine.

Gülsüm war auch in dieser Hinsicht vollkommen anders. Sie aß gerne und sie ließ einen ebenfalls gerne in Ruhe essen. Sie hielt einem keine Vorträge über alle möglichen Krankheiten, die einen aus einem ehemals tiefgefrorenen Stück Rindfleisch anspringen könnten. Sie lachte viel beim Essen und am liebsten über meine Witze. Oft ließ sie mich das eine oder andere von mir Gesagte wiederholen und sprach es noch einmal nach, weil sie einen Begriff oder eine Redewendung so noch nicht kannte, vor allem aber, weil sie meine Wortwahl so treffend und so unterhaltsam fand. Ich glaube, es verblüffte sie immer wieder aufs Neue, dass so jemand wie ich, jemand, der eigentlich in der Welt der Technik zu Hause war, mit der Sprache so vorzüglich zu jonglieren verstand.

Ich zähle nicht zu den Männern, die das Bedürfnis haben, ihre Vorzüge immer und überall zur Schau zu stellen, deshalb verzichte ich hier auf eine Aufzählung derselben, die Gülsüm dazu bewogen haben mögen, bereits nach zweieinhalb Monaten meinem Heiratsantrag zuzustimmen. Dass sie es nicht nur wegen meines schlanken Körpers und meiner strahlend blauen Augen getan hat, das werden Sie und das hohe Gericht sich nach der Lektüre dieser ersten Seiten bereits denken können.

Gülsüms Kochkünste

Zu Beginn unserer Beziehung habe ich keinen Gedanken daran verloren, dass sich Gülsüms Lust am Essen auf ihr Aussehen nachteilig auswirken könnte. Meine Frau war ein Genussmensch, dachte ich, und da ich selbst einer war, fand ich das nur praktisch und gut so. Ich wäre nun wirklich der Letzte, dem die Rolle des Spaßverderbers gut zu Gesicht stünde. Nach all den kalorienzählenden Frauen, den ich im Leben begegnen musste, empfand ich es vielmehr als erfrischend, mit jemandem zu dinieren, dem das Essen genauso viel Spaß machte wie mir selbst und der diesen Spaß ohne viel Brimborium zuließ, ohne jedem Stück Sahnetorte eine zehntägige Hungerkur folgen zu lassen, wie einige Damen, mit denen ich vor Gülsüm das „Vergnügen" hatte. So begab es sich, dass ich nicht mehr genau aufpasste, wie viel und vor allem was meine Frau aß, kurz: dass ich ihr die eine oder andere Milchschnitte verzieh. Ich, der ich dafür gerühmt wurde, immer und überall den Überblick zu behalten, verlor die Menge an Süßigkeiten, die Gülsüm täglich vertilgte, völlig aus den Augen! Die erschütternde Konsequenz dieser Nachlässigkeit war, dass meine Frau innerhalb der ersten 14 Monate unserer Ehe volle 4 Kilo Fett auf die Rippen bekam und zu einem ansehnlichen Pummelchen wurde, das bei einer

Größe von 1,72 m stolze 66 Kilo Gewicht ihr Eigen nannte. Diese verlor sie in dem darauffolgenden Jahr dank meiner Hilfe wieder, doch blieb sie leider auch nicht bei ihrem Idealgewicht, sondern mutierte in den folgenden 5 Jahren zu einem Hungerhaken, der nur noch aus Augen und Haaren zu bestehen schien. (Schön sah sie, das muss man gerechterweise zugeben, immer noch aus, nur eben irgendwie fleischlos.)

Aber erst einmal war sie ein langes Jahr dick.

Gülsüm wusste genau, dass ich auf schlanke Frauen stand. Das habe ich ihr nie verheimlicht! Ich zählte sicherlich nicht zu der Sorte Ehemann, die vor lauter Angst vor Diskussionen oder aus Bequemlichkeit den Mund hielt und durch eigene Tatenlosigkeit die verheerende Entwicklung der Partnerin auch noch vorantrieb. Nicht selten habe ich es ihr in ihrer Dicke-Tonne-Phase – ich benutzte mit Bedacht solche kraftvollen Ausdrücke, um ihr zu zeigen, dass sie dringend etwas unternehmen musste, wenn sie mir noch gefallen wollte –, nicht selten habe ich ihr also gesagt, dass sie hässlicher geworden ist. Nicht direkt natürlich, eher durch die Blume, doch deutlich genug, um verstanden werden zu können.

Ich fing zum Beispiel plötzlich an, das Aussehen einiger Models zu kommentieren, und schloss meine Ausführungen mit dem wehmütigen Nachsatz, vor nicht allzu langer Zeit hätte meine Frau mit ihrer Figur jedes Model schlagen können. Um Längen! Sie lachte dabei meistens – meine Bedenken schienen sie zu amüsieren! Sie sagte, um ihre Körpermaße habe sie sich noch nie Sorgen machen müssen und ihr Gewicht habe sich immer von selbst geregelt. Doch ich sah, was ich sah, und das gefiel mir nicht. Verstehen Sie mich nicht falsch: Bei einer sehr schönen, schlanken Frau können 4 Kilo Übergewicht nicht viel Schlimmes anrichten und Gülsüm war schlank und ebenfalls sehr schön. Mein Problem war, dass ich nicht wusste, wie lange sie so bleiben wird. Ich hatte nicht vor, sie zu konservieren, nur wachrütteln wollte ich sie. Ich wollte die unschöne Entwicklung aufhalten, bevor sie eskaliert. Als ich dann einige Monate nach unserer Hochzeit auch noch Gülsüms Mutter kennenlernte, bekam ich es mit der Angst zu tun, meine Ehefrau könnte sich seelisch wie körperlich dieser tollpatschigen und durchaus unförmigen Person angleichen. Natürlich wollte ich sie nicht verletzen, indem ich das Aussehen ihrer Mutter bemängelte – unsere Eltern können wir uns nicht aussuchen –, doch ich musste ihr den Ernst der Lage vor Augen führen, bevor es zu spät würde. Also machte ich die Gefahr einer genetischen Prädisposition zum Übergewicht zum Thema.

Es war an unserem Hochzeitstag, wir saßen beim Portugiesen und Gülsüm war gerade im Begriff, sich die Dessertkarte anzugucken, als ich ihr vorrechnete, wie viel sie in 10 Jahren wiegen würde, wenn sie mit dieser Geschwindigkeit weiter zunähme. Ich untermauerte meine Ausführungen mit einigen unschönen Beispielen aus dem Bekanntenkreis und kam erst hiernach auf ihre Mutter zu sprechen. Sie lächelte nur und schüttelte ihren schönen Kopf. Bildete ich es mir ein, oder war das, was ich im Profil sah, der Anfang eines Doppelkinns? „Keine Gefahr!", rief sie lachend, sie würde ihren Körper kennen.

„Ich kenne ihn mittlerweile auch!", rief ich zurück. „Doch er verändert sich so schnell, dein Körper, dass ich mir Sorgen mache, das, was ich zu kennen glaubte, bald nicht mehr erkennen zu können!"

Sie lachte wieder, bestellte sich aber keinen Nachtisch mehr, nur einen Espresso.

Für meine Begriffe war sie noch überraschend gut gelaunt!

Ihr Verhalten war leichtsinnig und ich wollte keine leichtsinnige Frau zur Ehefrau. So jemand passte einfach nicht zu mir, doch weder an dem Abend noch kurze Zeit danach konnte ich bedeutende, sprich positive Veränderungen an ihrem Essverhalten feststellen.

Ich schnitt aus einem gemeinsamen Foto ihren Kopf aus und klebte ihn auf den Körper einer fetten Amerikanerin mit dem Einkaufswagen und das alles klebte ich auf den Kühlschrank. Gülsüm lachte zuerst kurz über meinen tollen Einfall. Dann wiederholte sie, diesmal jedoch sehr ernst, sie hätte sich bisher keine Gedanken über ihr Gewicht machen müssen, und es widerstrebe ihr, ihre Speisekarte mit Hilfe einer Kalorientabelle zusammenzustellen. Meist wog sie weniger, als sie wiegen sollte, sagte sie, und diese paar Kilo mehr finde sie eher lustig als bedrohlich. Sicher war sie sich auf jeden Fall, die Kilos würden bestimmt nicht kleben bleiben! Sie kenne ihren Stoffwechsel.

Meine Frau ging offenbar fest davon aus, ihr Gewichtsproblem würde sich auch ohne ihr Zutun regeln.

Ich sagte, wir würden alle älter und Älterwerden bedeute, nichts mehr an uns könne sich jemals wieder ohne unser gezieltes Zutun zum Positiven wenden.

Sie bedankte sich für das ausgeschnittene Bild und meine Sorge und war im Begriff, den Raum zu verlassen. Ich rief ihr mahnend nach: „Vor Problemen fliehen heißt vor der Wirklichkeit fliehen!", worauf sie reuevoll zwei Schritte zurückkam.

Betreten, fast vorsichtig blieb sie mitten im Zimmer stehen. Sie hätte nicht vor zu fliehen, sagte sie. Sie guckte mich etwas ungeduldig, beinahe herausfordernd an. Dieser neue Blick war mir fremd; ja, er gefiel mir ganz und gar nicht. Ich bemühte mich, beim Thema zu bleiben.

Wie wir aus der Realität unschwer erkennen können, fuhr ich fort, ihre unangemessen schlecht gewordene Laune ignorierend, sei trotz all ihrer Zuversicht doch die Zeit gekommen, sich Gedanken über ihr Übergewicht zu machen – genau genommen: darüber, wie man es wieder verliert.

Nach meinem Diät- und Sportplan, den ich extra für sie entwickelt hatte, hätte sie in einem halben Jahr 7 Kilo verlieren können. Dass die Dame trotz ihres Wahnsinnsstoffwechsels in der

Zeit nur 4 Kilo abzunehmen schaffte, kann ich mir nur dadurch erklären, dass sie heimlich zum Supermarkt gegangen war, um dort Schokolade zu kaufen und irgendwo auf dem Weg vom Supermarkt nach Hause zu futtern. Oder sie naschte heimlich von den Kuchen und Torten, die sie vorgab für mich backen zu wollen. Sie gab dies natürlich nie zu, versuchte sich herauszureden, sagte, dass man je nach körperlicher Konstitution und verschiedenen anderen Faktoren, die dabei eine Rolle spielten, unterschiedlich viel abnehmen würde sowie dass sie auch 4 Kilo als einen Erfolg betrachte (mehr abzunehmen brauche sie sowieso nicht!), und wurde erst still, als ich sie mit Kalorientabellen von Nahrungsmitteln, die sie zu sich nehmen müsste, und dem durchschnittlichen Kalorienverbrauch bei den sportlichen Aktivitäten, die sie auszuführen hätte, konfrontierte. Es bestand eine Diskrepanz von 600 Kalorien täglich. In Süßigkeiten umgerechnet exakt eine Milka Vollmilch-Nuss – Gülsüms Lieblingsschokolade übrigens!

Ich glaube, dass Gülsüm sich nach diesem Machtwort genauer an den Diätplan gehalten hat, denn sehr bald fingen die Pfunde tatsächlich an zu purzeln.

Natürlich war das keine angenehme Zeit für mich. Um zu verhindern, dass Gülsüm in Versuchung kam, Kuchenreste zu vertilgen (sie war tatsächlich im Stande, während des Abräumens, auf dem Weg vom Wohnzimmer in die Küche, ein ganzes Kuchenstück verschwinden zu lassen), aß ich mehr, als ich vertragen konnte.

Ich nahm es bewusst auf mich. Ich wusste genau, dass kein Genießen ungestraft bleiben durfte, doch wenn Sie so wollen, opferte ich mein gutes Aussehen für meine Frau – aus edelsten Motiven.

Es war wie verhext. Jedes Kilo, das sie verlor, klebte plötzlich auf meinem Bauch, aber statt mich zu warnen, statt von mir zu verlangen, auf meine Ernährung zu achten, bezeichnete meine Frau meinen Bauchansatz als „soo süß" und sogar als „erotisch".

Naiv und verliebt, wie ich damals nun einmal war, wiegte ich mich in Sicherheit, während die Hexe bereits ihr Süppchen kochte, ihre Pläne schmiedete, wie sie mich für den Rest meines Lebens von ihr abhängig machte. Es war eine Milchmädchenrechnung:

Je mehr sie mich mit gezuckerten Köstlichkeiten verwöhnte, desto weniger machte sie mich für andere Frauen attraktiv. Auf diese Art und Weise wollte sie mich mein Leben lang, oder so lange sie schon wollte, an sich binden.

Ich sollte hässlich werden, damit sich keine andere Frau mehr für mich interessiert! Diese so offensichtliche Wahrheit wollte damals nicht in meinen Kopf!

Um Gülsüm zu helfen, im Haushalt Fuß zu fassen und somit möglicher Unzufriedenheit und vor allem Missverständnissen aus dem Wege zu gehen, hatte ich gleich nach unserer Hochzeit eine Liste mit meinen Lieblingsgerichten zusammengestellt. Die ersten 15 sollte meine Frau innerhalb der ersten drei Wochen kochen lernen. Ich spreche bewusst nicht von „beherrschen", denn fürs „Beherrschen" braucht man Zeit, Lust und Erfahrung. Fürs Beherrschen braucht man ebenfalls Talent und Muße. Nein, ich sage bewusst „kochen", weil das nur die Technik impliziert, und diese lernt man, wenn man entsprechende Rezepte hat und nicht von allen guten Geistern verlassen ist, schnell. Für die restlichen 40 gab ich ihr noch volle anderthalb Monate Zeit. Ich versprach ihr anfangs mit Rat und einem geübten probierfreudigen Gaumen zur Seite zu stehen, was ich selbstverständlich auch tat, nicht selten mit meiner gesamten Familie zusammen.

Wie Sie sich schon vorstellen können, war diese Anlernphase kein Zuckerschlecken für mich. Gülsüm arbeitete zu diesem Zeitpunkt als Chefsekretärin in einer Firma für den Gartengerätevertrieb und hatte auf der Arbeit alle Hände voll zu tun. In der Mittagspause hatte sie selten Zeit, die notwendigen Zutaten für eines der Gerichte, die sie sich vorgenommen hatte zu lernen, einzukaufen. Folglich musste sie die fehlenden Zutaten abends besorgen. Dementsprechend fing sie deutlich später an zu kochen, als es mir lieb war und als es magenfreundlich ist. Oft saßen wir um halb neun am Esstisch und waren erst beim Hauptgericht. Da unsere Essenszeit mit dem Fernsehprogramm kollidierte, bestand ich selbstverständlich darauf, vor dem Fernseher zu essen.

Natürlich hätte Gülsüm es lieber gehabt, wenn wir am Esstisch gegessen hätten. Ich logischerweise auch. Da sie es jedoch in der Woche kein einziges Mal geschafft hat, das Abendessen vor Viertel vor acht zu servieren, ich meinerseits die Tagesschau nicht verpassen wollte, blieb uns nichts anderes übrig, als den Wohnzimmertisch in einen Esstisch umzuwandeln. Gülsüm war wenig begeistert, doch musste sie einsehen, dass sie diese, für sie unbequeme Essenslage vor allem ihrer unzureichenden Effektivität zu verdanken hatte.

Was die Qualität der gebotenen Gerichte betraf, so schien es anfangs, als würde Gülsüm rasante Fortschritte machen. In mir keimte die Hoffnung, aus meiner verführerischen Gattin mit Geduld und erzieherischem Können, gepaart mit Sachkenntnis, doch noch eine ebenso ansehnliche Köchin zu machen, eine, auf die man stolz sein konnte.

Zu Beginn war mein Optimismus durchaus angebracht. So gelang ihr z. B. ziemlich bald die Zubereitung einiger meiner Lieblingsgerichte wie Rinderrouladen, Hähnchenfleisch süßsauer oder Putenrollbraten so vortrefflich, dass ein nicht ganz so geübter Gaumen wie der meine Gülsüms Gericht von meinen eigenen Kreationen kaum hätte unterscheiden können; denn es waren natürlich ausnahmslos meine Rezepte, nach welchen sie die

Gerichte nachkochte. Selbstredend ist bei jedem kreativen Beruf, so selbstverständlich auch beim Kochen, die Eigenfärbung das Ausschlaggebende. Die persönliche Note. Dadurch trennt sich die Spreu vom Weizen, Mozart von Salieri, der Gaumenschmaus vom Alltagsgericht. Diese Eigenfärbung fehlte meiner Frau in der Küche leider sehr oft! Selbstredend habe ich mit Lob nicht gegeizt und Gülsüm freute sich aufrichtig, als sie sah, sie könne mir mit ihren Kochkünsten Freude machen. Anfangs. Später wich ihr Wunsch, mir zu imponieren, dem angeblichen, vorgeschobenen Wunsch, Zeit zu sparen. Dadurch vernachlässigte sie zunehmend die ästhetische Komponente der Mahlzeiten.

Natürlich habe ich von ihr niemals verlangt, alles auf einmal zu schaffen!

Einen Anspruch auf Perfektion behielt ich jedoch. Selbst tat ich ebenfalls alles, um diesem Anspruch zu genügen. Dasselbe erwartete ich von meiner Ehefrau, und meine Ehefrau kannte meine Erwartungen. Ihre Bereitschaft, diese, um unserer Liebe willen, zu erfüllen, schrumpfte jedoch von Tag zu Tag. Den Grund für diese allmähliche Stagnation konnte ich leider nicht erkennen.

Wie Sie selbst sicherlich bereits erkannt haben, mein lieber Herr Dankbar, war die Ehe mit Frau Baştürk von Beginn an nicht einfach.

Von Anfang an fühlte sich meine Frau durch die selbstverständlichsten Anforderungen, die eine eheliche Gemeinschaft an die Ehefrau stellte, überfordert.

Mir fiel Gülsüms sonderbares Gebaren zwar direkt auf, doch wollte ich mir zu diesem Zeitpunkt noch nicht eingestehen, einen gravierenden Fehler begangen zu haben.

Immerhin war Gülsüm Baştürk meine Traumfrau! Kein Mensch lässt so einfach einen Traum platzen! Keiner! Ein Verliebter erst recht nicht. Zu diesem Zeitpunkt gelang es mir noch nicht, mir selbst zu gestehen, dass ich mich gewaltig, ja schicksalsschwer geirrt hatte.

Als einige Monate nach der Hochzeit ihre Mutter zu Besuch kam, übernahm diese das Kochen. Ich hatte dabei nicht die Spur eines schlechten Gewissens. Die dicke Frau lebte drei volle Monate bei uns, doch abgesehen von irgendwelchen Goldkettchen, zwei nicht besonders geschmackvollen Ringen für Gülsüm und mich und einem Essservice für sechs Personen, das weder farblich noch von der Form her zu unserer übrigen Kücheneinrichtung passte und das meine Schwiegermutter nichtsdestotrotz und ohne mit der Wimper zu zucken zu unserem Hochzeitsgeschenk deklarierte, trug sie mit nichts zur Haushaltskasse bei. Nicht dass sie diese Tatsache zu stören schien – weder sie noch ihre Tochter!

Diese Strategie, Probleme nicht wahrzunehmen und stattdessen so zu tun, als gäbe es keine, war eine der wenigen Gemeinsamkeiten, die die beiden Frauen miteinander teilten. Vielmehr schien Gülsüms Mutter es auf diesem Gebiet zu einer wahren Meisterschaft gebracht zu haben.

Auf einem anderen Gebiet war sie allerdings ebenfalls unschlagbar.

Die Frau kochte wie eine Göttin und ich konnte wirklich nicht fassen, wie Gülsüm so viele Jahre mit einem solchen Talent unter einem Dach gelebt hatte, ohne dass irgendetwas von dessen Glanz auch auf sie ausgestrahlt hatte.

Ich weiß, in dem Augenblick schon, als mir dieser Gedanke zum ersten Mal durch den Kopf schoss, hätten die Alarmglocken klingen müssen. Ich hätte früher erkennen und begreifen müssen, dass meine Frau zu antriebsarm war, um zu lernen, zu egoistisch, zu sehr mit sich selbst beschäftigt, um sich die guten Eigenschaften ihrer Nächsten abzugucken; kurz: zu ignorant!

Während ihres Studiums wohnte Gülsüm nicht mehr bei ihrer Mutter. Diese im Grunde Nebensächlichkeit schob sie gerne als Erklärung für ihr haushälterisches Versagen vor. Angeblich befand sie sich zu dem Zeitpunkt, als sie das Kochenlernen hätte interessieren können, nicht mehr in der Einflusssphäre ihrer Mutter, in ihrem Dunstkreis.

Nach dem Tod ihres zweiten Mannes hatte die Schwiegermutter endgültig Istanbul verlassen – aus dieser kurzen Ehe stammte Gülsüms in Izmir verheiratete Schwester – und war zu ihren Eltern nach Silivri gezogen. Meine Frau blieb in Istanbul, wohnte dort in einer WG, wo sie das Kochen einer älteren Mitbewohnerin überließ, der der Einsatz am Herd besser von der Hand ging als der an der Uni. Gülsüm revanchierte sich mit regelmäßigem Abwasch oder mit dem Einkaufen. Außerdem gehörte die Wohnung Gülsüm und immerhin brauchte die Köchin keine Miete zu zahlen. Die anderen studierenden Mieter, die nach der Köchin die Bude bewohnten, vermutlich auch nicht. Gülsüm hat das Thema zwar bewusst gemieden, aus Angst, ich könnte ihr vorwerfen, bereits in ihrer Jugend eine ungesunde Einstellung Geld gegenüber gehabt zu haben, doch manche Dinge, mein lieber Herr Dankbar, weiß man auch, ohne sie jemals gehört oder gelesen zu haben. So wusste ich z. B., dass Gülsüm sich einfach zu fein war, nach Miete zu verlangen. Warum auch? Es war ja nur Geld! Meine Frau hatte zum Beispiel auch nie versucht, die Schulden, die andere Menschen bei ihr hatten, einzutreiben. Sie ging einfach davon aus, dass die Schuldner sich selbst darum kümmern würden. Die meisten Menschen, denen sie Geld lieh, taten es zum Glück auch. Aber es gab auch immer wieder welche, die die Nachlässigkeit meiner Frau in finanziellen Dingen auszunutzen versuchten, weshalb ich selbst schon tätig werden musste. Kurz, es würde einfach zur weltfremden Einstellung meiner Frau passen, keine Miete verlangt zu haben:

„Die haben ihre Glaubwürdigkeit zu verlieren, ich nur mein

Geld!", sagte sie einmal, als ich sie auf ihre Blauäugigkeit ansprach.

Wenn Sie mich fragen, kann eine solche Äußerung entweder von einem sehr reichen Menschen oder von einem Dummkopf stammen. Gülsüm war nicht reich.

Nur damit wir uns richtig verstehen, mir ist es durchaus bewusst, dass es im Leben auch ein paar andere wichtige Dinge gibt, vom Geld abgesehen, und wenn man einige Millionen auf dem Konto hat, kann man sich einen solchen Idealismus sicher erlauben! Ist dies nicht der Fall, so komme ich nicht umhin, diese Aussage in die Rubrik Blauäugigkeit und Dummheit einzusortieren!

So klar meine Haltung hierzu auch war, meine Frau zuckte lediglich mit den Schultern. Das machte sie immer, wenn sie mir rhetorisch nicht beikommen konnte, mit den Schultern zucken. Doch so plastisch ich ihre gefährliche Einstellung dem Geld und den Menschen gegenüber auch schilderte, so gering und von kurzer Dauer war der Lerneffekt meiner Worte.

Als die Köchin ihr Studium zu Ende brachte und auszog, suchte Gülsüm keinen Ersatz. Aller Wahrscheinlichkeit nach dachte sie genauso wenig daran, selbst kochen zu lernen. Stattdessen speiste sie in der Mensa, kaufte Fastfood an einer der zahlreichen Fressbuden oder kochte sich eine Tütensuppe und aß ein Käsebrot dazu. An den Wochenenden durfte Gülsüm bei ihrer Mutter essen, doch meistens, das behauptete sie mit vollem

Ernst, lebte sie von Nüssen und Früchten aller Art, und insbesondere Feigen hatten bei ihr Hochkonjunktur.

Ich kürze das qualvolle Thema ab: Die Zubereitung der 55 Gerichte, die die von mir verfasste Wunsch-Speisekarte beinhaltete, schaffte meine Frau für die Gesamtdauer unserer Ehe nicht. Sie begann die bekannten Gerichte zu wiederholen, und nicht selten setzte sie mir am Wochenende zu Mittag und zu Abend ein und dasselbe Gericht vor, genau gesagt, ich sollte abends die Reste vom Mittag essen. Nun, sie versuchte es.

Natürlich wusste sie genau, dass ein Feinschmecker, wie ich es nun einmal war, lieber verhungern würde, als zweimal hintereinander dasselbe zu essen, aber das interessierte Gülsüm Baştürk herzlich wenig. Was ihr nicht gefiel, das verstand sie zu ignorieren, und wenn sie etwas durchsetzen wollte, dann tat sie es einfach!

So verwandelte sie unsere gemeinsamen Wochenenden statt, wie von mir ursprünglich angedacht, in eine 48-stündige Phase der Harmonie und Entspannung in einen immer wiederkehrenden Albtraum, in dem man sich widersinnigerweise, zu Hause angekommen, sofort wieder nach der Wochenarbeit sehnte, weil diese, obwohl stressig, bei Weitem nicht so nervenaufreibend war wie Gülsüms Unfähigkeit, meinen Anweisungen zu folgen.

Gelegentlich versuchte sie sich mit der Nationalküche. Ihrer Nationalküche wohlgemerkt! Dies auch ohne einen nennenswerten Erfolg. Fairerweise muss ich zugeben, dass ich von Beginn an keinen für diese gesammelten Dill- und Petersilienkreationen mit Hackfleisch dazwischen empfänglichen Gaumen hatte. Gewiss brauche ich keine bildende Kunst auf meinem Teller, um zu wissen, gut gegessen zu haben. Wenn ich allerdings richtigen Hunger habe, sehne ich mich nach vertrauten Düften und Geschmackskombinationen und nicht nach irgendwelchen osmanischen Kräuterhexenexperimenten. Gülsüm ihrerseits sprach von „unserem Nationalgericht" und „Lieblingsgericht der Oma", wohl in der Hoffnung, mich mit diesen überflüssigen Informationen vom Wesentlichen abzulenken, der tristen Tatsache nämlich, dass auf dem Teller, der mich satt machen sollte, ganz eindeutig die Farbe Grün überwog. Sie werden es nicht glauben wollen, doch der Knüller war, dass mir diese Frau zu jedem Abendessen auch noch eine entsprechende Geschichte präsentierte (sie dachte wohl in Scheherazade-Manier, die Geschichte würde mich mein Ansinnen, satt zu werden, vergessen lassen). Doch ich war keiner ihrer versoffenen Istanbuler Sultane! Mich konnten sie mit ihren geheimnisvollen pechschwarzen Augen und ihren süßlichen Stimmchen nicht bezirzen! Weder sie noch irgendeine andere der eurasischen Hexen! Mich nicht!

Jürgen Habich blieb standhaft und ließ von seinem ursprünglichen Vorhaben nicht ab. Ich gab ihr den bereits gefüllten Teller konsequent zurück und erklärte sachlich, Bekanntes zu üben sei reine Zeitverschwendung! Sie kenne ihre Aufgabe und habe ein klares Ziel vor Augen! Zeit zu verplempern habe sie nicht. Bewusst tat ich so, als würde ich ihr glauben, so, als ob ich mir sicher wäre, meine Frau wüsste, was sie tat. Mit einem ganz feinen Gespür für die Bedürfnisse der Menschen, mit denen ich verkehrte, erfasste ich, dass Gülsüm angetrieben werden konnte, indem man sie regelmäßig an ihr Ziel und die in ihr schlummernden Fähigkeiten erinnerte.

Gülsüms Ziel war natürlich, den von mir zusammengestellten Speiseplan in der vorgegebenen Zeit zu meistern. Ursprünglich war das ihr Ziel. In der Tat wollte Gülsüm eine gute Köchin werden! Dies war ihre persönliche Herausforderung: etwas zu schaffen, was sie sich nie zugetraut hatte und was für sie persönlich noch wichtiger war, als für mich; etwas, was ihr keiner aus ihrem näheren Verwandtenkreis zugetraut hätte. Und sie wollte mir mit ihren Kochkünsten imponieren. Nicht selten erkundigte sie sich während einer Mahlzeit, wie mir dieses und jenes schmeckte, ob das Fleisch zart genug sei und die Beilage denn wirklich gut wäre. Mein begeistertes Kopfnicken oder meine gelegentlichen Lobeshymnen zauberten gewöhnlich eines der schönsten, selbstzufriedenen Lächeln auf ihr Gesicht, jedoch ließ die anfängliche Koch- und Lerneuphorie mit fortschreitender Zeit merklich nach und statt mir und meinem Gaumen gefallen zu wollen, bemühte meine Frau sich nun, möglichst schnell fertig zu werden, um sich mit ihrer Poesielektüre zurückziehen zu dürfen.

Nun, sie versuchte es.

So einen feigen Rückzug ließ ich aber nicht durchgehen, sondern hielt ihr den Teller mit den klaren Worten entgegen: „Mein Gaumen ist sich zu schade, solch anspruchsloses Zeug zu schmecken!"

Ob ich jetzt von ihr erwarten würde, „überflüssigerweise" – genau so war der Wortlaut! – „überflüssigerweise" zusätzlich noch ein Gericht von der „Liste" zu machen, fragte sie bei einer solchen Gelegenheit. Sie klang beleidigt. Dass und warum sie beleidigt war, hätte sie natürlich niemals zugegeben, wenn man sie danach gefragt hätte, aber ich fragte sie auch nicht danach. Ihre Überempfindlichkeit war ihr Problem. Außerdem hoffte ich damals, dem Konflikt weniger Bedeutung beizumessen würde helfen, ihn zu beseitigen. Im Laufe einer Ehe versteht man leider erst nach mehreren Rückschlägen, dass es kein Problem gibt, das den einen Partner allein betrifft. Besonders schlimm, ja unerträglich wird es aber, wenn alle Probleme, die schließlich die beiden Partner ereilen, so wie in meinem Fall, immer nur von ein und demselben Partner verursacht werden.

Ich bestand nicht darauf, ein Gericht von der besprochenen

Speisekarte zu bekommen. Ich tadelte sie auch nicht ob ihrer Starrköpfigkeit, doch ob ihrer Unfähigkeit, Absprachen mit gebührendem Ernst zu begegnen. Ich wurde ebenfalls nicht müde, ihr immer wieder zu erklären, dass es ihre Schuld sei, wenn sie sich an die Vereinbarungen nicht halte und dass sie die Konsequenzen zu tragen habe.

Sie sagte, die Sache mit der Liste hätte sie als eine Anregung verstanden, eine Art „Inspirationshilfe", nicht als unser persönliches Küchengesetz. Ich sagte, ich erwartete von ihr nicht, ein Buch zu schreiben, sondern ein ganz normales Essen zu kochen, was gäbe es da denn groß nach Inspiration zu suchen! Sie sagte, sie hätte nicht gewusst, dass sie sich auf dem Standesamt verpflichtet hätte, jedes einzelne Gericht von der „Liste" kochen zu lernen.

Sie sagte, da wären Gerichte darauf, die ihr vollkommen fremd wären.

Sie sagte, sie dächte, ich würde mich freuen, etwas Neues auszuprobieren, ein türkisches Gericht zum Beispiel.

Es gibt Menschen, mein lieber Herr Anwalt, die müssen ihr Leben lang erzogen werden! Sobald man nämlich mit der Erziehung aufhört, fangen sie an, irgendeinen Mist zu machen. Sie sind schon in der Lage, zu denken und aus Sachverhalten richtige Schlüsse zu ziehen, doch müssen sie in regelmäßigen Abständen daran erinnert werden, diese Fähigkeit zu besitzen und wie sie sie entsprechend einzusetzen haben. Leider zählte auch

Gülsüm Baştürk zu dieser Gruppe der „Auserwählten" und ich sah ein, dass ich wieder handeln musste:

„Das Leben besteht nun mal nicht aus Lieblingsaufgaben!", erwiderte ich. „Es ist keine Zubereitung von Nationalgerichten! Ein Nationalgericht ist nämlich keine Herausforderung! Es ist lediglich eine Ausrede fürs Schmarotzertum! Oder hast du schon mal eine Italienerin getroffen, die keine Pizza konnte? Ich nicht! Das Leben prüft seine Leute und nur diejenigen, die was vorzuweisen haben, nur die, die bereit sind zu kämpfen und zu siegen, nur die kommen in den Garten! Das Leben kann man nicht hinters Licht führen. Jeder baut sein Glück selbst und wer nicht bereit ist, zu investieren, braucht sich nicht zu wundern, wenn unterm Strich nur Nullen herauskommen!"

Gülsüm hörte mir genau zu. Sie hörte einem immer genau zu, doch schienen meine Worte irgendwo in ihrem Gehirn gegen eine Stahlmauer zu prallen und zu zerfallen – in hunderte, tausende konfuse Laute ohne Sinn. Manchmal setzten sich diese Laute durchaus wieder zu Worten zusammen, aber zu anderen, gefährlicheren Worten, deren Bedeutung ich wiederum nicht verstand.

An Tagen wie diesen aß ich außer Haus oder ich blieb zu Hause, aß aber, von einem belegten Brot abgesehen, meistens nichts. Obwohl sie so aussah, als würde sie sich immer, wenn sie Ablehnung erfuhr, in ihre eigene Welt zurückziehen, merkte Gülsüm normalerweise meine Verstimmung doch noch und versuchte schließlich ihr Glück mit einem der Gerichte von der von mir zusammengestellten Speisekarte, in der Hoffnung, ihr schlechtes Gewissen auf diese Art und Weise zu beruhigen. Warum nicht gleich so, war ich versucht, ihr von der Küchenschwelle zuzurufen, doch feinfühlig, wie ich bin, verkniff ich mir den Kommentar sehr oft.

Da meine Stimmung durch Gülsüms Verschulden bereits angeschlagen war, beeinflusste dieselbe auch meinen Appetit im negativen Sinne. Ich lobte sie dafür, dass sie ihren inneren Schweinehund überwinden konnte, selbst beließ ich es normalerweise jedoch nur bei einem belegten Brot, erklärte aber sachlich, warum sie nicht erwarten durfte, dass ich nach den seelischen Strapazen, die sie mir durch ihr unreflektiertes Vorgehen zugefügt hatte, entspannt dinieren konnte. Anfangs regte sie sich noch auf, zwei Mal umsonst gekocht zu haben, doch mit der Zeit verstand sie, dass sie meine Ablehnung und die Tatsache, dass die Gerichte unangerührt in der Mülltonne landeten, nur sich selbst zuzuschreiben hatte.

Zwischendurch lernte Gülsüm einige nicht üble Kuchen und Torten zu backen, mit denen sie mich milde zu stimmen versuchte, was ihr durchaus gelang.

In Sachen Kreativität konnte man meiner Frau in der Tat nicht viel vormachen. Wenn sie es wollte, wohlgemerkt! Kuchenrezepte waren für sie immer nur eine Anregung – ein Sprungbrett.

Wie hoch sie sprang, entschied aber immer sie.

Und sie konnte hoch springen!

Im Kuchenreich war sie die Königin und sie wusste es.

Dieses neu erwachte Selbstbewusstsein hatte sie natürlich mir zu verdanken, meiner Aufopferungsbereitschaft, doch wie auch immer, es half ihr, auf dem Gebiet der süßen Kreationen immer besser zu werden. Sie verzierte, verschönerte, verschnörkelte, als ginge es dabei ums Leben oder, um auf dem adeligen Gebiet zu bleiben (Sie werden sich erinnern, dass ich Gülsüm als eine Königin im Kuchenreich bezeichnet hatte), zumindest darum, in einem prachtvollen Ballkleid den Sohn des Königs zu verführen. Meine Frau arbeitete an ihren Kuchen wie ein Künstler an seinem Bild: konzentriert, kontrolliert und anfangs ohne Unterbrechung. Kurz vor Schluss machte sie dann viele kleine Pausen, trat wiederholt einen Schritt zurück, während sie den fast fertigen Kuchen betrachtete. Manchmal huschte plötzlich eine Wolke der Unzufriedenheit über ihre Stirn. Dann fackelte sie nicht lange, schnappte sich das Messer und aus einer harmlosen Mandeltorte wurde eine verschneite Holzhütte, ein abgesägter Baumstamm oder etwas ganz anderes Wunderbares – im schlimmsten Fall Rumkugeln, obwohl es tatsächlich sehr ungerecht wäre, im Fall von Gülsüms Rumkugeln vom „schlimmsten Fall" zu sprechen!

In der Regel veränderte, kombinierte und vervollständigte sie so lange, bis eine einmalige Gaumensymphonie entstand, zu schön, um gegessen zu werden.

Doch die Schönheit hat Jürgen Habich nie aufgehalten!

Gülsüm freute sich sehr, wenn ich ihre Kuchenkunst lobte.

Den schönen Ausdruck „Gülsüms Kuchenkunst" habe ich geprägt und sie lächelte geschmeichelt, wenn ich vor meiner Verwandtschaft über „Gülsüms Kuchenkunst" sprach. Wirklich beseelt strahlte sie aber, wenn ich ihre Backfertigkeit vor ihrer Mutter pries. Diese Glücksgefühle meiner Frau hatten psychosomatischen Charakter und ihren Ursprung in ihrer Kindheit und der Tatsache, dass die Mutter Baştürk an der Koch- und Backfertigkeit ihrer älteren Tochter schwer gezweifelt hatte, wenn nicht gerade verzweifelt war. Dies hatte zur Folge, dass der kleinen Gülsüm der Zutritt zur Küche eine Zeit lang sogar verweigert wurde.

Schwer getroffen von der Tatsache, draußen bleiben zu müssen, war die kleine Gülsüm aller Wahrscheinlichkeit nach nicht. Sie war ihren eigenen Angaben zufolge, kein fleißiges Kind. Im Gegensatz zu mir, der ich bereits mit neun Jahren die Fahrräder der halben Nachbarschaft repariert und auf diese Art und Weise zu einer wesentlichen Aufbesserung meines Taschengeldes beigetragen hatte, zog meine Frau selbst im zarten Alter von 9 Jahren das Bücherlesen praktischen Tätigkeiten vor. In der Küche hielt sie sich bevorzugt zu Essenszeiten auf oder kurz davor, um zu quengeln, wann denn das Essen endlich fertig würde. Abgesehen davon besaß sie die Angewohnheit, so beschrieb es ihre Mutter zumindest, wie eine blinde Katze um die Beine der Köchin herumzuschleichen, dabei ein bis drei Einmachgläser umzuwerfen, auf eine Tomate zu treten, ein paar Traubenkerne zu zerquetschen oder den ganzen Küchenboden mit Honig zu bekleckern, wodurch sie sich unbeabsichtigt statt zur rechten Hand der Mutter – wie bei den meisten Mädchen aus diesen Breitengraden üblich – zu einem Störenfried entwickelte, der den Küchenbetrieb aufhielt, statt ihn zu beschleunigen oder manchmal sogar zu leiten. Selbst zeigte Gülsüm durchaus ein gewisses Interesse am Kochen, ein destruktives jedoch, welches sie nämlich dazu brachte, jedes, auch das stinknormalste, Gericht zu verunstalten. Selbst die Rühreier, erklärte Gülsüms Mutter kopfschüttelnd (ihr Lächeln verriet aber, dass sie der unfähigen Tochter diese Blamage längst verziehen hatte), selbst die stinknormalsten Rühreier mit Paprika und Zwiebeln versuchte die störrische Minderjährige in Cuisine Nouvelle umzuwandeln. So mischte sie dem Eiweiß blaue Lebensmittelfarbe bei und präsentierte statt des erwarteten Menemems ein grelles Meisterwerk, von ihr als „orange-blaue Sommerlandschaft" getauft – zum Entsetzen der Großmutter und der versammelten Tanten –, und benutzte, damit der Eindruck auch wirklich einmalig bleibt, zu diesem überraschenden Auftritt Omas beste Baklavaplatte. Dies war dann für eine lange Zeit die letzte in der Reihe von Gülsüms Küchenaktionen. Die versilberte Baklava-Platte aus Großmutters Aussteuer wurde durch die zu starke Lebensmittelfarbe ruiniert, das Blau ließ sich aus mir unbekannten Gründen nicht vollständig entfernen, und die ärgerliche Episode führte dazu, dass die Mutter Gülsüm jegliche Mitverantwortung für die Küche entzog. Fürs Erste erhielt sie ein Küchenverbot und durfte sich im Anschluss auch noch Großmutters Leviten anhören, wie sie, so unvernünftig, niemals einen Ehemann finden würde. Gülsüm musste versprechen, nie wieder mit Lebensmitteln zu spielen, vor allem dann nicht, wenn Tante Safije und ihre fiese Freundin, die Klatschbase Nafije mit dem bösen Blick, mit von der Partie waren.

Es hätte wohl gereicht, predigte die aufgebrachte Großmama, dass die Mutter zum zweiten Mal ohne Ehemann geblieben sei und Nafije in der Nachbarschaft herumerzählt habe, Koca-Frauen könnten keinen Haushalt führen und schlügen alle Ehemänner in die Flucht! Die fiese Bazille ging sogar so weit zu behaupten, dass auch Esma (die Oma selbst!) lieber auf dem Feld anstatt wie jedes normale Mädchen in der Küche gearbeitet hätte und dass dies am vagabundenhaften, kurdischen Blut läge, das kein trautes Heim zu schätzen wusste und durch Esmas Adern floss – so gerne die Familie von Esmas Ehemann, Gülsüms Großvater mütterlicherseits, aus Angst vor Schande die Tatsache der falschen Abstammung auch verschwieg. Es sei außerdem kein Geheimnis, dass Esma nur ihre gewaltige Mitgift verheiratet hätte, soll die Nafije ins Ohr geflüstert haben, jedem, der mit der Info etwas anfangen konnte.

Der liebe Gott allein wisse natürlich am besten, dass das Verschwinden der Schwiegersöhne nichts, aber auch gar nichts mit der Unfähigkeit der Koca-Frauen, den Haushalt zu führen, zu tun hatte, beteuerte die Oma, und dass Nafije eine böse Zunge habe, ja das wüssten auch schon die Spatzen auf den Dächern, doch Menschen glaubten bösen Zungen lieber, weil die guten sie zum Gutsein ermahnten, und gut zu sein sei im Allgemeinen und vor allem auf Dauer anstrengend. Deshalb müsse man sich vor Nafije besonders in Acht nehmen und in ihrer Gegenwart bloß keinen Unsinn machen, weil der Unsinn in Nafijes Gegenwart die Neigung habe, sich zu vermehren, predigte die aufgebrachte Großmutter.

Kurz dachte ich darüber nach, dass der Unsinn in Gegenwart meiner Frau eine ähnlich geartete Neigung aufwies und die besagte Nafije deshalb mindestens eine entfernte Verwandte meiner Frau sein dürfte, doch ich verscheuchte den Gedanken und hörte weiter höflich zu.

Das Mädchen versprach alles, was für die Oma von lebenswichtiger Bedeutung zu sein schien, und kam, wie die Baklavaplatte übrigens auch, mit einem blauen Auge davon.

Um nichts falsch zu machen und auch auf die Gefahr hin, ein Leben lang ohne Ehemann zu bleiben, hielt sich meine künftige Ehefrau für die folgenden Jährchen von der heiligen Küche fern.

Als die Küchensperre kurz vor ihrem vierzehnten Geburtstag endlich aufgehoben wurde, war das Kind schon in den Brunnen gefallen. Gülsüm hatte bereits eine „emotionale Distanz zu diesem Raum aufgebaut", welche sie angeblich daran hinderte, ihre neue Chance, kochen zu lernen, zu nutzen. Aus der Sache mit dem ausbleibenden Ehemann machte sie sich mit jetzt fast vierzehn Jahren genauso wenig wie mit elf, nämlich gar nichts. Gülsüm war nach eigenen Angaben eine Spätzünderin, und als andere Mädchen sich zu schminken und den Jungs hinterherzurennen anfingen, studierte sie Pflanzen. Eine Zeitlang versuchte sie sich sogar als Landschaftsmalerin, natürlich ohne Erfolg. Großmutters Drohung, als alte Jungfer zu enden, konnte ihr also – bei ihren aktuellen Interessen – gestohlen bleiben. Abgesehen davon, hatte die Kleine einen Spiegel zu Hause hatte und wusste, wie sie aussah. Doch seit sie wieder in die Küche durfte, guckte Gülsüm ihrer Mutter manchmal bei der Zubereitung von Kuchen und Süßspeisen interessiert über die Schulter und wurde von dieser ebenfalls ermutigt, selbst welche vorzubereiten.

Dafür habe sie ein Händchen gehabt, erklärte die Schwiegermutter umständlich lächelnd (sie hob dabei immer zuerst den linken und dann den rechten Mundwinkel hoch und wackelte danach mit der rechten und dann mit der linken Schulter, so dass eine dem Lächeln entgegengesetzte Schulterbewegung entstand), als müsste sie sich für diese Ketzerei, meine Frau in die Küche gelassen zu haben, bei dem betroffenen Ehemann entschuldigen: „Aber irgendwie hat sie auch hier plötzlich die Lust verloren!" (Spätestens bei diesem Satz hätte ich hellhörig werden müssen!) „Das war wirklich jammerschade, denn einfallsreich war sie damals schon. Bei meiner Seele! Sie hat jedes Kuchenrezept verfeinert, manchmal hat sie sich sogar neue Kuchenrezepte überlegt – überhaupt nicht schlecht, ganz im Gegenteil! Besonders in Torten war sie vernarrt! Komischerweise nahm sie davon nie zu – höchstens ich." Die Schwiegermutter strich sich dabei über ihren dicken Bauch, als wären darin immer noch Unmengen von Gülsüms gelungenen Backversuchen konserviert.

„Sie hat sich aber immer viel bewegt ... Jaaa, Gülsüm hatte immer so viele Interessen, es ist einfach unmöglich gewesen, ihnen allen auf einmal zu frönen", schloss die fette Türkin und zuckte zweimal kurz mit der linken Schulter – eine überflüssige, weil nichtssagende Geste, die meine Frau offensichtlich von ihrer Mutter geerbt hatte und häufig zum Besten gab.

Die liebe Schwiegermama wusste nicht, dass ich den wahren Rückzugsgrund schon von Gülsüm kannte. Da Gülsüms Cousine, Onkel Nedims Tochter aus der ersten Ehe mit einer zwölf Jahre älteren Frau aus Turgutreis, in die Geheimnisse der Kuchenkunst vorgedrungen war und ihre Sache durchaus ordentlich machte, zog sich Gülsüm auch hier wieder zurück, ja sie überließ kampflos das Feld der Jüngeren, weil sie fürchtete – Gülsüms altes Thema –, der Konkurrenz nicht gewachsen zu sein.

Meine Frau duldete keinen Wettbewerb. Nicht, weil sie Angst vor Anstrengung hatte! Sie wollte es einfach vermeiden, am Ende als Verliererin dazustehen. Als Zweite.

In Deutschland war alles anders. Hier gab es keine Cousine und keine Verwandten, die einem den Rang streitig machten. Es gab keinen, der sie wie damals die Oma oder die Mutter selbst oberlehrerhaft behandelte. Hier konnte sie, vorausgesetzt, sie hielt gewisse Regeln ein, schalten und walten, wie es ihr gefiel. Das einzige Problem bei diesem neu erwachten Enthusiasmus – Sie ahnen es – war die traurige Tatsache, dass Gülsüm selbst ihre beste Kundin war und man dieses unreflektierte Verhalten langsam, aber sicher an ihrem Taillen- und Hüftumfang bemerkte. Irgendwann hörte sie deshalb prompt auf, Kuchen zu backen. Angeblich musste sie langsam auf ihre Figur achten, und es fiel ihr wesentlich schwerer, standhaft zu bleiben, wenn sie Kuchen im Haus hatte. Bei herzhaften Sachen hielt sie sich aber auch nicht zurück!

Auf der von mir zusammengestellten Speisekarte kämpfte sie sich in der kompletten Zeit unserer Ehe lediglich bis zu der Ordnungsnummer 42 durch!!!

Die Nummer 43 bis 55, das fiel mir erst später auf, waren verschiedene Braten, unter anderem der Rheinische Sauerbraten, dann fünf Rezepte für Kalbsbraten und ich glaube drei für Rinderbraten, so genau weiß ich es jetzt nicht mehr. Gülsüm aß ja kein Pferdefleisch, und Schweinefleisch aß sie ebenso nicht. Hühnchen oder Rind oder Lamm aß sie aber auch nicht, da sie Vegetarierin war! Trotzdem kochte sie die jeweiligen Gerichte mit den entsprechenden Fleischsorten für mich!

Die Logik hinter ihrer Weigerung, die Zubereitung der letzten Gerichte auf der Liste zu lernen, konnte ich, wie Sie sicherlich nachvollziehen können, weder erkennen noch verstehen noch billigen. Nebenbei, erst viel später lernte ich, dass ein normaler, seelisch gesunder Mensch ohnehin nicht imstande war, Gülsüms Logik zu folgen. Ja ich verstand, dass man es nicht einmal versuchen sollte, wenn man nicht Gefahr laufen wollte, die eigene, oft geprüfte und für gut befundene Urteilsfähigkeit ins Wanken zu bringen!

Als ich sie wegen dieser Sache mit Schweine- und Pferdefleisch zur Rede stellte, antwortete sie, das Pferdefleisch wolle sie nicht einmal anfassen, halte es außerdem für eine Unverschämtheit und Grausamkeit ohnegleichen, solch ein großes Tier umzubringen, nur damit der Sauerbraten die angeblich rheinische Geschmacksnote bekäme, und vor dem Geruch des Schweinefleisches ekele sie sich, so wie ich mich vorm Geruch gekochter Paprika ekele.

Das mit der Paprika stimmte schon. Als Gülsüms Mutter einmal gefüllte Paprika gemacht hatte, mussten wir die Wohnung drei

Tage lang lüften. Sie wusste ja nichts von meiner Abneigung und meine Frau hatte wieder mal etwas Wichtigeres zu tun, als an das leibliche Wohl ihres Ehemannes zu denken. Damals hat sie nämlich noch gearbeitet und hielt es als berufstätige Frau offensichtlich nicht für notwendig, mit ihrer Mutter die zu kochenden Gerichte abzusprechen. Die Mutter wiederum wollte mich mit Paprika, gefüllt mit Hackfleisch, zum Abendessen überraschen. Was soll man da sagen: Die Überraschung gelang perfekt! Die Nacht habe ich im Zelt im Garten hinter unserem Haus verbracht. Nicht aus Abenteuerlust!

Solch eine überflüssige und unangenehme Situation hätte man natürlich vermeiden können. Man hätte z. B. die wichtigsten Infos an die Mutter rechtzeitig weitergeben können, doch „rechtzeitig" war ein Begriff, dessen Bedeutung Gülsüm ebenfalls nicht rechtzeitig gelernt hatte, an den sie folglich oft erinnert werden musste!

Sie gehe davon aus, sagte sie im Brustton der Überzeugung, dass ich ihre Hemmungen, da ich selbst ähnliche Schwierigkeiten mit einigen Gemüsesorten hätte (Pilze und Kürbis hasse ich wie die Pest und bekomme Übelkeitsanfälle, wenn ich nur mitbekomme, dass sie in meiner Gegenwart gegessen werden, bei Paprika geht es mir ähnlich), würde nachvollziehen können.

So war Gülsüm immer schon! Sie dachte, es reiche zu zeigen, dass sie ein Herz für die Nöte ihres Gegenübers habe, und schon müsste das Gegenüber – quasi als Dank für ihr Verständnis – sie und ihre Abneigungen verstehen und akzeptieren.

Irgendwie fühlte man sich aber auch wirklich verstanden in ihrer Gegenwart und entspannte sich! „Ließ sich gehen", wäre vielleicht zu viel gesagt, aber einen gewissen Entspannungseffekt hatte ihre Gegenwart zweifelsohne. Das war dann in der Regel der Zeitpunkt, an dem die Falle zuschnappte, nach dem Motto „Weil ich dich so gut verstehe, mein lieber Ehemann, musst du ebenfalls Verständnis für mich aufbringen!". Man durfte ihr auch nicht böse sein, egal mit was für Schwachsinn sie einem kam.

So einfach wollte sie es sich auch diesmal machen, doch ich erkannte die Falle und reagierte entsprechend geistesgegenwärtig:

Ich bat sie höflich, beim Thema zu bleiben.

Wir säßen hier nicht zusammen, sagte ich, um aus mir einen verständnisvollen Ehemann zu machen – ich sei nämlich bereits einer. Ich hätte meine Hausaufgaben schon längst gemacht! Vielmehr gehe es darum, erklärte ich, immer noch freundlich, aus Gülsüm Baştürk Habich endlich eine ordentliche Ehefrau zu machen, eine, die sich vor keiner anderen zu verstecken brauche und die mit ihrer Leistung auch ihren Ehemann stolz mache. Ich sei mir dessen durchaus bewusst, dass dies, auch im Hinblick auf ihre Geschichte und ihre traumatischen Kindheitserfahrungen, keine einfache Aufgabe sei – doch hohe Ziele erreiche man mit hohem Einsatz und nur dann, wenn man bereit sei, über eigene Grenzen zu gehen und hie und da auch mal ein kleines Ekelgefühl zu schlucken!

Ich sprach langsam und ruhig und betonte dabei jedes einzelne Wort, doch zeigte meine Rhetorik leider keinen Erfolg. Gülsüm guckte ins Leere und schien von meinen Worten kaum etwas mitzubekommen.

Ich weiß, was Sie jetzt denken, und ich danke Ihnen dafür! Mir ist bewusst, dass der beschriebene Misserfolg keinesfalls meinen unzureichenden rhetorischen Fähigkeiten zuzuschreiben ist. Eher könnte man den Papst einen Teufelsdiener und Deutschland ein Entwicklungsland nennen als meine Rhetorik unzureichend!

Doch leider zeigte Gülsüm bereits zu diesem Zeitpunkt keine Ambitionen mehr, an sich und ihren Fähigkeiten zu arbeiten.

Zu meiner Überraschung versuchte sie diesen vollständigen Mangel an Ehrgeiz gar nicht zu verheimlichen! Im Gegenteil, hausieren ging sie damit, ja sie brüstete sich geradezu damit, dass sie nicht mehr lernen will, als wäre dies eine Errungenschaft, die sie sich und der Welt mit viel Mühe, Schweiß und Blut erkämpft hätte!

So sagte sie ohne ein Fünkchen Scham, was sie in der kurzen Zeit gelernt hätte, reiche ihr erst mal. Eine perfekte Hausfrau würde aus ihr nie werden, doch diesen Anspruch habe sie auch nie an sich gestellt. Sie wisse, dass sie sich mit dem, was sie von mir bereits gelernt habe, nicht zu verstecken brauche, und alles Weitere würde sich irgendwann ergeben.

Zwischen „sich nicht zu verstecken brauchen" und die Beste unter Tausenden zu sein würden ganze Welten liegen, kommentierte ich. Natürlich war ich von so viel Ignoranz seitens der Frau, die ich mich entschieden hatte zu lieben, sehr enttäuscht!

Ich hätte jemanden geheiratet, auf den ich stolz werden wollte, nicht jemanden, der sich mal eben nur „nicht zu verstecken brauchte", erklärte ich.

„Die Haushaltsführung und das Kochen sollten nicht zum Selbstzweck werden!", widersprach sie.

Sie sprach ruhig, doch ich merkte an ihrer Stimme, dass diese Ruhe nur gespielt war.

Weder sie noch ich würden verhungern, fügte sie für meinen Geschmack etwas zu barsch hinzu.

Wir lebten nicht in der Dritten Welt, fuhr ich sie an – inzwischen etwas ungeduldig geworden – und „das Verhungern" sei die falsche Gesprächsrichtung. Es gehe hier nicht um die Sicherung eines Lebensminimums, sondern darum, das Leben gebührend zu genießen!

Sie könne das Leben auch ohne den Rheinischen Sauerbraten genießen, erwiderte sie brüsk.

Was sei denn mit mir und meinen Genüssen, fragte ich vorsichtig nach; zählte das, was ich gut fand, nichts?

Sie schwieg.

Wie immer, wenn sie wirklich sauer war, nahm sie ein Küchentuch und polierte das Spülbecken, bis es wie ein Spiegel glänzte. Nicht, dass ihr der Glanz in der Küche so wichtig war, aber so konnte sie meinem prüfenden Blick entkommen. Normalerweise wurde sie bei dieser Arbeit zunächst still, hörte nur zu und verschwand dann irgendwo im Haus. Diesmal nicht.

Die Unverschämtheiten gingen nämlich weiter:

Was sei überhaupt mit mir los, fragte sie plötzlich. Vor unserer Heirat hätte ich kein Problem damit gehabt, mich auch mal selbst an den Herd zu stellen.

Sie hielt kurz inne und guckte mich herausfordernd an, fast könnte man sagen, boshaft. Es habe mal Zeiten gegeben, da hätte ich sogar regelmäßig gekocht!

Ich bezeichnete es als eine Unverschämtheit ohnegleichen, dass sie von mir, meinen zahlreichen Verpflichtungen neben der Arbeit zum Trotz, auch noch einen Einsatz am Herd erwartete.

Sie zuckte mit den Schultern.

„Schon schade!", flüsterte sie fast. „Es war so was wie ein Steckenpferd von dir! Und es war lecker!"

Ich wisse selbst, dass ich kochen könne, meinte ich, und dass ich zweifellos ausgesprochen talentiert sei, doch das Leben habe etwas anderes mit mir vorgehabt, und so leid es mir auch tue, müsste ich mich auf andere Aufgaben konzentrieren.

Damit ich nicht völlig zu kochen vergäße und das einmalige Talent, das mir in die Wiege gelegt wurde, dadurch versiegen würde, sie sagte es mit unverhohlener Ironie (ich erinnere daran, dass ich meiner Frau bereits erläutert hatte, warum sie auf dem weiten Feld ironischer Bemerkungen nichts verloren habe), könnte ich die Zubereitung der fehlenden 13 Listengerichte selbst übernehmen, an den Tagen zum Beispiel, an denen sie Überstunden machen müsse. Es würde ihr viel bedeuten, fügte sie scheinbar versöhnlich hinzu, wenn sie sich nach einem langen Arbeitstag nicht auch noch um das Essen kümmern müsste.

Sie hätte doch nichts davon, erklärte ich, die ganzen Braten würde sie sowieso nicht essen!

Sie fände schon was für sich im Kühlschrank, antwortete sie, Hauptsache, ich wäre versorgt.

Ich versuchte es im Guten:

Sie habe mich völlig missverstanden, beteuerte ich fast verzweifelt. Mir gehe es vor allen Dingen darum, sie wachsen zu sehen! Ich würde ihre hohen Ansprüche kennen und wolle vor allem, dass *sie* mit sich selbst zufrieden sei! Ich kenne ihre Kinderkrankheiten, wisse um ihre Komplexe, um das fehlende Vertrauen ihrer Mutter, deshalb sei es für sie umso wichtiger, eine gute, eine hervorragende Köchin zu werden. Damit *sie* auf sich stolz sein könnte!

Na, wenn es so sei, kam es wie aus der Pistole geschossen, dann brauchte ich mir keine Sorgen und keine Vorwürfe zu machen, sie nicht genügend gefördert zu haben. Die Anzahl der Gerichte, die sie bereits beherrsche, übertreffe ihre Ansprüche bei Weitem.

Sie legte das Küchentuch endlich beiseite, machte eine kurze und vielsagende Pause und guckte mich prüfend an. Man sah es ihr an, sie nutzte die Zeit, um zum nächsten Schlag auszuholen, diesmal mit einer mir bisher unbekannten und möglicherweise deshalb unheimlichen Variante von Gülsüms Lächeln. Und dann sagte sie, wie sie bereits klargestellt habe, sei sie, zumindest was das Kochen betrifft, mehr als zufrieden mit sich.

„Und was ist mit meiner Zufriedenheit?", rief ich.

„Was ist mit den Wünschen und Ansprüchen des Ehemannes?" Diesen Trumpf hatte ich eigentlich nicht beabsichtigt aus dem Ärmel zu ziehen, aber sie hatte es nicht anders gewollt: Immerhin entstammte sie einem islamischen Kulturkreis, wo das Wort des Ehemannes Gesetz war, und ich konnte, ja ich durfte es mir nicht verkneifen, sie daran zu erinnern. Auch, dass sie um ein Haar einem Schicksal entglitten sei, bei dem sie nur noch für den Ehemann und die Kinder hätte leben müssen!

Ich war immer schon ein Freund klarer Worte. Nur meine Engelsgeduld, meine Toleranz, schließlich meine Liebe zu dieser undankbaren Frau haben mich daran gehindert, ihr zu sagen, was sie lange schon hätte hören müssen. Ich erwartete keine Lobeshymnen ihrerseits, aber bedanken können hätte sie sich ruhig mal bei mir, zum Beispiel dafür, dass ich sie aus den Krallen rechthaberischer, frauenverachtender Religionsfanatiker gerettet hatte!

„Nur Gott weiß, was für ein grausames Schicksal mir durch die Hochzeit mit dir erspart wurde! ", bejahte sie, Einverständnis spielend.

An die Mär von der gepeinigten türkischen Ehefrau dürfte jemand wie ich, der sich nur der Wahrheit verpflichtet fühle, nicht so schnell glauben, fügte sie mit offensichtlicher Wut und einem nur leicht wahrnehmbaren Zittern in der Stimme hinzu.

Immerhin wohnte sie in einer Hauptstadt und nicht in irgendeinem mittelalterlichen, westanatolischen Kaff. Diesen letzten Satz sagte sie eigentlich nicht, aber ich sah es ihr an, dass sie ihn dachte.

„Was kennst du denn für Türken?", fragte sie stattdessen, um einen scherzhaften Unterton bemüht. „Die paar türkischen Männer, die du kennst, besitzen nicht mal genug Wörter, um immer das letzte Wort zu haben! Nicht einmal auf Türkisch! Ein Glück, dass ich einen eloquenten Deutschen geheiratet habe."

Dabei kniff sie mich unverschämterweise am Bauchansatz, welchen *sie* zu verantworten hatte, lachte schelmisch und bemerkte, so wie es sich aus den vorliegenden Tatsachen erfühlen lasse, würde ich mich auch mit den wenigen Gerichten, die meine undankbare Ehefrau für mich bisher gekocht hatte, prächtig entwickeln.

Und wieder hatte sie gewonnen! So wie jeder, der, auf die Unzulänglichkeiten der eigenen Erscheinung hingewiesen – überrumpelt –, hilflos verstummt, so wusste auch ich plötzlich nicht mehr, was zu antworten, und hielt deshalb meinen Mund.

Obwohl mein Aussehen nur ihr Verschulden war, hatte sie leider trotzdem Recht. Bereits im ersten Jahr nach der Hochzeit nahm ich tragischerweise zehn Kilo zu. Zumindest einen Teil davon hatte Gülsüm zu verantworten. Der Rest war das Verdienst ihrer Mutter. Das, was Gülsüm auf dem Gebiet der Kuchen und Torten schaffte, das gelang der Frau Mama nämlich im Bereich der herzhaften und deftigen Gaumengenüsse.

Viel später erst begriff ich, dass sie zusammengearbeitet haben müssen und dass auch meine Gewichtszunahme zu Gülsüms geheimem Plan gehörte, mich in die Abhängigkeit von ihr zu bringen! Es ging hier eindeutig um die in türkischen Familien oft angewendete und in ihrer verheerenden Wirkung verkannte Maststrategie (in meinen Ausführungen habe ich dieses Phänomen bereits kurz erwähnt)!

Ich weiß, ich bewege mich hier auf einem sehr dünnen Eis, doch gucken Sie sich bitte die türkischen Männer über vierzig an, bevor Sie mich der Türkenfeindlichkeit bezichtigen!

Schon mal einen gertenschlanken gesichtet? Ich glaube nicht, und wenn ja, so war das Exemplar bestimmt nicht verheiratet!

Die „Maststrategie" ist nämlich eine ausgeklügelte, als familienfreundlich getarnte Methode, mit der man mit einer an Sicherheit grenzenden Wahrscheinlichkeit den Ehemann für die eventuellen Konkurrentinnen unattraktiv macht, um so als Ehefrau ein leichtes Spiel zu haben und mit Hilfe der Mutter – die Kinderschar spielt dabei aber ebenfalls keine unwesentliche Rolle – den so ahnungslosen wie hilflosen Familienernährer auf immer und ewig an sich zu binden.

Fast hätte sie es geschafft!

Gülsüms Experimentierfreudigkeit in der Küche ließ mit der Zeit vollständig nach.

Vor unseren Freunden rechtfertigte sie sich damit, dass ich in meiner „sprichwörtlichen Kompromisslosigkeit" – so bezeichnete sie meine konsequente Art: „Jürgens sprichwörtliche Kompromisslosigkeit" – auf unserer Speisekarte nur noch Fleischgerichte zulasse. Alles andere, was nicht mindestens so aussehe wie irgendein Schnitzel mit irgendeiner Soße, würde ich angeblich von meinem Speiseplan verbannen, behauptete sie.

Was blieb mir anderes übrig? Ich versuchte bei solchen Gelegenheiten gute Miene zum bösen Spiel zu machen und scherzte mit.

Ihr und dem lieben Frieden zuliebe ließ ich mich zum langweiligen Fleischesser, dessen Gaumen keine Geschmacksvielfalt kannte, abstempeln.

Nun, dass ich gerne Schnitzel aß, musste nicht heißen, dass ich mich allen anderen Gaumenfreuden verschloss. So war es auch nicht. Ich hatte lediglich von vorneherein abgelehnt, Dinge zu essen, die, ihrer Zubereitung nach zu urteilen, nicht hatten schmecken können.

„Wir leben doch in einer Wohlstandsgesellschaft! Keiner muss essen, was ihm nicht schmeckt!" Kommt Ihnen dieser schöne Satz bekannt vor?

Er stammt von Ihnen, mein lieber Herr Anwalt! Sie haben ihn in meiner Gegenwart ausgesprochen, während Sie die von der Frau Weber als Ihr Mittagessen gedachten, in einem der großen Supermarktketten käuflich erworbenen Frühlingsrollen in den Mülleimer beförderten. Natürlich hat es Ihre pummelige Vorzimmerdame gut gemeint, als sie Ihnen den Pappteller dezent auf den Schreibtisch schob! Sie hat mitbekommen, wie Sie von einem Termin zum nächsten hetzten, und scharfsinnig kombiniert, dass Sie, da Sie sich in Ihrer Mittagspause mit mir unterhielten, keine Zeit haben würden, etwas essen zu gehen. Sie war auch so nett und bereit, ihr Mittagessen mit Ihnen zu teilen. Vielleicht hat sie auch gleich zwei Portionen Frühlingsröllchen gekauft und in der Mikrowelle warmgemacht, möglich ist auch, dass sie diese bei irgendeinem Vietnamesen bestellt und in der Mittagspause abgeholt hat. Das wissen wir alles nicht, da sie ja bekanntlich im Mülleimer gelandet sind. Doch hat die Gute Sie gefragt, ob Sie dieselben mögen? Hat sie Sie gefragt? Eben!

Sehen Sie, die Einsicht in diese an sich simple Tatsache, dass keiner essen muss, was ihm nicht schmeckt, hat meiner Frau gefehlt!

Schlimmer noch: Ihre fehlende Bereitschaft zu lernen, kaschierte sie, indem sie mir mangelnde Flexibilität vorwarf. Nicht sie war faul und unfähig, nein, ich war bloß unflexibel und meine Geschmacksnerven träge und verwöhnt, und weil sie hier eine willkommene Gelegenheit sahen, mir wegen meiner absoluten Überlegenheit in allen Lebensbereichen eins auszuwischen (es war nicht immer einfach, in meinem Schatten zu stehen, das kann ich mir schon vorstellen), schlugen sich unsere Freunde allesamt auf Gülsüms Seite und bejahten johlend und konsequent zustimmend diese böse gemeinten Behauptungen. Angeblich wäre mein unflexibles Essverhalten schon mal aufgefallen! Ich verstand alles sehr gut, wusste genau, woher der Wind wehte. Wozu die Energie vergeuden? In solchen Augenblicken blieb mir nichts anders übrig, als mitzulachen und ihnen ihre minderwertige Kleinkrämerfreude zu gönnen. Ich wusste es besser und dies musste im Augenblick genügen.

Aber mein Bedürfnis nach Harmonie brachte trotzdem keinen Frieden. Bei Weitem nicht! Meine Bemühungen, unsere Ehe nach außen als eine unerschütterliche Festung erscheinen zu lassen, in der Hoffnung, sie würde sich mit der Zeit unvermeidlich dahin entwickeln, erwiesen sich als ein Trugschluss.

Statt meine Loyalität schätzen zu lernen und endlich vernünftig zu werden, nutzte meine Frau diese Eigenschaft von mir unverschämterweise auch noch aus. Sie benutzte sie, um ihren eigenen Kopf durchzusetzen, angefangen mit so kleinen Dingen wie den Tomatenscheiben für den Tomatensalat; und wenn ich „klein" sage, dann meine ich auch „klein" – nämlich klein geschnitten!

Klar weiß jeder normale Mensch, wie die Tomaten für den Tomatensalat geschnitten werden: in große, saftige Scheiben, damit man den Tomatengeschmack noch spürt, während der Speichel das zerkaute Stückchen Hauptgericht angefangen hat zu zersetzen.

Sogar die Italiener – nicht die lernfreudigste europäische Nation – haben es längst verstanden und schneiden ihre Tomaten in große Scheiben! Ein paar kleine, an der richtigen Stelle platzierte Messerschnitte, ein paar Käsescheiben und fertig ist der leckerste Tomatensalat, den ein Mensch jemals probiert hat. Wenn Tomaten jedoch anders, sprich: in kleine Stückchen geschnitten, davor auch noch geschält werden, damit nicht nur der Geschmack bis zur Unkenntlichkeit verschwindet, sondern auch alle Vitamine sich aus dem Essen verabschieden, dann passiert Folgendes: Der Tomatengeschmack verschmilzt mit dem der anderen Zutaten! Sprich, die in jedem Salat *heilige* Tomate nimmt den Geschmack von Zwiebelchen und Gürkchen an, schlimmer noch, je nach Herkunft und Experimentierlust der Köchin, von irgendwelchen exotischen Kräutern, die in einem Tomatensalat wirklich nichts verloren haben!

Das ist doch alles logisch, werden Sie jetzt sagen, und eine Zeitvergeudung, sich mit so sonnenklaren Dingen zu beschäftigen.

Ihnen ist das klar! Mir auch.

Gülsüm Baştürk aber nicht!

Letztendlich heißt das für mich aber, dass ich mich, ob ich es möchte oder nicht, entweder jeden Tag aufs Neue mit so sonnenklaren Dingen wie der Größe einer Tomatenscheibe beschäftigen oder mir meinen Tomatensalat (wie übrigens von meiner Frau frecherweise empfohlen) selbst machen muss.

So kann man sich das Leben als Ehe- und Hausfrau auch einfach machen, werden Sie jetzt sicher denken.

Nun, ich dachte es nicht nur, ich sagte es und provozierte damit den größten Streit, den wir seit dem Anfang unserer Ehe gehabt hatten.

Ich mag keinen Streit.

Ich war immer schon der Auffassung, dass man aus einem Streit nichts lernen kann, weil es im Streit letztendlich immer nur darum geht, wer das letzte Wort hat, wer sich durchsetzt – die Inhalte, wenn Sie so wollen, dadurch immer der Form unterworfen sind. Und wieder hatte ich Recht!

Auch aus diesem Streit hatte Gülsüm Baştürk nichts gelernt, weil Gülsüm Baştürk nichts lernen wollte! Lernen bedeutete, sich anzustrengen. Gülsüm Baştürk wollte sich nicht anstrengen. Das Leben genießen, das wollte sie!

Ähnlich wie mit den Tomaten verfuhr sie übrigens auch mit dem Grillfleisch. Nein, das schnitt sie nicht klein, doch um ihre gesammelten Fehltritte bei der Beschaffung, Vor- und Zubereitung des Grillgutes zu beschreiben, bräuchten wir einen gesonderten Bericht – vielleicht auch ein ganzes Buch. Die Zeit habe ich jetzt nicht. Daher nur so viel: Weder verstand die Frau etwas von der Grillkohle noch vom Feuer noch von der richtigen Temperatur, bei welcher das Fleisch auf den Grill gelegt wird. Dann kam sie während des Grillvorgangs auch noch auf so zweifelhafte Ideen, wie zum Beispiel das Fleisch mit Alkohol zu begießen, so dass ich letzten Endes nicht mehr wusste, ob ich mich aufregen oder nur noch lachen sollte. Sie schnappte sich plötzlich eine Bierflasche und fing an, das Fleisch, das bereits auf dem Grill lag, mit Bier zu tränken, um es „leckerer zu machen"! Diese Schwachsinnsaktion soll sie sich bei einem Onkel von ihr „abgeguckt" haben. Das glaubte ich ihr letztendlich. Es machte die Sache aber nicht besser.

Dass die Moslems nicht wüssten, wozu Alkohol gut sei, bemerkte ich, sei mir schon lange bekannt, dass ihre Alkoholverachtung jedoch solche Ausmaße annehme, dass sie damit lieber totes Fleisch begossen, statt es dem lebendigen Leib zuzuführen, überraschte mich doch!

Sie selbst lebte aber schon seit einigen Jahren in einer Gesellschaft, die die Vorzüge eines guten Tröpfchens zu schätzen wisse ...

Mein fassungsloser Gesichtsausdruck schien Gülsüm jedoch eher zu animieren weiterzumachen.

Ich könne jeden aus ihrer Familie danach fragen, beteuerte sie, sie würden es alle bestätigen.

In einer modernen, entwickelten Gesellschaft tue man so etwas nicht, erwiderte ich. Dies bedeute, mit Lebensmitteln zu spielen, was in der letzten Konsequenz menschenverachtend sei.

Sie könne noch von Glück reden, erläuterte ich, dass sie solche Praktiken nicht in der Öffentlichkeit vorgeführt habe. Da könnte der eine oder andere berechtigterweise das Thema Integration aufmachen und nachfragen, ob diese bei Jürgen Habichs Frau tatsächlich so gelungen sei, wie es immer behauptet wird.

Sie lachte. Sie lachte so, dass ihr die Tränen kamen.

Onkel Nedim teile durchaus die Einsicht in die Vorzüge des Alkohols mit der hiesigen Gesellschaft, beteuerte sie – immer noch gut gelaunt –, ließ dabei die Bierflasche nicht aus der Hand.

„Auch auf die Gefahr, dass ich zur Hauptschuldigen für das Scheitern der Multikulturalität in Deutschland erklärt werde", lachte und schrie sie fast, „das Fleisch schmeckt so saftiger!"

Für meinen Geschmack war ihre langanhaltende gute Laune

völlig deplatziert. Es schien ihr nicht einmal etwas auszu-machen, was andere von ihr denken könnten! Diese Kaltblütig-keit war eine neue und besorgniserregende Eigenschaft von ihr. Ich denke, ich brauche nicht zu erwähnen, dass sie mir über-haupt nicht gefiel.

Selbstverständlich wurde ich wütend. Ich konnte mir doch nicht von einer Vegetarierin erklären lassen, wie man Grillfleisch zu-bereitete. Dass ich nicht lache!

„Vielleicht bleibst du lieber bei deinen Sojaburgern, Gülsüm!", fuhr ich sie an.

Sie habe auch mal Fleisch gegessen und auch gerne, brabbelte sie aber weiter, ohne zu merken, dass das, was sie erzählte, kei-nen Menschen interessierte und dass sie mit jedem weiteren Wort die unsichtbare Grenze des Anstands immer weiter hinter sich ließ.

Ich atmete ruhig aus und riss ihr die Flasche aus der Hand: „Nicht alles, was alkoholisierte Menschen tun, ist nachahmens-wert", presste ich durch die Zähne. „Soll ich jetzt auch noch Mist essen, nur weil Onkel Nedim ein Säufer war?"

Ich wandte mich zu meinem Freund, der diese letzte Bemer-kung hoffentlich nicht auf sich bezog. Der stand nämlich schon im Tor und guckte uns interessiert zu. Ich fragte mich, wie viel von unserer Auseinandersetzung er mitbekommen hatte.

Wie viel auch immer, Martin ließ sich nichts anmerken. Ein Po-kerface, der Mann! Und ein regelmäßiger Trinker, allerdings mit

Maß. Aber ein kluger Kopf. Ein Leben lang unverheiratet geblieben. Manchmal sagte er – im Spaß natürlich –, so eine wie Gülsüm gebe es eben nur einmal und er sei, wie immer, wenn Gott etwas Gutes zu verteilen im Begriff war, zu spät gekommen. Gülsüm winkte lächelnd ab, obwohl sie – wie die meisten Frauen – vermutlich dachte, dass Komplimente der Männer ernst zu nehmen wären. Ich wusste es natürlich besser (immerhin war ich selbst einer), wie ich ebenso wusste, dass Martin mich im Grunde seiner Seele zutiefst bemitleidete. Wir waren beide zu klug für unsere Umwelt und hatten dadurch regelmäßig mit dem Unverständnis unserer Nächsten zu kämpfen und auszukommen. Martin fand diesen Zustand offenbar so mühsam und unerträglich, dass er sich bewusst dagegen entschied, sein Leben mit jemand zu teilen, und freiwillig in die Isolation ging. Obwohl wir noch nie darüber gesprochen hatten, wusste er, was für Qualen ich manchmal erleiden musste und wie viel Nerven mich die ganzen Kompromisse um der Liebe willen kosteten. Martin machte keine Kompromisse. Deshalb war er allein. Trotzdem ergriff er manchmal, auch öffentlich, Partei für Gülsüm. Ich schrieb es seiner liebenswürdigen Art zu, aber wirklich schlau wurde ich aus ihm, trotz unserer zeitweisen Freundschaft, zugegebenermaßen nicht. Vielleicht fand er sie tatsächlich so anziehend, dass er ihr wirklich alles verzieh?

Das Grillen an sich war in unserer Ehe immer wieder ein Reizthema und ich musste sehr aufpassen, mich im Zaum zu halten und nur einzugreifen, wenn ich merkte, dass die sich anbahnende Katastrophe nicht mehr zu verhindern war, sprich, dass das Fleisch zu verbrennen oder auszutrocknen drohte.

Es hätte mich natürlich Stunden, Tage gekostet, bis ich ihr all das beigebracht hätte. Diesmal bin ich jedoch standhaft geblieben und habe sie alles (ja, fast alles) selbst herausfinden lassen. Hätte ich es nämlich anders gemacht, hätte ich ihr von Anfang an gezeigt, wie sie zu verfahren hatte, so hätte sie später darin einen Grund gefunden, mir Vorwürfe zu machen. Sie hätte mir meine sehr genauen Vorstellungen hundert Mal vor die Nase gehalten, meine Vorstellungen, „so genau, dass sie kein anderer in die Tat umsetzen kann, von dem Mann abgesehen, in dessen Kopf sie entstanden sind!". Genauso formulierte sie es! Sie könne, sosehr sie sich auch bemühe, kein zweiter Jürgen Habich werden, sagte sie.

Dermaßen unrealistische Erwartungen hatte ich natürlich nicht! Ich wusste, was den Menschen Jürgen Habich ausmachte. Leider ahnte ich auch bereits, dass meine Frau nicht in der Lage war, mit diesem Schritt zu halten.

Das Learning by Doing dauerte bei Gülsüm leider länger, als ich es mir in meinen schlimmsten Träumen vorgestellt hatte, obwohl ich sie bei ihren ersten Grillhähnchenversuchen, auf ihren ausdrücklichen Wunsch, alleine gelassen hatte, um ihr ihre, so dringend benötigte, Ruhe zu gönnen – ohne einen, „der permanent reinredet", wie sie sich auszudrücken pflegte.

Meist tat ich dabei so, als wäre ich in ein Gespräch mit unseren Gästen verwickelt und als würde es mich gar nicht interessieren, was um mich herum passierte, doch natürlich verfolgte ich alles aus dem Augenwinkel.

Ich ließ sie ihre Arbeit machen und kommentierte ihre Fehlgriffe mit keinem Ton! Ich unterbrach manchmal sogar mein Gespräch mit dem Gast und guckte sie stumm an, um ihr auf diese Art und Weise zu signalisieren, dass es jetzt höchste Eisenbahn war und sie ihre Handlungsweise überdenken musste, und meine Gesprächspartner, durch meine plötzliche Stille aus dem Konzept gebracht, sagten ebenfalls nichts, sondern folgten meinen Blicken und dem aufgeregten Treiben am Grill mit merklicher Anspannung.

Doch gesehen habe ich natürlich alles!

Es war ja unübersehbar! Unüberriechbar! Nichtsdestotrotz hätte ich sie niemals, nie und niemals in das offene Messer laufen lassen!

Unzählige Male zwang sie mich dazu, das Gespräch mit unseren Gästen doch zu unterbrechen, um eine auf uns zusteuernde Katastrophe zu verhindern.

Meinen Sie, ich hätte daraufhin ein Dankeswort gehört, ein dankbares Lächeln bekommen?! Dafür, dass ich unsere Gäste vorm sicheren Verhungern und sie vor der Blamage gerettet hatte! Nicht von Frau Baştürk! Von jeder anderen, aber nicht von dieser, nicht von meiner eigenen Frau! Stattdessen guckte sie mich mit ihren großen, traurigen Augen an, als ob ich gerade im Begriff gewesen wäre, ihr Todesurteil zu sprechen, und schwieg, während ich drauf und dran war, die Folgen zahlreicher Unachtsamkeiten ihrerseits zu kaschieren.

Jeder andere Mann hätte irgendwann die Nerven verloren, gebrüllt, womöglich zugeschlagen! Ich nicht! Ich stehe zu den Personen, die ich mich entschieden habe zu lieben, auch dann, wenn sie sich – das ist jetzt sehr wohlwollend ausgedrückt – wenn sie sich sehr merkwürdig verhalten. Das bedeutet nicht, dass ich das unerwünschte Verhalten akzeptiere oder es ignoriere! Ganz im Gegenteil! Ich stehe weiterhin zu meiner Frau und gebe gerade darum meine erzieherischen Ansprüche nicht auf. Ihr Kind geben Sie auch nicht weg, nachdem es zum ersten Mal an einer Zigarette gezogen hat. Sie führen ihm wahrscheinlich jeden Tag vor, was für einen qualvollen Tod ein lungenkranker Krebspatient stirbt, es gibt mittlerweile sehr gute Videos darüber, machen mit ihm Onkologiebesuche, wenn es sich einrichten lässt, tapezieren sein Zimmer mit entsprechendem Aufklärungsmaterial u. v. a. mehr.

Im Grunde ist es sehr einfach: Man liebt die Person und möchte, dass aus ihr etwas wird. Oft kann es klappen.

Nun, als meine Frau das Kapitel „Grillen" so gut wie durchhatte, waren die schönen Tage auch schon vorbei.

Herbst und Winter sind in Deutschland lang, Frühling selten frühlingshaft, die Gefahr, dass Gülsüm das Gelernte wieder verlernte, war eine realistische Größe.

Ich forderte sie auf, es aufzuschreiben.

Sie brauchte es nicht auswendig zu lernen, sie sollte auch nicht jeden Abend im Bett daraus vorlesen. Sie sollte nur meine Tipps, die ich ihr im Laufe des Sommers gegeben hatte, aufschreiben, um beim nächsten Mal, wenn es wieder einmal schiefging und die Nachbarschaft vom unheilvollen Geruch verbrannter Tierhaut unsanft aus ihrem Mittagsschlaf geweckt wurde, sofort richtig zu handeln. Möglichst aber, schon bevor es so weit war!

Sie tat es nicht!

„Keine Geduld!"

Übrigens, was unseren Sohn Sinan betraf, zeigte Gülsüm sich immer sehr einsichtig und ausgesprochen geduldig! Während ich nicht müde wurde, zu beteuern, es würde gegessen, was auf den Tisch kommt, kochte sie zum Beispiel für Sinan auch noch Nudeln, obwohl wir bereits Kartoffeln als Beilage hatten. Da er auch die Nudeln nicht aß, legte sie große Kreativität beim Ausdenken verschiedenster Beilagenschöpfungen an den Tag, bot Kartoffeln und Reis in allen möglichen Variationen und in Kombination an und fand tatsächlich immer etwas, was ihr verwöhnter Liebling doch noch zu essen vermochte. Ich erinnere daran, dass die eifrige Dame in meinem Fall wesentlich eher bereit war, ihre Bemühungen einzustellen.

05. 06. 2007, 5.15 Uhr

Mit der Bitte um dringende Kenntnisnahme und anschließende telefonische Beratung!

Sehr geehrter Herr Dankbar,

ich unterbreche den ruhigen Fluss meiner Aufklärungsberichte, um Sie mit der folgenden Meldung über eine aktuelle, leider Gottes ausgesprochen schlimme Sache in Kenntnis zu setzen. Gestern ist etwas passiert, was unser schnelles Handeln erfordert. Ich darf davon ausgehen, dass Sie sich jetzt sicherlich fragen, warum ich mich bei der Dringlichkeit der Sachlage erst jetzt an Sie wende. Der Grund ist einfach und, das werden Sie selbst sofort merken, der Anlass ziemlich dumm:

Gestern Abend waren Sie in Ihrem Büro nicht erreichbar. Die Tatsache an sich ist kein Verbrechen, das gebe ich zu, wie ich gleichfalls zugeben muss, dass mich Ihre Nichterreichbarkeit, so erlaubt sie auch sein mag, maßlos aufgeregt hat.

„Ich habe auch irgendwann Feierabend!", werden Sie jetzt und mit Recht sagen und ich bin wirklich der Letzte, der Ihnen dieses Recht streitig machen möchte, umso eher, da ich weiß, mit wie viel Fleiß und Genauigkeit, ja mit wie viel Enthusiasmus Sie den anspruchsvollsten Aufgaben Ihres Berufszweiges nachgehen. Was wir beide jedoch vergessen haben und was mir dummerweise erst gestern aufgefallen ist, ist die ärgerliche Tatsache, dass ich Ihre aktuelle Handynummer gar nicht besitze. (Auf dem Festnetz waren Sie ebenfalls nicht zu erreichen!) Dieses hoffentlich (!) nicht folgenschwere Versäumnis müssen wir umgehend korrigieren!

Die Dringlichkeit der Sache, über die ich Ihnen berichten werde, erlaubt es mir nicht, wie Sie aus den nun folgenden Ausführungen selbst schließen werden, auf Ihre Mittagspause zu warten, um Sie darüber telefonisch zu informieren.

Der Brief wiederum wäre zu umständlich, vor allen Dingen würde es zu lange dauern, bis Sie ihn in die Hände bekommen. Die Zeit haben wir nicht!

Kurz: Ich erwarte von Ihnen, dass Sie sich bis zu Ihrer Mittagspause dieses Fax bereits durchgelesen und notwendige Handlungsschritte überlegt haben und mir, wenn ich Sie dann zur Mittagszeit anrufe, konkrete Vorschläge im Hinblick auf die sinnvollste Vorgehensweise geben.

Hier ist die genaue Ereignisfolge:

Gestern Abend Punkt 18.00 Uhr und früher als gewöhnlich komme ich zu Hause an.

Gülsüm ist aus mir unbekannten Gründen nicht anwesend. Ich nutze die wohltuende Ruhe um mich herum und schaue mir die angekommene Post an.

Augenblicklich fällt mir ein Brief auf, der an meine Frau adressiert ist. Gülsüm bekommt gelegentlich Briefe von ihren Freundinnen, ab und zu Werbematerial oder die ein oder andere Mahnung von irgendeinem Klamottenversand (siehe die bereits vorliegenden Kontoauszüge zum Finanzgebaren der Frau Baştürk). Dieser Brief ist jedoch anders, mit einem offiziellen Briefkopf und auf Türkisch.

Da ich kein Türkisch kann, eile ich sofort zu meinem Nachbarn Ercan mit der Bitte, den Brief zu übersetzen.

Ercan zögert zuerst mit der Begründung, Gülsüm könne selbst Türkisch, und er wisse nicht, was sie davon halte, wenn Fremde ihre Post öffnen.

Ich erwidere energisch und überzeugend, Ercan sei kein Fremder, sondern ein lieber Nachbar und Freund der Familie, und füge hinzu, ich könne mir vorstellen, dass Gülsüm erst recht böse werden könnte, würde sie erfahren, er habe sich geweigert, mir mit der Übersetzung zu helfen, weshalb uns möglicherweise Unannehmlichkeiten entstanden seien, welche, hätte er nicht gezögert, vermeidbar gewesen wären. Ich füge hinzu, dass Gülsüms Handlungen, solange sie meine Ehefrau sei, in meiner Verantwortung lägen und ich mich aus diesem Grunde verpflichtet fühlen würde, ihr zu helfen und eventuelle Unannehmlichkeiten von ihr fernzuhalten.

Ercan übersetzt schließlich den Brief, wodurch meine schlimmsten Befürchtungen bestätigt werden. Meinen Wünschen zum

Trotz, vor allem ungeachtet der Wünsche und der Bedürfnisse unseres Sohnes, pflegt dessen Mutter immer noch den Kontakt zu der zwielichtigen „Möbelfirma", von der ich Ihnen anfangs berichtet habe. Dies wird aus dem Brief mehr als deutlich:

Ein gewisser Herr Aylat bedankt sich darin für Gülsüms Vermittlung (was auch immer damit gemeint ist), sagt, die vereinbarten 700 Euro seien auf Gülsüms Konto bereits überwiesen worden, und hofft auf eine weiterhin erfolgreiche Zusammenarbeit.

Die folgenden zwei Stunden bis zu Gülsüms Erscheinen überlege ich nahezu verzweifelt, was getan werden kann und muss, um meinen Sohn zu schützen.

Dass die Zusammenarbeit mit dieser Russen- und Türkenmafia mit ihrer Mutterrolle unvereinbar ist, weiß Gülsüm bereits von mir und der Psychiaterin, Frau Doktor Holzmann. Trotzdem macht sie weiter.

Bei unserem letzten Gespräch zu diesem leidigen Thema beteuerte sie, den letzten Auftrag für die dubiose Firma vor knapp fünf Monaten erledigt zu haben!?

Jetzt frage ich Sie, brauchen die Herrschaften so lange, um ihre Schulden zu begleichen, oder geht es doch noch um einen weiteren Auftrag, einen, von dessen Existenz ich als der Ehemann der berufstätigen Dame keine Ahnung habe, um einen Auftrag, den keiner mit mir abgesprochen hat?

Ist der Brief ihrer angeblichen Arbeitgeber nicht der endgültige Beweis für die Unzuverlässigkeit, Verantwortungslosigkeit und

Gefühlskälte dieser Frau? Ist es denn überhaupt möglich, dieser Person noch zu glauben, und noch eine weitere und meiner und hoffentlich auch Ihrer und der Meinung des Gerichts nach entscheidende Frage: Kann man, ja *darf* man (?!) so jemandem die Erziehung eines unschuldigen Kindes überlassen?

Gestern habe ich übrigens auch erfahren, wie Gülsüm in Anwesenheit von Frau Meurer laute Zweifel über meine guten Absichten hinsichtlich meines Sohnes geäußert haben soll. Gülsüm behauptet – so Frau Meurer –, mein Kampf um das Sorgerecht für Sinan wäre deshalb so erbittert, weil ich Angst hätte, im Falle, dass meine Frau das Sorgerecht bekäme, auch sie finanziell unterstützen zu müssen. Außerdem wüsste Gülsüm angeblich nicht, wie ich mit meinen Arbeitszeiten, meinen zahlreichen Überstunden und der Wochenendarbeit Sinans Erziehung übernehmen wolle.

Sobald sie in der Tür erscheint, konfrontiere ich sie mit dem Brief. Kühl gibt sie zu, das sei der Brief ihrer Geschäftspartner, derselben, für die sie während der Möbelmesse gedolmetscht habe. Sie reißt mir den Brief buchstäblich aus der Hand, während sie spricht. Gereizt, brüsk bemerkt sie, wir würden im Trennungsjahr leben. Sie fragt sich, laut wohlgemerkt, warum ich *ihre* Post immer noch als *unsere gemeinsame* behandle.

Wenn es um die Sicherheit und das Wohlergehen meines Sohnes gehe, sage ich, gebe es nicht „meine" und „deine" Post.

Bei Gefahr im Verzug würde das Trennungsjahr außer Kraft gesetzt! Punkt. So einfach sei das! Ich erinnere sie an ihr Versprechen. Sie erwidert, lauter, als ich das von ihr gewohnt bin, sie hätte mir niemals ein derartiges Versprechen gegeben, wüsste selbst, was sie tue (dass ich nicht lache!), und auch noch, was für unseren Sohn gut sei und wie viel Abwesenheit seiner Mutter er in seinem Alter noch vertragen könne. Ihre Tätigkeit sei nun mal die eines Dolmetschers, dafür werde sie entlohnt. Mit einem leichten Zittern in der Stimme, extra zum Zweck eingeübt, bei mir ein schlechtes Gewissen und Selbstvorwürfe zu wecken (ist es nötig anzumerken, dass der Versuch erfolglos geblieben ist?), flüstert sie fast, dieses Honorar habe sie bitter nötig, um lebensnotwendige Dinge zu kaufen.

Da ich angeblich bereits alles dafür tue, auch unserem Sohn das Gefühl zu geben, seine Mutter wäre eine nichtsnutzige Verrückte, unfähig, ein stinknormales Essen rechtzeitig zuzubereiten, bleibe ihr nichts anderes übrig, als eine Arbeit zu suchen, die ihr die Flexibilität gewährleiste, die Arbeitszeit einigermaßen frei einzuteilen, damit zum Beispiel Sinans Essen pünktlich auf dem Tisch stehe.

Das Thema Pünktlichkeit solle sie lieber, erwidere ich – mittlerweile auch etwas lauter – nicht anschneiden, von so viel Unverschämtheit in meinem tiefsten Inneren erschüttert. Alles, was sie über Pünktlichkeit wisse, hätte nämlich ich ihr beigebracht.

„Ohne mich hättest du höchstens gewusst, wie man dieses

Wort schreibt! Ach ja, und dekliniert!", brülle ich sie dann noch berechtigterweise an.

Um mich auch noch zusätzlich zu provozieren, beginnt sie zu heulen.

Sie wendet sich von mir ab und fängt unter Tränen erneut an, den Brief zu lesen. Zwischendurch wischt sie sich die Nase mit der Innenseite des rechten Ärmels!!! Eine erwachsene, verheiratete Frau – Mutter eines Kindes! Ekelhaft! Können Sie sich überhaupt vorstellen, dass man derart die Contenance verliert!?

Meine Versuche, ihr zum wiederholten Mal die zahlreichen Gefahren, die hinter der Zusammenarbeit mit ausländischen Firmen stecken, zu schildern, werden mit dem Satz abgetan, ich würde mir unnötige Sorgen machen.

Um sie machte ich mir auch keine, erläutere ich, lediglich um mein Kind.

Um ihr Kind mache sie sich auch Sorgen, kontert sie. Deshalb könne sie sich von meiner Zahlungsmoral nicht abhängig machen.

Was denn die Nachbarn dazu sagen würden, frage ich müde, dass sie ihr Kind allein lasse und arbeiten gehe. Da es sich hier sowieso um gelegentliche Arbeitsaufträge handele, könnten höchstens missgünstige Menschen über eine Vernachlässigung ihrer mütterlichen Pflichten sprechen. Sie sei nicht die einzige Mutter Deutschlands, die, während das Kind im Kindergarten sei, arbeite, entgegnet sie.

Mir ausdrücklich zu versprechen, jeden weiteren Kontakt zu der Firma abzubrechen und keine weiteren Aufträge von diesen türkischen Russen oder russischen Türken, oder wie auch immer die Brüder national gepolt sind, anzunehmen, lehnt sie mit Nachdruck ab. Sie will sich nicht einmal auf eine Diskussion darüber einlassen.

Ich versuche ihr klarzumachen, dass sie in ihrem psychischen Zustand kaum in der Lage sein dürfte, die wirklichen Bedrohungen, die aus solchen nur auf den ersten Blick lukrativen Angeboten winken, zu erkennen.

Ihr psychischer Zustand würde, dank mir und meiner großen Sorge, in regelmäßigen Abständen von unterschiedlichen Experten beurteilt, zischt sie wütend zurück, und selbst diese sähen im Augenblick keinen Grund zur Sorge.

Hiermit spielt sie offensichtlich auf meinen erneuten Antrag an, ihre Urteilsfähigkeit im Hinblick auf Kindererziehung von einem unabhängigen Psychiater untersuchen zu lassen. Dies, nachdem ich hatte feststellen müssen, dass der Gerichtspsychologe die Meinung des Psychiaters meiner Frau übernommen hatte, ohne sich wirklich inhaltlich mit dem Problem zu befassen.

Es wurde noch grausamer. Nicht, dass sie nicht mehr wusste, was sie tat, sie lehnte es ebenfalls ab, die Konsequenzen ihrer Taten zu akzeptieren. Stattdessen schob sie die Schuld auf mich.

Was jedoch meinen psychischen Zustand betreffe, so glaube sie, seit geraumer Zeit einen dringenderen Handlungsbedarf zu erkennen.

Was genau sie damit meine, frage ich – logischerweise erstaunt.

Meinen zwanghaften Wunsch nach rechtwinkliger Anordnung der Welt, antwortet sie knapp und verlässt das Zimmer. Ich muss ihr hinterherlaufen.

Als ich die Kompetenz- und Urteilsfähigkeit ihres Psychologen in Frage stelle und darauf bestehe, wieder zu Frau Holzmann in die Klinik zu fahren, lehnt sie dies strikt ab:

Man solle seinem Therapeuten vertrauen können und Frau Holzmann habe nicht ihre Wellenlänge.

Wenn Psychiater die gleiche Wellenlänge wie ihre Patienten hätten, bemerke ich, würden sie eine Gefahr für die Gesellschaft darstellen. Gülsüm bleibt trotzdem dabei, dass sie keine Frau Holzmann brauche.

An diesem Abend passiert genau dasselbe. Um von sich abzulenken, wirft meine Frau *mir* Unzurechnungsfähigkeit vor und räumt schnell das Feld, um den Konsequenzen ihres ungerechten Angriffs aus dem Weg zu gehen. Sie geht in ihr Zimmer und schließt die Tür ab. Als sie nach meiner mehrmaligen Aufforderung, die Tür aufzumachen und in die Psychiatrie zu fahren, nicht nachgibt, drohe ich, die Polizei zu rufen, was ich, als sie meiner Aufforderung nicht Folge leistet, auch tue.

Schließlich macht sie doch noch die Zimmertür auf, lacht – hysterisch wohlgemerkt –, sagt, nun wirklich gespannt zu sein, wie ich der Polizei erklären würde, was sie verbrochen habe, und vergisst dabei, dass ich um Erklärungen niemals verlegen bin. Wenn einer in der Lage ist, sich pointiert auszudrücken, dann bin ich es wohl! Dies spreche ich natürlich nicht aus, um sie in ihrem Zustand nicht unnötigerweise zu reizen.

Ich begrüße die Beamten und informiere sie sachlich über den seelischen Zustand meiner Frau. Sie erfahren, dass meine Frau eine ehemalige Insassin einer Nervenheilanstalt ist und immer noch unter psychologischer Beobachtung steht. Selbst sei sie nicht in der Lage, die Folgen ihres Handelns zu erkennen, und sie neige zu euphorisierten Reaktionen, zum Beispiel dazu, Hals über Kopf Dinge zu tun, von denen sie später, mit ein wenig mehr Realitätssinn gewappnet, nicht würde zu träumen wagen. Risikofreudig bis zum bitteren Ende könnte man solche Verhaltensvariationen mit einem Satz auf den Punkt bringen.

Mit anderen Worten, fahre ich fort, setze Frau Baştürk somit wiederholt und unnötigerweise das Glück und die Sicherheit ihrer Familie aufs Spiel. Der jüngere der beiden Beamten guckt mich prüfend an, deshalb schiebe ich noch eine eingehende Erklärung nach. Da sie, wie übrigens viele psychisch kranke Menschen, gerne behaupte, das Problem im Griff zu haben, um sich auf diese Art und Weise eine scheinbare Selbstsicherheit zu verschaffen, folglich sich selbst auf diese Art und Weise psychisch zu entlasten, baue meine Frau sich auf dem Weg der Lüge eine Art seelisches Asyl, in dem sie all das darf und kann, was sie unter normalen Umständen weder dürfte noch könnte und sicher nicht sollte.

In ihrem Gehirn lasse sie eine zweite Wirklichkeit für sie und für uns entstehen, erläutere ich weiter, eine, in der sie perfekt sei und die Menschen, die mit ihr zusammenlebten, mit ihr zufrieden und glücklich seien. Diese Fluchtversuche in die abgeschiedenen Bereiche ihrer Seele, in denen alles möglich sei, verschafften meiner psychisch kranken Frau eine kurzweilige Entlastung, stürzten jedoch nicht selten ihre Familienmitglieder oder die nächsten Bezugspersonen ins Unglück, unverhältnismäßig größer als der positive Effekt dieser trügerischen Entlastung für die Betroffene.

Nach dem Gespräch mit mir unterhält sich der jüngere Polizist einige Minuten lang auch mit Gülsüm. Sie weigert sich zuerst, die Nervenklinik aufzusuchen, ist versucht, dem Beamten zu erklären, wie die Sachlage „in Wirklichkeit" aussehe. Als er leise etwas zu ihr sagt, was ich nicht verstehen kann, wird sie plötzlich nachdenklich: Ihr Gesicht verfinstert sich und sie willigt schließlich ein.

Zu meiner großen Enttäuschung treffen wir in der Klinik nicht auf Psychiaterin Doktor Holzmann, sondern auf einen unerfahrenen Kollegen, der sich, was mich langsam gar nicht mehr wundert, von der Erklärung meiner trotz ihres Alters immer noch attraktiven Gattin einlullen lässt. Alibimäßig führt er auch mit mir ein kurzes Gespräch, dies jedoch erst nach der Gehirnwäsche, die ihm Gülsüm verpasst hat.

Schließlich teilt uns diese medizinische Fehlbesetzung mit, dass im Falle Gülsüm Baştürk, seiner Meinung nach, kein akutes pathologisches Problem ersichtlich sei, nichts, was auf ein alarmierendes Aufflammen einer manischen Depression hindeuten würde.

„Nichts anderes habe ich auch erwartet!", sage ich und halte seinen fragenden Blick schweigend aus. Als er durch mein Schweigen unruhig wird, schiebe ich die treffende Erklärung nach:

„Ich meine nicht den seelischen Zustand meiner Frau!", verdeutliche ich. „Dass sie verrückt ist, sieht ein Blinder! Ich meine Ihre Reaktion und Ihre Antwort darauf!"

Er weicht ein wenig zurück, fühlt sich wahrscheinlich in seiner Medizinerehre gekränkt. Er bemüht sich, versucht zu erklären, wie er zu dem Schluss gekommen sei, dass Gülsüm gar nichts fehle, doch ich unterbreche ihn, bedanke mich für seine Mühe und sage, ich wüsste schon, welche Argumente den Ausschlag gegeben hätten. Wie aus der Ferne bekomme ich seine Worte mit: „Und weil Frau Baştürk bereits regelmäßig ihre Antidepressiva nimmt und auch ihren Psychotherapeuten regelmäßig sieht, sehe ich im Augenblick keinen Grund zur Sorge und keinen akuten Handlungsbedarf."

„Sie sind ja schließlich auch nur ein Mann", bin ich noch versucht zu sagen, was ich dann auch tue.

Er glaube, mich nicht genau verstanden zu haben, antwortet er frech, worauf ich pariere: „Natürlich haben Sie mich verstanden, Sie kleiner geiler Bock!"

Danach gehe ich, ohne mich um diesen unwürdigen Vertreter der medizinischen Zunft weiter zu kümmern. Gülsüm bedankt sich überflüssigerweise bei ihm und trippelt hinter mir her, als ob nichts gewesen wäre. Den Weg nach Hause schweigen wir.

Sex mit meiner Frau

Eigentlich reicht zu diesem Thema nur ein Satz: Es gibt Schöneres.

Natürlich bin ich ein Gentleman und gehe auf die Details nicht ein. Ein Gentleman schweigt und genießt, vorausgesetzt, man kriegt die Gelegenheit dazu. Zum Genießen, meine ich. Dann macht einem das Schweigen auch nichts aus. Jedenfalls nicht viel.

Ich habe nicht das Glück gehabt, gebührend oft zu genießen. Abgesehen davon, dass ich mich aus dem eben erwähnten Grund zur Verschwiegenheit nicht verpflichtet fühle, bin ich ebenfalls davon überzeugt, dass die folgenden Ausführungen zur weiteren Klärung der verfahrenen Situation im Hinblick auf die Schuldfrage unserer Trennung beitragen.

Der Wahrheit und Klarheit zuliebe versuche ich hier jegliches Gefühl außen vor zu lassen und mich ausschließlich an die Tatsachen zu halten.

Hier sind sie:

Gülsüm ist keine Jungfrau, als wir zum ersten Mal miteinander schlafen. Nichtsdestotrotz benimmt sie sich, als wäre sie eine, und geht ziemlich unbeholfen an die Sache heran. (Wenn man in Gülsüms Fall von einem „Herangehen" überhaupt sprechen kann!) Vielmehr ist das Attribut „unbeholfen" eine überaus entgegenkommende Beschreibung für die erotische Katastrophe, die meine Frau in unserer ersten gemeinsamen Nacht abliefert. Trotz des Vorhabens, diese von mir aus tiefstem Herzen stammenden Worte so ehrlich und wahrheitsgetreu zu formulieren wie überhaupt möglich, werde ich in diesem Zusammenhang **nicht** auf die zweifelsohne interessanten Einzelheiten eingehen, um die Privatsphäre meiner Frau zu schützen. Ich weiß schon, was Sie jetzt sagen werden. Sie werden sagen, diese Zeilen würden mich sicherlich ehren, doch mit der Ehre allein gewinne man Kriege nicht! Ich bin mir dessen bewusst, dass Juralehrbücher voller Streitsachen sind, in denen nicht die Ehrbaren den Sieg davontragen, sondern die anderen, die keine Mittel scheuen, um zu gewinnen – doch wie sagt der Kölsche so treffend: „Jeder soll nach seiner Fasson glücklich werden."

Hier nur so viel: „Unbeholfen" heißt in Gülsüms Fall, dass sie im Bett gar keine Initiative zeigt. Es sieht nicht einmal so aus, als genieße sie meine Berührungen. Sie wirkt gleichgültig, fast übel gelaunt. Dabei sagt sie nie, was sie eigentlich hat! Als ich sie frage, legt sie ihre Hand auf meinen Mund, um mir das Reden zu verleiden, oder sie küsst mich, um mich vom Wesentlichen abzulenken. Schließlich kann ich nicht anders, als die Frage zu stellen, die in dieser Situation jeder normale Mann stellen würde und die später oft genug zu meinem Verhängnis wird: Ob sie sich wirklich sicher sei, vor mir auch mit anderen Männern geschlafen zu haben, frage ich.

Wie ich denn gerade in dem besagten Moment darauf komme, fragt sie wiederum, Tage später wohlgemerkt.

Ihrem Verhalten im Bett nach zu urteilen, würde man eher davon ausgehen, man hätte mit einer alternden Jungfer zu tun. (Dies habe ich ihr natürlich nicht gesagt, obwohl es meinen Beobachtungen voll und ganz entsprach.) Sie wirke tollpatschig statt leidenschaftlich, sage ich stattdessen, als habe sie Angst, etwas falsch zu machen. Sie nickt kurz dazu, doch stellt sie sich danach noch tollpatschiger an als davor. Genau genommen, sie bemüht sich schon, bei der Sache ist sie aber nicht, tut nur so, als ob, vergisst dabei, dass ein so feiner Kenner der menschlichen Seele wie dieser, mit dem sie verheiratet ist, psychische Regungen jeglicher Art sofort erspürt. Als ich sie daraufhin nach der Anzahl der Männer frage, mit denen sie vor mir geschlafen habe, hält sie in Schulmädchenmanier einen Finger hoch und guckt mich dabei mit ihren großen Knopfaugen lächelnd an, als wolle sie sich dafür entschuldigen, dass sie schon im Unterricht war, doch nicht aufgepasst hat.

Selbst in dieser verzwickten Situation, die jeden anderen, weniger intelligenten und einfallsreichen Mann aus dem Konzept bringen würde, reagiere ich verständnisvoll! Ich sage, sie brauche sich ob ihrer Unbeholfenheit nicht zu schämen, denn letzten Endes dürfe man die Unfähigkeit des Lehrers nicht dessen Schüler vorwerfen. Der könne nun wirklich nichts dafür, dass der Alte keinen Bock mehr habe.

Ob er ihr denn wirklich nichts beigebracht hätte, diese Pfeife, frage ich sie. Sie lacht kurz auf. Ich wiederhole meine Frage, diesmal ernsthafter.

Er habe sich wohl auf das Oberlehrertalent seines Nachfolgers verlassen, bemerkt sie schnippisch.

Wenn ich jemanden für den Aufklärungsunterricht hätte haben wollen, erwidere ich genauso im Spaß, hätte ich mir eine frische 18-Jährige genommen und nicht eine zwar schöne, doch leider Gottes etwas betagte Dame.

Ob es mir aufgefallen sei, dass ich die 30er-Schallmauer auch schon vor deutlich mehr als zehn Jahren überschritten hätte, erwidert sie hämisch.

Meine an sich vollkommen harmlose Frage nach der Anzahl ihrer Sexpartner nutzt Gülsüm später in ihrem Sinne aus. Der „Witz" soll meine unstillbare Neugier auf „ihre Intimsphäre" demonstrieren: „Der Jürgen hat es tatsächlich gebracht, mich

beim Sex über meine Verflossenen auszufragen, hihi!"
Jahre später wirft sie mir dieselbe Sache in einem anderen Ton vor; spricht von meinem „krankhaften Kontrollzwang", meiner Unfähigkeit, „die Situation zu genießen".

Gülsüm verstand es damals wie heute, die Tatsachen so zu verdrehen, dass es am Ende aussah, als hätte ich etwas falsch gemacht. Schlimmer noch, sie stellte es am liebsten so dar, als hätte ich etwas in böser Absicht getan! Ohne den üblen Nachgeschmack einer Unterstellung, ohne den ganzen Ärger, den sie damit anrichtete, hätte man im Nachhinein noch behaupten können, für eine Ausländerin eine bemerkenswerte sprachliche Leistung!

Dabei läge mir, wie Sie sich unschwer vorstellen können, nichts ferner, als meine Frau, während sie **mit mir** im Bett liegt, an ihre Verflossenen zu erinnern! Und überhaupt, zeigen Sie mir den Mann, der einen Spaß daran hätte, zu wissen, dass seine Frau beim Sex, mit ihm wohlgemerkt, an seine Vorgänger denkt, seine Leistung im Bett mit der seiner Vorgänger vergleicht, Zensuren vergibt usw. Es soll solche Frauen geben, doch entsprechende Männer, die sich nach so etwas sehnen – ein paar Geisteskranke ausgenommen –, sicherlich nicht! Ganz im Gegenteil: Man will, dass die Frau, mit der man körperlich intim ist, mit all ihren Gedanken und ihren Gefühlen bei einem selbst ist, nicht irgendwo auf südostanatolischen Wiesen oder – und das sind doch wirklich die Schlimmsten – im Kaufhof beim Gardinen-kauf. Solche Vertreterinnen gibt es nämlich auch, die den Sex mit dem eigenen Mann als ihre persönliche Atempause nutzen – zum Nachdenken. Der Ehemann quasi schon beim Höhepunkt und die Madame erst im Erdgeschoss, am Wühltisch.

Wenn die eigene Frau aber ängstlich zusammenzuckt, wenn man im Liebesspiel das Licht anmacht, um ihren Körper genauer zu sehen, dann macht man sich so seine Gedanken. Und wenn sie dann auch noch verlegen wird, wenn man die Form ihrer Po-backen bewundert, ja dann macht man sich auch so seine Ge-danken, zum Beispiel darüber, ob diese wohlproportionierte Dame, die gerade neben einem selbst liegt, überhaupt in der Lage ist, so etwas wie Lust zu empfinden. Gülsüms Lieblingsent-schuldigung für alles übrigens – nicht nur für erotische Mangel-erscheinungen: die Unpässlichkeit der Situation.

Ob es ihr denn lieber gewesen wäre, wenn ich sie in der Stra-ßenbahn ausgezogen hätte, frage ich.

Ich bitte Sie, wo sonst soll ich mir den Hintern meiner Frau in Ruhe angucken, wenn nicht zu Hause im Bett? Und welche nor-male Frau hätte daran etwas auszusetzen?

Da müsste der Mann wirklich stumm und dumm wie ein Fisch sein, um nicht nachzufragen!

Abgesehen davon, welcher Zeitpunkt überhaupt ist der richtige, jemandem Fragen zu stellen, die jener zu beantworten nicht be-reit ist?

Darüber, was für ein Idiot das gewesen sein muss, der ihr nicht einmal die notwendigsten Griffe beigebracht hatte, wollte sie mir jedenfalls keine Auskunft geben. Bis heute nicht!

Sie frage mich auch nicht nach meinen Verflossenen, erwidert sie. Dass dies niemals nötig war, da ich ihr alles Erzählenswerte bereits zu Beginn unserer Ehe erzählt habe, das hat sie offenbar vergessen.

In den ersten gemeinsamen Jahren versuchte ich gefühlvoll und pflichtbewusst auf Gülsüm einzugehen. Weder kritisierte ich sie, wenn sie keine gebührende Leidenschaft zeigte, noch machte ich ihr Vorwürfe. Meine Kommentare waren immer objektiv – sachliche Bestandsaufnahmen der Situation. Wenn ihr diese Beschreibungen nicht gefielen, so lag das sicher nicht an meiner Unfähigkeit, „die Situation zu genießen". Ganz im Gegenteil, ich bin der größte Genießer unter Gottes Sonne, vorausgesetzt, es gibt etwas zu genießen! Das weiß Gülsüm! Einst hat sie mich für meinen Realismus und meine Nüchternheit geliebt.

Ich sei so herrlich direkt, sagte sie einmal: „Knallhart, wie ein Kind! Keine Schnörkel, kein Schonen, nur schonungslose Ehrlichkeit. Man weiß sofort, woran man ist, macht sich keine falschen Hoffnungen! Ich habe dich geheiratet, der Vollständigkeit halber!", sagte sie.

Es war nach einer längeren Diskussion, einer unserer unzähligen. Das Thema weiß ich schon nicht mehr. Ich kann mich nur erinnern, dass wir am Anfang üblicherweise ganz unterschiedliche Standpunkte hatten und sie sich wunderte, wie man eine und dieselbe Sache so unterschiedlich sehen kann.

Wenn ich wegen ihres Versagens im Bett nicht selbst frustriert war, versuchte ich sie sogar zu trösten.

Ich würde ihr Lehrer sein, sagte ich in solchen Momenten, statt mit ihr zu schimpfen. Sie müsse sich nur entspannen. Sie lächelte dann üblicherweise, tat so, als sei sie für meine Geduld dankbar. Vermutlich war sie es auch ein bisschen.

Nichtsdestotrotz stellt sie diese über Jahre auf schwere Proben. So reagiert sie unwirsch, wenn ich wiederholt darauf bestehe, dass sie sich endlich entspannen soll, fängt an, ironisch zu werden, geradezu feindselig! Einmal zischt sie mich sogar an, ihr sei noch keiner unter die Augen gekommen, der sich auf Befehl entspannen könne. Meist enden solche Situationen so, dass ich mich entnervt auf meine Bettseite drehe und mehr schlecht als recht einschlafe.

Auch auf Komplimente reagiert sie durch und durch ablehnend. Statt wie jede normale Frau glücklich darüber zu sein, dass ihr Mann sie nach vielen Jahren Ehe immer noch begehrenswert findet, reagiert sie auf meine Lobeshymnen mit knappen, manchmal sogar frechen Antworten, oder sie verlässt das Zimmer. Bei einer Gelegenheit zum Beispiel, bei der ich vor unseren Freunden behaupte, Gülsüm mit ihren festen Brüsten brauche sich hinter keiner 20-Jährigen zu verstecken, steht sie plötzlich auf, als ginge es nicht um sie, sondern um eine andere, und verlässt wortlos das Zimmer. Volle zwanzig Minuten später kommt sie mit dem Nachtisch zurück, der wohlgemerkt erst für einen deutlich späteren Zeitpunkt am Abend geplant war. Aber das Beste kommt noch!

So mir nichts, dir nichts fängt die Frau plötzlich an, sich mit der algerischen Freundin eines Freundes über das Rezept für ihre Orangenplätzchen zu unterhalten, als hätten wir den Abend unter dem Motto „Nachtischvariationen im internationalen Vergleich" veranstaltet und als sei das Gespräch über die Zubereitungsweise von Orangenplätzchen eine durch und durch logische Fortsetzung ihres plötzlichen Verschwindens.

Kein Entschuldigungswort an keinen von uns! Nicht einmal ein Versuch, sich für die peinliche Situation, in die sie uns alle gebracht hatte, zu rechtfertigen. Nichts!

Als ich sie später am Abend, sobald unser Besuch weg ist, auf die fehlende Logik ihres Orangenplätzchendebakels anspreche, antwortet sie – jetzt halten Sie sich fest –, sie hätte ja eigentlich ihre BH-Kollektion präsentieren müssen, nachdem ich die Aufmerksamkeit aller Anwesenden auf ihre Brust gelenkt hätte, dies wäre die am meisten logische Konsequenz meiner Einführung gewesen.

Was sagt man dazu?

Was soll man überhaupt vom Selbstbewusstsein einer Frau halten, die nicht einmal vor ihrem Freundeskreis in der Lage ist, zu ihren körperlichen Vorzügen zu stehen?!

Bei einer anderen Gelegenheit, als ich über ihre endlos langen Beine schwärme, fällt sie mir plötzlich ins Wort und bittet mich vor allen Anwesenden, damit aufzuhören. Prompt wechselt sie, ohne dass ich mich zu dieser unerhörten „Bitte" habe äußern können, das Thema. Aber damit noch nicht genug: Daraufhin redet sie eine halbe Stunde lang mit meinem Vater über das Pferderennen, obwohl ich weiß, und sie weiß, dass ich es weiß – und sie tut es trotzdem –, dass sie mit Pferderennen gar nichts anfangen kann. Als ich später nach dem Grund ihres plötzlich aufgeflammten Interesses an Pferderennen frage, antwortet sie, für ein Familientreffen wären Pferderennen ihrer Meinung nach immer noch ein ergiebigeres Thema als ihre Beine.

„Ich wollte aber über Beine sprechen!", entgegne ich trotzig.

Hätte ich machen können, fährt sie mich unterkühlt an, ein Pferd habe vier Stück davon.

Dass sie dabei gelogen hatte, dass sich die Balken bogen; dass sie meinem Vater ein Interesse vorgegaukelt hatte, das sie überhaupt nicht besaß, dies nimmt meine Frau, ohne mit der Wimper zu zucken, in Kauf.

188

Noch ein Beweis dafür, wie genau Gülsüm Baştürk es mit der Ehrlichkeit nimmt!

Später erfahre ich den „wahren" Grund für diese unverschämte Vorstellung: Sie selbst interessiere sich vielleicht nicht so dafür, beichtet sie schließlich, könne sich aber sehr gut vorstellen, dass Menschen, vor allem ältere, eine Art Leidenschaft für so etwas entwickeln, und mehr, als meinem Vater aktiv zuzuhören, hätte sie sowieso nicht getan und verbrochen hätte sie auch nichts, denn sie hätte nie behauptet, sie selbst oder ich würden diese Leidenschaft mit meinem Vater teilen.

Es wäre ihr „zu unangenehm" gewesen, fügt sie versöhnlicher hinzu, dass in Anwesenheit ihres Schwiegervaters ihre Beine thematisiert wurden, und ich sollte endlich akzeptieren, dass sie nun einmal anders erzogen und schüchtern sei!

Ich weiß, dass ich damals noch gesagt habe, sich selbst und den eigenen Körper zu lieben sei die Bedingung dafür, den anderen Menschen mit Respekt, Interesse und von mir aus auch mit Liebe zu begegnen. Diese simple Wahrheit könne man in jeder der einschlägigen Frauenzeitschriften lesen. Sie selbst las doch eine Menge von dem Zeug.

Sie zuckte nur mit den Schultern.

Ob man seinen Körper schön finde, hänge davon ab, wie die Seele sich im besagten Augenblick im Körper fühle. Ihre Seele habe sich, als ich vor meiner Familie über ihre Beine gesprochen hätte, angeblich unwohl gefühlt.

Eine sehr plausible Erklärung, muss man zugeben!

Nur wofür?

Ich bin überzeugt davon, dass aus diesen beiden Beispielen deutlich wird, was für ein gespaltenes Verhältnis Gülsüm zu sich selbst, ihrem Körper, folglich auch zu ihrer nächsten Umgebung und ihren Mitmenschen hat.

Nun, zum damaligen Zeitpunkt habe ich diese durch und durch seltsamen Kommentare meiner Frau als zyklusbedingte seelische Verstimmungen und daraus resultierende Hirngespinste gedeutet, die sich, wenn man nur lange genug wartet und jemandem geduldig zuredet, geben würden. An eine handfeste seelische Krankheit habe ich damals noch keinen Gedanken verschwendet.

Auch dann nicht, als sie bereits im dritten Ehejahr anfing, sich mit Müdigkeit oder Kopfschmerzen herauszureden, wenn ich in der Woche mit ihr schlief und sie keine Anzeichen von Begierde zeigte.

Oder wenn sie mir die Arbeit überließ.

Manchmal bedankte sie sich auch für meine Geduld. Da ich jedoch im besten Mannesalter war und es immer noch bin, war ich, ja durfte ich mit der Situation, so wie sie war, keinesfalls zufrieden sein.

Ihre Dankbarkeit konnte schließlich meine sexuellen Bedürfnisse nicht befriedigen. Immer öfter kam es vor, dass ich mich bereits, bevor wir ins Bett gingen, über sie aufregen musste, zum Beispiel weil sie das Abendessen wieder einmal später servierte, als es abgesprochen war, und sich damit herausredete, dass ich ja sowieso nie sofort essen möchte, wenn ich nach Hause komme. Dies war auch bedingt richtig, nur bedingt, wohlgemerkt, aber von einer guten Ehefrau erwarte ich, dass sie den Unterschied zwischen „Der Ehemann hat Hunger" und „Der Ehemann hat noch keinen Hunger" erkennt und dementsprechend reagiert. Und wenn ich sage, dass ich an dem Abend später nach Hause komme, dann erwarte ich, dass sie sich den Rest (da ich nämlich, wenn ich später nach Hause komme, wahrscheinlich direkt Hunger haben werde) selbst denken kann und mit fertigem Abendessen auf mich wartet! Für diese simple Schlussfolgerung muss man wirklich nicht studiert haben!

Aber vielleicht ist ein Studienabschluss generell ein Hindernis für simple Schlussfolgerungen.

An dem besagten Abend hatte ich noch Glück, dass ich 15 Minuten später kam, als angekündigt, so dass ich nur noch 5 Minuten auf das Essen warten musste. Ich hatte mich für 19 Uhr angekündigt und zu Hause war ich erst um Viertel nach. Das Abendessen war erst um 19.20 Uhr fertig.

Da meine Frau nicht davon ausgehen konnte, dass ich 15 Minuten später da sein würde, als angekündigt – sie wusste es einfach nicht –, hat sie sich mit dem Essen genau genommen volle

20 Minuten verspätet und keine 5 Minuten, wie sie später behauptete.

Die eigentliche Frage lautet daher: Was hätte sie gemacht, wenn ich pünktlich gewesen wäre?

Und vor allem, was hätte ich gemacht, wenn ich pünktlich gewesen wäre?

Was hätte ich gegessen?

Schließlich hat sie ja Glück, dass ich jeden Mittag beim Türken um die Ecke warm esse, so dass ich auf ein warmes Abendessen, das pünktlich auf dem Esstisch steht, nicht unbedingt angewiesen bin wie, sagen wir mal, jemand, der jeden Mittag kalt isst. Doch darum geht es hier nur am Rande. Wichtig ist, dass sie eigentlich davon hätte ausgehen müssen, dass ich um sieben Uhr zu Hause bin und mit dem Abendessen fertig sein möchte, noch *bevor* die Tagesschau anfängt!

Ja, die Liste von Gülsüms Aussetzern ist lang! Alle kann und möchte ich nicht aufzählen, weil das, bei aller Ehrlichkeitsliebe, den Rahmen sprengen würde.

Gerne vergaß sie auch am Freitagabend die Besorgungen für das Wochenende zu erledigen. Die Gründe für diesen Gedächtnisschwund waren zahlreich und die meisten – da bin ich mir sicher – vorgeschoben. In der Endkonsequenz bedeutete das aber immer, dass ich, statt wie alle rechtschaffenen Menschen, die die ganze Woche geschuftet haben, den Samstag mit einem leckeren Frühstück anzufangen, am frühen Samstagmorgen erst mal durch die Gegend fahren musste, um für mich – mit leerem Magen – Butter und Nutella zu besorgen. (Sie aß nämlich keine der beiden Aufstriche, sie verachtete sie geradezu, also hatte sie kein Problem damit, diese beim Einkaufen zu vergessen!)

Am Freitag vor ihrem Geburtstag, der ist schon eine Weile her, kam sie mit Tüten voll bepackt nach Hause, drei in jeder Hand! Fünf verschiedene Saftsorten, Käse im Überfluss, Fleisch, Gemüse, Eier … Nach ihrem Besuch hatte Aldi die Regale neu auffüllen müssen – Nutella und Butter waren aber beim besten Willen in keiner der sechs prall gefüllten Taschen zu finden. Sie entschuldigte sich, dass sie diese vergessen hatte. Und das war`s. Mehr sagte sie nicht dazu.

Später in der Nacht, statt auf meiner Bettseite beleidigt vor mich hinzuschmollen, vergesse ich einfach alles für den Moment und versuche mit vollem Körpereinsatz erneut Nähe herzustellen. Doch die Annäherungsversuche meinerseits verlaufen erfolglos. Meine Zärtlichkeiten lässt sie über sich ergehen wie etwas, worum sie nicht gebeten hat. Zurück kriege ich das Pflichtprogramm. Obwohl sie sich vorher mit Müdigkeit herauszureden versucht, schläft sie nach dem Sex nicht direkt ein, sondern liegt lange noch wach.

Manchmal weint sie sogar. Sie denkt, ich würde es nicht merken, doch ich merke es immer, obwohl ihre Augen geschlossen sind. An ihrer Atmung merke ich es.

Leidenschaft, Begierde, hemmungslosen Sex, wenn Sie so wollen, gibt es an Abenden wie diesen nicht.

Und die meisten unserer Abende sind Abende wie diese.

Als ich, nachdem das mit Gülsüm bereits drei Monate so gegangen war, über die fehlende Leidenschaft im Schlafzimmer klagte und ihr vorschlug, dass sie sich wegen ihrer Frigidität von ihrem Frauenarzt untersuchen lassen sollte, lachte sie verstört und zischte in ihrer neuen, unnachahmlich unverschämten Art, wenn schon untersuchen, dann von einem Psychologen. Die Erotik finde nämlich im Kopf statt, leierte sie herunter, und ich täte einiges dafür, dass ihr Kopf bis tief in die Nacht mit anderen, durch und durch unerotischen Dingen beschäftigt sei.

Nicht nur, dass sie kein Verständnis für meine Bedürfnisse zeigte, keine gebührende Leidenschaft – nein, diese schamlose Person warf mir sogar vor, ich selbst wäre am Desaster im Ehebett mitverantwortlich!

Ich nannte sie undankbare frigide Kuh (nicht meine bevorzugte Ausdrucksweise, doch manchmal müssen die Dinge beim Namen genannt werden, damit sich etwas bewegt). Sie guckte mich entsetzt an und heulte los. Ich sagte, die Tränen hätten im Ehebett nichts verloren und sie solle sofort aufhören, ansonsten, drohte ich, würde ich ausziehen. Sie hörte augenblicklich auf zu weinen, woran man sofort erkennen konnte, dass die ganze Geschichte mit den Tränen ein gut inszenierter weiblicher Versuch war, dem Mann ein schlechtes Gewissen einzureden. Sie schluchzte aber weiter unentwegt und laut, was mich schließlich doch noch dazu bewog, mein Bettzeug zu nehmen und in meinem Arbeitszimmer zu übernachten. In der dritten Nacht nach meinem Auszug kam sie zu mir ins Arbeitszimmer, entschuldigte sich, wir liebten uns auf dem Sofa und schliefen eng umschlungen ein.

Es ging eine Zeitlang gut, bis wir erfuhren, dass Gülsüm schwanger war.

Sie freute sich riesig und über alle Maßen.

Gülsüm war von Anfang an diejenige, die diese ganze Sache mit dem Kind vorantrieb. Ich wusste nicht genau, was ich davon zu halten hatte. Es gab noch so viele Dinge, die Gülsüm lernen musste. Selbst war sie noch wie ein Kind – unsicher und voller Selbstzweifel! Berechtigter Selbstzweifel, wohlgemerkt! Was sollte so jemand mit einem Kind anfangen?

Ich hatte schon beabsichtigt, irgendwann im Leben Kinder zu bekommen, war mir jedoch nicht sicher, ob das jetzt wirklich der richtige Zeitpunkt war. Ich steckte nämlich bereits mitten in einem anstrengen Erziehungsprozess. Ich musste aus einer seelisch leicht verwirrten, orientierungslosen, doch immerhin sehr schönen Ausländerin mit viel ungeordnetem Wissen über das Leben und die Menschen um sie herum und sehr wenig Ahnung vom Haushalt und den erzieherischen Aufgaben einer Mutter eine stabile, fähige, gestandene Frau machen – meine mir ebenbürtige Ehefrau! Eine Herausforderung par excellence! Ja, das wusste ich, aber die Frau war mir so wichtig, dass ich bereit war, mich dieser Herausforderung zu stellen. Jetzt sollte meine Arbeit durch die Anwesenheit eines weiteren, ebenfalls lebensunfähigen Wesens verdoppelt, ja vervielfacht werden …

„Ich dachte, du würdest dich freuen!", hauchte Gülsüm, nachdem ich auf die Nachricht, dass sie schwanger sei, mit einem ehrlichen „Um Gottes willen, noch ein Kind!" reagiert hatte.

Ich fragte mich in diesem Augenblick allen Ernstes, ob sie tatsächlich nie gemerkt hatte, in was für eine prekäre Lage uns ihre fehlende Reife, ihre Lebensunfähigkeit bereits gebracht hatten! Natürlich hatte sie sich keine Gedanken darüber gemacht, wie das so für und mit uns sein würde, wenn auch noch ein Kind dazwischen steckt, ein hilfloses Wesen, das seine Bedürfnisse lautstark anmeldet, die dann aber nicht auf die lange Bank geschoben werden können – wie die des Ehemannes!

Natürlich wollte auch ich Kinder haben, beteuerte ich, als sie beleidigt herunterbetete, wir hätten bereits in unserer Kennenlernphase darüber gesprochen und sie hätte „niemalsniemalsniemals" jemanden geheiratet, der Kinder von vorneherein ausgeschlossen hätte.

Sie guckte mich herausfordernd an, siegessicher, so wie sie immer guckte, wenn sie wusste (oder zumindest zu wissen meinte), dass sie Recht hatte, und ich – zumindest so schnell – keine Gegenargumente auftreiben konnte.

Von vorneherein hätte ich Kinder nie ausgeschlossen, erwiderte ich – um ehrlich zu sein, ein wenig auch, um sie zu beruhigen. Sie war nämlich schon den Tränen nah und zu noch so einem emotionalen Ausbruch hatte ich an jenem Tag wirklich keine Lust. Die Nachricht über ein Kind war bereits aufregend genug! Ich musste zuerst eine Katastrophe verdauen, bevor ich mich der nächsten widmete.

Ein Kind war kein neues Hemd, das man kaufen und in die Altkindersammlung werfen konnte, wenn es einem nicht mehr passte.

Natürlich wisse ich, dass wir Kinder haben wollten, versuchte ich einen friedlichen Ton anzuschlagen, um den Schaden zu begrenzen.

Der Zeitpunkt wäre jedoch vollkommen ungünstig. Es tat mir weh, ihr sagen zu müssen, dass ich sie immer noch für viel zu naiv und unverantwortlich hielt, um ihr so etwas Anspruchsvolles wie das Muttersein zuzutrauen, aber sie hatte es selbst so gewollt.

Anscheinend rechnete sie mit diesem Widerstand. Sie gab nämlich zu, manchmal („manchmal" war deutlich untertrieben, aber ich ließ sie ausreden) wahrscheinlich naiv, nachlässig und nicht so gut organisiert zu sein, meinte aber, dass sie sich sicher sei, mit meiner Hilfe diese ärgerlichen Eigenschaften ausmerzen oder zumindest deutlich reduzieren zu können. Auch ihr Verantwortungsgefühl dem Haushalt gegenüber möge nicht auf dem Niveau sein, das ich mir von ihr wünschen würde, sie könne mir jedoch hoch und heilig versprechen, dass unser Kind immer an erster Stelle stehen würde.

So war das dann auch. Das Kind war und blieb an erster Stelle und das wirkte sich noch zusätzlich negativ auch auf unser Sexleben aus.

In den ersten Monaten nach Sinans Geburt verbrauchte meine Frau nämlich ihre gesamte Zärtlichkeit an unseren Sohn. Für mich, den Ehemann, blieb nichts mehr übrig!

Um sie nicht zusätzlich zu belasten, leise sein zu müssen, wenn sie nachts Sinan stillen oder ihm später sein Fläschchen geben musste, entschied ich mich umzuziehen. Mein Arbeitszimmer war der größte Raum im Haus, hell und geräumig, und was zusätzlich für diese Lösung sprach, war die praktische Tatsache, dass in ihm schon mein Junggesellenbett und ein Nachttisch mit einem Radiowecker darauf standen. Man musste also keine zusätzlichen Investitionen tätigen, weder finanziell noch zeitlich, um aus dem Raum eine angenehme Ruheoase zu machen. Alles, was man brauchte, war bereits da. Es fehlte nur noch jemand, der dort übernachtete.

Gülsüm konnte so in der Nacht schalten und walten, wie sie wollte, ohne Angst haben zu müssen, mich aus dem Schlaf zu reißen.

Sie war, nach einer kurzen Unterredung, damit einverstanden. Als ich ihr jedoch später einmal sagte, ich hätte fast vergessen, wie sich ihr Körper anfühle, fuhr sie mich mit einem höchst beleidigenden Unterton an, ich sei schließlich derjenige, der das gemeinsame Schlafzimmer verlassen hatte, um seine Ruhe zu haben.

So wurden bei uns die Tatsachen verdreht!

Natürlich konnte sich meine Frau sehr wohl an den eigentlichen Grund meines Auszugs erinnern, dieser krabbelte gerade vor ihrer Nase, der wahre Grund war aber von Anfang an nicht von Bedeutung.

Das Ziel, mich zu verunglimpfen, als schlecht darzustellen, damit sie, im Gegenzug für meine angebliche Schlechtigkeit, selbst schlecht sein durfte, konnte nur erreicht werden, indem man die Wahrheit verdrehte und verzerrte. Und das tat sie.

An jeder meiner Gesten, sogar an den liebevollen, fand sie etwas Verwerfliches, ja Hinterhältiges, an jeder meiner Reaktionen! Auf die Idee, nachdem sie unseren Sohn versorgt hatte, auch kurz in mein Bett zu schlüpfen, kam meine Frau übrigens nicht. Ganz im Gegenteil, ich hatte den Eindruck, dass sie die Regelung mit getrennten Schlafzimmern gar nicht so übel fand und dass sie meine Opfer- und Hilfsbereitschaft ausnutzte, um endlich allein sein zu dürfen, ohne die ihr lästigen Pflichten einer Ehefrau.

Nachdem ich ihr mitgeteilt hatte, den Scheidungsantrag eingereicht zu haben, zog sie sich körperlich vollkommen zurück. Anfassen ließ sie sich gar nicht mehr von mir.

Dass das Ganze nicht stimmte, zumindest nicht ganz, und diese meine Aussage nur eine Finte war, um ihr den Ernst der Lage vor Augen zu führen, konnte ich ihr natürlich nicht sagen.

Immerhin habe ich ihr gesagt, dass ich, sollte sie entgegen meiner Erwartung ihr Verhalten ändern und sollte sich diese Veränderung stabilisieren, bereit wäre, über ein eventuelles Zurückziehen des Scheidungsantrags nachzudenken. Diese meine Aussage brachte sie tatsächlich kurzfristig dazu, an ihrem Verhalten zu arbeiten und häufiger auf meine Wünsche einzugehen. Manchmal konnte man durchaus spüren, wie viel Überwindung es sie kostete, die Dinge so zu erledigen, wie ich es von ihr erwartete, aber sie bemühte sich. Sie bemühte sich wirklich. Das muss man im Nachhinein ehrlicherweise zugeben.

Doch die Perfektion erreichte sie nie.

Als ich ihr diese an sich traurige Tatsache mitteilte, guckte sie mich überraschenderweise ruhig, fast liebevoll an, nickte und stimmte mir auch sofort zu. Das war nach einer sehr langen Zeit der Entbehrung und der Auseinandersetzungen unsere erste sofortige Einigung. Mein erstaunter Gesichtsausdruck schien sie zu einer zusätzlichen Erklärung zu provozieren. Sie sprach also, dass es für sie, so wie sie war, und in unserem Fall besonders, unmöglich war, die Perfektion zu erreichen. Je mehr sie nämlich versuchte, an sich zu arbeiten, um meinen hohen Ansprüchen gerecht zu werden, desto mehr erwartete ich von ihr.

Sie glaube nicht, dass sie genügend Kraft habe, meine Erwartungen zu erfüllen.

Ohne mir vorher über die Wirkung meiner Worte Gedanken zu machen, hörte ich mich sagen, dass ich mich trotzdem entschieden hätte, für eine, vielleicht begrenzte Zeit den Scheidungsantrag zurückzuziehen.

Die zu erwartende Erleichterung in ihrem Gesicht blieb jedoch aus. Ich wiederholte den Satz etwas lauter, weil ich dachte, sie hätte mich akustisch nicht verstanden.

Sie wisse bereits, dass ich nichts zurückziehen könne, erwiderte sie.

Ich verstand nicht sofort, was sie meinte.

Sie sagte freundlich lächelnd, sie wisse, dass ich den Scheidungsantrag nicht gestellt hätte.

Mein Entsetzen können Sie sich vorstellen. Die Lügnerin wusste bereits alles und verlor kein einziges Wort darüber!

„Was nicht ist, kann noch werden", bemerkte ich kühn, um mir mehr schlecht als recht aus der Patsche zu helfen, und warum sie denn, wenn sie es wisse, trotzdem tue, als stünden wir kurz vor einer Scheidung.

Sie habe sich in der Zeit an die Situation gewöhnt, habe die Gelegenheit gehabt, immer wieder über alles nachzudenken und sich mit einer Trennung abzufinden, pflichtete sie mir bei.

Außerdem habe sie am Mittwoch selbst einen Scheidungsantrag gestellt!

Ab diesem Nachmittag schlief meine Frau nie wieder mit mir.

Als ich sie vor Kurzem aus der Psychiatrie zurückbrachte, konnte ich nicht umhin, ihr zu sagen, wie sehr ich sie immer noch begehrte und wie sehr ich mich nach ihr und ihren Umarmungen sehnte.

Ich hätte eben die letzte wackelige Brücke zu ihr in die Luft gejagt, kommentierte sie kühl, wie gedächte ich denn zu ihr zurück zu kommen.

Gülsüm in ihrer Mutterrolle

Meine Angst, Gülsüm wäre ihrer neuen Aufgabe keinesfalls gewachsen, bestätigte sich schon kurz vor der Geburt unseres Sohnes. Wie alle studierten Frauen, die dem geschriebenen Wort hundertmal mehr vertrauen als allem, was der eigene Ehemann erzählt, legte sich auch Gülsüm schon in der Schwangerschaft eine Unmenge an Ratgebern zu, die ihr, so wähnte sie, helfen sollten, ihre nächste Herausforderung – die sagenumwobene Mutterrolle – zu meistern. Als es dann so weit war und sie das „neu erworbene" Wissen umsetzen sollte, lief wieder – wie von mir Monate zuvor genauestens vorhergesagt – wirklich alles schief und sie zeigte sich hilflos und tollpatschig wie eh und je. Kurz: sie war wieder einmal vollkommen unfähig, eine lebenswichtige Aufgabe zu bewältigen. Obwohl sie die gesammelten Schwangerschaftswerke studiert hatte, als müsste sie ein Staatsexamen schreiben – vielleicht auch gerade darum – zeigte sich die Mutter meines Sohnes in der ersten Woche nach der Geburt erstaunlich ängstlich und unsicher. Die wohlgemeinten Ratschläge der Frauen aus meiner Familie, meiner beiden Schwestern, inklusive Tante Reni, die selbst drei Kinder auf die Welt gebracht hatte, von denen immerhin zwei noch am Leben waren und sich der besten Gesundheit erfreuten, wusste sie nicht zu nutzen. Ja, sie ignorierte sie geradezu!

Gleich am Tag von Sinans Geburt waren nämlich Tante Reni und meine beiden Schwestern alle gleichzeitig im Krankenhaus und haben Gülsüm in allen, in wirklich allen Einzelheiten erklärt, worauf sie in den ersten Wochen und Monaten nach der Geburt besonders achten sollte. Das schon waren Wissen und Erfahrung genug, um damit zwanzig Ratgeber zu füllen. Man musste nur zuhören und an den richtigen Stellen auf „Speichern" drücken. Meine Schwestern haben ihr sogar angeboten, in den ersten Tagen abwechselnd bei uns zu wohnen, um ihr mit Sinan zur Hand zu gehen. Sie hat das Angebot dankend abgelehnt!

Gut, dafür war ich ihr sogar dankbar, da ich keine der beiden dummen, arroganten Biester länger als 10 Minuten hätte ertragen können.

Es mag ungewohnt klingen, doch ging der Herrgott bei der Intelligenzverteilung in unserer Familie nicht sehr umsichtig vor.

So ergab sich, dass die männlichen Familienmitglieder, mein Vater und ich, durchaus begünstigt wurden und für die weiblichen nur noch der bescheidene Rest übrigblieb. Im Gegensatz zu mir hat mein Vater, leider Gottes, muss man sagen, mit seinen bemerkenswerten Anlagen nichts Besseres zu tun gewusst, als sie regelmäßig und konsequent in diversen Schnapsvariationen zu ertränken, und wenn ihn seine Krankheit, doch vor allem die Flucht meiner Mutter nicht wachgerüttelt hätten, so hätte er mit diesem Hobby wahrscheinlich erst nach seinem Tod aufgehört. Nichtsdestotrotz hat sich der Alkohol das genommen, was ihm zustand, und meinem Vater blieb nichts anderes übrig, als das Beste aus dem zu machen, was 20 Jahre Frühschoppen übriggelassen haben. Viel war es nicht.

Meine Schwestern waren jedoch schon von Kindesbeinen an dumm wie Brot und dass meine Kindheit nicht so glücklich verlief, lag nicht selten daran, dass ich mich von meinen Nächsten, sprich den beiden Gänsen aus dem Nebenzimmer, vollkommen unverstanden fühlte. Manchmal dachte ich auch, dass sie mich absichtlich nicht verstehen wollten, um mich zu ärgern. Damals war ich noch viel zu naiv und unerfahren, um Dummheit mit entsprechender Gelassenheit zu begegnen. Erst viel später im Leben erkannte ich, dass meine Schwestern für ihre beschränkte Art nichts konnten. Die Dämlichkeit meiner nächsten weiblichen Verwandten war eine unerfreuliche Tatsache, die man akzeptieren musste, der man jedoch gut aus dem Wege gehen konnte, indem man zum Beispiel meinen Schwestern aus dem Wege ging.

Wir trafen uns daher an Geburtstagen, Hochzeiten und Todesfeiern, wobei ich an den meisten Geburtstagen mit einer „schlimmen Erkältung zu kämpfen" hatte und „unfreiwillig" das Bett hüten musste, wenn Sie verstehen, was ich meine.

Am nullten Geburtstag meines eigenen Sohnes konnte ich mich jedoch kaum krank stellen!

Und so stand ich da, umringt von den nur zu einem winzigen Teil lieben Verwandten, die vor lauter Wunsch, Gülsüm möge sofort begreifen, was für sie und das Kind das Beste sei, unisono auf sie einredeten, was, so redete sie sich später heraus, der angebliche Grund dafür gewesen sein sollte, dass sie die Ratschläge nicht befolgte, denn sie habe sie ja „so geballt und alle auf einmal weder verstehen noch behalten können".

Die Tipps ihrer Mutter und ihrer Freundinnen setzte sie allerdings auch nicht um. Dies war aber nicht weiter schlimm, weil diese widersprüchlich, veraltet oder einfach nur irrsinnig waren.

In dieser Kindesangelegenheit hielt ich mich bewusst zurück. Gülsüm wollte das Kind haben, also sollte sie selbst gucken, wie sie mit dieser neuen „Herausforderung" zurechtkam. Ich hoffte wie immer, dass die Zeit den Rat bringen und aus Gülsüm in ein paar Wochen, spätestens Monaten eine ordentliche Mutter machen würde; wenigstens eine vorzeigbare, der man sich in der Öffentlichkeit nicht zu schämen brauchte. Entgegen meiner Hoffnung und meinen Erwartungen entsprechend wurde Gülsüm mit fortschreitender Zeit jedoch noch unsicherer und verwirrte durch diesen Mangel an Souveränität auch unser Kind. Oder sie verfiel in eine Art körperliche und seelische Starre, eine seltsame Lähmung, und reagierte auf die zahlreichen Hinweise meinerseits gar nicht oder mit einer leider unverzeihlichen Verspätung. Zwischendurch hatte sie auch noch Phasen, in denen sie sich nach irgendwelchen hanebüchenen Empfehlungen aus den aussortierten Erziehungsratgebern der Stadtbücherei richtete, die mit der Realität so viel zu tun hatten wie der Papst mit Beate Uhse. Je mehr sie las, desto häufiger versuchte sie jede ihrer Handlungen, nach deren Sinn gefragt, mit komischen, den besagten Erziehungsratgebern entliehenen Thesen zu erklären. Diese Theoretisierung der Erziehung meines kleinen Sohnes hörte erst auf, nachdem ich die gesammelten „ratgebenden" Werke im Garten verbrannt hatte – die aus der Stadtbücherei zuallererst! Besondere Situationen erforderten immer schon besondere Maßnahmen! Und wir befanden uns, dank meiner Frau, leider Gottes wieder einmal in einer besonderen Situation.

Meine Frau besaß diese Weitsicht nicht! Mitnichten, Gülsüm war mit ihrer Gegenwart ausgelastet genug. Leider sind aber Kinder ein Zukunftsprojekt und wenn man sie auf die Zukunft

206

wirklich vorbereiten wollte, hatte man keine Zeit, Bücher zu lesen.

Gülsüm erklärte mich bei dieser Gelegenheit für „endgültig verrückt" und versuchte – das Weinen ihres Sohnes ignorierend, der aufgeregt „Mama bennt!" schrie – die Leihbücher aus dem Feuer zu retten, womit sie unserem Sohn eine Höllenangst einjagte und bei ihm ohne jeden Zweifel einen psychischen Schaden mit weitreichenden Folgen verursachte.

Was das denn wäre, unsere „persönliche Kristallnacht", schrie sie in Tränen aufgelöst, und ob *ich* noch zu retten wäre!

Ich hatte mich schon Jahre zuvor endgültig damit abgefunden, dass die Wahrnehmung meiner Frau einen Knacks hatte, daher vermochten mich solche Bemerkungen ihrerseits kaum mehr aus der Fassung zu bringen. Eine ehemalige Patientin der bekanntesten Nervenklinik Kölns erklärte mich für „endgültig verrückt"! Gab es ein besseres Zeugnis für meine psychische Gesundheit!?

An diesem Abend ging Gülsüm, ohne sich von mir zu verabschieden, ohne ein Wort, einfach weg und kam erst zwei Stunden später wieder zurück. Sie ging direkt in Sinans Zimmer, weil sie angeblich nachsehen wollte, ob das Kind schlief. Doch der Kleine schlief. Natürlich schlief er! Immerhin habe ich persönlich ihn ins Bett gebracht.

Mit mir sprach meine Frau kein Wort. Sich wegen des plötzlichen Verschwindens und der unverfrorenen Kristallnachtbemerkung zu entschuldigen, hielt sie nicht für nötig. Das war aber nichts Neues:

Je mehr Fehler Gülsüm machte, desto schwerer fiel es ihr, zu diesen zu stehen, geschweige denn, sie zu korrigieren. Zu Beginn unserer Ehe entschuldigte sie sich mehrfach für jeden Fehltritt; mit der Zeit wurden die Entschuldigungen jedoch immer seltener, ihre Entgleisungen hingegen vermehrten sich. Beinahe parallel dazu wählte sie eine relativ neue Konfliktbegegnungsstrategie, die mich anfangs völlig aus der Bahn warf, weil ich mir nicht mehr sicher sein konnte, ob es ihr vielleicht doch noch ernst damit war.

Allmählich entwickelte sie eine sehr verdächtige Art von Selbstbewusstsein: das von mir genannte Ein-Satz-Selbstbewusstsein. Jede Kritik von mir, jede Frage, wurde mit dem Satz beantwortet: „Ich habe alles richtig gemacht." Es war wie ein Mantra!

So dauerte es nicht mehr lange, bis sie zu behaupten anfing, sie sei schließlich die Mutter des Kindes, folglich selbst in der Lage, zu erkennen, was ihrem Sohn guttue und was nicht.

Nun, dass dem nicht so war, wurde endgültig klar, als ich eines Tages eine Nagelschere auf dem Fußboden von Sinans Kinderzimmer liegen sah. Schlimmer noch, ich trat fast darauf. Normalerweise räumt Gülsüm Sinans Zimmer auf. Ich bringe den Kleinen manchmal ins Bett, wenn er darauf besteht, ansonsten bin ich kaum im Kinderzimmer, kann demzufolge nicht wissen, was dort alles durch die Gegend fliegt.

Meine Fassungslosigkeit können Sie sich vorstellen, Gülsüms Reaktion sicher nicht!

Die Frage, was der lebensbedrohliche Gegenstand auf dem Teppichboden meines Sohnes verloren hätte, beantwortete die Kindesmutter mit einem einfachen Schulterzucken!!!

Ich weiß nicht, ob Sie sich das vorstellen können, was in einem Vater vorgeht, der stundenlang darauf warten muss, dass eine solche Bedrohung von seinem Kind abgewendet wird.

Die folgenden Sätze, mein lieber Herr Dankbar, sind die Wahrheit und nichts als die Wahrheit und sie beschreiben besser als alles andere die Unfähigkeit, doch vor allem die Kaltblütigkeit, ja Grausamkeit dieser Person, die trotz aller gut ausgeklügelten Vertuschungsstrategien – Sie und das hohe Gericht dürfen nicht vergessen, dass Gülsüm Baştürk keiner regelmäßigen Tätigkeit nachging, folglich Zeit genug hatte, ganze Kriege strategisch vorzubereiten – immer wieder zum Vorschein kamen und keinen Halt vor der Gesundheit, selbst dem Leben ihrer Nächsten machten.

Natürlich bin ich alle halbe Stunde in Sinans Zimmer gegangen, um nachzusehen, ob seine Mutter den gefährlichen Gegenstand weggeräumt hatte. Ich hätte auch alle fünf Minuten ins Zimmer gehen können, an der unerbittlichen Tatsache hätte dies nichts geändert, doch gutgläubig, wie ich war, konnte ich es eben nicht fassen. Die Nagelschere lag an Ort und Stelle. Immer noch und immer noch und ja, immer noch! Den Vorgang wiederholte ich sechs Mal im Zeitraum von drei Stunden. Jedes Mal mit demselben Ergebnis. Sie rührte sich nicht vom Fleck! Wie auch, fliegen konnte sie nicht. Der Teppich, auf dem sie lag, ebenfalls nicht.

Schließlich eilte ich zu Gülsüm und brüllte sie an: Wie lange sie noch beabsichtige, mit dem Leben ihres Sohnes zu spielen, fragte ich. Wissen Sie, was diese kaltblütige Person antwortete? Nein, das wissen Sie nicht, weil Sie sich dieses Maß an Unverschämtheit nicht vorstellen können, weil kein werteorientierter Westeuropäer sich dieses Maß an Unverschämtheit und Ignoranz vorstellen kann, diese Ignoranz:

Was denn jetzt schon wieder wäre, fragte sie!

Als wäre sie gerade aus einem hundertjährigen Schlaf erwacht wie die Frau aus dem Märchen, das sie übrigens gerade dabei war Sinan vorzulesen.

Wann sie denn vorhätte, die Gefahrenquelle wegzuräumen, brüllte ich sie an.

(Wenn es um das Wohl meines Sohnes geht, kann es passieren, dass ich die Fassung verliere und lauter werde, doch jeder, der weiß, wie es in einem Vater zugeht, der seinen einzigen Sohn in Gefahr weiß, wird vollstes Verständnis für meine Reaktion aufbringen.)

„Ich dachte, du hättest die schon längst weggeräumt!", antwortete sie, Erstaunen spielend.

So viel zur mütterlichen Fürsorgepflicht!

Und diese Frau erdreistet sich, das Erziehungsrecht für meinen Sohn für sich zu beanspruchen!

Wenn Sie jetzt vielleicht denken, spätestens in diesem bereits beschriebenen Augenblick wäre Gülsüm Baştürk aufgestanden und hätte den besagten Gegenstand entsorgt, so irren Sie sich leider gewaltig. Nicht diese hartnäckige Person! Nicht diese Frau! Sie saß weiter schön auf ihrem dicken Hintern und las Sinan aus seinem Märchenbuch vor – völlig entspannt, als wäre alles um sie herum in bester Ordnung! Ein Bild für die Götter!

Ich starrte sie fassungslos an. Ich hatte ein Monster in Gestalt eines Engels geheiratet, begriff ich in diesem Augenblick. Ich bin allerdings erwachsen und in der Lage, mich zu wehren! Was war jedoch mit meinem Kind?

Dieses saß, während ich verzweifelt über meine nächsten Schritte nachdachte, mit seinen roten Wänglein auf dem Schoß der Schlange, ohne die leiseste Ahnung davon, dass die Person, deren Stimme er so gerne lauschte, seine sogenannte Mutter, gerade dabei war, sein Leben aufs Spiel zu setzen. Nicht absichtlich natürlich! Einfach so.

Dummheit schützt vor Strafe nicht, doch war es wirklich ausschließlich die Dummheit oder auch die Berechnung und Gefühlskälte?

Umsonst suchte ich nach einer Spur Reue auf ihrem Gesicht. Diese Frau kannte keine Gnade, keine Gewissensbisse!

Ich habe den Vorfall sofort dem Jugendamt gemeldet – leider Gottes, und jetzt werden Sie vermutlich verstehen, warum ich dieser Institution so ablehnend gegenüberstehe und es immer noch meide, mich bei der Interaktion mit meinem Sohn von irgendeinem dieser unfähigen Ex-Kiffer begutachten zu lassen – leider Gottes, wiederhole ich und zu meiner maßlosen Enttäuschung!

Nach meiner minuziösen Schilderung des Vorfalls erwiderte die piepsige Stimme auf der anderen Seite der Leitung, ich zitiere: „Räumen Sie doch die Schere selbst weg, Herr Habicht! (Ich möchte anmerken, dass ich meinen Nachnamen am Telefon grundsätzlich buchstabiere!). Als Vater des Jungen haben Sie ein Recht darauf!"

Doch ich hieße nicht Jürgen Habich, wenn ich solche Unverschämtheiten nicht gekonnt zu parieren wüsste!

„Wusste nicht, dass ausgebildete Sozialarbeiter so rar seien, dass das Jugendamt jetzt schon auch ehemalige Kunden beschäftigen muss!", entgegnete ich.

Meine schlagfertige Reaktion gefiel ihr offensichtlich nicht.

Sie verstünde nicht.

Und ob sie mich verstehe, wiederholte ich siegessicher!

Sie sei doch zweifelsohne noch so eine Alleinerziehende mit Kind und Selbstverwirklichungsdrang ab 40!

„Ooh, Pardon, wahrscheinlich ‚gewesen‘", ergänzte ich, „bis vom Ganzen nur noch ‚allein mit Kind‘ übrig blieb." So wie sie an akute Probleme heranging, fügte ich noch hinzu, sei es sowieso kein Wunder, dass sie unbemannt geblieben sei!

Die Piepserin lachte äußerst unangenehm, falls man das abgehackte Getöne, mit dem sie ihre angestauten schlechten Emotionen verbreitete, überhaupt Lachen nennen konnte.

„Na, das wird ja immer besser", quietschte sie erneut, gespielt amüsiert, „jetzt ruft man auch noch an, um Privatprobleme der Jugendamtmitarbeiter zu besprechen."

Danke der Nachfrage, sie sei verheiratet, fuhr Frau Lind-Immerfroh fort (so hieß das Quietscheentchen: die lustige Linde).

Es habe sich, Gott sei gepriesen, eine mitleidige Seele gefunden, erwiderte ich, ebenso „gut gelaunt". Sie lachte. Vielmehr, sie piepste in der Absicht zu lachen bzw. ein Lachen zu produzieren, das mir ihre geistige und gefühlsmäßige Überlegenheit demonstrieren sollte. (Dass manche Menschen es mit ihrer Stimmfarbe überhaupt wagen, einen Hörer in die Hand zu nehmen! Und was heißt hier wagen? Ein Telefonat mit dieser Dame könnte getrost in die Kategorie auditive Belästigung eingeordnet werden, und da hätten wir den inhaltlichen Aspekt noch ganz und gar nicht berücksichtigt!)

So sei es, bestätigte sie, doch unter gewissen Umständen – zum Beispiel wenn alle Männer so charmant wären wie ich –, würde sie sich begeistert dazu entschließen, für immer alleinerziehend und ohne Mann zu sein.

Sie merken es: Von Professionalität keine Spur! Und so was darf sich eine Mitarbeiterin des Jugendamtes der Stadt Köln nennen! Doch zurück zum unglückseligen Telefonat:

Wären alle Frauen wie Frau Lind-Immerfroh, pariere ich gekonnt, so würde ich Gott preisen, dass er mir die Möglichkeit eröffnet hat, in einem Kloster zu enden!

Sie lachhüstelte wieder: „Ich sehe schon, Herr Habich‚t', wir werden uns hervorragend verstehen!"

Mit solch verbohrten Personen, wie sie zweifellos eine war, hätte ich nicht den Ehrgeiz gehabt, mich jemals verstehen zu wollen, konterte ich.

„Schön, dass wir darüber gesprochen haben", sagte sie und beendete das Gespräch, ohne sich irgendwie weiter um mein Anliegen zu kümmern.

Ich weiß, woran Sie gerade denken. Selbstverständlich habe ich es getan! Ich habe mir den Namen dieser „freundlichen Mitarbeiterin" des Jugendamtes aufgeschrieben und habe eine schriftliche Beschwerde mit der genauen Tatsachenschilderung dem Leiter des Jugendamtes eingereicht, habe jedoch bisher keine Antwort bekommen. Wenn es um das Wohl der hilflosen Kinder geht, mahlen die Mühlen des Jugendamtes offensichtlich so langsam wie die Mühlen Gottes, wenn sie überhaupt in Betrieb sind. Die einen wie die anderen.

Meine Vaterschaft

Die Idee, Sinan sei nicht mein Sohn, ist keines meiner „Hirnge-spinste", keine „Frucht gelangweilter Phantasie", wie Frau Baştürk das gerne formuliert, ebenso kein „weiterer Versuch, sie anzuschwärzen" und ihr „Ansehen in unserem Freundes-kreis zu beschmutzen". Der Gedanke ist nicht neu. Vielmehr ist er die Frucht einer reiflichen Überlegung und regelmäßiger und genauer Beobachtung. Ich schaue mir Sinan nämlich seit einer Weile sehr genau an, und je älter der Junge wird, umso mehr fällt mir dessen Ähnlichkeit mit einer bestimmten Person aus meinem engsten Freundeskreis auf: die Form seiner Hände, seine lockigen Haare, schließlich sein Interesse, ja die Begeiste-rung fur Fußball, die ich in keiner Phase meines Lebens gefühlt, geschweige denn gezeigt habe! All das erinnert mehr, als es mir lieb ist, an jemanden, der meint, behaupten zu dürfen, mein Freund zu sein.

Ich spreche von unserem, meinem und Gülsüms, „gemeinsa-men Freund" Ralf, wobei ich mir seit einiger Zeit Ralfs freund-schaftlicher Absichten nicht mehr so sicher bin. Der nicht ganz so aufmerksame Beobachter könnte natürlich einwenden, dass meine Frau ebenfalls Locken habe, und fragen, warum denn das Kind keine haben sollte, wenn die Mutter bereits welche hat. Sinans Locken sind aber anders, mehr Wellen als Locken. Der Einzige in meinem Bekannten- und Freundeskreis, der ähnliche

Wellen hat, um genau zu sein: Wellen hatte – seine Haare haben nämlich in den letzten 10 Jahren auffällig an Volumen und Dichte eingebüßt –, der Einzige also mit einer genetischen Prädisposition für genau solche Wellen ist mein Freund Ralf – der Mann, der seine Ehefrau, die Mutter seiner drei Töchter, in regelmäßigen Abständen betrogen hatte, so dass sie nicht umhinkonnte, zu verschwinden und ein neues Leben mit einem anderen Mann und in einem anderen Land anzufangen.

Auch seine Begeisterung für Fußball konnte Sinan sich weder von mir noch von meiner Frau abgucken, da Gülsüm und mir dieses Spiel ziemlich gleichgültig ist und wir nicht mal zu Zeiten richtiger Länderspieleuphorien, der Welt- und Europameisterschaften, die Übertragungen verfolgen. Gülsüm behauptet sogar, die Stimme des Fußballkommentators, egal welches, nach ihr klingen sie alle gleich, sei so eintönig, dass sie während der Übertragung den langweiligsten mittelalterlichen Schinken lesen könnte, ohne sich gestört oder abgelenkt zu fühlen.

Es bleibt also nur Ralf!

Angedroht hat er auch schon, den Jungen mit zum FC zu nehmen, wenn er größer wird, womit wir auch zum entscheidenden Hinweis, dem entscheidenden Grund für meine Annahme, kommen: So wie Karneval zu Köln gehört, so gehört zu Köln ebenfalls die Tradition, dass ein Vater seinen Sohn mit zum Fußball nimmt, zu seinem Fußballverein nimmt, zum 1. FC Köln. Diese Tradition sichert den Fortbestand der FC-Fan-Gemeinde.

Verständlicherweise, möchte ich meinen, denn anders kriegen die Brüder keinen Nachwuchs im Fanbereich mehr. Ich bitte Sie! Welcher lebensbejahende, fröhliche junge Mensch würde jemals, freiwillig und ohne den Druck der Familie, ein Fan von einem Pleiten-Pech-und-Pannen-Verein werden? Wozu? Es gibt doch genug bessere.

Es ist ein bisschen wie mit dem Glauben – man wird da hineingeboren. Oder kennen Sie einen 10-Jährigen, der, bevor er sich endgültig für eine Religion entscheidet, eingehend die Vor- und Nachteile der großen 5 prüft? Mir ist jedenfalls noch keiner unter die Augen gekommen. Mit Fußballvereinen läuft es ähnlich. Man ist zu jung und weiß nicht, worauf man sich einlässt, und ehe man sich versieht, ist man Fan eines Schrottvereins. Klar könnte man den Verein auch wechseln, aber zu welchem Preis und wie will man sich da noch zu Hause blicken lassen!?

Ich weiß sehr gut, wovon ich rede!

Auch mir hat man in dieser Hinsicht versucht, übel mitzuspielen. Auch ich wurde von meinem alten Herrn zum FC mitgenommen. Lange ist es her, aber ich sehe es vor meinem geistigen Auge, als wäre es gestern gewesen. Leider war mein Vater schon auf dem Weg ins Stadion so betrunken, dass er es nicht weiter als bis zum Geißbockheim schaffte, wo er endgültig vergaß, dass er auch ein siebenjähriges Kind bei sich hatte. Den Rest der Geschichte erspare ich Ihnen lieber. Vielleicht nur so viel, nach Hause musste ich mehr oder weniger alleine finden.

Mein Vater folgte mir fünf Stunden später, blutbeschmiert und dreckig, in Begleitung eines Beamten.

Ralf war nur ein Freund von Sinans Vater. Mehr nicht. Warum sollte er ihn also mit zum FC nehmen wollen? Das passte doch vorne und hinten nicht!

Andererseits, die Anwältin meiner Frau lässt ausrichten, wenn ich denn irgendwelche Zweifel hegte, warum ich denn „derart hartnäckig" um das Erziehungsrecht kämpfen würde.

Keine ganz so abwegige Frage, muss man ihr, wenn auch unfrei-willig, zugestehen.

Wozu kämpfe ich also derart hartnäckig?

Vielleicht deshalb, weil ich nicht zulassen kann, dass dieses kleine unschuldige Wesen durch die liberale Erziehung seiner Mutter völlig verweichlicht?

Oder weil ich nicht erlauben will, dass seine Mutter durch ihre verdächtigten Erziehungspraktika aus Sinan einen homosexuel-len Gedichteliebhaber macht, unfähig, sich durchzusetzen, wenn es darauf ankommt, unfähig, es mit den Gefahren des Le-bens wie ein Mann aufzunehmen, unfähig, allein zu überleben.

Gülsüm ist nämlich durchaus in der Lage, mehrmals hinterei-nander auf jeden Wunsch ihres Sohnes einzugehen, ja ihm die Wünsche von den Augen abzulesen. Sie macht es einfach — ohne dabei die Nerven oder die gute Laune zu verlieren. Es scheint ihr sogar Spaß zu machen, Sinans Forderungen zu erfül-len. So macht es ihr gar nichts aus, ihm Reis zu kochen, wenn er auf Kartoffeln keinen Appetit hat, und auch noch die Nudeln dazu, sollte der Reis auch nicht nach dem Geschmack des kleinen Prinzen sein. Es macht ihr ebenfalls nichts aus, lange Umwege aus dem Kindergarten zu nehmen und zu spät nach Hause zu kommen, nur weil der Kleine wieder mal am Hochseilgarten hat vorbeilaufen wollen, ganz zu schweigen von den zahlreichen Hunden, Katzen und Kaninchen, die anscheinend alle ausschließlich auf dem Nachhauseweg meines Sohnes und von dessen Mutter auftauchen und gestreichelt und beguckt werden wollen.

Ich hingegen achte natürlich genau darauf, dass der Junge ein ordentliches Maß an Disziplin mitbekommt, das ihm im Leben helfen soll, seine Ziele, manchmal unter Schmerzen – das bleibt in keinem Leben aus – zu erreichen und die höflichen, doch bestimmten Umgangsformen, die einen anständigen Mann von Welt auszeichnen, zu verinnerlichen.

Natürlich bin ich mir als Vater der Verantwortung bewusst, die ich mit meinem Verhalten als Vorbild für meinen Jungen habe. So fluche ich zum Beispiel nie in seiner Gegenwart, was ich übrigens auch in seiner Abwesenheit äußerst selten tue. Auch gebe ich ihm die Klarheit und Struktur, die er bei seiner leider Gottes oft gedanklich abwesenden Mutter schmerzlich vermissen muss. Ich lehre ihn, dass jedes Verhalten Konsequenzen hat und dass er, obwohl noch ein kleines Kind, mit seinem Verhalten die Entwicklung der Dinge positiv, aber auch negativ beeinflussen kann. Ich lehre ihn, dass es zur positiven Beeinflussung nur dann kommen kann, wenn der Beeinflussende selbst eine gehörige Portion an Selbstbewusstsein besitzt und die Umwelt wissen lässt, was für Erwartungen man an sie stellt. Ich schere mich – dies schreibe ich im Vollbesitz meiner geistigen Kräfte – ich schere mich herzlich wenig darum, ob dieses Verhalten manchmal vielleicht herrisch und weniger sympathisch auf die sogenannten Mitmenschen wirkt. Wie bereits oben ausgeführt, Kinder sind ein Zukunftsprojekt, also dürfen wir uns nicht von irgendwelchen Lappalien aufhalten oder ablenken lassen, wenn wir sie zur geistigen Stärke und Unbeugsamkeit erziehen wollen.

Starke Menschen haben keine Zeit, sich mit Unzulänglichkeiten und Hemmungen der schwachen Mitglieder der Gesellschaft abzugeben. Sie haben bereits genug Aufwand betrieben, um die eigenen Schwächen auszumerzen, was ohne Zweifel kein Zuckerschlecken ist. Eine wiederholte Beschäftigung mit ähnlichen Störfaktoren anderswo würde sie auf ihrem Weg nur unnötig aufhalten. Diese Zeitvergeudung können und dürfen sie sich nicht erlauben! Nicht aus Arroganz, die solcher Art Zeitgenossen oft ungerechterweise angedichtet wird, sondern, im Gegenteil: aus Liebe zu Menschen und aus einem richtig verstandenen Pflichtgefühl. Mit ihren Fähigkeiten sind diese besonderen Wesen nämlich zu Höherem berufen. Sie wollen und sie müssen weiterkommen. Der Busfahrer, der nach Griechenland fährt, hält auch nicht an jeder Dorfkirche an!

Ich bin mir nicht sicher, ob Sinan jedes Wort von mir verstanden hat, obwohl er alle Bedeutungen bereits kannte, aber es ist nie zu früh, sich mit den Prioritäten des Lebens auseinanderzusetzen.

Jedenfalls weiß mein Sohn, dass er mich immer fragen kann, wenn er etwas nicht versteht. Zumindest, solange er noch ein Kind ist. Später natürlich, wenn nötig, auch.

Wer von den starken Mitgliedern der Gesellschaft gesehen werden will, wer mit uns Schritt halten will, muss eigene Schwächen überwinden. Wer dies nicht kann – und Sinans Mutter hat bereits gezeigt, dass ihr eine Auseinandersetzung mit ihrer Unfähigkeit die Konzentration raubt –, bei dem wird mit gebührendem Tonfall und entsprechender Haltung nachgeholfen. Wenn man dann immer noch nicht zu lernen bereit ist, dann wird man gefressen. So funktionieren das Leben und die Evolution.

Ich bin überzeugt davon, auch Ihre Meinung zu teilen, wenn ich sage, dass jedes weitere überflüssige Aufhalten meines Sohnes in Frau Baştürks Nähe die Gefahr in sich birgt, dass seine unschuldige Kinderseele in ihrer frühen Entwicklung eine Prägung erhält, die sein Leben auf immer erschwert.

Wäre Sinan nicht mein Sohn, wäre sein Aufwachsen bei und mit Frau Baştürk sicherlich eine bedauerliche Sache, aber auch eine, um die ich mich nicht zu kümmern bräuchte. Doch stellen Sie sich einmal vor, welch ein unermesslicher Schaden entstünde – vorausgesetzt, Sinan ist die Frucht meines Samens –, wüchse der Junge in einer Umgebung auf, die das Potential, das er in sich trägt, nicht nur nicht zu fördern vermag, sondern auch im Keim erstickt! Dieses Verbrechen darf ich nicht zulassen!

Doch zurück zu meinem Verdacht: Es fällt ebenfalls auf, dass in Konfliktsituationen – es handelt sich hierbei um Konflikte zwischen mir und Gülsüm – Ralf immer häufiger Partei für Gülsüm ergreift. Ich gebe zu bedenken, dass er eigentlich als mein Freund in die Familie eingeführt wurde!

Während er sich früher nämlich meistens zurückgehalten hat, neigt er seit Neuestem dazu, mir offen zu widersprechen und somit Wasser auf Gülsüms Mühlen zu gießen. Bei einer Gelegenheit, als ich ihn wegen seines verpfuschten Ehelebens rügte, rutschte ihm außerdem die Bemerkung heraus, ich hätte gut reden, es dürfe einem Mann kaum schwerfallen, einer Frau wie Gülsüm treu zu sein! Na bitte!

Gülsüms „Ordnung"

Auch die folgenden Ausführungen zu Frau Baştürks Auffassung von Ordnung beruhen, wie der Rest dieser Berichte, ausschließlich auf Beobachtetem und Erlebtem.

Um Ihnen und dem hohen Gericht das Ausmaß der Abnormalität deutlich vor Augen zu führen, habe ich die meisten Katastrophen photographisch festgehalten und die Bilder des Grauens meinem Bericht beigefügt.

Lassen Sie mich bitte von vorneherein eins klarstellen: Mit „Katastrophe" meine ich keine abgeschwächte, von pubertierenden Musiksendermoderatoren immerzu benutzte und damit ordentlich abgetragene, sprachliche Bezeichnung für eine Form von Unpässlichkeit.

Mit „Katastrophe" meine ich Katastrophe! Im Folgenden finden Sie hinter der beschriebenen Situation, sofern diese photographisch festgehalten werden konnte (manchmal ließ Gülsüm Aufnahmen nicht zu und redete sich mit „Privatsphäre" heraus), auch einen Hinweis auf das jeweilige, die Situation festhaltende Foto.

Doch lassen Sie uns am Anfang beginnen:

Den Begriff „Ordnung" und den Namen meiner Frau in einem Zuge zu nennen erscheint mir, je mehr ich darüber nachdenke, anmaßend, ja es kommt für mich einer Beleidigung und Diffamierung aller ordnungsliebenden Menschen gleich.

Ich frage mich oft, wie diese Frau in den 30 Jahren, in denen sie mich nicht gekannt hat, überleben konnte und wer „der Glückliche" war, der die ordnende Rolle in ihrem Leben übernehmen musste in der Zeit, in der ich wiederum das Glück hatte, sie nicht zu kennen. Teilweise sicherlich ihre Mutter, wobei diese, in der Tat, den Putzfimmel auch nicht erfunden hat, höchstens den Fensterputzfimmel. Vielleicht einer ihrer Exfreunde? Schwer vorstellbar! Gülsüm führte keine langen Beziehungen, zu keinem Mann vor mir. Ihre längste Beziehung hatte ein halbes Jahr gedauert und an dem Tag geendet, als sie die Ehefrau des Geliebten kennenlernen durfte:

„Ich darf Ihnen meine Frau vorstellen?"

Und das hier, das ist meine neunundzwanzigjährige Geliebte, Schatz!

Von wegen! Als seine studentische Hilfskraft hat er sie vorgestellt und gesiezt! Dabei hatte sie ihr Germanistikdiplom schon in der Tasche!

Eine große, sehr schlanke Blondine, sportlich gekleidet – Schwedin, wie sie später erfuhr. Die Frau, die er liebte. Auch noch blond! Wahrscheinlich kann Gülsüm deshalb mit keiner Blondine was anfangen. Nur Claudia Schiffer findet sie schön. Das war's aber auch schon.

Sie wurde auf die Rolle der kleinen Assistentin reduziert, mit welcher er an einem aktuellen Projekt arbeitete. Dass ich nicht lache! Das Projekt „Der alte Mann und das Mädchen". Dabei hat er bestimmt milde gelächelt und Gülsüms Oberarm väterlich gerieben.

Weiß nicht, was sich der alte Knacker davon versprochen hat, die beiden Frauen miteinander bekannt zu machen, doch hat er offensichtlich eine Rechnung ohne den Wirt gemacht.

Meine Frau mochte manchmal verrückt sein und unangepasst sowieso, doch moralische Grundsätze besitzt sie. Zu diesen zählt zweifelsohne, dass man nichts mit verheirateten Männern anfängt. Weil sie selbst ein chaotischer Mensch ist, versucht sie außerdem Situationen zu meiden, die emotionales Chaos mit sich bringen. Dass sie in diesem halben Jahr, in dem sie und ihr alter Knacker, wie sie selbst sagt, „zusammen waren", nicht herausgekriegt hat, dass der Typ auch noch eine ihn liebende Ehefrau zu Hause hat, das kann wiederum nur einer verstehen, der Gülsüm kennt. Nein, das war kein Ignorieren unliebsamer Tatsachen! Kein Verdrängen! Keine Realitätsflucht! Das war schlicht und einfach Gülsüm.

Ignorieren kann man nämlich etwas, was man bereits bemerkt hat, so wie man nur fliehen kann, wenn man erkannt hat, aus welcher Richtung die Gefahr droht oder dass es überhaupt eine Bedrohung gibt. Weder das eine noch das andere kann Gülsüm. Meine Frau beschäftigt sich grundsätzlich nicht mit den wichtigen Dingen des Lebens. Sie interessieren Nebensächlichkeiten! Die Lichtverhältnisse bei einem Abendessen, die Farbe der Hühner auf dem Bauernhof, die Art, wie ich sie anguckte, nachdem sie einen Vorschlag gemacht hatte, so etwas, keine Familienverhältnisse des geliebten Mannes!

Daher ist es nicht nur durchaus möglich, dass in ihrer Anwesenheit schon mal das eine oder das andere Wort über den Familienstand ihres Lieblingsprofessors gefallen ist – es wäre sogar möglich, dass man es ihr direkt erzählt und sie so getan hat, als würde sie zuhören, mitbekommen hat sie jedoch nur die weniger interessante Hälfte. Das bedeutete rein gar nichts.

Gülsüms Aufmerksamkeit konnte man sich nie sicher sein! Dafür war sie viel zu sehr Verstellungskünstlerin! Sie guckte einen ernsthaft an, nickte auch zwischendurch, doch meistens war sie gedanklich längst über alle Berge, von irgendwelchen Versen in Anspruch genommen – oder irgendeinem anderen überflüssigen Blödsinn.

Als er sie am selben Nachmittag zwischen den Ordnern mit Klausurarbeiten und Schillers gesammelten Werken nehmen wollte – anscheinend machte es ihn an, dass seine beiden Frauen jetzt auch offiziell voneinander wussten –, goss sie mehr oder weniger absichtlich ihren „ziemlich warmen Kaffee auf seine ausgelutschte beigefarbene Cordhose", er brüllte, nannte sie „fiese Schlampe" und fragte, ob sie irre geworden sei. Sie schnappte ihre Sachen, die Stofftasche und das dicke Wörterbuch, und verschwand für immer aus seinem Büro und aus seinem Leben. Zur Uni ging sie nie wieder. Sie habe sich geschämt, sie habe sich „sooo geschämt", wiederholte sie.

Was müssen ihre Kommilitonen von ihr gedacht haben, was die anderen Dozenten?

Dass sie alle über die nordische Frau Professor Bescheid wussten, da war sie sich mittlerweile sicher. Dass sie wohl die Einzige war, die sich darüber keine Gedanken gemacht hatte, wie das

Privatleben des Herrn Professor K. aussah, wenn er gerade nicht mit ihr vögelte, wusste sie dann endlich auch.

„Warum sollte ich auch, ich wusste ja, wen er liebte! Das heißt, ich dachte, dass ich es wusste. Noch nie im Leben war ich mir so lächerlich vorgekommen!"

Armes Mädchen! Ich war der erste Mensch, dem sie es überhaupt und in allen Einzelheiten erzählte. Nicht einmal ihre Mutter wusste Bescheid! Diese hätte ihr natürlich was erzählt, das kann ich mir vorstellen. Dummheit wird eben bestraft! Gülsüms Mutter war Grundschullehrerin. Wenn einer sich aufs Leviten-Lesen verstand, dann sie. Dass sie dumm war, wusste Gülsüm selbst, und dass sie verschwinden musste, damit die Blamage nicht noch größer würde, wurde ihr spätestens klar, als ihre beste Freundin kopfschüttelnd bemerkte: „Gülsüm, mein Schatz, die ganze Mensa weiß, dass Professor K mit Kathrin verheiratet ist! Besser du sagst keinem, dass du es nicht wusstest! Lieber hält man dich für verrucht als für naiv!" Gülsüm konnte sich aber mit keiner der Beschreibungen abfinden, außerdem stellte sie sich immer öfter und immer lebhafter vor, wie die schöne Kathrin eines Tages ins Büro schnellt und ihr eine Ohrfeige gibt und wie K daneben steht und anschließend seine Arme um seine aufgeregte, betrogene Ehefrau legt, diese beruhigt und küsst, Gülsüm einen verächtlichen Blick zuwirft, sie „eine völlige Bedeutungslosigkeit" nennt und wie die beiden großen, wunderschönen K-as gemeinsam aus dem Raum schreiten, lachend und eng umschlungen.

So abrupt endete die Karriere einer der vielversprechendsten Germanistikabsolventinnen der Philosophischen Fakultät im Istanbul jener Jahre.

Dass Frauen aber auch immer wieder auf dieselbe Masche hereinfallen, Vaterfigur, Philosoph in Lumpen, belesen und so …, zeugt nicht gerade von einem bestechenden Urteilsvermögen! Ne, dieser Mann hat Gülsüm sicherlich nicht hinterhergeräumt! Ich muss zugeben, dass ich es tatsächlich nicht weiß und dass es mir immer noch ein Rätsel ist und vermutlich ein Rätsel bleiben wird, wer derjenige war, der Gülsüm geholfen hat, in ihrem Durcheinander nicht ganz die Orientierung zu verlieren.

Sie selbst äußert sich schon lange nicht mehr zu diesem Thema. Ich weiß, dass sie eine Zeitlang in diversen WGs gewohnt hat und dass sie sich in ihnen, nach ihren eigenen Angaben, wohl gefühlt hat. Es stellt sich nur die Frage, ob deshalb, weil sie immer wieder mitfühlende Seelen fand, die sich ihrer annahmen und folglich für sie aufräumten, damit sie in ihrem Bücher- und Kleidermeer nicht erstickte, oder – doch diese zweite Lösung erscheint mir glaubwürdiger – weil sie Menschen um sich hatte, die, genauso wie sie, vollkommene Chaoten waren, so dass sie alle miteinander und in ihrem gemeinsamen Chaos perfekt harmonieren konnten.

Die Bezeichnung Saustall trifft jedoch auch nicht den Ernst der

Lage um Gülsüms Unordnung. Das Ganze gestaltet sich etwas komplizierter. Gülsüm putzt und wäscht nämlich durchaus, auch macht sie dies regelmäßig. Dicke Staubschichten, verkrustetes Geschirr, dunkle Ränder an der Badewanne sind ihr zuwider!

Trotzdem war die Lage, bevor sie sich freiwillig dazu entschied, wegen ihrer Unfähigkeit, Ordnung zu halten, professionelle Hilfe in Anspruch zu nehmen, schier unmöglich.

Um Ihnen und dem hohen Gericht die Stufe der Unfähigkeit zu demonstrieren, habe ich extra zu diesem Zweck einige besonders ansprechende Beispiele gesammelt.

Beispiel Nr. 1:

Haben Sie schon einmal eine Frau kennengelernt, die ihren Rock mitten im Schlafzimmer auszieht und auf dem Teppich an Ort und Stelle liegen lässt? (s. Foto Nr. 1)

Beispiel Nr. 2:

Sind Sie schon einmal ins Badezimmer gegangen und haben den Heizkörper nicht sehen können, weil sich auf dem Gerät, selbstredend zweckfremd, Unmengen von BHs räkelten? (s. Foto Nr. 2). Gülsüm dazu wortwörtlich: „Bei dieser ewigen Nässe in Köln sehe ich keine andere Möglichkeit, die Wäsche trocken zu kriegen!"

Beispiel Nr. 3:

Haben Sie schon einmal durch einen Zufall eine Schublade im Schrank Ihrer Frau aufgemacht, in der Sie Strumpfhosen in allen Gottesfarben gefunden haben – mindestens drei Viertel mit Laufmaschen! (s. Foto Nr. 3). Eins ist jedenfalls klar: Nicht einmal Sofia Loren braucht 20 Paar schwarze Nylonstrumpfhosen! Gülsüm-Zitat: „Aus den kaputten kann man, wenn man sie mit andersfarbigen kaputten mischt, sehr schöne Türvorleger flechten!"

Als ob wir kein Geld für einen anständigen Türvorleger hätten und, bei meinem Gehalt, auf irgendwelche Strumpfhosentürvorleger angewiesen wären!

Beispiel Nr. 4:

Haben Sie schon einmal zu duschen versucht und gemerkt, dass das Wasser gar nicht abfließen kann, weil die Liebe Ihres Lebens wieder mal ihre Traumhaare gewaschen und danach natürlich „vergessen" hat, den Abfluss zu reinigen? (Foto Nr. 4)

Beispiel Nr. 5:

Haben Sie schließlich schon einmal versucht, die schönen neuen, endlich einmal eigenhändig ausgesuchten Socken anzuziehen, und festgestellt, dass – bereits nach der ersten Wäsche – die linke fehlte? Haben Sie dann drei Monate später die linke in einem Kissenbezug gefunden (Foto Nr. 5), drei Tage nachdem

Sie die rechte weggeworfen haben, zusammen mit der Hoffnung, die linke Socke jemals wieder zu Gesicht zu bekommen? Können Sie noch?

Ich weiß es aus eigener Erfahrung, einem ordnungsliebenden Mann fällt es schwer, über so etwas auch nur zu lesen, aber manchmal muss man sich, der Wahrheit zuliebe, auch überwinden.

O. K.

Beispiel Nr. 6:

Sind Sie schon einmal so müde nach Hause gekommen, dass Sie nach dem Essen nichts anderes tun konnten, als Ihren müden Körper auf dem Sofa auszustrecken und den Fernseher anzumachen, und haben dann, nachdem Sie sich endlich richtig gebettet hatten, so nämlich, dass Sie unter keinen Umständen noch einmal aufstehen müssen, festgestellt, dass die Fernbedienung fehlte? Diese haben Sie schließlich, ich schwöre bei allem, was mir heilig ist, auf dem Fernseher selbst gefunden – die Fernbedienung! Wohl für den Fall, dass Sie sich beim Fernsehen auf den Fernseher setzen wollten (Foto Nr. 6)! Möglicherweise hat der Erfinder des Flachbildfernsehens eine ähnlich strukturierte Partnerin.

Beispiel Nr. 7:

Haben Sie schließlich den größten Wohnzimmertisch, der im

Möbelgeschäft aufzutreiben war, gekauft, nur um zu prüfen, ob Ihre „bessere Hälfte" es tatsächlich schaffen sollte, auch diesen Riesen vollständig zu belegen, und mussten nach nicht einmal zwei Wochen feststellen, dass die werte Gemahlin dies ohne jegliche Anstrengung schaffte?

(Eine Zeitlang setzte Gülsüm sich in den Kopf, ihre Diplomarbeit in Russisch, die sie wegen des plötzlichen Erscheinens der Ehefrau ihres geliebten Professors und Gülsüms kopfloser Flucht aus der Uni erst mal ad acta gelegt hatte, noch zu Ende zu schreiben, und siedelte mit der gesamten russischen Literatur des ausgehenden 19. und beginnenden 20. Jahrhunderts in unser Wohnzimmer (s. Foto Nr. 7) um. Auf meine Nachfrage bekam ich einen leeren Blick und den Kommentar: „Mein Schreibtisch war zu voll, ich brauchte Platz!"

Nach diesem letzten Schock habe ich ihr allerdings ihre Diplomarbeitsflausen endgültig aus dem Kopf gejagt. Wozu brauchten wir ein Diplom? Um unsere Wände zu dekorieren? Mit ihrer Studienausbildung konnte sie in Deutschland immer noch nur Kellnerin werden. Dass sie den Job als Sekretärin und die andere Arbeit im Reisebüro bekommen hat, konnte sie nur ihrem attraktiven Äußeren zuschreiben! Jedenfalls eher als ihrem Studium der deutschen und russischen Literatur.

Ich hoffe, Ihr Geduldsfaden hält noch. Es geht nämlich gnadenlos weiter!

Beispiel Nr. 8:

Haben Sie schon einmal den Kühlschrank aufgemacht und festgestellt, dass in ihm 5 verschiedene Tupperdöschen liegen, die alle Käse beinhalten, teilweise identische Käsesorten in unterschiedlichen Tupperdöschen, und zwei Stückchen Käse liegen unversorgt im Gemüsefach herum, während der Salatklumpen im oberen mittleren Fach zwischen Schmand und Fruchtjoghurt das Zeitliche segnet (s. Foto Nr. 8)?

Es ist doch mehr als offensichtlich und für jeden einigermaßen kompetenten und unabhängigen Psychologen, eigentlich jeden Menschen mit einem gesunden Menschenverstand vollkommen klar, dass so eine Art „Ordnung" nur im Kühlschrank einer geistig verwirrten Person herrschen kann, einer, in deren Kopf es ähnlich besorgniserregend zugemüllt aussieht wie in ihren Kühlfächern.

Sie müssen wissen, mein lieber Herr Dankbar, dass die wiederholte Erinnerung an diese leidvollen Episoden meines Lebens nicht unerhebliche Seelenqualen in mir hervorruft. Jedoch bin ich mir der Tatsache bewusst, dass jedes noch so schmerzliche Detail wichtig ist, weil uns jedes Detail näher ans Licht führt und weil mit jedem weiteren Detail für Sie und das hohe Gericht klarer wird, was für ein ausgearteter Mensch die Angeklagte eigentlich ist und welch eine Hölle es für einen überdurchschnittlich intelligenten, Ordnung liebenden Westeuropäer gewesen sein muss, in solch einer Umgebung mit solch einem Menschen zusammen zu sein, ja mit diesem ein Kind großzuziehen.

Jetzt, nachdem Sie mich besser kennengelernt haben, können Sie das zweifellos nachempfinden und ich hoffe inständig, dass Sie in der Lage sein werden, durch Ihre Überzeugungskraft und die Macht der wahrhaftigen Argumente auch beim hohen Gericht die gleichen, prozessfördernden Gefühle und Erkenntnisse zu wecken, damit am Ende doch die Wahrheit siegt; nicht weil ich mir für mich noch eine verspätete Wiedergutmachung wünsche und erhoffe – meine besten Jahre sind vorbei –, aber mein Sohn hat noch ein Leben vor sich und in diesem soll er von Menschen umgeben sein, die sich als Vorbilder eignen. Ich meinerseits merke, wie ich bereits beim Schreiben dieser Zeilen ein körperliches Unwohlsein höchsten Grades empfinde. Ich fühle, wie meine Unterarme immer schwächer werden und wie sich eine Art Lähmung in den Fingern ausbreitet, als würde mein Gehirn meinen Fingern verbieten, die Qualen der vergangenen Jahre durch ihre Bewegungen auf der Tastatur wieder lebendig werden zu lassen.

Und doch schreibe ich weiter! Meinem Sohn und der Wahrheit zuliebe.

Meine Schwiegermutter

Zu Beginn unserer Ehe habe ich mich über Handlungen und Reaktionen meiner Frau noch gewundert. Zum Teil habe ich mich fürchterlich aufgeregt, weil ich sie als gezielte Provokationen aufgefasst habe. Manchmal habe ich mit ihr geschimpft, zu aufgewühlt, nach einem verborgenen Sinn, der ihr Verhalten rechtfertigte, zu suchen. Oft habe ich aber auch versucht zu begreifen, warum sie so ist, wie sie ist, warum sie in manchen Situationen genau umgekehrt reagiert als ich und andere normale Menschen. Ich dachte an die andere Herkunftsprägung, Erziehung, daran, dass man bei 34 Grad im Schatten notgedrungen eine lockere Lebenseinstellung annimmt, weil jede andere schweißtreibend wäre. Trotzdem, die Menschen ändern sich, dachte ich, sie sind lernfähig und die Gefahr zu schwitzen gab es in Köln ausgesprochen selten. Gülsüm brauchte Zeit, dachte ich, um sich zu akklimatisieren, all die alten Gewohnheiten über Bord zu werfen.

Die Zeit gab ich ihr, Wochen, Monate!

Ich ging mit gutem Beispiel voran. Geduldig konfrontierte ich sie mit ihren Fehlern, erklärte jedes einzelne Mal, was sie falsch gemacht hat und wie man es hätte anders und richtig machen müssen. Ich lobte mit Nachdruck andere Frauen, die die Haushaltsführung perfekt beherrschten, in der Hoffnung, sie würde verstehen, was ich damit zu bezwecken versuchte. Ich zog es vor, solche Familien, so langweilig es manchmal bei ihnen zu Hause auch zuging, mit ihr zusammen aufzusuchen, selbst Freundschaften mit ihnen zu schließen, nur um es ihr leichter zu machen, sich diese Sache mit der Ordnung von den befreundeten Frauen abzugucken. Ich organisierte für sie Treffen mit zwei türkischen Frauen aus ihrem entfernten Bekanntenkreis, weil ihr der Austausch mit diesen beiden hervorragenden Hausfrauen und Köchinnen, die nebenbei auch noch attraktiv aussahen, helfen sollte, die wahren Prioritäten in ihrem Leben zu erkennen. Weit gefehlt! Gülsüm und die zwei hatten sich nichts zu sagen. Wie auch? Die schönen, fleißigen Türkinnen standen mit beiden Füßen auf der Erde, sie wussten, was sie wollten: einen zufriedenen Ehemann, einen anständigen Haushalt und eine glückliche Familie. Meine schöne Türkin schwebte immer noch irgendwo zwischen Himmel und Erde, und schwebend konnte man den Haushalt, wenn überhaupt, dann nur sehr oberflächlich erledigen. Langsam beschlichen mich Zweifel, dass das Projekt Gülsüm zu einer Endlosbaustelle werden könnte. Ich machte immer mehr Überstunden, auch um Gülsüm Zeit zu geben, in meiner Abwesenheit den Haushalt auf Vordermann zu bringen. Ich wollte es vermeiden, nach Hause zu kommen und schimpfen zu müssen, dass das Abendessen noch nicht auf dem Tisch, der Wohnzimmertisch mit Büchern zugestellt war und die nasse Wäsche auf der Heizung die Atemluft im Haus unerträglich machte. Manchmal schien es, als würde sie kleine Fortschritte machen, doch waren die positiven Veränderungen gering, sie kamen langsam und hielten nicht lange an, so dass ich merkte, wie mit der Zeit meine Energie immer mehr schwand und von meiner sprichwörtlichen Geduld nur noch ein Rest blieb, jeden Abend aufs Neue auf die Probe gestellt und auf diese Art und Weise überstrapaziert.

Dann lernte ich unseren türkischen Nachbarn Ercan und seine Frau Safije kennen. Zuerst unterhielten wir uns am Gartenzaun, dann wurden wir von den beiden zum Tee und Kuchen, manchmal zum Essen eingeladen. Ich guckte mir Ercans Ehe, deren gemeinsames Leben genau an und ich merkte, dass die beiden Türken sehr geordnet vorgingen, dass sie strukturiert, entscheidungsfreudig und vor allen Dingen immer einer Meinung waren und dass Safije niemals nur auf die Idee kommen würde, Dinge zu sagen oder zu tun, die Ercan nicht gut fand. Ich merkte, wie aufgeräumt und konzentriert Safije war und wie sie ihren kleinen sechs- und achtjährigen Töchterchen beizubringen versuchte, Ordnung zu halten und reinlich zu sein. Safije selbst betete regelmäßig und wusch sich vor jedem Gebet. Aber nicht nur Safije selbst sah dadurch immer wie die Werbung für „dusch das" aus, nein auch ihre Wohnung glänzte geradezu vor Sauberkeit. Nach kurzer Zeit musste ich zerknirscht und enttäuscht zugeben, dass die letzte Entschuldigung, die ich mir für Gülsüm zurechtgelegt hatte, um sie vor meinem unbestechlichen Urteil zu schützen, der letzte Schild, hinter dem sie sich verstecken konnte – ihre türkische Herkunft –, wie einst mein von ihr auf der Fensterbank vergessenes Eis schmolz.

Nein, Gülsüms und damit leider auch meine Probleme mussten

andere Wurzeln haben. Waren sie religiösen Ursprungs? Sosehr eine solche Erklärung meine Suche vereinfacht hätte, so wenig war sie in diesem Fall zu gebrauchen. Gülsüms Mutter war Atheistin. Gülsüm selbst hatte durch ihre Großeltern manches an religiösen Grundsätzen mitbekommen, ich würde sagen, gerade genug, um aus ihr einen im Prinzip gottesfürchtigen Menschen zu machen – mehr steckte aber nicht dahinter. Dafür war sie zu emanzipiert. Eine ausgesprochen weibliche Emanze, zugegeben, aber ein Wolf bleibt ein Wolf, auch wenn er sich einen Schafspelz überwirft.

Gülsüm musste zuerst gelehrt werden, dass die Ehefrau für das Wohlergehen des Mannes verantwortlich ist! Und in diesem Fach war sie, bei Gott, keine besonders motivierte Schülerin. Ich schätze, wenn wir in einer echten Schule gewesen wären, hätte sie sich am liebsten in der letzten Bank versteckt und gewartet, dass der Lehrer die Geduld verliert und jemand anderen aufruft. Nur, in unserem Fall, in unserer Ehe war ich der Lehrer und in der Klasse gab es keine andere Schülerin außer ihr. Ich konnte keine andere aufrufen.

Gülsüms Lehrjahre haben sehr lange gedauert, sehr viele Nerven, meine vor allen Dingen, geraubt und schließlich, wie Sie selbst sehen, in eine Katastrophe gemündet.

Ich war und bin immer noch ein Perfektionist, gewohnt, jede Arbeit tadellos zu erledigen. Mit anderen Worten: Ich gehe meine Ziele planvoll und geordnet an und erreiche sie. Sie können sich also vorstellen, wie niederschmetternd für mich solch eine negative Erfahrung wie die mit meiner eigenen Frau war und immer noch ist.

Das Projekt Gülsüm ließ sich trotz meiner strategischen Brillanz nicht umsetzen! Im Nachhinein kann ich ernüchtert feststellen, dass es trotz meiner ursprünglichen Überzeugung Aufgaben gibt, die bei bester Vorbereitung und der durchdachtesten Vorgehensweise nicht zu schultern sind. Manchmal liegt es, und ich bin mir dessen bewusst, dass ich hiermit keine neuen Wahrheiten verkünde – manchmal liegt es eben schlicht und einfach an den Genen. Man hinterfragt die eigene Vorgehensweise, kommt sogar in Versuchung, sich selbst Vorwürfe zu machen, als hätte man über alles nicht doppelt und dreifach nachgedacht! Alles umsonst! Es sind die Gene!

Gegen die genetische Prädisposition sind wir ohnmächtig!

Dieser teils befreienden, teils belastenden, weil leider unverkennbaren und unveränderlichen Tatsache wurde ich mir in all ihrer erschreckenden Deutlichkeit bewusst, als ich meine Schwiegermutter kennenlernte. Nun nicht sofort, aber bald.

Schon kurz nach unserer Hochzeit, gerade mal drei Monate danach, um genau zu sein, rollte nämlich das Verderben in Gestalt Betül Baştürks auf unsere Haustür zu und mit „rollen" meine ich „rollen". Äußerlich ähnelten Mutter und Tochter einander nicht. Betül war klein, dick und rund wie ein Ball – ein Gymnastikball wohlgemerkt. Sie hatte kurzes, glattes, graues Haar, stark betonte Wangenknochen und kleine, schräg platzierte Äuglein. Außerdem fing sie an wie ein Mähdrescher zu brabbeln, sobald man sie anguckte, was in mir sehr bald leichte Übelkeitsanfälle hervorrief, weil ich das, was sie sagte, nicht verstand. Betül wiederum – nach der ursprünglichen Euphorie, die ganze acht Schulstunden anhielt – offenbarte plötzlich einen unverkennbaren Widerwillen, Deutsch zu lernen. Somit beschränkte sich der Wortschatz meiner dicken Schwiegermutter auf ein paar Modalverben und Höflichkeitsfloskeln, die sie abwechselnd anwendete, wobei sie diese wenigen verfügbaren Deutschfetzen ganz offensichtlich nicht nach deren Bedeutung, sondern nach der Klangfarbe wählte, genau genommen danach, wie sie sich klangmäßig in den türkischen Rest einfügten. Nur so kann ich mir nämlich erklären, dass die dicke Frau diese wenigen Verben, die sie kannte, immer wieder falsch benutzte. Vielleicht lag es auch an Gülsüms ungeduldiger Art, jedenfalls konnte man eine ungute Spannung zwischen den beiden pädagogisch-didaktisch gebildeten Frauen schon in der zweiten Stunde buchstäblich riechen. In der dritten Deutschstunde knallte es schließlich gewaltig, weil Betül, selbst Lehrerin, Gülsüms methodische Vorgehensweise bemängelte und es ablehnte, die vorgegebene Hausaufgabe zu schreiben, mit der Begründung, die Hausaufgaben, so wie sie ihre Tochter aufgab, für

wenig sinnvoll zu halten. Betül hielt die gesamte Deutschlerne-
rei für etwas in ihrem Alter Überflüssiges und lediglich die
Angst, man könnte ihr mangelndes Engagement vorwerfen,
hielt sie davon ab, bereits nach der ersten Stunde die Flinte ins
Korn zu werfen. Die Hausaufgaben schrieb sie aber konsequent
nicht. Daraufhin weigerte sich meine Frau, mit der renitenten
Lehrerschülerin zusammenzuarbeiten, zumindest solange diese
ihre Hausaufgaben nicht nachholte. Dies tat Betül natürlich
nicht, mit Recht – immerhin war sie die Ältere und die Erfahre-
nere. So ließ die Motivation, richtig Deutsch zu lernen, mit fortschreitender Zeit und dem Umfang des Lernstoffs nach und die
aufmüpfige Schwiegermama konzentrierte sich lieber auf Tätigkeiten, die ihr weniger geistige Anstrengung abverlangten, ihrer
Umgebung jedoch eine Menge geistiger Flexibilität, wobei sie
die Letztere von Beginn an auf harte Proben stellte.

Es begab sich also, dass Betül bereits am zweiten Tag ihres Aufenthaltes bei uns, am Samstag nach ihrer Anreise, genau genommen, um 07:00 Uhr aufstand und um 7:30 Uhr bereits unsere Terrasse kehrte. Der besagte Kehrvorgang, der an sich
nicht länger als 3 Minuten in Anspruch nehmen dürfte, zog sich
in Betüls Fall 15 (gefühlte 40) Minuten hin. Die Kehrgeräusche
wechselten sich mit klangvollem und deutlich lauterem Stühle-
und Tischegescheppere und Geschirrgeklirr ab, bis sie dann, gefühlte 65 Minuten später, endlich verstummten, 20 Minuten,
nachdem ich mich von jeglicher Hoffnung, an diesem Samstag

auszuschlafen, endgültig verabschiedet hatte.

Als ich außer mir vor Wut meine ebenfalls hellwache Ehegattin um eine Erklärung für dieses verrückte Verhalten ihrer Mutter bat – um ehrlich zu sein, ich fragte sie, ob ihre Mutter noch alle Tassen im Schrank hätte und vielleicht von selbst auf die Idee kommen könnte („jeder Mensch hat bekanntlich ein Gehirn und deine Mutter hat immerhin studiert", habe ich gesagt), dass ein Arbeitsmann am Wochenende seinen Schlaf braucht – lächelte Gülsüm verständnisvoll nickend. Meine Frau verstand meine Aufregung. Sie sei ebenfalls unsanft dem Schlaf entrissen worden, flüsterte sie, doch ihre Mutter wolle uns nur eine Freude machen, und weil sie schon älter sei, könne sie eben nicht so lange schlafen.

„Und weil die Türken im Allgemeinen ein lautes Volk sind, muss jede Freude, die sie einem bereiten, von viel Lärm begleitet sein, oder was?", fragte ich.

Gülsüm lachte und nickte gut gelaunt. Das war eine ihrer guten Eigenschaften: Sie erkannte einen Witz auch dann, wenn man sich selbst noch nicht sicher war, ob man das Gesagte wirklich scherzhaft meinen wollte.

In der Türkei frühstücke man gerne draußen auf der Terrasse, erklärte sie, also habe die Mutter sich bestimmt gedacht, sie könnte sich nützlich machen, indem sie das Frühstück und die Terrasse bereits vorbereite, während wir noch im Bett waren.

Sie schmiegte sich ganz fest an mich heran und sagte so was

wie, es sei bloß der Anfang und ihre Mutter werde sich schon nach unseren Wünschen richten, sobald sie sie richtig erkenne.

Ich fand diese Erklärung ziemlich bescheuert – zumindest ich hielt mit meinen Wünschen sicher nicht hinterm Berg – musste meiner süßen Gattin jedoch hoch und heilig versprechen, mich zusammenzureißen und sie allein dieses „kleine Missverständnis" mit ihrer Mutter klären zu lassen. Ich tat also nichts, wieder einmal um des lieben Friedens willen.

Doch statt ihrer Mutter klar zu sagen, was von ihr erwartet wird: dass sie nämlich morgens einfach still sein soll, damit diejenigen, die schlafen möchten, auch die Gelegenheit dazu bekommen, erzählte Gülsüm in ihrer unnachahmlichen, vollkommen umständlichen Art wieder nur die halbe Wahrheit.

Warum alles auf einmal erledigen, wenn man es auch in kleinen Portiönchen in Angriff nehmen konnte? Schritt für Schritt im Schneckentritt! Immerhin hatte man ja noch ein ganzes Stück Leben vor sich!

Also sprach meine Frau zu ihrer Frau Mama und sagte ungefähr Folgendes: Wir beide würden am Wochenende später frühstücken, so gegen zehn. Die Mutter brauche sich deshalb gar keine Umstände zu machen, könne einfach im Bett liegen bleiben und etwas lesen. Oder, sollte sie Hunger haben, könne sie frühstücken, ohne auf uns zu warten.

Kein Wort darüber, dass die Alte uns mit ihrer, na ja, formulieren wir es wohlwollend, unsanften Art aus dem Bett geworfen hatte, kein Wort darüber, dass sie mit dem Stühlerücken die gesamte Nachbarschaft gegen uns aufgebracht hatte, auf Jahre vermutlich! (Nein, ich übertreibe keinesfalls, mein Lieber! Wenn es eins gibt, was die Nachbarn einem nicht verzeihen, dann sind dies rücksichtslose Ruhestörungen am frühen Morgen!)

Wieder einmal sagte meine Frau nur die halbe Wahrheit und wieder einmal wurde für ihre Feigheit ich bestraft.

Am kommenden Tag wartete zwar kein Frühstück bereits um 8 Uhr auf uns, sondern erst ab 10, nur dass wir ab 8, trotzdem und ohne eigenes Verschulden, kerzengerade im Bett saßen – zumindest ich –, weil Gülsüms Mutter auf die Idee kam, die Fenster zu putzen, dies, wie es sich offenbar für eine Lehrerin gehörte, mit Zeitungspapier zu erledigen versuchte und damit ohrenbetäubende Quietschgeräusche verursachte. Folglich wusste spätestens ab dem Augenblick, als das Gequietsche das ganze Viertel geweckt hatte, die gesamte Nachbarschaft, dass die Habichs in Sachen Familienzusammenführung unterwegs waren. Das war dann endgültig zu viel. Noch einmal lumpen ließ ich mich natürlich nicht. Gülsüm hatte ihre Chance gehabt und sie in altbewährter Gülsüm-Manier ordentlich versemmelt. Jetzt war ich an der Reihe!

Beim ersten Quietschgeräusch der Krawalloma sprang ich aus dem Bett.

Eine halbe Minute später war ich angezogen, bereit, der uneinsichtigen Besucherin die Hölle heiß zu machen. Auf eine Diskussion mit Gülsüm ließ ich mich nicht mehr ein, vielmehr würdigte ich sie keines Blickes, sosehr sie darum bettelte, sie selbst möge die Sache mit ihrer Mutter klären.

Sie habe ihre Chance gehabt, sagte ich knapp und knallte wütend die Schlafzimmertür.

Nun ging ich in meiner Naivität davon aus, dass der Mensch lernfähig sei, möge er auch aus der Türkei stammen und den Namen Baştürk führen.

Weit gefehlt! Als ich am besagten Morgen Gülsüms Mutter eigenhändig und eigenmündig erklärt hatte, in Deutschland besäßen wir Fensterputztücher, den Hängeschrank aufmachte, der erstaunten Schwiegermama mit denselben, auch noch in allen Farbvariationen, vor der Nase wedelte und sie schließlich laut und deutlich informierte, dass sie, sollte sie noch einmal auf die Idee kommen, unsere Fenster und Türen zu putzen – die Fenster in der oberen Etage, wo unser Schlafzimmer und unsere beiden Arbeitszimmer waren, waren nämlich noch nicht angerührt und ich schätzte, dass sie bald dran gewesen wären –, nicht im Hausmüll herumwühlen müsste, um entsprechendes Reinigungswerkzeug zu finden, entschuldigte sie sich sofort und gelobte inständig Besserung. Eigentlich radebrechte sie etwas, was sie offensichtlich für eine ausreichende Entschuldigung hielt, und dackelte eiligen Schrittes und gesenkten Kopfes davon. Danach gönnte sie uns erst einmal ein paar Tage Ruhe. Leider war es nur die berüchtigte Ruhe vor dem Sturm und somit die Vorbereitung auf den nächsten Anschlag. Dieser kam, wie sollte es auch anders sein, in dem Moment, als man ihn am wenigsten erwartete – unbewaffnet dem Feind ausgeliefert.

Das, was jetzt kommt, mein lieber Herr Dankbar, ist schwer zu glauben! Ich bemühe mich jedoch in diesem Bericht um die schonungslose Wahrheit, deshalb kann ich, sosehr ich mir wünschte, es hätte sich alles anders abgespielt, nicht umhin, die Wahrheit darzustellen, wie sie ist. Nichtsdestotrotz möchte ich betonen – ja ich bin mir dessen durchaus bewusst –, dass ich Ihrer Geduld mit der Beschreibung der folgenden Situation viel abverlange:

Obwohl sie mich damals, Einverständnis spielend, anlächelte und beflissen nickte, somit mir zu suggerieren versuchte, dass sie alles, aber wirklich alles, was ich ihr einzubläuen versuchte, verstanden hatte, wurde ich gleich am darauffolgenden Wochenende während eines Telefonats von demselben, mittlerweile vertrauten Geräusch völlig aus der Bahn geworfen. Ich konnte mich gerade noch von meinem Gesprächspartner auf der anderen Seite der Leitung verabschieden. Im nächsten Augenblick rannte ich nach oben. Ich flog, besser gesagt.

Ich schätze, die Wut über die unerhörte Baştürk-Ignoranz verlieh mir Flügel. Meine Frau war jedoch offensichtlich schneller. Oben angekommen, sah ich sie und ihre Mutter in eine heftige

Diskussion verwickelt. Dabei fuchtelte Gülsüm so mit den Händen, wie ich sie bisher noch nicht fuchteln hatte sehen können. Sie sprach dabei lauter als sonst, wenn sie aufgeregt war, und schneller als sonst sprach sie ebenfalls. Im Nachhinein kann ich nicht beurteilen, ob diese sprachlichen Auffälligkeiten dem Ausmaß an Aufregung zuzuschreiben waren oder lediglich der Tatsache, dass sie der türkischen Sprache mächtiger war als der deutschen, demzufolge in dieser Sprache auch deutlicher, lauter und schneller schimpfen konnte.

Als ich mich an der Diskussion beteiligen wollte, fuhr Gülsüm mich auch noch an, ich möge bitte wieder gehen, sie sei durchaus in der Lage, die Sache selbst zu klären. Ihr Blick zeigte mir, dass sie es ernst meinte. Wenigstens den ersten Teil, den, dass ich gehen sollte.

„Wenn du dazu in der Lage gewesen wärest, hättest du es schon gemacht!", bemerkte ich kühl, schob sie zur Seite und forderte sie auf, zu übersetzen, was ich ihrer schwer begriffsstutzigen Mutter zu sagen hatte. Das war, wie Sie sich sicherlich vorstellen können, allerhand.

Unter anderem sagte ich, die Mutter solle gefälligst Deutsch lernen und solle mir bloß nicht mit ihrem Alter ankommen. Ich wusste nämlich sofort, was sie sagen wollte, sobald sie den Mund aufmachte. Dass sie zu alt wäre, um jetzt auch noch eine neue fremde Sprache neben Französisch zu lernen. Andere Menschen fingen in ihrem Alter zu studieren an, unterbrach ich sie, bevor sie das sagen konnte, was sie im Begriff war zu sagen, dann dürfte sie wohl in der Lage sein, einen einfachen Sprachkurs zu belegen! Und auch noch praktischerweise bei ihrer eigenen Tochter, der Deutschlehrerin, bei uns zu Hause. Kostenlos! Wenn sie bei uns, wenn auch nur zu Besuch, wohnen wolle, dann solle sie gefälligst auch etwas dafür tun, dass wir uns wie zivilisierte Menschen unterhalten können, fuhr ich fort; dann würde sie sich nämlich auch nicht mehr herausreden können, meine Anweisungen nicht richtig verstanden zu haben! Das Zeitungsgequietsche jedenfalls wollte ich nicht mehr hören, betonte ich, riss der etwas überraschten, dicken Betül das ekelig aufgeweichte, zusammengeknüllte Etwas aus der Hand und warf es aus dem Fenster. Sie guckte mich mit großen Augen an, sagte aber keinen Ton. Das war schon mal ein Fortschritt.

Ich konnte natürlich an Gülsüms Intonation merken, dass sie nicht in meinem Sinne übersetzte. Ihre Aussagen entbehrten der nötigen Schärfe und Bestimmtheit. Außerdem lächelte sie einmal. Nichtsdestotrotz begann ihre Mutter plötzlich und völlig grundlos zu weinen, was Gülsüm offenbar dazu bewog, beruhigend auf sie einzureden, sie sogar zu trösten, statt sich um das eigentliche Opfer zu kümmern. Aber dies war keine neue Situation für mich.

Dieses Geschrei, das Geheule, die inszenierten Schluchzer, das kannte ich alles zu gut!

Die beliebteste Strategie meiner jüngeren Schwester war ebenfalls, in Tränen auszubrechen, wenn ihre Argumente nicht ausreichten oder schlicht und einfach zu schwach waren und gegen meine nicht ankamen; auch wenn sie mit meinen schlagfertigen Paraden nicht zurechtkam und vor lauter Neid und Hilflosigkeit heulte, worauf meine Mutter anfing, sie zu beruhigen, statt sich um den eigentlich Betroffenen, mich, und mein Anliegen zu kümmern. Als meine Mutter uns alle und unseren Vater verließ, weil sie sich in einen portugiesischen Schiffskapitän angeblich unsterblich verliebt hatte und mit ihm über die Weltmeere ziehen wollte, übernahm meine ältere Schwester die Rolle der Mutter mit allen ihren Begleiterscheinungen, Risiken und Nebenwirkungen. Dazu zählte dann auch, in ähnlichen Situationen genauso zu reagieren wie meine Mutter, sich, genauso wie sie, auf die falsche Seite zu schlagen und die Weinende zu trösten statt den Leidenden.

Zu meiner Überraschung erzählte Gülsüm, Tage später, ihre Mutter hätte mich durchaus verstanden. Sie selbst würde aber ihre Fenster immer mit Zeitungspapier putzen, weil sie so sauberer würden. Das behauptete sie natürlich nur. Ich hatte bis dahin keines der Fenster meiner Schwiegermutter so genau begutachten können, um dieser sehr merkwürdigen Behauptung Glauben zu schenken. Meine Hinweise habe die alte Baştürk nur als Angebot verstanden, sagte Gülsüm, als Info quasi, dass wir auch Fenstertücher besäßen. Ökologisch denken würde sie sowieso immer und werfe alte Zeitungen grundsätzlich nicht weg, ohne sie auch noch für etwas anderes genutzt zu haben, sei es nur das Fensterputzen. Da sie außerdem in altbewährter türkischer Manier davon ausging, dass der Mann vom Haushalt nichts verstünde und auch nichts zu verstehen hätte, dachte sie, als gestandene Hausfrau dürfe sie selbst entscheiden, welches „Putzwerkzeug" sie wofür gebrauchte.

„Putzwerkzeug" sagte Gülsüm, und ich musste mir darüber ein Lächeln verkneifen.

„Sie wollte sich über deine Anweisungen nicht hinwegsetzen!", beteuerte meine Frau. „Sie käme auch niemals auf die Idee, so etwas bewusst zu tun. Sie hielt es einfach nicht für notwendig, zum Thema Haushalt einen Mann zu Rate zu ziehen! In der Türkei ist es nicht üblich, dass Männer sich in Haushaltsdingen besser auskennen als Frauen, zumindest haben sie diesen Anspruch nicht!"

Gülsüm lächelte mich an und gab mir einen Kuss. Natürlich wusste sie immer, wie sie mich weich stimmen konnte. Diesmal wollte ich mich jedoch nicht geschlagen geben – nicht so schnell. Sollten die anderen Ehemänner den erotischen Waffen ihrer Frauen erliegen! Um Jürgen Habich klein zu kriegen, musste eine Frau schwerere Geschütze auffahren.

„Ich dachte, deine Mutter wäre eine liberale Atheistin!", warf ich zwischen zwei Küssen ein.

„Was hat das jetzt mit ihren Fenstern zu tun?"

Gülsüm zuckte zusammen und wurde plötzlich wieder ernst. Meine Aussage schien sie überrascht zu haben.

„Wie, was hat das womit zu tun?", wiederholte ich ihre Frage, mehr um Zeit für eine schlagfertige Parade zu gewinnen, als weil ich meine Frau nicht verstanden hatte.

„Was hat der Atheismus meiner Mutter mit der Art zu tun, wie sie ihre Fenster putzt?" Sie wand sich aus meiner Umarmung heraus und machte sogar einen Schritt zurück. Dann zog sie ihre Lippen langsam auseinander und ich sah das ironische Lächeln, das mir immer ein hervorragender Anzeiger dafür war, dass das, was danach kommen sollte, keine Reaktion einer liebenden Ehefrau sein würde.

„Wenn es um Moslems geht, wird in diesem Land inzwischen alles mit Religion und Religiosität begründet! Als wären wir alle wandelnde Moscheen! Nicht mal die Nase darf man sich anders putzen als die Deutschen, schon werden unsere verdächtigen Glaubensgrundsätze bemüht! Ich darf dich beruhigen", sie senkte ihre Stimme und guckte mich mit einer gespielt theatralischen, konspirativen Ernsthaftigkeit an – auch ihr Ton gefiel mir dabei ganz und gar nicht –, „es steht nicht im Koran, dass man seine Fenster mit Zeitungspapier putzen muss!"

Ich wusste plötzlich selbst nicht mehr genau, wie ich darauf gekommen war.

Vielleicht lag es auch daran, dass Gülsüm gerade ihr T-Shirt auszog, jedenfalls musste ich selbst grinsen. Sie schüttelte ihre schwarzen Locken, lachte und bemerkte: „Meine Mutter wollte keinesfalls unhöflich sein! Unhöflichkeit verachtet sie."

Nun, ich musste es ihr glauben. Mit nacktem Oberkörper und dem offenen Haar, in dem die letzten Sonnenstrahlen dieses Tages ihre weiche und bequeme Ruhestätte suchten, war sie einfach viel zu schön, als dass man irgendetwas, was von ihr kam, nicht für bare Münze nehmen würde. Ich hatte aber auch keine andere Wahl! Schließlich war Betül die Mutter meiner Frau und ich hätte sie nicht einfach vor die Tür setzen können, obwohl mir, unter uns gesagt, dieser Gedanke durchaus verlockend erschien – genau genommen, jeden Nachmittag, als ich von der Arbeit nach Hause kam und meine Schwiegermutter bei meinem Anblick vor Ehrfurcht erstarrte, oder auch wenn sie im Restaurant immer nur das billigste Essen von der Speisekarte bestellte, um uns angeblich nicht in Unkosten zu stürzen, am Tag darauf aber in Billiggeschäften für nutzloses Zeug Unsummen ausgab; ebenfalls, wenn sie abends unbedingt ihre Serie sehen wollte und mich mit deren überflüssigen Inhaltsangaben – teilweise auf Türkisch – für dieselbe zu interessieren versuchte.

Es war natürlich nicht alles schlecht an Gülsüms Mutter. Immerhin schaffte sie es, solange sie bei uns war, Ordnung im Haus zu halten. Sie hatte dazu ihre eigenen Methoden und ließ sich nur schleppend und sehr mühsam für neue Dinge öffnen, aber das Haus war ordentlich, die Bücher im Bücherregal, die Zeitungen im Zeitungsständer, alle Tupperdosen bei den Tupperdosen und die Glasschüsseln ineinander gestapelt, da, wo sie hingehörten, und nicht dort, wo meine Frau gerade ein wenig freien Platz gefunden hatte. Außerdem kochte Betül wie keine andere! Die raffiniertesten Soßen, die leckersten Fleischgerichte, die geschmackvollsten Beilagen und Vorspeisen bereitete sie zu, ohne auch nur mit der Wimper zu zucken. Die traumhaftesten Desserts! Zudem erledigte sie alles, was mit Kochen zu tun hatte, mit einer für eine sehr dicke Frau faszinierenden Leichtigkeit und mit einem für eine Ausländerin, eine Südländerin dazu, beeindruckenden Organisationstalent, als hätte sie nie etwas anderes gemacht, als eine große Küche in einem gut besuchten Restaurant zu leiten. Dies war das bedingt Positive.

Für die gesamte Dauer unserer Ehe besuchte Gülsüms Mutter uns zweimal: kurz nach unserer Hochzeit und direkt nach Sinans Geburt. Zweimal blieb sie zwei Monate und zweimal schaffte sie es, mich bereits am zweiten Tag ihres Aufenthaltes an den Rand des Wahnsinns zu katapultieren.

Jeder Mensch, der mich einigermaßen kennt, wird Ihnen bestätigen, wie schwierig es ist, mich aus der Fassung zu bringen. Also können Sie sich wahrscheinlich ungefähr vorstellen, um was für eine harte Nuss es sich hier handelte.

Betüls Kochkünste machten natürlich alles noch viel schlimmer.

Da die Liebe bekanntlich durch den Magen geht, ist es mir nie richtig gelungen, meine Schwiegermutter zu hassen oder wenigstens zu verachten. Dafür kochte sie einfach zu gut! Das erklärte vielleicht auch die Tatsache, dass Gülsüms Vater doch so lange gebraucht hatte, bis er sich schließlich dazu entschied, aus Betüls Leben zu verschwinden und mit einer anderen, aller Wahrscheinlichkeit nach nicht einmal annähernd so gut kochenden Frau sein Glück zu versuchen.

Meine Frau schien leider nur die schlimmsten Eigenschaften ihrer beiden Elternteile geerbt zu haben: die Widerspenstigkeit ihrer Mutter, ihre Unfähigkeit, die eigenen Fehler zu erkennen, und die Unberechenbarkeit ihres Vaters, einschließlich eines kaum vorhandenen Pflichtgefühls, vor allem im Hinblick auf die Bedürfnisse des Partners.

Gülsüms Satanische Verse

Mein lieber Herr Dankbar,

bei unserem gestrigen Treffen fragten Sie, wie ich denn überhaupt auf die Idee gekommen wäre, Gülsüm mit der türkischen Al-Qaida in Verbindung zu bringen. Diese Frage, vor allem die Art und Weise, wie sie gestellt wurde, beiläufig, mit einem geradezu scherzhaften, um nicht zu sagen spöttischen Unterton (Sie wissen doch, dass ich für leise Töne besonders empfänglich bin!), kurz, auf die Art und Weise, die einer, der Sie nicht so vorzüglich kennt wie ich, als nicht dem Ernst der Lage entsprechend bezeichnen würde, befremdete mich ein wenig, um nicht zu sagen, sie *bestürzte mich!* Mit anderen Worten, sie erwies sich als Ihrer unbestechlichen Beobachtungsgabe unwürdig.

Im *ersten* Augenblick wohlgemerkt!

Da ich Sie jedoch besser kenne, als es Ihnen möglicherweise lieb ist – ich bin mir dessen durchaus bewusst, dass ich mit meiner Fähigkeit, in anderer Menschen Seelen einzudringen, nicht nur Freude hervorrufe –, da ich Sie also kenne und schätze (ich gehe sogar so weit und sage, dass ich in Ihnen einen Mann sehe, mit dem ich mir vorstellen könnte, befreundet zu sein – eine Tatsache, die in meinem Leben äußerst selten vorkommt, was nicht für die anderen spricht), da ich Sie also kenne, bin ich fest davon überzeugt, dass hinter Ihrer oberflächlich anmutenden Fragestellung eine ausgeklügelte Provokation steckt, eigens dafür gedacht, mich zum Sprechen zu bringen. Ja, ich sollte Dinge ausplaudern, die ich wegen meiner sprichwörtlichen Loyalität und aus Rücksicht auf Befindlichkeiten meiner Noch-Ehefrau niemals erzählen würde, mögen sie für den Ausgang unserer Streitsache von noch so entscheidender Bedeutung sein. Denn, machen wir uns nichts vor, mein lieber Herr Dankbar: Welches westliche Gericht würde das Kind einer Mutter zusprechen, die bereit wäre, die Frucht ihrer Lenden in einem Camp für Gotteskrieger ausbilden zu lassen?!

Aber das wissen Sie bereits alles, Sie Schlitzohr!

Doch zurück zu unserem Anliegen.

Wie Sie aus eigener Erfahrung sicherlich wissen, brauchen intelligente Menschen nicht lange, um zwei und zwei zusammenzuzählen. Auch im Fall von Gülsüms terroristischer Aktivität, folglich auch in meinem Fall, da wir immer noch verheiratet sind und Gülsüms Probleme demzufolge über kurz oder lang auch meine Probleme werden oder bereits sind, lief es nicht wesentlich anders ab.

Fast neige ich dazu, zu sagen: ja, ich habe es immer schon gewusst! Nun, geahnt habe ich es jedenfalls. Ich weiß auch, dass Sie es ebenfalls schon ahnen und deshalb keine dummen Fragen stellen, von der Art, warum ich nicht sofort zur Polizei gegangen bin etc.

Natürlich war es nur die Liebe zu dieser Frau, die mich noch daran gehindert hat, meine bürgerliche Pflicht zu tun und das, was ich im Grunde schon wusste, auch den Zuständigen mitzuteilen. Sicherlich bin ich ein Patriot und ohne Zweifel ein sehr kluger Mensch! Selbstverständlich weiß ich, dass mich der zeitgleiche Besitz dieser beiden Eigenschaften zu bedeutend mehr Verantwortung verpflichtet, als einen Durchschnittsmenschen. Trotzdem kann ich mir beim besten Willen keine Vorwürfe machen, nicht sofort gehandelt zu haben. Warum?

Nun, mein geschätzter Herr Anwalt, wir sind sehr kreativ, wenn es darum geht, Ausreden für die zu erfinden, die uns am Herzen liegen. Gülsüm und meine kleine Familie lagen mir am Herzen!

Diese schlichte Tatsache war der eigentliche Grund meines Schweigens. Ich gebe es zu – urteilen Sie über mich, wie Sie wollen –, ich kann nicht anders, als die Wahrheit kundzutun.

Den ersten Verdacht erweckten Gülsüms Geldtransaktionen. Verständlicherweise werden Sie jetzt denken, dass dieser Verdacht einige Jahre alt sein dürfte, da meine Frau bereits seit dem Anfang unserer Ehe Geld an ihre Mutter geschickt hat. Möglicherweise denken Sie auch, ich hätte mich durch mein langandauerndes Schweigen strafbar gemacht, und sicherlich könnten Sie in einem anderen, ähnlich gearteten Fall Recht haben.

Doch ganz so einfach ist es nicht!

Meine Frau hat vom Beginn unserer Ehe an eine kleine Geldsumme zwei-, dreimal im Jahr an ihre Mutter in der Türkei überwiesen. Eine willkommene Geldspritze für die dicke Frau – unsere private Entwicklungshilfe, wie ich es im Freundeskreis scherzhaft zu nennen pflegte. Gülsüms Mutter arbeitete damals noch. Mit ihrem Lehrergehalt konnte sie überleben, sprich, sie war auf unsere Unterstützung nicht direkt angewiesen. Jedoch nur direkt nicht. Indirekt war das menschenwürdige Leben in der Türkei natürlich teuer und mit einem Grundschullehrergehalt gerade noch zu finanzieren.

Mit unserer kleinen Finanzspritze wiederum machte das Überleben in Eurasien überdies Spaß, wenn Sie so wollen, weil man sich ein paar Dinge leisten konnte, von denen eine kleine Lehrerin höchstens hatte träumen können.

Nachdem die Mutter pensioniert worden war, erhöhte meine Frau den zu überweisenden Betrag und rechtfertigte diese Änderung mit den kleinen Renten und einem äußerst unbefriedigenden Zustand im türkischen Bildungswesen im Allgemeinen, der wachsenden Inflation und dem Anstieg der Lebenshaltungskosten.

Im Großen und Ganzen fand ich es nur halb so schlimm, meiner Schwiegermutter finanziell unter die Arme zu greifen. In den ersten Jahren unserer Ehe konnte ich mich vor Arbeitsaufträgen kaum retten und diese dreimal zweihundert Euro, die jährlich von unserem Konto abgingen, waren für uns – wenn man es genau nimmt – eine lächerliche Summe.

Unter uns: Ich hätte auch viermal so viel bezahlt, um mir die alte Baştürk vom Hals zu halten.

Über das mangelnde Gespür für die Situation, welches diese Frau unentwegt an den Tag legte, habe ich beizeiten berichtet.

Nun kann ich mir vorstellen, dass Sie meine Beweggründe, meine Schwiegermutter möglichst fern von mir und meiner Familie zu halten, verstehen und nachvollziehen können. Ich zahlte also logischerweise weiter und ich tat es gerne.

Mit der Zeit jedoch wurden Gülsüms Zahlungen an die Mutter höher; nicht viel höher, 50 bis 100 Euro, damit ich keinen Verdacht schöpfe!

Eins vergaß sie allerdings dabei: Man muss sehr früh aufstehen, um den alten Fuchs Jürgen hinters Licht zu führen. Mag meine Frau auch eine Verstellungskünstlerin par excellence sein, jedes Detail hatte sie nicht im Blick!

Die Zahlungserhöhung haben wir nicht sonderlich thematisiert. Gülsüm fragte mich normalerweise, ob ich damit einverstanden wäre, dass sie diesmal ein wenig mehr Geld an die Mutter überweist. Meist sagte sie, sie hätte mit irgendeinem aus der Verwandtschaft oder ihrem türkischen Bekanntenkreis telefoniert und gehört, dass meinetwegen Fleisch oder Strom oder was auch immer fast genauso teuer wäre wie in Deutschland oder auch teurer, und ihre Mutter, inzwischen Rentnerin, mit ihrer kleinen Rente ... Manchmal war auch einer der Onkel oder irgendein anderer Verwandter zu Besuch und erwähnte nebenbei, wie er „der armen Betül" Geld gegeben hätte, damit sie besser über die Runden komme, was meine Frau dann erst recht peinlich fand, weil sie um jeden Preis verhindern wollte, dass die Verwandtschaft zu denken anfinge, die Mutter würde sich, ungeachtet der in Deutschland lebenden, wohl situierten Tochter, plagen.

Ich winkte schon während dieser Einführung ab. Wie gesagt, ich wollte verhindern, dass eine der beiden Frauen – oder schlimmer noch: beide auf einmal – auf die Idee kämen, die Mutter könnte es in Deutschland billiger und besser haben als in ihrem eigenen Land, und dass Betül Baştürk zwei Wochen nach dieser plötzlichen Erkenntnis bei mir auf der Matte stünde.

Kontrolliert habe ich die gesendete Summe selbstverständlich jedes Mal, doch Gülsüm wusste vermutlich nichts davon. Schnell, wie immer in ihrem Urteil, deutete sie meine Unterstützungsbereitschaft falsch, dachte, ich wäre einer der nicht existenten Schwiegersöhne, denen das Wohlergehen ihrer Schwiegermutter sehr am Herzen lag. Gewissermaßen stimmte dies aber auch. Es war mir tatsächlich wichtig, dass die alte Frau Baştürk dort, wo sie war, ein normales Leben führen konnte – so normal und so gut, dass sie möglichst gar nicht auf die Idee kommen konnte, woanders könnte es ihr besser gehen. Während ich darüber sinnierte und auf die vor mir liegenden Unterlagen starrte, fiel mir plötzlich auf, dass meine Schwiegermutter bereits woanders war! Nicht in Köln, wie von mir befürchtet, schon noch in der Türkei, doch die Adresse, an die Gülsüm das Geld schickte, lautete anders. Fassungslos stierte ich auf das Blatt, das das Ende meines Vertrauens in meine Frau bedeutete. Der Name der Mutter und die Stadt blieben gleich, der Straßenname und die Hausnummer lauteten plötzlich anders.

Warum erwähnte Gülsüm diese Änderung mit keiner Silbe?

Warum erzählte sie nichts vom Umzug?

Warum schwieg meine Frau, wenn es nichts zu verschweigen gab?

Die Antwort lag mir auf der Zunge und ich hörte mich sie laut aussprechen: „Ich sollte es nicht erfahren!"

Warum ich es nicht erfahren sollte, darauf konnte ich mir zum damaligen Zeitpunkt keinen Reim machen.

Klar war nur eins: Sie ging anscheinend davon aus, dass mir eine solche, eher wenig auffällige Veränderung in der Unmenge von Alltagsaufgaben, die ich jeden Tag zu bewältigen hatte, nicht ins Auge fallen dürfte. Nun, wie ich das an einer anderen Stelle bereits erwähnt habe, tendierte meine Frau immer schon ein wenig dazu, den Schleier des Geheimnisvollen über alles zu werfen – meist ohne einen triftigen Grund. Einem eine direkte Antwort geben konnte sie selten, zum Beispiel, wenn man sie nach dem Preis irgendeines Kleidungsstücks, das ihr besonders gut stand, fragte oder auch nach ihrem Alter – alles Dinge, bei denen eine anständige Zahl als Antwort ausgereicht hätte. Nicht bei meiner Frau.

„Rate mal!"

Sie sagte immer: „Rate mal!" Immer musste man raten!

„Wenn ich Lust aufs Raten hätte, Gülsüm", erwiderte ich normalerweise, „meinst du nicht, ich könnte das Spiel auch ohne deine direkte Mitwirkung durchführen?" Aber sie lachte nur, und je häufiger man danebenlag, umso mehr Freude schien ihr das ganze Spiel zu machen.

Vielleicht war das eben auch nur eine von ihren Verwirrungsstrategien, dachte ich später, deren Sinn sich mir nicht erschließen wollte, nicht im betreffenden Moment. Einen wirklichen Verdacht, es könnte sich um irgendwelche krummen Dinge, gar

Verbrechen handeln, schöpfte ich damals nicht.

Interessanterweise erzählte mir Gülsüm erst, als ich sie darauf ansprach, dass die Straße, in der ihre Mutter wohnte, den Namen gewechselt hatte. Die Mutter wäre nicht umgezogen, behauptete sie lachend: „So was hätte ich doch erzählt!", sie wohne immer noch in derselben Straße und in derselben Wohnung, nur die Straße hätte einen neuen Namen erhalten und das Haus eine neue Nummer. Aber selbst das hätte sie mir erzählen müssen! Warum hat sie es nicht getan?

Ich fand diese Geschichte, wie Sie es sich denken können, sehr merkwürdig – ich lebte nämlich seit zwanzig Jahren in ein und demselben Haus und keiner machte Anstalten, nur darüber nachzudenken, mir eine neue Adresse zu verpassen! Ich schob es auf Gülsüms Bedürfnis nach Geheimnistuerei. Manchmal tat sie es nur um des Gefühls willen, eine „Intimsphäre zu besitzen". (Ich habe schon erwähnt, dass meine Frau sich nie entscheiden konnte, sie wollte sowohl verheiratet sein als auch eine „Intimsphäre besitzen".)

Ein neuer Verdacht aber, Gülsüm wäre in etwas verwickelt, etwas Schlimmes und Bösartiges, was ich – gutgläubig und verliebt – nicht zu erblicken vermochte, regte sich in mir, und sosehr ich ihn zu verdrängen versuchte, diesen Verdacht, so sehr spürte ich nichtsdestotrotz eine permanente Unruhe, die mich zwang, bei jeder Handlung, die meine Frau vollführte, jedem

Schritt, den sie machte, genauer und anders als bisher hinzusehen. Ich muss jedoch ausdrücklich betonen, dass mein Verdacht noch keine (nicht mal) ungefähre Gestalt angenommen hatte und ich überhaupt nicht wusste, in welche Richtung ich eigentlich ermitteln sollte.

Doch dann änderte die Mutter ihre Adresse noch einmal! Um genau zu sein, unsere Zahlungen änderten sowohl die Adresse als auch den Adressaten. Da die Bank, bei der Gülsüms Mutter damals ihr Konto hatte, angeblich zu hohe Gebühren für die Bearbeitung und Auszahlung ausländischer Geldsendungen berechnete, entschied Gülsüm sich dazu, das Geld aufs Konto einer ihrer Tanten bei einer anderen Bank zu überweisen (in der Anlage zu diesem Bericht finden Sie die beiden Bankverbindungen). So lautete die offizielle Erklärung. Ich konnte mich allerdings nicht erinnern, den Namen dieser Tante jemals vernommen zu haben. Im Gespräch versuchte ich mehr über die ominöse neue Verwandte, die so überraschend ins Spiel und in unser Leben gekommen war, zu erfahren. Am Ende stellte es sich jedoch heraus, dass die besagte Tante gar keine Tante war, keine richtige jedenfalls, sondern eine Freundin der Familie, die von Gülsüm liebevoll „Tante" genannt wurde. Natürlich hätte ich noch weitere Fragen stellen können; versuchen, weitere Details zu erfahren, doch ich hatte einfach keine Geduld und vor allem keine Lust, mir noch ein weiteres orientalisches Märchen anzuhören. Dazu war mir auch meine Zeit zu wertvoll.

Mein Verdacht verhärtete sich, ohne dabei konkreter zu werden.

Das zweite Verdachtsmoment, wohl eher eine Menge Verdachtsmomente ähnlichen Inhalts, war die beobachtbare Tatsache, dass Gülsüm in den letzten Monaten immer zurückhaltender geworden war, mir gegenüber kaum Zärtlichkeiten äußerte, eigentlich nur noch still und schweigsam war. Warum sie so war, sagte meine Frau natürlich nicht. Warum sollte sie? Sie hatte sich ja schon daran gewöhnt, dass ich alle ihre Verstimmungen sowieso und von selbst merkte und sie darauf ansprach. Sie nahm es ebenfalls als selbstverständlich hin, dass ich unsere Diskussionen leitete, dass ich sie zum erfolgreichen Ende brachte, dass ich derjenige war, der Problemlösungen suchte und Probleme löste. Faktisch brauchte sie nur auf dem Sofa zu sitzen und zu warten und sich bedienen zu lassen.

Diesmal entschied ich mich – entgegen ihrer Erwartung – dazu, mitzuspielen, also tat ich so, als würde ich ihre Verhaltensänderung gar nicht merken. Insgeheim hoffte ich aber, Gülsüm würde erkennen, wie sehr wir uns dadurch voneinander entfernten, und von sich aus zu reden anfangen. Sie tat es nicht und die Kluft, die zwischen uns entstand, vertiefte sich mit jedem weiteren Tag.

Der entscheidende Wink kam, als Gülsüm es ablehnte, sich von einem Terroranschlag in Afghanistan zu distanzieren. Stattdessen erklärte sie mich vor meinen Freunden für verrückt (!!!), meine Forderung für sinnlos und fragte mit weit aufgerissenen Augen, ob ich noch zu retten wäre.

Ich muss vorausschicken, dass dieses Ausrasten in der Öffentlichkeit gar nicht zu Gülsüms Naturell passt. Egal, wie sehr sie sich über etwas, jemand oder manchmal auch über mich ärgerte, vor anderen Leuten bewahrte Gülsüm immer die Contenance, und nur klitzekleine Zuckungen am oberen rechten Augenlid – wahrnehmbar lediglich für jemand, der sie sehr gut kannte und lange genug beobachtet hatte – verrieten, was für ein Donnerwetter in ihr in diesem Augenblick tobte. Oft waren Gülsüms innere Gewitter so heftig, dass sie die erste Situation, in der wir wieder allein waren, nutzte, um die Kiste der Pandora zu öffnen und die Stürme frei zu lassen. Da jedoch meistens eine gewisse Zeitspanne dazwischenlag – eine willkommene Tatsache, unwidersprochen –, konnte sie sich oft nicht mehr genau erinnern, wie es zu der eigentlichen Konfliktsituation gekommen war oder was genau der Wortlaut meiner Ansprache gewesen war. Dies machte sie unsicher, so dass sie nur noch emotional reagierte und den Kampf verlor, schon bevor sie ihre Waffen, die sie durchaus gut bediente, abfeuern konnte.

Sei es drum, nachdem sie sich meine sachlichen Einwände angehört hatte, musste sie sowieso einsehen, dass sie wieder mal über das Ziel hinausgeschossen hatte.

In der Öffentlichkeit hat sie es aber immer gemieden, Auseinandersetzungen mit mir auszutragen. Die Probleme, die wir miteinander hätten, gehörten zu unserer Privatsphäre und gingen keinen etwas an. So sagte sie es immer.

Im Nachhinein weiß ich natürlich, dass Gülsüm schlicht und einfach nicht wollte, dass andere mitbekamen, was für ein außerordentlich unharmonischer, ja kranker Mensch hinter der Fassade einer wunderschönen Frau verborgen war, und dass sie das strahlende Bild einer tollen Person, das wie durch ein Wunder auch alle unsere Bekannten von ihr hatten, um jeden Preis aufrechterhalten wollte. Umso verwunderlicher waren für alle Anwesenden an diesem Abend, mich eingeschlossen, die Wut und die Wucht, mit der sie, vielleicht auch unbeabsichtigt, ihre Gefühle preisgab.

Aber fangen wir zu Beginn an:

Es sollte, wie so oft, ein entspannter, schöner Abend werden, der sich wiederum, wie so oft ihretwegen, in dessen Gegenteil verwandelte und schneller, als man zugucken konnte, in eine Katastrophe mündete.

Ich war immer schon ein geselliger Mensch, auch wenn der eine oder andere meiner Neider vielleicht etwas anderes behaupten würde, weil mich meine beruflichen und familiären Verpflichtungen so sehr in Anspruch nahmen, dass für die Geselligkeit keine Zeit mehr übrigblieb.

Manchmal gelingt es mir nichtsdestotrotz, einen Abend für die Freundschaftspflege frei zu schaufeln. Nicht besonders oft, das muss ich zugeben, doch umso wertvoller sind dadurch für mich diese besonderen Momente geworden.

An diesem besagten Abend hatte ich zwei Arbeitskollegen von mir zum Abendessen eingeladen. Der jüngere der beiden hatte auch seine Freundin mit dabei, was eine aus zwei Gründen unerfreuliche Tatsache war. Erstens konnte ich mich nicht erinnern, jemals den Wunsch geäußert zu haben, die betreffende Person kennenlernen zu wollen, und zweitens war die Frau hässlich und als eine harmlose Abenddeko völlig ungeeignet. Ich entschuldigte diese Schwachsinnsaktion des Kleinen —eigentlich hieß er Mario, doch in der Firma bekam er wegen seiner 1,95 Meter den Kosenamen „der kleine Italiener" und später wurde daraus eben „der Kleine" – mit seiner Jugend und sprach diesen offensichtlichen Fauxpas am besagten Abend nicht mehr an. Die uneingeladene Freundin erwies sich auch beim zweiten Hingucken als keine Augenweide, kurz, ich dachte, wer eine so hässliche Freundin im Schlepptau hatte, brauchte einen verständnisvollen Freundeskreis, sonst hätte er im Leben gar keine Freude mehr! So saßen wir nun zu fünft entspannt vorm Fernseher, als die Nachricht über den Anschlag in Afghanistan kam.

Da mir keineswegs egal ist, was die Menschen von mir und meiner Frau halten, und ich, im Unterschied zu Gülsüm, die sich um die Meinung anderer mittlerweile herzlich wenig schert, um das Wachstum unseres Ansehens in der Öffentlichkeit stets bemüht bin, läuteten bei mir sofort die Alarmglocken. Die Sorge, meine Freunde könnten über unsere Haltung zu besagtem Thema falsche Schlüsse ziehen, regte sich. Ich wusste es ja nicht genau, doch es gab wahrscheinlich, wenn man genauer danach geforscht hätte, Gründe zu der Annahme, dass sie sich von Gülsüm bedroht fühlen könnten. Schlimmer noch, die Befürchtung machte sich in mir breit, ob auf der Arbeit das leider wahre Gerücht die Runde machen würde, dass der perfekte Jürgen Habich doch noch einen Flecken auf seiner weißen Weste verbarg – eine moslemische Ehefrau eben –, und welche Konsequenzen dieser Fleck für mich und mein Ansehen in der Firma und der Öffentlichkeit im Allgemeinen haben könnte. Gut, Gülsüm war keine Jüdin und wir hatten auch kein 1933, doch standen die Türken aktuell in deutscher Gunst nicht wesentlich höher als Juden zu jener dunkelsten Zeit der deutschen Geschichte und ich wollte sichergehen, dass keiner meine Ehefrau auch nur annähernd in Verbindung mit terroristischen Verbrechern bringen konnte. Von dem Ausspruch „Ist der Ruf erst ruiniert, lebt es sich gänzlich ungeniert!" hielt ich nämlich herzlich wenig. Hingegen fand ich, wenn einer es vermeiden konnte, in Verruf zu geraten, dass man es sicherlich tun sollte.

Am besten sollte man in der Firma erst gar nicht auf falsche Gedanken kommen, dachte ich richtigerweise, denn, da werden Sie mir sicherlich Recht geben, lieber Herr Dankbar, nichts ist schwieriger zu korrigieren als die falschen Gedanken! Wenn sich ein falscher Gedanke einmal eingenistet hat, dann werden Sie ihn nicht mehr los. Und je krampfhafter Sie es versuchen, desto hartnäckiger wird er. Intelligente Menschen sollten deshalb dafür sorgen, dass der dumme Rest von vorneherein richtige Ansichten vermittelt bekommt, weil man sich so eine Menge Aufregung und vor allem Arbeit erspart. Außerdem dachte ich, wenn man schon das Unangenehme erfahren musste, dann sollte die Information auch in all ihrer Vollständigkeit ankommen, etwa von der Art: Ja, Jürgen Habich ist mit einer Türkin verheiratet und ja, sie hat den islamischen Glauben, aber abgesehen davon, dass sie attraktiver aussieht als die meisten weiblichen Einheimischen ihres Alters, fällt sie anderweitig nicht negativ auf.

So schön und harmonisch malte ich mir die Situation aus und hoffte in diesem Augenblick, meine Frau würde meine Gedanken lesen und entsprechend handeln.

Bereits während der Nachrichtensprecher die Nachricht verlas, hielt ich meinen erwartungsvollen Blick an Gülsüm geheftet. In der Regel wusste sie meine Blicke richtig zu deuten. Jetzt sollte sie nur noch ebenfalls entsprechend reagieren, doch Gülsüm sagte, solange die Nachricht lief, kein Wort. Unmittelbar danach auch nicht.

Ich wollte meinen Augen und vor allem meinen Ohren nicht trauen.

Zweifellos zählte sie zu den Frauen, die den Blick eines Mannes spüren, auch wenn sie ihm mit dem Rücken zugewandt und von ihm zwanzig Meter entfernt sind. Es konnte einfach nicht sein, dass sie gerade diesen besonders wichtigen Blick nicht bemerkte!

Und wenn auch nicht! Gülsüm Baştürk hatte auch sonst keine Ermunterung meinerseits nötig, um Dinge zu kommentieren. Ganz im Gegenteil! Diese Frau interessierte es herzlich wenig, ob ich gerade in Stimmung war, mir ihre Kommentare anzuhören! Was ihr auf der Seele lag, das lag ihr auch auf der Zunge. Nach dem Alles-muss-raus-Motto gab Gülsüm Baştürk Aussagen zum Besten, ob man sie gerade hören wollte oder nicht.

Doch diesmal verhielt es sich eindeutig anders.

Gülsüm schwieg.

Die Frau, die immer und zu allem etwas zu sagen hatte, ob man sie gerade nach ihrer Meinung fragte oder nicht, diese selbe Frau sagte kein Wort, gab keinen Mucks von sich.

Obwohl sogar Tote zu beklagen waren!

Dieselbe Frau, die laut in die Hände klatschte, wenn im Film das Böse bestraft wurde, die mit mir Talk-Show-Themen weiter diskutierte, lange nachdem die Talkshow vorbei war, nur weil sie dem armen, ahnungslosen Fernsehmoderator mangelnde Anteilnahme und wenig Taktgefühl unterstellte, diese selbe Frau hörte sich die Nachricht über den Anschlag in Afghanistan an und war still!

Was sagt man denn dazu?

Zu meiner Schande muss ich gestehen, dass ich die Situation zuerst verharmlost, gar etwas egoistisch eingeschätzt hatte.

Ich dachte, Gülsüm versuchte mir eins auszuwischen. „Sie möchte mich vor meinen Kollegen blamieren", dachte ich, „indem sie sich in deren Anwesenheit danebenbenimmt." Sie wusste, dass ich in der Firma einen guten Ruf hatte, und den wollte sie mir jetzt ruinieren.

Sie wusste, dass sie sich distanzieren musste! Sie wusste, dass man, dass ich es von ihr erwartete!

Selbstverständlich hatte sie sich vorstellen können, was das für mich bedeuten könnte, wenn man in der Firma erfahren würde, Jürgen Habichs Frau habe die Nachricht vom Terroranschlag stillschweigend empfangen.

Sie lebte in Deutschland lange genug! Sie wusste, dass Schweigen hier Einverständnis bedeutete!

Doch sie schwieg!

Um die ganze Sache noch schlimmer zu machen, fragte sie – als ich sie dazu aufforderte –, warum sie sich denn distanzieren sollte und warum gerade sie, und erwartete tatsächlich auch noch eine Antwort von mir.

Zuerst konnte ich meinen Ohren nicht glauben.

Zu überrascht, ein sinnvolles strategisches Vorgehen zu wählen, reagierte ich erst mal leider nur auf ihre unverschämten Vorlagen, wodurch sie nur Zeit gewinnen und ich nur Nerven verlieren konnte.

Dass die anderen Anwesenden nicht unter Verdacht standen, sei ihr anscheinend entgangen, betonte ich vorwurfsvoll. Daraufhin sie – ich schwöre bei allem, was mir wichtig ist:

„Dass ich unter Verdacht stehe, wusste ich auch nicht! Auf Grund meiner Religion oder weil ich einen Bart trage?"

Ja, ich weiß, sehr makaber, aber genau das waren ihre Worte!

Und wie sie dabei aussah!

Ihr Blick war kalt und abweisend. Alle Freundlichkeit schien sich von diesem Gesicht verabschiedet zu haben.

Es war entsetzlich und faszinierend zugleich, die schöne Gülsüm ohne ihre Freundlichkeitsmaske zu erleben! Ohne ihr entwaffnendes Lächeln! Es war, weiß Gott, nicht das erste Mal, dass wir uns stritten, doch nie zuvor hatte ich in diesem schönen Gesicht so viel verächtliche Härte gesehen.

Es war die Lilith, die aus ihr schaute und zu mir sprach! Oder irgendein anderes ähnlich gepoltes Weibsbild. Jedenfalls irgendeine Herrscherin der Finsternis.

Wir brauchten uns natürlich für nichts zu entschuldigen! Wir anderen. Wir hatten keine Religion, die in Verruf geraten war! Gut, vielleicht war sie es auch, auf anderen Breitengraden anderswo – das kann ich wirklich nicht beurteilen –, doch hier für uns sicherlich nicht! Natürlich gab es hie und da Ärger mit einem pädophilen Priester, natürlich echauffierte man sich über das eine oder andere überholte Kirchengebot, aber im Allgemeinen konnte man gegen die Gesetze des Christentums nichts Negatives sagen. Immerhin lebten wir in Deutschland!

Doch Gülsüm war anscheinend völlig neben der Spur. Kein Gefühl für die Situation, wieder mal! Dieser Moment war der richtige Augenblick, Menschen zu überzeugen, dass sie kein Monster war! Das war ihre Chance! Doch sie rührte sich nicht. Ganz im Gegenteil!

Sie wüsste nicht, was sie redete, sagte ich zu ihr und zu den anderen.

Sie quetschte ein ironisches Lächeln heraus und schüttelte nur den Kopf.

Kein Kommentar!

Es gab nur wenige Momente in meinem Leben, in denen ich nach Antworten lange suchen musste. Auch in jenem war mir die Antwort bereits bekannt. Wahrlich traute ich mich nicht, sie zu akzeptieren, geschweige denn auszusprechen. Vielmehr sträubte ich mich innerlich dagegen, meiner Kombinationsfähigkeit Glauben zu schenken, weil die Antwort so niederschmetternd war. Ich suchte an falschen Stellen weiter, lenkte mich immer wieder von der Zielgeraden ab, um meiner damals immer noch geliebten Frau die Möglichkeit zu geben, ihr Gesicht zu wahren. Vielleicht auch, um mir selbst nicht eingestehen zu müssen, durch die Hochzeit mit ihr einen unverzeihlichen, den dümmsten Fehler meines Lebens begangen zu haben.

Da sie also nichts sagte, musste ich die Initiative ergreifen, um die Situation oder das, was davon noch zu retten möglich war, zu retten.

Also sprach ich: „Ich denke, Gülsüm, es ist an der Zeit, dass du dich von diesen abscheulichen Verbrechen distanzierst!"

Dies war genau der Wortlaut meiner Forderung und Sie werden mir zweifellos beipflichten, dass eine Aufforderung kaum klarer und eindeutiger formuliert werden konnte. Auch die helfende Hand war immer noch dabei – sprich, wenn sie selbst nicht imstande war, dem Ernst der Lage gebührend zu begegnen, so hatte sie immer noch den Ehemann, der für sie mitdachte! Wieder mal. Eigentlich hätte sie mir dankbar sein müssen. Mehr als dankbar!

Aber weit gefehlt. Und es kam noch schlimmer.

Sie müssen jetzt stark sein, mein lieber junger Herr Anwalt, denn die Ereignisfolge, so wie sie jetzt kommt, übersteigt jedes Maß an Ignoranz und Schamlosigkeit, die Ihnen in Ihrem kurzen Leben begegnet sind:

„Ich glaube, ich kann dir gerade nicht folgen", erwiderte meine Frau.

Sie wirkte überraschend ruhig. Fast zu ruhig.

Ich wiederholte meine Aussage. Ich weiß nicht mehr, warum.

Ich wusste, dass sie mich schon richtig verstanden hatte. Normalerweise wiederhole ich mich nicht!

Gülsüm guckte mich diesmal mit – das muss man ihr zugestehen – gut gespieltem Entsetzen an und fragte, wie Sie es am Anfang bereits lesen durften, ob ich verrückt geworden wäre.

Ich versuchte die Ruhe zu bewahren, also sagte ich, dass alle Anwesenden eine klare Stellungnahme von ihr erwarten würden, und guckte sie zum zweiten Mal an diesem Abend erwartungsvoll an. Die anderen drei unterstützten mich eindeutig und einhellig mit ihrem vielsagenden Schweigen.

Jedoch wie immer, wenn sie sich ertappt fühlte, schüttelte Gülsüm auch an diesem besagten Tag und in dieser besonderen Situation den Kopf und lachte plötzlich laut, als hätte sie den Witz gerade verstanden. Bloß das hier war kein herzliches Lachen mehr, so wie früher mal, so wie sie vor Jahren gelacht hatte, als ich ihr Karl-Heinz vorgestellt hatte oder als ich versucht hatte, meine Gefühle für sie auf Türkisch zu formulieren. Das war kein Gefühlsausbruch unbändiger Freude, für die ich sie einst geliebt hatte. Nein, dieses Lachen war mehr ein Versuch, ihre wahren Gefühle zu verheimlichen, als sie zu offenbaren.

Schrecklich, wenn Frauen ihr Lachen so pervertieren!

Ich versuchte, nicht daran zu denken, was für Gefühle das waren, die meine Ehefrau auf diese Art und Weise zu verbergen versuchte.

„Ich!?", fragte sie immer noch, Überraschung spielend, und

lachte sogar dabei ein wenig.

„Wie stellst du es dir denn vor?"

„Du sollst einfach sagen, dass du dich davon distanzieren möchtest!", erklärte ich – diesmal mit Nachdruck – meine Forderung.

Nichtsdestotrotz habe ich mich in meinem ganzen Leben nicht so hilflos und ausgeliefert gefühlt wie in diesem Augenblick: „Warum ist es plötzlich so schwer, so was zu sagen?", fügte ich – gar nicht meine Art – fast bettelnd hinzu.

Jede andere liebende Ehefrau hätte den Wink verstanden und dem sich offensichtlich quälenden Ehemann unter die Arme gegriffen. Nicht Gülsüm! Wenn meine Frau etwas richtig beherrschte, dann war das das Sich-total-blöd-Stellen.

„Warum soll ich das denn tun?"

Sie wirkte auf einmal gereizt, obwohl sie sich bemühte, locker und entspannt zu wirken. Ich bemerkte etwas Neues in ihrem Blick, etwas tierisch Ernstes, bei ihr noch nicht Gesehenes. Ich zwang mich dazu, darin keine hasserfüllte Verachtung für mich und meine Landsleute, meine Religionsbrüder, wenn man so will, zu erkennen.

„Und warum nicht?", konterte ich, ebenfalls ernsthaft.

Ich wusste, dass sie es hasste, wenn man auf ihre Fragen mit Gegenfragen antwortete – das wäre ein billiger Versuch, vom Wesentlichen abzulenken, sagte sie immer dazu –, aber das war mir in dem Augenblick nur recht. Es ging darum, den Gegner zu verunsichern, ja auch zu zermürben – um einer größeren Sache willen. Da waren mir alle Mittel recht, besonders jene, die Frau Baştürk nicht gefallen dürften.

„Ich kann dich, fürchte ich, immer noch nicht verstehen!", sagte sie und versuchte dabei den freundlichen Gesichtsausdruck von vor fünf Minuten wiederherzustellen. Ein nur teilweise erfolgreicher Versuch. Die Mundwinkel verzogen sich, doch ihre Augen spielten nicht mit. Zwei schwarze, geheimnisvolle, bedrohliche Löcher!

„Warum soll gerade ich mich davon distanzieren und nicht zum Beispiel du oder Mario und Heike oder Helmut nicht, warum ich und nicht ihr?"

Wie immer, wenn Gülsüm nicht weiterwusste, versuchte sie, die Spur zu verwischen, indem sie abstruse Fragen stellte. Diese Taktik kannte ich selbstverständlich. Jedes Mal, wenn sie sich in die Ecke gedrängt fühlte, und jedes Mal, wenn ich bereits dachte, jetzt hätte ich sie, schlug sie mit irgendeiner schwachsinnigen Frage zurück, deren versteckte Absicht ich zuerst suchen und verstehen musste, wodurch sie aber Zeit für eine nächste verwirrende Aktion und somit einen nächsten Schlag gewann. Das war überhaupt auch der Sinn des Ganzen: mich zu verwirren!

Diesmal hätte sie es fast geschafft.

Ich ging nämlich auf ihre Frage ein, ohne es wirklich zu wollen, begann, die Sache zu erklären, als hätte sie nicht von Anfang an gewusst, dass ich Recht hatte!

„Was haben wir denn damit zu tun? Wir sind doch Deutsche!",
hörte ich mich fragen. Vollkommen überflüssig natürlich! Sie
wusste es ja sehr genau, wer wir waren.

Ich rannte sehenden Auges in mein eigenes Unglück, obwohl
ich mir so oft vorgenommen hatte, die Schwachsinnsbemer-
kungen meiner Frau einfach zu ignorieren.

Es war schwerer, als ich dachte.

„Und ich Türkin!", bemerkte sie schlecht gelaunt. „Warum um
alles in der Welt soll ich mich von einem Anschlag irgendwel-
cher Leute in Afghanistan distanzieren? Was habe ich mit ihnen
zu tun?"

Ihr Ton klang plötzlich ein wenig versöhnlicher, was mich optimistisch stimmte. Unberechtigterweise, wie es sich später herausstellen sollte.

„Weil es um unsere, deutsche Soldaten geht", antwortete ich,
„die ums Leben gekommen sind", und was sie mit den afghani-
schen Taliban zu tun hätte … nun, ich hoffte nichts, und wenn
vielleicht doch, dann würde ich das gerne herausfinden und
würde dies auf meine Art bald auch tun, sollte sie sich nicht umgehend von dem gemeinen Anschlag distanzieren! Ich merkte,
wie ich mich ungewollt in Rage redete, wollte und konnte aber
nicht mehr zurück. Die Frau, die ich einmal geliebt hatte, verwandelte sich in eine gefühl- und anstandslose Furie, die mich
frech anlächelte und plötzlich, scheinbar gut gelaunt, loszwit-
scherte, als hätte sie eine überraschende Entdeckung gemacht,

die ein neues und helleres Licht auf die ganze verfahrene Situation warf:

„Jürgen, Schatz, die einzige Gemeinsamkeit, die ich zwischen mir und diesen Selbstmordkommandos sehe, ist, dass wir menschlichen Ursprungs sind. Mit krausem Haar vielleicht auch noch. Dieselbe Verbindung gibt es aber zwischen Mario und diesen Menschen auch." Sie lachte und grinste Mario mit einem ihrer konspirativen Wir-verstehen-uns-schon-Kumpel-Lächeln an, und der Blödmann, der gerade des Staatsverrates beschuldigt wurde, grinste zurück! Ich hätte ihn ohrfeigen können, doch hatte ich in der Situation weder Zeit noch Nerven, meinen naiven italo-montenegrinischen Kollegen über die Tücken und Bedeutungsnuancen weiblicher Lächeln aufzuklären. Manchmal musste man die eigene Dummheit selbst ausbaden und dies war schließlich Marios ganz persönliche Dummheit. Vielleicht lernte der Kleine am Schluss dieses Abends immerhin etwas über Frauen. Vielleicht bliebe er in dieser Hinsicht auch ein Leben lang dumm … Wie auch immer, ich hatte im Augenblick wichtigere Probleme zu lösen als Marios Blauäugigkeit.

Ich holte zum entscheidenden Schlag aus:

„Etwas hast du vergessen!", verkündete ich siegessicher. „Mario ist katholisch!" Ich guckte sie erwartungsvoll an und setzte, da sie nichts sagte, fort: „In deinem Fall, meine Liebe, gestaltet sich die Sache etwas komplizierter!"

„Wie meinst du das?", fragte sie nach, wieder mal die Unschuld vom Lande spielend.

„*Ihr* habt dieselbe Religion, du und diese Afghanen, die du nicht zu kennen vorgibst! *Ihr* habt denselben Gott, in dessen Namen Menschen umgebracht werden! Du und sie! Nicht Mario und sie!"

„Mein Vater ist orthodox", warf Mario plötzlich ein, „nur meine Mutter ist katholisch, dafür aber katholisch für zwei!"

Der Junge hatte einfach kein Gespür für die Situation! Die Religion seiner Eltern interessierte im Augenblick keine Sau, aber er merkte es eben nicht!

Jetzt war es an ihr, nach Luft zu schnappen, dachte ich, doch es war offensichtlich der leibhaftige Teufel, der ihr immer wieder aus der Patsche half. Auch dann, wenn sie von Gott sprach, besonders dann ...

„Ich schätze, der liebe Gott hat es nicht nötig, uns Menschen in seinem Namen Exekutive spielen zu lassen!", sagte sie.

Sonst nichts.

Nun, wer in solch einer Situation nicht bereit war nachzugeben, war entweder schwer von Begriff oder eiskalt. Gülsüm konnte man einiges vorwerfen, doch Dummheit sicherlich nicht.

In diesem Augenblick konnte ich nicht anders: Ich musste mir eingestehen, dass ich sie wegen ihrer Coolness bewunderte. Trotzdem ließ ich nicht locker:

„Das ist mir egal, ob er das nötig hat!", rief ich wutentbrannt.

„Ihr bringt sie in seinem Namen um, und das ist es, was zählt!

Ihr bringt sie um, weil sie anders sind, weil sie an einen anderen Gott glauben oder weil sie zu Schwulen tolerant sind – oder nur, weil sie zu ihren Frauen viel netter sind als ihr!"

„So nett wie du zu mir?!"

Sie lächelte wieder. Ihr Lächeln wirkte diesmal traurig, als hätte sie kurz in Erwägung gezogen, sich geschlagen zu geben. Ich konnte meinen Sieg schon riechen. Plötzlich sagte sie lauter, als es ihr eigentlich eigen und es der Situation angemessen war: „Ich bringe keinen um, und keiner aus meiner Familie bringt einen um und keiner aus meinem Freundes- oder Bekanntenkreis hat jemals einen Menschen umgebracht!"

„Aber manch einer aus deiner Glaubensgemeinschaft tut es!", unterbrach ich ohne viel Aufhebens ihre Aufzählung und guckte sie herausfordernd an. Rhetorisch war ich ihr überlegen und sie wusste das.

Es täte ihr leid, sagte sie, aber irgendwie kriege sie es nicht hin, die 1,3 Milliarden Moslems zu überzeugen, ihren Verhaltenskodex zu übernehmen. Einige würden immer aus der Reihe tanzen. Sie bewundere mich deshalb so, weil ich es bei meinen Katholiken geschafft hätte. Manche gingen sogar so weit, fügte sie grinsend hinzu, zu ihren Frauen noch netter zu sein als ich zu meiner, was fast einer Heiligsprechung gleichkomme.

Mario und Helmut lachten kurz auf.

Ich überhörte die Ironie in ihrer Stimme. Ironie war eine reine Männerdomäne und dies hatte ich ihr häufig genug gesagt.

Meine Domäne! Sie war für die Schlagfertigen, für diejenigen, die der deutschen Sprache mächtig, ja allmächtig waren. Als Frau und Ausländerin hatte sie auf diesem Gebiet schlichtweg nichts verloren! Es gibt nichts Lächerlicheres als Menschen, die verzweifelt versuchen, sich irgendwohin durchzumogeln, wo sie nicht hingehören. Einfach peinlich und überflüssig! Außerdem beraubte sie die Ironie jeglicher Weiblichkeit. Ironie beraubte jede Frau jeglicher Weiblichkeit! Oder haben Sie schon mal was von „einer alten Zynikerin" gehört? Sicher nicht! Sehen Sie! Aber bestimmt schon von vielen „alten Zynikern"!

Doch wie so oft wusste Gülsüm nicht, was sich gehörte. Leider wusste sie auch nicht, wo sie hingehörte.

Mario grinste immer noch blöd. Ich sagte, es sei eine ernste Sache, es gehe um Menschenleben und jedes Witzeln an dieser Stelle sei unangebracht. Sein Grinsen verschwand auf der Stelle. Das musste man ihm wirklich lassen, dem Kleinen – er wusste zwar nicht immer, wie man sich benahm, doch sobald er es erfuhr, sobald er einen geduldigen und klugen Menschen fand, der sich die Zeit für ihn nahm und ihn förderte und forderte, handelte er im Sinne der Vernunft. Seine hässliche Freundin rieb sich mit dem Daumen und Mittelfinger über die Stirn, ohne zu wissen, dass diese Geste sie verriet. Sie zeigte deutlich, dass sie sich unwohl fühlte. Sicherlich schämte sie sich für den unpassenden Gefühlsausbruch ihres Freundes. Wie die meisten intellektuell beschränkten Männer war auch Mario triebgesteuert und musste grinsen, sobald er eine schöne Frau ansah – egal, wie ernst das Thema war, über das man sich gerade unterhielt. Gülsüm war eine schöne Frau. Dasselbe konnte man von Marios Freundin leider nicht behaupten. Ein Gehirn hatte sie anscheinend trotzdem.

Vielleicht hatte ich die hässliche Frau doch falsch eingeschätzt, dachte ich. Wenn sie bloß nicht so hässlich gewesen wäre! Möglicherweise könnte man mit ihr vernünftige Gespräche führen – jedenfalls angenehmere als dieses akute mit meiner eigenen Frau (Aber, mal ehrlich, welcher Mann sucht sich die Dame seines Herzens nach dem Motto aus: *Mit der will ich Kinder kriegen, weil ich mich mit ihr toll unterhalten kann*?).

Ich fragte Gülsüm, warum es so schwer sei, sich von etwas zu distanzieren, was man selbst verwerflich finde. Sie merken es wahrscheinlich, ich baute noch diese eine letzte Brücke für sie, um sie zu retten, zu uns herüber zu retten, ich zeigte ihr, dass es auf unserer Arche auch für die sonderbarsten Tiere Platz gab, doch das Biest wollte nicht gerettet werden! Es stampfte störrisch an seinem Ufer und zeigte kein Fünkchen Interesse an einem Standortwechsel. Anscheinend erwartete sie auch noch, dass wir anderen unsere Position überdenken. Wäre ja nicht das erste Mal, dass Gülsüm Baştürk unangemessene Erwartungen an den Tag legte.

„Nicht schwer, nur unnötig!", erwiderte sie.

„Und ob das nötig ist!", widersprach ich.

„Warum?"

Die Frage kam beiläufig, so als würde sie sie stellen, damit die Zeit vergeht. Mehr nicht.

Mangelnden Anstand konnte man Gülsüm normalerweise nicht vorwerfen; wenn sie unhöflich war, dann nur, weil sie das in diesem Augenblick wirklich sein wollte.

Gleichzeitig versuchte sie eine neue Tüte Flips aufzumachen. Dieser Vorgang, der in seinem ursprünglichen Sinne ihre Gelassenheit demonstrieren sollte und die Unwichtigkeit meiner Aufforderung gleich mit, ging logischerweise daneben. Die Tüte widerstand Gülsüms versteckter Anspannung nicht, riss an der falschen Stelle und mindestens zwanzig Flips flogen durch die Gegend und landeten auf dem Teppich unter dem Wohnzimmertisch.

Sie bückte sich, um sie aufzulesen.

Mario und Helmut bückten sich ebenfalls und fast gleichzeitig. Natürlich hatten sie aus dieser gebückten Perspektive einen hervorragenden Blick auf Gülsüms prachtvollen Ausschnitt! Ich glaube jedoch nicht, dass die ganze Szene von ihr vorbereitet wurde, um unseren männlichen Gästen den perfekten Einblick in ihr perfektes Dekolleté zu ermöglichen. Ich mache mir da nichts vor, um mein angeschlagenes Ehemannego zu beruhigen, das weiß ich genau und aus einem einfachen Grund: Gülsüm musste sich nie etwas Besonderes einfallen lassen, um die

Aufmerksamkeit der Männer auf sich zu lenken. Dafür ist die Mutter Natur viel zu freundlich zu ihr gewesen. Die Frau blieb ein Magnet, auch wenn sie zugeknöpft und bemützt über die Straße ging (was sie leider zu oft auch tat).

So stolz ich auch darauf war, eine so schöne Frau zu haben, so gewaltig ging mir diese an sich erfreuliche Tatsache manchmal auf die Nerven, zum Beispiel wenn sich meine Freunde plötzlich und aus mir unerklärlichen Gründen auf Gülsüms Seite schlugen, obwohl die eindeutigen, die richtigen Argumente auf meiner Seite waren. Es kam mir außerdem so vor, als hätte sich Gülsüm so an Komplimente gewöhnt, dass sie ihr gar nichts mehr bedeuteten. Es kam nämlich nicht selten vor, dass sie sogar meine ehrlichsten Beteuerungen zu ihrem Aussehen mit einem Wink ihrer Rechten abtat, als wäre das alles nichts und einfach so dahingesagt worden, aus Langeweile, aus Lust auf Sex oder einfach damit man nicht schweigt ...

Die Maiswürmchen las sie nichtsdestotrotz sehr genau auf, fast andächtig, so als hätte sie in ihrem ganzen Leben nichts anderes und lieber gemacht, als irgendwelches Knabberzeug vom Teppichboden aufzulesen. Ich meinerseits ließ mich durch so viel Trivialität nicht vom Hauptthema ablenken:

„Damit man, damit *ich* weiß, auf welcher Seite du stehst!", erwiderte ich mit der Entschiedenheit eines Mannes, der wusste, was er wollte, und vor allem, was er nicht zu dulden bereit war.

Sie streckte ihren Oberkörper und guckte mich von unten vorwurfsvoll an. Wollte sie mir gefallen? Möglicherweise. Setzte sie ihr Aussehen gezielt ein, um mich weich zu kochen? Wahrscheinlich. Sie sah nämlich wieder einfach umwerfend aus, so anziehend, dass man ihr nur noch folgen wollte. Wohin auch immer.

„Jürgen, ich bin deine Frau! Du musst doch wissen, auf welcher Seite ich stehe!"

Nun, eine solche Antwort hätte ich höchstens in den ersten Monaten unserer Ehe gelten lassen. Nach allem, was mir diese mich von unten und trotzdem herrisch musternde attraktive Schwarzhaarige mit ihrer Gefühlsduselei angetan hat, fand ich ihre dreiste Erwartung einfach lächerlich. Ein Glück! Fast hätte sie mich gehabt! Nichtsdestotrotz blieb ich gefasst und höflich:

„Nun", erwiderte ich, „ist das in deinem Fall gar nicht so einfach, meine Liebe! Ich meine, zu wissen, auf welcher Seite du wirklich stehst! Und mit deinen ausweichenden Antworten und deiner Weigerung, dich zu distanzieren, machst du alles noch viel schlimmer! Abgesehen davon, erwartet der Ernst der Situation von uns, sachlich zu bleiben. Deshalb ist es wichtig, dass du dich von der üblen Sache klar und deutlich distanzierst!

Mit unserem Besuch", ich zeigte mit meiner rechten Hand auf meine anwesenden Freunde, die meinen Ausführungen mit ungeteilter Aufmerksamkeit folgten, „mit diesen drei hier bist du nicht verheiratet! Die kennen dich, so gesehen, gar nicht. Für sie bist du nur die Frau eines zuverlässigen, engagierten und ausgesprochen fähigen Arbeitskollegen! Dies *könnte* für dich sprechen. Mehr wissen sie aber über dich nicht. Sie gehen natürlich davon aus, dass sich so jemand wie ich kein einfältiges Weibchen, sondern eine ebenbürtige Partnerin ausgesucht hat, doch dies ist nur eine Annahme, liebe Gülsüm. Nur eine Vermutung!

Theoretisch, meine Liebe, könntest du natürlich auch eine andere sein, eine ganz andere."

„Ein Biest?"

„Nein, das sicher nicht, aber eine Terroristin zum Beispiel!" An dieser Stelle machte ich eine kurze Pause, um den Nachhall meiner Worte wirken zu lassen, und warf ihr einen langen und prüfenden Blick zu.

Wenn Blicke töten könnten, mein lieber Herr Dankbar, so hätte ich jetzt keine Möglichkeit mehr, Ihnen diese Zeilen zu schreiben.

„Theoretisch hast du Recht!", gab sie plötzlich, doch keinesfalls kleinlaut zu. „Ich könnte zum Beispiel eine Mörderin sein! Ich könnte theoretisch *und* praktisch eine Mörderin sein!"

Sie guckte mich ernst an, doch ich wich ihrem Blick nicht aus!

„Wenn es tatsächlich so wäre und wenn du dir der Gefahr bewusst bist, dann verstehe ich dein Verhalten nicht. Was ist aus deinem Verantwortungsgefühl den anderen gegenüber geworden? Du behauptest doch immer, diese Eigenschaft wäre bei dir besonders stark ausgeprägt! Warum kümmerst du dich nicht um deine Leute? Warum setzt du deine Freunde einer solchen Gefahr aus? Du lädst sie auch noch zum Abendessen ein – in die Schlangengrube – und kannst dir nicht mal sicher sein, dass sie deine Einladung überleben!"

Kurz wusste ich nicht, worauf sie hinauswollte, aber sie selbst wusste es offenbar auch nicht.

„Was faselst du denn da?", entfuhr es mir.

„Theoretisch hätte ich das Essen vergiften können! Du warst doch nicht da! Du bist nie da, wenn ich das Essen zubereite. Ich habe absolute Freiheit in der Küche und darf immer alles allein machen.

Wäre das keine willkommene Möglichkeit für einen kleinen Kollateralschaden gewesen, um bei der unaufgeregten Kriegsrhetorik zu bleiben?"

Sie hasste das Adjektiv „unaufgeregt", „noch so ein leeres Modewort einer Gesellschaft, die das Coolnessgebot allem anderen voransetzt!" Jetzt benutzte sie es plötzlich selbst! Das konnte kein gutes Ende nehmen.

„Ein Tropfen Arsen in den Kartoffelsalat und ihr landet in der Hölle und ich im Paradies!"

Ach, siehe da, kombinierte ich: Wir vier sollten in der Hölle landen, weil wir Christen waren. Die Madame wäre natürlich ins

Paradies gekommen, da sie immer schon was Besseres war. Genau genommen, **sie selbst** hielt sich für was Besseres!

Das von Gülsüm Gesagte könnten übrigens alle anderen Anwesenden bezeugen.

„Das wäre zu offensichtlich!", fuhr ich sie rasch an, bevor sie mit ihren so gefährlichen wie albernen Ausführungen weitermachen konnte. Ich wollte nur noch verhindern, dass sie sich, demzufolge auch mich, weiter blamiert:

„Ich weiß einfach nicht, warum du dich so anstellst! Keiner verlangt von dir, dass du eine eidesstattliche Erklärung unterschreibst!"

„Was verlangst du denn von mir, mein Liebling?" Sie strich mir leicht über die Wange, zärtlich und völlig unerwartet, als wäre alles in bester Ordnung! Vielleicht war es das für sie auch! Vielleicht war dies alles nur ein Teil eines größeren Spiels, das sie nach Belieben zu verlängern oder zu kürzen gedachte, nur um mich aus der Bahn zu werfen ... Vielleicht veranstaltete sie alles, damit unser Alltag spannend blieb. Vielleicht wollte sie am Ende alles auflösen?! Kurz hoffte ich, ich hätte alles nur geträumt und würde in einem passenden Augenblick von einer ihrer zärtlichen Berührungen aus dem Alptraum befreit werden. Einst befreiten mich ihre zärtlichen Berührungen von Alpträumen aller Art.

Aber die Realität sah diesmal anders und düster aus.

Ich dachte nur: „Mein Gott, was für ein schreckliches Theater!"

Ich sagte nur:

„Mein Gott, Frau, du sollst dich einfach distanzieren und fertig! Ruhe im Haus!"

Von wegen!

Wenn Sie jetzt erwartet haben, mein lieber Herr Anwalt, dass meine Frau mein Friedensangebot akzeptiert und genutzt hat, um Harmonie wiederherzustellen, dann haben Sie sich geirrt.

Machen Sie sich nichts daraus! Es ist mir auch schon passiert; eigentlich schon so viele Male, dass ich bereits aufgehört habe zu zählen.

Gülsüm gab nämlich nicht so leicht auf. Auch wenn man schon am Boden lag, war sie sich nicht zu schade, nachzutreten und dem wehrlosen Opfer einen letzten Todestritt zu verpassen. Einfach, um ihre Übermacht zu demonstrieren. Nicht dass ich schon mal am Boden gelegen hätte, sicherlich nicht, aber ich wusste, ich ahnte zumindest, dass sie, sollte ich jemals in eine solche Situation gelangen, dass sie dann nicht zögern würde, mir den Todesstoß zu versetzen, wenn auch nur symbolisch.

Gülsüm war eine Frau, die sich nur mit einem vollständigen Sieg zufriedengeben konnte. Mich konnte sie natürlich nicht in die Knie zwingen, doch einen schwächeren Mann hätte sie mit ihrer Unnachgiebigkeit sicherlich vernichtet.

„Das ist doch wirklich typisch deutsch!", hörte ich sie, wieder mal ungefragt, das Ergebnis ihrer soziologischen Studien verkünden.

„Wenn es nationaltypische Erwartungen gibt, dann ist die Erwartung, das Verlangen, sich zu distanzieren, von was auch immer, typisch deutsch!" (Ein beleidigter, leicht spöttischer Unterton war aus ihren Worten deutlich herauszuhören.)

„Was habt ihr davon? Einen sichereren Schlaf? Ich kann doch über Nacht meine Meinung ändern und schon ist das Problem wieder da! Dann distanziere ich mich von meiner Distanz. Oder lügen, wie wäre es damit? Wenn ich tatsächlich bereit sein soll, Menschen umzubringen oder jenen zu helfen, die es tun, warum sollte mir dann eine einfache Lüge etwas ausmachen? Meinst du, dass ich wirklich zu töten aufhöre, nachdem ich mich davon distanziert habe? Schön wäre es, aber denkst du wirklich, dass ich nach einem lächerlichen Lippenbekenntnis aufhöre, mordlustig und verblendet, wie ich bin?

Wer vor Mord nicht zurückschreckt, mein lieber Jürgen, dürfte mit Lügen auch kein nennenswertes Problem haben!"

Sie guckte mich mit einem jener ihrer alles durchdringenden Blicke an, mit denen sie mir deutlich machen wollte, nicht einmal daran zu denken, den Kampf aufzugeben.

Ich versuchte es noch mal im Guten:

„Aber wenn du unschuldig bist, dann kannst du dich doch ganz einfach von der ganzen Sache distanzieren! Wo ist das Problem? Ich verstehe dieses ganze Theater wirklich nicht, das du schon wieder veranstaltest, Gülsüm!" Ich legte sogar meine Hand auf ihre Schulter, um eine Verbindung zu ihr herzustellen, um es ihr leichter zu machen.

Was darauf folgte, war eine der mir bereits vertrauten zahlreichen theatralischen Einlagen meiner Frau, einzig und allein dafür da, den Gegner zu verwirren und seinen Willen zu brechen: „Wenn ich nicht so bin, wenn ich, wie du, mein edler Richter (sie grinste schelmisch, während sie das sprach, deshalb glaube ich, dass es gar kein zufälliges Versprechen war), schon sagtest, wenn ich unschuldig bin, wozu ist es dann nötig, dass ich mich distanziere? Warum sollte ich? Warum um alles in der Welt sollte man sich von etwas distanzieren, was man nicht getan hat, niemals tun würde, was man verabscheut? Wie sollte man versuchen, etwas zu erklären, was man selbst nicht versteht, jemandem, der es ebenfalls nicht versteht; für die Verbrechen anderer Erklärungen zu liefern, ohne sie und ihre Lebensgeschichten zu kennen? Was erwartest du da von mir?

Ich bin doch keine Landesregierung, keine politische Institution, nicht mal einem Verein fühle ich mich zugehörig, warum soll gerade ich mich distanzieren?! Wofür soll das gut sein? Ich meine, ich bin deine Frau, die Mutter deines Sohnes, ich bin jemand, den du, verdammt noch mal, nach den vielen Jahren kennen solltest! Ich lebe doch mit dir!"

Ihre Stimme war hoch, sehr hoch, und sie überschlug sich kurz vorm Ende. So sprach sie eigentlich nur dann, wenn sie sehr aufgeregt oder beleidigt war. Ansonsten wirkte sie eher gefasst. Wenn es diese Stimme nicht gegeben hätte, ihre Stimme, die denjenigen, die sie gut kannten, eigentlich nur mir und vielleicht auch ihrer Mutter, den Zustand ihrer seelischen Verfassung verriet, hätte man sie um ihre Selbstbeherrschung bewundern können.

Doch kannte ich sie gut? Kannte ich meine Frau wirklich gut? Ich wusste es in dem besagten Augenblick nicht und jetzt, während ich diese Zeilen schreibe, bin ich mir der Antwort auf diese Frage immer noch nicht sicher.

„Was heißt das schon, jemand kennen, Gülsüm?", fragte ich, zugegeben etwas desillusioniert, zurück.

Dieser Kampf war von mir wieder mal nicht zu gewinnen, das sah ich, aber aufgeben konnte ich ihn nicht. Es stand zu viel auf dem Spiel. Nicht nur meine privaten Interessen!

Eine Redewendung ihrer Großmutter fiel mir plötzlich ein. Man kannte eine andere Person erst dann gut, nachdem man mit ihr einen Sack Salz zusammen gegessen hatte. Als Gülsüms Vater sich aus dem Staub gemacht hatte, rätselte die Familie über die Gründe seines Verschwindens. So ein netter Mann konnte nicht einfach so gehen, ohne Abschied, ohne Gruß, es müssten dunkle Mächte im Spiel gewesen sein, eine andere Frau wenigstens, die ihn verhext hatte. Liebevoll und angenehm im Umgang mit allen soll er gewesen sein. So jemand konnte sich nicht plötzlich über die gesellschaftlichen Normen hinwegsetzen und in Luft auflösen ... Doch dann überlegte man in der Verwandtschaft weiter und so lange, bis die ersten Ungereimtheiten zum

Vorschein kamen und das strahlende Bild Kratzer zu bekommen versprach. Es hieß plötzlich, den Kontakt zu seiner Schwester habe der Augenarzt schon vor Jahren abgebrochen. Den genauen Grund kannte man nicht, man wusste nur, dass er plötzlich aufgehört haben soll, mit ihr und von ihr zu sprechen. Gülsüm hatte also noch eine Tante, von der sie nicht mal wusste, dass es sie gab, und Gülsüms Großmutter, Betüls Mutter, die die Geschichte zum Besten gab, soll zum Schluss gesagt haben, um jemand wirklich kennenzulernen, müsse man mit ihm einen ganzen Sack Salz zusammen essen.

„Wir haben doch genug Salz miteinander gegessen!", bemerkte sie knapp. Manchmal konnte sie in der Tat meine Gedanken lesen.

„Nein, Gülsüm", konterte ich schlagfertig, „ich habe Salz gegessen! Du gehst mit diesem Gewürz sehr sparsam um! Statt Salz benutzt du Kräuter, deren Herkunft mir im Grunde unbekannt ist, Gewürze, die ich nicht mal richtig kenne, die ich in der Küche meiner Mutter weder gesehen noch probiert habe, und weißt du, was das bedeutet? Weißt du, was das heißt? Du verschleierst! Du verschleierst, meine Liebe, wie in der Küche, so auch im Leben!"

Das stimmte übrigens im direkten wie im übertragenen Sinne. Ich habe dazu auch eine eigene Theorie entwickelt, die ich noch nicht öffentlich gemacht habe, doch was nicht ist, kann noch werden. Damit meine ich nur: Die Tatsache, dass sie, meine

Theorie also, noch nicht allgemein bekannt ist, ändert nichts an ihrem Wahrheitsgehalt. Ich möchte Sie aber nicht weiter auf die Folter spannen. Bisher ließ ich Sie doch auch am intimeren Teil meines Lebens teilhaben, warum also nicht an meinen Theorien? Wenn die Zeit reif ist, werden sie sowieso das Licht der Öffentlichkeit erblicken. Für Sie nur ein kleiner Vorgeschmack: Meine Theorie lautet also, dass die Menschen, die in ihren Mahlzeiten wenige einfachste Zutaten verwenden, zum Beispiel Salz, Pfeffer, Fleisch und Kartoffeln, dass diese Menschen selbst anständig und ehrlich sind und ihr Herz am rechten Fleck tragen. Wer es dagegen nötig hat, seine Mahlzeiten mit zig verschiedenen Gewürzen und Kräutern zu „verfeinern", sprich den ursprünglichen Geschmack von Hauptzutaten zu übertünchen, zu verstecken, hat auch im Leben etwas zu verbergen und ist aus diesem Grund mit äußerster Vorsicht zu genießen. Dies soll keinesfalls heißen, dass solche mit verschiedenen Gewürzen zubereitete Gerichte kein Gaumenschmaus sein können – im Gegenteil, oft schmecken sie vorzüglich, so dass man sie immer weiter essen könnte. Folglich wird das Sättigungsgefühl immer weiter ignoriert, bis man kurz vorm Platzen ist oder Bauchschmerzen bekommt. Sehen Sie, genau das ist der beste Beweis dafür, dass da der Teufel seine Finger im Spiel hat und meine Theorie der Wahrheit entspricht.

„Wenn das nicht der Fall ist", unterbrach sie plötzlich meine

Überlegungen, „wozu soll ich mich auch noch selbst vor jemandem erniedrigen, der mir ein Verbrechen zutraut? Bin ich verhaftet? Ich meine, entweder hält man mich für kriminell, weil die Indizien dafürsprechen, das ist dann eine Sache der Polizei und der Gerichte, das Ganze zu beweisen, und da kann ich mich distanzieren, bis ich grau werde, nutzen wird es nicht – oder man tut es nicht, dann ist es auch nicht nötig, dass ich mich distanziere!"

Die Frau hatte es wieder einmal nicht verstanden!

Sehen Sie, das war nicht das erste Mal, deshalb brachte mich dieses unmögliche Schlussfolgern ihrerseits auch nicht in Rage. Allenfalls nicht mehr als irgendeine andere Gülsüms zahlreicher Unverschämtheiten. Zudem wusste ich schon längst, dass es für Personen, die nicht über die gleichen intellektuellen Prädispositionen verfügten wie ich, kein Leichtes war, meinen Gedankengängen zu folgen. Dies war nichts Neues für mich. Vielmehr ist es immer schon mein Kreuz und da mache ich mir nichts vor, das Kreuz aller hochintelligenten Menschen gewesen, das Unverständnis der Welt zu schultern. Häufig genug hatte ich unter Dummheit meiner Mitmenschen zu leiden, bis mir endlich klargeworden ist, dass ich nicht glücklich werde, bis ich lerne, die begrenzte Auffassungsgabe anderer zu akzeptieren, mit ihr zu leben. Das war meine einzige Chance: Verständnis für Dummheit zu entwickeln und, wo möglich, aufklärerisch tätig zu werden. Ich wäre wahrscheinlich ein guter Lehrer geworden, aber das Leben hatte andere Pläne mit mir.

Gülsüm habe ich jedoch geheiratet, weil sie neben ihrem bemerkenswerten Aussehen auch ein Köpfchen vorzuweisen hatte.

Ich hatte also immer noch die Hoffnung, dass dieser Anflug von Dummheit, der sich an dem besagten Abend meiner Frau zu bemächtigen drohte, wie eine dunkle Wolke vorbeiziehen würde.

„Du verstehst es nicht", versuchte ich mit Engelszungen weiter zu erklären, „du musst dich distanzieren, damit du zeigst, dass du nicht so bist wie die anderen Moslems! Eigentlich ist das eine Chance für dich, Gülsüm! Sieh es als eine Chance, zu zeigen, wer du wirklich bist!"

Sie lachte!

„Aber natürlich bin ich nicht wie die anderen Moslems!", sagte sie. „Kein Mensch ist wie der andere, Jürgen! Das ist doch so bei den Menschen! Moslems sind Menschen!"

„Du weißt genau, dass ich deine Religion meine!", fuhr ich sie schon etwas ungeduldiger an. Dieses ewige Ausweichen konnte ich wirklich nicht mehr ertragen!

„Habe mich bisher nie über meine Religion definiert, aber wenn ich schon darauf reduziert werde", sie zog ihre mageren Schultern hoch und ihre Mundwinkel herunter, „muss ich es wohl oder übel in Betracht ziehen. Vielleicht könnte ich zu Anfang fundamentalistisch zu denken anfangen. Wenn auch nur, damit ich mich, wenn wir Besuch haben, von der betreffenden Denk-weise distanzieren kann." Sie lachte laut auf. Wir anderen lach-ten nicht.

Es herrschte vielmehr ein eisiges Schweigen.

Am eben genannten Beispiel können Sie es sehr schön erken-nen, wie Frau Baştürk ihre Fehler und ihre Vergehen versuchte – sehr gewandt wohlgemerkt – mir in die Schuhe zu schieben, so als wäre jetzt auch ihr Fundamentalismus meine Schuld!

Sie lachte, als wäre ihr ein besonders guter Witz gelungen. Bloß dass uns anderen bei ihrem Lachen unseres im Halse stecken blieb.

„Ich möchte nur, dass du sagst, dass du nicht so denkst wie die anderen aus deiner Glaubensgruppe", teilte ich ihr, nach einer kurzen Schweigepause, mit einer beeindruckenden Ruhe mit, jener Art von Ruhe, die nur Menschen ausstrahlen, die sich ih-rer Sache sicher sind – ganz im Gegensatz zu ihr. Sie schien sich von ihrer Gelassenheit endgültig verabschiedet zu haben. Sie brüllte mich nämlich mittlerweile fast an und merkte es nicht mal:

„Und ich möchte nur, dass du endlich deine Augen aufmachst und siehst, dass vor dir kein Terrorist sitzt und kein Selbstmord-attentäter, sondern deine eigene Frau!"

Das sei mir schon aufgefallen, sagte ich ruhig, doch es gebe auch noch die Schläfer und wir wüssten alle seit Längerem, dass dies die unauffälligsten Mitglieder der Gesellschaft seien. Warum also nicht die lieben Nachbarn, die netten Kollegen?

„Also doch Mario!", lachte sie plötzlich wieder. Sie lachte unangemessen laut und lachte lange, so dass ihr fast die Tränen kamen. Am Ende konnte sie sich kaum noch einkriegen. Mario, der Idiot, lachte ebenfalls, ebenfalls laut, als schmeichle ihm der Gedanke, für einen Terroristen gehalten zu werden.

„Nein, nicht Mario!", rief ich entsetzt. Die ganze Szene hatte nämlich nichts Komisches an sich und das mir präsentierte Gehabe machte mich langsam wütend.

„Dann also Ercan!", sagte sie und brach wieder, kaum hatte sie sich beruhigt, in Lachen aus. Es war ein sonderbares, unangenehmes Lachen. Bald kullerten ihr die Tränen die mittlerweile schmalen Wangen herunter und sie wischte sie mit den Fingern weg, als hätten wir in der Wohnung keine Taschentücher.

Dies sei nicht die Situation, in der das Witzeln angebracht wäre, bemerkte ich trocken.

Es gebe Situationen, in denen nur noch das Witzeln angebracht sei, erwiderte sie.

„Bist du denn so wie die anderen Katholiken?", fragte sie plötzlich.

„Gülsüm, du versuchst wieder mit schwachsinnigen Fragen vom Problemkern abzulenken!", ermahnte ich sie.

Nein, sie versuche höchstens mit schwachsinnigen Fragen zum

Problemkern zu gelangen, erwiderte sie mit einem Gesichtsausdruck, der kein Wässerchen trüben konnte. Und wieder lachte sie.

Die Frau war unverwüstlich, aber es war nicht die erste Diskussion, die wir geführt haben (leider auch nicht die letzte), und ich wusste schon, wie ich vorzugehen hatte.

„Gülsüm", betonte ich, „jetzt und hier ist nicht die Zeit und nicht die Situation für deine Wortspiele und ich bin gerade auch nicht zum Scherzen veranlagt. Sag, auf wessen Seite du stehst, damit wir wieder zur Tagesordnung übergehen können."

„Oder auch nicht", sagte sie.

„Oder auch nicht", wiederholte Helmut, ohne aufzublicken. Helmut hatte sich übrigens während des ganzen Gesprächs auffällig zurückgehalten und dies war das erste Lebenszeichen von ihm. Die Diskussion an diesem Abend muss ihm sehr zugesetzt haben, vielleicht hatte er es auch ein wenig mit der Angst zu tun, in ein Wespennest geraten zu sein, und wusste nicht, wie man sich hier gescheit verhalten sollte. Wie auch immer und was auch immer Helmut an diesem Abend gedacht hatte, nach diesem Treffen verhielt er sich mir gegenüber sehr distanziert. Es kam mir sogar vor, als sei Helmut ein wenig unfreundlich geworden, doch da er immer ein stiller Zeitgenosse gewesen war, ließ sich das nicht mit Sicherheit feststellen. Es war natürlich möglich, dass ihn Gülsüms Haltung eingeschüchtert hatte und er nicht mehr wusste, was er von der ganzen Sache halten sollte.

Ich entschied mich zu warten, bis er etwas dazu sagte. Da er es nicht tat, entfernten wir uns mit der Zeit immer mehr voneinander. Dies war eine bedauerliche Entwicklung, falls man in einem solchen Fall von einer Entwicklung sprechen kann. Nun, wenn ich es mir recht überlege, hatten wir uns eigentlich nie besonders nahegestanden. Mich hatte nur immer Helmuts flinke Denkweise beeindruckt, die Gabe, ein Problem blitzschnell zu erfassen. Der Mann hielt sich nicht mit Nebensächlichkeiten auf. Niemals! Keiner der Ingenieure in der Firma besaß nur annähernd seine Fähigkeiten. Keiner!

Plötzlich hörte ich sie sagen: „Wenn du das bisher nicht herausgefunden hast, dann kann dir mein Distanzieren auch nicht weiterhelfen! Es könnte sich, wie bereits ausgeführt, um eine stinknormale Lüge handeln." Das sagte sie in einem sehr arroganten Ton, als hätte *sie* die gesamte Intelligenz dieser Welt gepachtet.

Kurz herrschte Stille im Wohnzimmer. Helmut guckte sie lange und nachdenklich an, sagte aber nichts.

Nun versuchte sie das Thema zu wechseln, eine Unterhaltung mit der Begleiterin meines Freundes anzufangen – über etwas Belangloses, so belanglos, dass ich mich nicht mal mehr erinnern kann, worum es eigentlich ging.

Doch an dem Abend ließ ich nicht mehr locker. Ich wollte es endgültig wissen. Ich wollte dem Katz-und-Maus-Spiel für immer ein Ende setzen und dies vor Zeugen machen, damit sie mir später nicht vorwerfen konnte, ich hätte sie vor unseren Freunden blamiert, aus ihr eine Mörderin gemacht, ohne einen triftigen Grund oder Beweis. Ich wusste nämlich sehr gut, wozu sie im Stande war!

Eigentlich wusste ich es schon lange. Ich wusste es, weil ich meine Frau kannte und weil Gülsüm so, wie sie in den letzten zwei Jahren unserer Ehe war, nicht mehr meine Frau war. Ich meine jetzt gar nicht so sehr die Tatsache, dass wir uns sexuell kaum begegneten, dass sie meinen Berührungen auswich oder sie mehr oder weniger empfindungslos über sich ergehen ließ. Ich meine auch nicht, dass sie irgendwann aufgehört hatte, mich verliebt anzugucken oder sehnsüchtig zu erwarten. Dies alles meine ich nicht! Ich meine ihre Verschwiegenheit, die angebliche Angst, mit mir zu sprechen (Ich soll nur „gereizte Antworten" gegeben haben, was natürlich keinesfalls stimmte! Und wenn das mal der Fall war, dann hatte sie das nur ihren komischen, um nicht zu sagen: blöden Fragen zu verdanken!). Ich meine ihre Zurückgezogenheit, ihre Insichgekehrtheit, ihr Schweigen.

Gülsüm hat immer schon gerne gegrübelt. Lieber als das hat sie allerdings geredet – über alles, was sie beschäftigte, über Gott und die Welt. Nicht selten war auch der moralische Zeigefinger dabei. Manchmal nannte ich sie deshalb scherzhaft „mein Wort zum Sonntag".

302

Manchmal denke ich: „Hoffentlich habe ich mit meinem unbedarften Scherz nicht die Weichen für eine künftige fundamentalistische Weltanschauung gestellt."

Nichts stünde mir ferner!

Mit der Zeit bekamen Gülsüms Redebeiträge einen schwarzmalerischen, ja sarkastischen Beigeschmack. So redete einer, der von seinen Mitmenschen nichts Gutes mehr erwartete, einer, der dem irdischen Leben entsagte; einer, der sich auf ein Leben nach dem Tod vorbereitete, zumindest damit liebäugelte.

Das Glaubensbekenntnis allein reiche nicht, jemanden einer terroristischen Aktivität zu bezichtigen, meinten Sie neulich, und wie die Moslems unter dem islamistischen Terror am meisten selbst leiden würden. Eine gewagte These – in dubio pro reo steckt, nehme ich an, dahinter.

Nun, ich nehme Ihnen diese Gutgläubigkeit nicht übel. Lange genug bin ich selbst im Nebel meiner eigenen Wünsche, Hoffnungen und Illusionen umhergeirrt, doch irgendwann werden auch die notorischen Idealisten wach. „Irgendwann" ist es leider meistens zu spät.

Ich kann mich nicht mehr genau erinnern, ob ich schon von Gülsüms angeblicher Liebe zu Poesie berichtet habe. Wenn nicht, dann vermutlich deshalb, weil ich diesem Teil ihrer Persönlichkeit keine besondere Beachtung geschenkt habe, und wenn Sie Gülsüms Gedichte gelesen hätten, dann hätten Sie auch sofort gewusst, warum nicht. Der Ehrlichkeit und Wahrheit zuliebe muss ich zugeben, dass ich die Poesie, ja die Dichtung im Allgemeinen als künstlerische Form für völlig überflüssig halte, und die dichterischen Versuche meiner Frau haben mir nur noch einmal mehr gezeigt, dass ich hier, wie in den allermeisten Fällen, die die Belange meiner Frau betrafen, mit meiner Meinung richtiglag.

Nun, einige Wochen vor dem besagten Abend war es mir gelungen, ein paar von Gülsüms Gedichten sicherzustellen.

Sie müssen wissen, Gülsüm schrieb seit längerem Gedichte – auf Türkisch natürlich. Anfangs dachte ich mir nichts dabei. Jeder Mensch braucht ein Hobby und Frauen und Muttersöhnchen schreiben eben Gedichte. In welcher Sprache sie das machten, dies konnte mir letzten Endes egal sein, da das Endprodukt dieser ineffektiven, weil überflüssigen geistigen Arbeit mein Interesse sowieso nicht weckte. Natürlich hätte ich lieber eine geheiratet, die Wienerschnitzelzubereitung als Steckenpferd hatte, aber wie das Leben so spielt ... und wo die Liebe hinfällt... Letztendlich konnte ich mich auch nicht beklagen, denn Wienerschnitzel bekam ich, trotz künstlerischer Ambitionen meiner Frau, häufig genug vorgesetzt.

Ich habe anfangs keinen Wunsch geäußert, Gülsüms Gedichte zu lesen. Türkisch verstand ich nicht. Davon abgesehen war ich fest davon überzeugt, dass mir durch mein mangelndes Interesse an den literarischen Ergüssen meiner Frau nichts Bahnbrechendes durch die Lappen ging.

Gülsüm wusste natürlich, was ich von ihrer Schreiberei hielt. Als sie mir einmal in einer ruhigen Minute eines ihrer Gedichte vorlas, von ihr ins Deutsche übersetzt, und ich über so viel aneinandergereihten Blödsinn laut lachen musste, entschied sie sich, richtigerweise und freiwillig, dazu, mit diesem wirren Zeug mich nicht mehr zu behelligen.

Selbstverständlich versuchte ich sie nicht umzustimmen!

So waren wir beide zufriedener, jeder mit seinem Hobby in Ruhe gelassen – sie mit ihren Gedichten, ich mit meiner Werkstatt. Meistens habe ich nicht mitbekommen, wann und ob sie überhaupt Gedichte schrieb. Um ehrlich zu sein, es interessierte mich auch herzlich wenig, solange sie dabei ihre häuslichen Pflichten erfüllte – bis ich mehr oder weniger zufällig einen dicken Briefumschlag erwischte.

Ich wollte lediglich wissen, an wen Gülsüm so dicke Briefe schickte, und guckte mir das Ganze etwas genauer an. Der Umschlag war so voll, dass er quasi von allein aufging. Bestimmt zwei Dutzend Gedichte befanden sich darin – nur Gedichte und ihr Name –, an einen türkischen Buchverlag adressiert. Kein Begleitbrief, kein Anschreiben, nichts, nur Gedichte! Ich weiß nicht, wie Sie als Anwalt das sehen, doch ich denke, jeder normale Mensch, der einem anderen seine Gedichte zur Ansicht, als Geschenk oder als was auch immer sendet, würde sein Anliegen, welches auch immer das sein mag, auf einem zusätzlichen Blatt Papier erläutern.

Nichts dergleichen war im Umschlag zu finden! Außerdem fand ich es sofort sehr befremdlich, dass sie mir über den besagten Brief keine Silbe erzählt hatte. Sie hatte auch noch nie ein Wort darüber verloren, dass sie ihre Gedichte gerne veröffentlichen würde.

Unter uns glaubte ich selbstverständlich nicht, dass irgendein ernst zu nehmender Verlag den – Sie werden den Ausdruck verzeihen, doch war ich immer ein Freund klarer Worte – Mist bereit wäre zu drucken. Plötzlich fiel es mir jedoch ein, dass ich nur ein einziges von Gülsüms Gedichten kannte, wobei man hier auch nicht unbedingt von „Kennen" reden konnte. Eines hatte ich zu hören bekommen, würde eher der Wahrheit entsprechen.

Vielleicht war dieses Gedicht für das literarische Schaffen meiner Frau einfach nicht repräsentativ genug, dachte ich. Vielleicht hatte sie mit Vorsatz ihr schlechtestes Gedicht gewählt, um es mir vorzustellen. Gülsüm wusste, dass ich ein harter, doch gerechter Kritiker war. Mit Kritik kam sie grundsätzlich schlecht zurecht; wenn jedoch etwas von ihr kritisiert wurde, was sie selbst nicht gut genug fand, diese Kritik konnte sie dann durchaus akzeptieren und manchmal sogar als einen Ansporn zur Besserung nutzen. Wenn meine Vermutungen stimmten und sie mir zur Prüfung das vorgelegt hatte, was sie selbst schlecht fand, musste dies in der Endkonsequenz bedeuten, dass alle anderen Gedichte besser waren als das eine, das ich bereits kannte, das sie mir an jenem Abend vorgelesen hatte. Dies warf natürlich ein ganz neues Licht auf die Gesamtsituation.

Was, wenn in meiner Frau tatsächlich mehr steckte, als ich dachte, mehr, als wir alle dachten!?

Vielleicht war sie eine Dichterin und *deshalb* lebensunfähig! In meiner Naivität eines liebenden und sich sorgenden Ehemannes ging ich sogar so weit zu denken, ich hätte ihr vielleicht manchmal auch Unrecht getan mit meinen Anforderungen. Vielleicht konnte sie einfach nicht mehr geben, weil sie für mehr nicht geboren war!

Selbstverständlich gab es Frauen, die zu der alltäglichen Arbeit auch noch drei Kinder, eine schwerkranke Mutter und einen behinderten Ehemann zu versorgen hatten und in der Pause zwischen Geschirrspülen und Rosenbeetumgestalten trotzdem schnell mal ein Gedicht schreiben konnten – ein gutes auch noch! Es gab aber auch die andere Art Frauen, jene, für die schon die ersten beiden Tätigkeiten eine nervenaufreibende Überforderung darstellten, Frauen, denen vier Aufgaben schon drei Aufgaben zu viel waren, Frauen, die nur eine Sache gut konnten, welche auch immer. Vielleicht war Gülsüm so. Vielleicht war meine Frau eine so genannte Fachidiotin, Sie wissen schon, die Menschen, die außer ihrem Fach, in Gülsüms Fall wäre das die Sprache – vornehmlich das Schreiben der Gedichte –, nichts konnten, aber ihr Fach konnten sie hervorragend. Vielleicht war sie so eine?

Ein Jammer bloß, dass das Fach meiner Frau keinen Menschen interessierte!

Nichtsdestotrotz, es wäre sicherlich äußerst unangenehm, für mich unangenehm, wenn in ein paar Monaten ein türkischer oder gar ein deutscher Buchverlag plötzlich aufkreuzen würde, der die Gedichte meiner Frau veröffentlichen wollte – die Gedichtsammlung von Gülsüm Baştürk Habich, ins Deutsche übersetzt –, und ich, der Ehemann der aufstrebenden Dichterin, kein Wort dazu sagen könnte.

Stellen Sie sich mal vor, die Sammlung würde ein Erfolg werden! Ich hätte ausländische Journalisten auf der Matte, womöglich deutsche auch, denn sicherlich würde die Sammlung irgendwann ins Deutsche übersetzt! Immerhin lebte Gülsüm seit über 10 Jahren in Deutschland! Stellen Sie sich das mal vor! Eine Homestory würde gedreht! Die Journalisten würden das Lebensumfeld der deutschtürkischen Dichterin näher beleuchten, sich mit dem Ehemann unterhalten wollen, und der Ehemann wüsste nichts! Weder wann die Gedichte geschrieben wurden noch wovon sie handelten und in was für einer seelischen Verfassung seine junge, aufstrebende Ehefrau (gut, nicht mehr so jung, dafür aber aufstrebend) gerade war, während sie an ihren kleinen Meisterwerken arbeitete.

Dass Gülsüm keine Interviews würde geben wollen, das war mir natürlich sonnenklar! Die Frau war nun mal daran gewöhnt, dass andere sich um sie bemühten, andere ihr nachliefen, andere die Drecksarbeit für sie erledigten, und sie machte keine Anstalten, irgendetwas an dieser Situation zu verändern, sei es auch nur, mit Journalisten zu sprechen!

Sei es drum, dachte ich! Einer muss sich auch für die Kunst opfern!

Ich war bereit, ihr den unangenehmen Teil des Berühmtseins abzunehmen! Ich war bereit, für meine geliebte Frau ins eisig kalte Medienwasser zu springen.

Während ich so über meinen ersten Satz (bekanntlich sind der erste und der letzte Satz in einem Artikel am wichtigsten, der erste, weil er zum Weiterlesen verführt, der letzte, weil er dafür sorgt, dass das Interview in Erinnerung bleibt) sinnierte, schob ich das von meiner Frau Geschriebene wieder in den Umschlag zurück und prüfte dessen Gewicht in der Hand. Schwer genug, um daraus ein ordentliches Buch zu machen, war er. Ich schnappte mir also den Umschlag und brachte ihn zu meinem Nachbarn Ercan mit der Bitte, dessen Inhalt zu übersetzen.

Ercan war gerade im Begriff, sich ein Fußballspiel zwischen – ja, das ist jetzt auch egal, jedenfalls waren es zwei türkische Mannschaften – anzugucken, als ich ins Wohnzimmer stürzte, den

Fernseher ausmachte und ihm die Gedichte vor die Nase schob. Es sei wichtig, hastete ich. Er guckte mich ganz merkwürdig besorgt, fast ängstlich an und griff nach dem Stapel. Ich konnte sehen, wie er das erste Gedicht zuerst überflog, dann noch einmal von vorne etwas genauer las, den Kopf schüttelte und sich auf die offensichtlich ungewöhnlichen Reime vor seinen Augen einen Reim zu machen versuchte, einen, den er verstand. Dann nahm er das nächste Gedicht und wiederholte den eben beschriebenen Vorgang. So ging das einige Minuten. Das Ergebnis war jedoch alles andere als erfreulich.

Ercan sagte, er würde da „nix kapieren", aber er mache sich nichts aus Gedichten, sei also an diesem Punkt die falsche Adresse.

Er reichte mir die Texte zurück. Ich solle lieber Gülsüm bitten, diese zu übersetzen, meinte er in seiner grenzenlosen Naivität, oder jemand, der mit der türkischen Sprache und mit der Sprache im Allgemeinen mehr auf Du und Du sei, als er es sei. Er sei schon zu lange in Deutschland, erläuterte er, und sein Türkisch etwas eingerostet, schon seit geraumer Zeit nicht mehr das, was es mal war.

Ercans lange Erklärung regte mich auf. Ercans Erklärungen waren übrigens immer lang, das war nichts Neues für mich und an sich kein Problem, doch diesmal hatte ich keine Zeit für die orientalische Höflichkeit.

Es sei ein Gedicht, bemerkte ich ein wenig ungeduldig, keine

Gebrauchsanweisung für ein Raumschiff! Er solle sein Licht nicht unter den Scheffel stellen; er sei ein vernünftiger, intelligenter Mensch, betonte ich, durchaus in der Lage, ein stinknormales Gedicht zu verstehen und zu übersetzen.

So stinknormal seien diese Gedichte nicht, bemerkte er. So stinknormal seien Gedichte wahrscheinlich sowieso selten, sonst würde man sie nicht schreiben, oder man würde eines oder zwei, drei für verschiedene Stimmungen schreiben und die könnte man dann immer lesen, das passende Gedicht für die passende Stimmung. Diese hier seien aber anders, irgendwie verwirrend, man erfahre nichts von der Stimmung, wisse nicht, ob der Schreibende traurig oder fröhlich war ...

Dies musste er mir natürlich genauer erklären.

Dass Ercan in der Lage war, große Kunst von Alltagsergüssen einer gelangweilten Hausfrau zu unterscheiden, glaubte ich nicht.

Als ein Kompliment für Gülsüms Schreibkünste war seine Aussage demnach nicht zu verstehen! Aber es steckte noch etwas Schwerwiegenderes, etwas Schlimmeres dahinter. Das, was er mir zu sagen beabsichtigte und wofür er zuerst keine Worte fand, konnte offensichtlich nichts Gutes sein!

Ercan guckte mich unentschlossen an.

Um seinem Unwohlsein ein Ende zu setzen, lächelte ich ihn ermunternd an, gab ihm einen freundschaftlichen Klaps auf die Schulter und sagte: „Komm, mach dir keine Sorgen, schieß los!"

Er zuckte die Schultern.

Sie klängen eher wie verschlüsselte Botschaften, sagte er. Seine Stimme klang unsicher.

„Wie, ,verschlüsselte Botschaften'?"

Ich konnte mein Erstaunen nicht verbergen und es war mir in dem Augenblick auch egal, was ein anderer, in diesem Fall mein türkischer Nachbar über mich und Gülsüm und den Zustand unserer Ehe denken konnte.

„Verschlüsselt? Für wen denn, einen anderen Mann? Schreibt sie Gedichte für einen anderen Mann?"

„Nein, es ist nicht, was du denkst, es ist kein Mann …!" Er schüttelte den Kopf, zögerte immer noch, etwas Genaueres zu sagen, und guckte mich stumm an.

Es traf mich wie eine Faust:

„Herr Gott!", schrie ich fast. „Auch das noch! Eine Lesbe! Wieso bin ich nicht früher darauf gekommen? Sie ist eine verdammte, kalte, frigide Lesbe!"

Plötzlich sah ich Gülsüms Sexualverhalten in einem ganz anderen Licht. Nicht ich war der Übeltäter, der „durch so manche Bemerkung jede Erotik im Schlafzimmer im Keime ersticken" würde, wie sie es bei einem Streit unverschämterweise behauptet hatte, nicht ich war der Bösewicht, wie sie das gerne gehabt hätte, nein, *sie* konnte das, was eine normale Frau sexuell erfüllte, nicht einmal wahrnehmen, sie! Weil sie völlig andere Antennen hatte! Ich hätte Rudolph Valentino und Brad Pitt in einem sein können, es hätte nichts genutzt! Sie brauchte im

Bett eine Frau! Plötzlich fiel es mir wie ein Schleier von den Augen und ich konnte alles so klar sehen wie nie zuvor.

Ich, Jürgen Habich, war Gülsüms Versuch, sich hinter einer bürgerlichen Fassade und einem, wenn Sie so wollen, eher konservativen Lebensentwurf zu verstecken. Sie benutzte mich und ihren Sohn als Versteck, als eine schöne Maskerade für ihre eigene Deformität! Wie verdorben und hinterhältig konnte ein Mensch bloß sein?

Vielleicht hat sie am Anfang sogar gedacht oder gehofft, sie könnte gegen die eigene Natur ankämpfen, verliebt in mich war sie mal zweifelsohne …

„Es ist Gott!" Ercans Stimme drang von ganz weit weg zu mir und zuerst verstand ich nicht, was sie mir mitteilen wollte. Seine Lippen bewegten sich, doch der Ton kam zeitversetzt bei mir an.

„Sie vergöttert sie, oder was? Nun, lass dir doch nicht alles aus der Nase ziehen, Ercan!", rief ich. Eine Menge Schaum bildete sich in meinem Mund und ich wusste nicht, wohin damit. Ich schluckte die Spucke herunter.

Ercan schüttelte heftig den Kopf.

„Nein, es ist Gott, dem sie schreibt!", erklärte er.

„Hä?"

„Ja."

„Sie schreibt Gott? Dem Allah?"

„Ich weiß nicht! Hab doch gesagt, dass ich`s nicht kapiere! Klingt irgendwie verschlüsselt.

Eins heißt zum Beispiel ,Dem lieben Gott zur Ansicht'. Was soll unsereiner mit solch einer Überschrift anfangen?" Er zuckte die Schultern und stierte ratlos auf das Blatt.

Ja, das war eine gute Frage, die aber keiner der beiden Anwesenden richtig und wahrheitsgemäß beantworten konnte.

Ich war außer mir vor Wut. Ercan war für seine Verhältnisse ein kluger Mann. Wenn er die Gedichte nicht verstehen konnte, dann waren sie auch unverständlich. Wenn er in ihnen verschlüsselte Botschaften zu erkennen glaubte, dann waren verschlüsselte Botschaften drinnen. Natürlich nicht an den Herrgott persönlich – so verrückt konnte nicht mal Gülsüm Baştürk sein, diesem auch noch zu schreiben –, aber zweifellos an jemand, der ihm nahestand, der *Gülsüms Gott* nahestand.

Moslems hatten keinen Papst.

Dass meine Frau Osama bin Laden persönlich Liebesbotschaften schickte, wollte mir nicht in den Kopf, obwohl die Tatsachen eine unüberhörbare Sprache sprachen.

Doch warum gerade Gülsüm? Sie war eine intelligente, moderne Frau mit einer angenehmen, freundlichen Ausstrahlung. Sie war der deutschen Sprache mächtig, kannte sich mit der deutschen Kultur, zumindest was die literarische und bildende Kunst anbetraf, besser aus als jede Deutsche, die ich kannte. Sie war mit einem Deutschen verheiratet, hatte einen kleinen Sohn … Es war rein gar nichts an ihr, was sich für eine Terroristenbraut eignete!

Dann fiel es mir doch wie ein Schleier von den Augen. Plötzlich war alles so klar:

Genau das war es! Darum ging es doch! Es *sollte* jemand sein, der allem Anschein nach in die Gesellschaft perfekt integriert war! Von den aufmüpfigen schwarzhaarigen jungen Männern, die nicht mal zum Bäcker gehen konnten, ohne von der Polizei angehalten und nach dem Personalausweis gefragt zu werden, hatten sie genug! Aber eine Frau wie Gülsüm konnte es! So eine traf man nicht jeden Tag! Da passte einfach alles! Außerdem war Osama kein Kostverächter und als Moslem durfte er sich bequem bis zu vier Frauen leisten, wenn er sie finanziell und sexuell befriedigen konnte. Über seine finanzielle Lage konnte Osama als Sohn reicher Eltern nicht klagen und vielleicht, wer weiß, verschaffte ihm seine Nähe zu seinem Gott auch gewisse Zugeständnisse im sexuellen Bereich, so dass die Auserwählten eben auch nicht klagen konnten. Gülsüm war eine ausgesprochen attraktive Frau … außerdem war sie viel allein.

Ich schüttelte den Kopf und versuchte diesen letzten Gedanken zu vertreiben, bevor er zu Ende gedacht wurde.

In meinem Wunsch, sie zu behüten und zu beschützen, hielt ich sie von allen fremden Einflüssen fern. Frauen, die ich nicht kannte, traf sie nicht, Männer sowieso nicht. Ihre Familie war nicht da, um sie zu behelligen. Gearbeitet hat sie nicht. So konnte ihr nichts passieren, dachte ich. Nichts, abgesehen davon, dass sie sich einsam fühlte und Halt und Zerstreuung bei den religiösen Fanatikern suchte.

Ich schüttelte wieder den Kopf und versuchte den Gedanken zu vertreiben. Ich wollte es zum damaligen Zeitpunkt einfach nicht glauben!

Es würde sich für alles eine Erklärung finden, hoffte ich, eine andere, weniger schmerzlich, weniger alarmierend. Ja, ich betete fast darum. Wie ich bereits zu meiner Verteidigung sagte, sind wir eben sehr einfallsreich, wenn es darum geht, Entschuldigungen für Menschen zu suchen, die uns lieb und teuer sind.

Zwei Stunden später stand ich vor Gülsüm mit dem aufgerissenen Briefumschlag in der einen und ihren Gedichten in der anderen Hand. Wie sie mir das erklären wolle, fragte ich und tippte mit den Gedichten auf den Umschlag.

Zitternd (vor Angst oder vor Wut, das konnte ich nicht so genau erkennen, da ich selbst aufgewühlt war) griff sie nach dem Briefumschlag, ja sie versuchte ihn mir aus der Hand zu reißen. Als ihr dies nicht gelang, fragte sie erbost (wie unverschämt kann man bloß sein?!), ob jetzt kein Privatbrief vor meiner „Neugierde" (sie sagte immer „Neugierde", obwohl ich ihr bereits mehrmals gesagt habe, dass der Ausdruck veraltet sei) sicher wäre.

Ich ignorierte die Frage, hielt den Stapel dicht vor ihrer Nase und starrte sie prüfend an.

Das seien ihre Gedichte, sagte sie, meinen fragenden Blick richtig deutend, so wie ich es unschwer aus der Form hätte erkennen können.

Ich blieb stumm, guckte sie lediglich weiter prüfend an.

Sie wollte sie einem Verlag anbieten, beeilte sie sich plötzlich, mich in die Einzelheiten einzuweihen. Hätte dort einmal jemand gekannt. In ihrer Studienzeit hätte sie für den Verlag Übersetzungen gemacht. Das wäre alles!

Warum sie erst jetzt mit der Geschichte ankäme, fragte ich unbeeindruckt – wozu die Heimlichtuerei?

Sie habe nicht den Eindruck bekommen, mich würde irgendetwas davon, was sie aufs Papier bringe, interessieren. Wenn sie der Eindruck getäuscht habe, dann tue es ihr leid.

Das stimmte allerdings. Ihr Eindruck, meine ich.

Nichtsdestotrotz sagte ich, sie hätte mich nach meiner Meinung fragen können, ja fragen müssen, denn sollten diese Gedichte tatsächlich etwas wert sein, so würde mich durchaus interessieren, was drinnen stehe. Vielleicht seien sie aber auch künstlerisch völlig wertlos, begann ich vorsichtig.

„Vielleicht!", stimmte sie nickend zu.

„Vielleicht sind sie künstlerisch wertlos und trotzdem ist ihr Inhalt überaus wertvoll!" Hier hielt ich inne und guckte sie herausfordernd an, um ihre Reaktion zu prüfen. Ich glaubte, eine ganz leichte Röte in ihrem Gesicht aufsteigen zu sehen.

„Es kommt natürlich darauf an, in wessen Händen sie sich befinden!" Ich schenkte ihr einen langen und eindringlichen Blick, den sie nicht aushalten konnte.

Sie wandte sich von mir ab und fing an, die Arbeitsplatte aufzuräumen.

„In meinen Händen", fuhr ich fort, „sind sie gewöhnliche Hirngespinste einer gelangweilten Hausfrau und Mutter, einer, die etwas Besseres sein möchte, als sie in Wahrheit ist, jemals war und sein wird."

Sie zuckte leicht zusammen, blieb aber stumm. Ihr rechtes Augenlid zuckte zwei Mal, kaum merklich. „In den Händen eines anderen", fuhr ich fort, „vielleicht wesentlich spirituelleren Menschen, als ich einer bin, eines sehr gläubigen Mannes möglicherweise, eines Gruppenführers", hier erhob ich plötzlich meine Stimme, „eines Religionsfanatikers zum Beispiel bedeuten diese Gedichte vielleicht eine ganze Menge und möglicherweise können sie auch eine ganze Menge bewirken.

Denn das ist es doch, was ihr mit eurer ganzen Schreiberei erreichen wollt … Ihr wollt die Welt verändern! Am liebsten vom Schreibtisch aus und am liebsten so, dass keinem dabei ein Haar gekrümmt wird! Zumindest nicht, solange ihr zuguckt. Ihr könnt natürlich nicht die ganze Zeit zugucken! Das ist verständlich. Das kann auch keiner von euch verlangen."

Ich gebe es zu, ich stand kurz vor einem ordentlichen Wutausbruch – aber nur kurz davor!

Ob die Gedichtsammlung etwas wert sei, entscheide der Leser, bemerkte sie – ein wenig brüsk für meinen Geschmack. Ob sie veröffentlicht würden, stehe in den Sternen. Sie könne mir also nicht sagen, wer ihre Leser seien und ob sie überhaupt welche haben würde.

Es sei eine alte Bekanntschaft aus der Studienzeit noch, fügte sie nach einer kurzen Pause hinzu – die Verlegerin. Sie hätten sich sehr gut verstanden, seien ein paar Mal zusammen um die Häuser gezogen. Irgendwann hätten sie sich aus den Augen verloren. Den Kontakt zu der Frau habe sie jedenfalls seit Jahren nicht mehr. Ob sie sich an sie noch erinnern würde ... nicht mal das wisse sie. Sie dächte, ja – doch wer wisse das schon.

Warum sie mir nie was von dieser Bekanntschaft erzählt habe, fragte ich.

Sie hätte sie schon erwähnt – Elma – ich hätte den Namen bestimmt vergessen.

Teilweise hatte sie Recht. Ich konnte mich an den Namen wirklich nicht erinnern, dafür an den fehlenden Rest umso besser und allein dies war schon verdächtig genug. Einen Namen gab es bei Gülsüm nämlich nie ohne die passende Geschichte dazu und ich vergaß sicher keine von den Geschichten, die Gülsüm mir jemals erzählt hatte.

Die Bekanntschaft mit der Verlegerin sei jedenfalls keine Garantie dafür, dass die Gedichte veröffentlicht würden, kommentierte ich, mich absichtlich versöhnlich gebend.

Gülsüm nickte beflissen. Sie wisse das. Eigentlich wisse sie auch nicht, warum sie das getan habe, die Gedichte zur Veröffentlichung anzubieten, meinte sie. Vielleicht wollte sie nur, dass jemand, dessen Meinung sie schätze, die Gedichte lese und sie gut finde, einfach so, damit das Schreiben nicht ganz umsonst war. Vielleicht habe sie auch nur gehofft, die besagte Elma würde sich bei ihr melden, es sei immer schön, mit jemandem zu sprechen, dem man nichts erklären muss und alles erzählen will. Elma sei so eine Person gewesen … manchmal fühle sie sich doch einsam hier.

„Du hast dich für so etwas doch nie interessiert!", schloss sie, nicht unbedingt vorwurfsvoll.

Es fiel mir in diesem Augenblick nichts ein, was ich zu meiner Verteidigung hervorbringen konnte.

„Trotzdem möchte ich die Übersetzungen hören!", bestand ich darauf.

Die Übersetzungen wären deutlich abgeschwächt in ihrer Wirkung, redete sie sich plötzlich heraus. Sie würden mich keineswegs beeindrucken. Ihr Deutsch sei nicht gut genug, um die Klangfarbe des Gedichtes zu treffen, und davon lebten sie, von der Klangfarbe! Abgesehen davon, hätte sie sehr lange mit sich gerungen, sie dem Verlag überhaupt anzubieten, und jede negative Bemerkung würde sie vermutlich doch noch davon abhalten, den Brief abzuschicken.

Wenn sie jetzt schon wüsste, dass ich etwas Negatives über die

Gedichte sagen würde, bemerkte ich, dann wäre es nur folgerichtig, den Brief nicht abzuschicken! Genug Gefühlsduselei hätten die Verlage auch ohne sie. Die türkischen vermutlich noch mehr als die deutschen.

Sie lächelte mich mit einem ihrer bezaubernden Lächeln an: „Alle schreiben über die Liebe, und keiner weiß, wie sie geht, meinst du?" Ein Schulterzucken als Zeichen des Einverständnisses.

Auch eine gewisse Erleichterung dachte ich bei ihr wahrgenommen zu haben. Damals deutete ich diese als Gülsüms Freude darüber, dass ich sie vor einem möglicherweise falschen Schritt bewahrt habe. Ich schätze, ich war zu erschöpft, um den ursprünglichen Verdacht aufrechterhalten zu wollen.

Vielleicht war es tatsächlich nur ein Versuch, aus ihrem Hausfrau-und-Mutter-Dasein auszubrechen, dachte ich. Wenn auch die Richtung, die sie gewählt hatte, die falsche war, so hatte sie trotzdem gezeigt, dass sie durchaus in der Lage war, einem klugen Rat zu folgen. Wenn es ihr so sehr daran gelegen hätte, die verschlüsselten Botschaften an die Stelle zu befördern, die ich ursprünglich im Sinne hatte, so hätte sie nicht so schnell aufgegeben. Es sei denn, sie wäre vorsichtiger gewesen, als ich es dachte, und hätte diesen ersten Sieg absichtlich mir überlassen, wohl wissend, gleich am folgenden Tag einen nächsten Briefumschlag mit demselben Inhalt versenden zu können – diesmal ohne mein Wissen.

Ich guckte sie prüfend an. Die mittlerweile deutlich sichtbare Röte ihrer Wangen verlieh ihr eine jugendliche Frische, die ich bei ihr länger nicht hatte bewundern dürfen. Ihre kurzen Haare waren mittlerweile länger geworden. Fast schulterlang. Sie strich sich nacheinander zwei Locken aus dem Gesicht und lächelte. Ich verwarf jeden schlechten Gedanken, den ich über diese Frau hatte hegen können. Warum auch nicht? Sie war mir für meinen besonnenen Rat dankbar, sie tat nichts, was mich sonst hätte ärgern können, und ich fand sie in jenem Augenblick so unglaublich schön, dass ich ein fast schmerzliches Verlangen empfand, sie zu besitzen. Dass dies das Lächeln einer Verbrecherin war, die sich lediglich freute, gerade der Schlinge entkommen zu sein, wurde mir an jenem Fernsehabend klar, an dem Gülsüm es ablehnte, sich von dem besagten Anschlag zu distanzieren.

Natürlich hätte ich alles dafür gegeben, unser Leben acht Jahre zurückdrehen zu können und an jenem Punkt anzuhalten, als sie mit dem Geruch von Salzwasser in den Haaren von ihrem morgendlichen Strandspaziergang zurückkehrte und zu mir ins Bettchen kroch, aber Jürgen Habich hat es nicht nötig, sein Glück auf einer Lüge aufzubauen.

Wie von Weitem vernahm ich ihre Worte: „Dann distanziere du dich von den Verbrechen, die unterm Deckmantel des Christentums begangen wurden!"

Sie meinte wohl mich.

Wen auch sonst? Unsere Gäste verhielten sich immer noch wie Zuschauer bei einem spannenden Theaterstück und das Ende war offen. In ihren Gesichtern konnte man lesen, dass sie das Geschehen auf der Bühne interessierte, verbale Kommentare gaben sie jedoch nicht ab.

„Wenn du die Kreuzzüge und die Hexenverbrennung meinst", entgegnete ich, durch das Ausmaß ihres Geschichtsunwissens erstaunt und amüsiert zugleich, „die liegen schon einige Jahrhunderte zurück!"

„Leider gibt es auch in jüngster Vergangenheit ein paar erschütternde Beispiele", entgegnete sie beleidigt.

Natürlich ließ ich mir so was nicht gefallen:

Ich wusste sehr wohl, wo sie der Schuh drückte!

„Willst du mich jetzt auch noch für die Verbrechen deiner geistig umnachteten Balkanesen verantwortlich machen?!

Das sind doch ebenfalls deine Leute, meine Liebe! Dein Vater ist einer von ihnen!"

Ich wusste natürlich, dass ihr Vater Bosnier war, Moslem, und in dem betreffenden Krieg vermutlich in der Tat der Verliererseite angehört hätte, wenn er dort gewesen wäre, aber wo ihr Vater war und warum, das wusste natürlich weder ich noch sie und dies war auch nicht so wichtig. Worauf ich hinauswollte, war erstens: Keiner konnte mir erzählen, dass die Leute, die jahrelang Tür an Tür wohnten, nicht irgendwann anfingen, einander zu gleichen. Wenn dies schon für Hunde und ihre Besitzer galt, warum nicht für die menschlichen Nachbarn? Die bosnischen Kriegsparteien lebten vor dem Krieg Tür an Tür. Letzten Endes war es egal, wer welcher Religion angehörte und wer das Opfer und wer der Täter war. Verlierer waren sie alle. Gut, Gewinner gab es wohl auch und die zählten sicherlich nicht zu der Blüte der Menschheit, aber dies ist in solchen Situationen unausweichlich. Meine Großmutter hat immer gesagt: „Krieg und Unwetter treiben die dicksten Kackwürste nach oben".

Aber darauf ging Gülsüm kaum ein. Es sei doch zumindest in diesem Krieg klar, wer das Opfer sei, sagte sie kaum hörbar.

Außerdem, fügte sie energischer hinzu, wären wir gerade dabei, nach der Religionszugehörigkeit vorzugehen, und wie sie nur versuchen würde, meiner Logik zu folgen.

„Und wenn du schon dabei bist, dann könntest du dich gleich auch noch von den Ereignissen in Nordirland distanzieren; von Gräueltaten der Belgier in Westafrika, der Amerikaner im Irak, der Franzosen in Algerien …!" Nicht dass sie sich davon eine friedlichere Zukunft für die Welt verspräche – von meiner Ablehnung der Gewalt sei sie überzeugt, doch hoffe sie, wenn ich einmal angefangen hätte, mich für jedes Verbrechen zu distanzieren, das Angehörige meiner Religion begangen hätten, vor meiner eigenen Tür zu kehren, faselte sie ungefragt weiter, wäre ich erst einmal einige Zeit ausreichend beschäftigt und ließe vielleicht harmlose Leute in Ruhe.

Gülsüm konnte sich in Dinge hineinsteigern, so was hat man selten gesehen! Wenn sie in Form war und man sie ließ, trieb sie es immer weiter, bis sie sich so in Rage redete, dass ihre Wangen dunkelrot wurden und zu leuchten anfingen. Das war immer das untrügliche Zeichen dafür, dass sie nicht mehr wusste, wovon sie sprach.

Natürlich versuchte ich zu erklären, dass diese Kriege nicht unter einem religiösen, mehr einem imperialistischen Vorzeichen geführt wurden und ich mit ein paar Verrückten irgendwo auf der Welt nun wirklich nichts Gemeinsames hatte oder haben konnte, doch ich hätte mich genauso mit einer Parkuhr unterhalten können.

Ich merkte, wie ich allmählich sauer wurde. Ich konnte ihr nicht folgen und das regte mich zusätzlich auf. Ich wusste nicht, worauf sie hinauswollte!

„Bin ich vielleicht Franzose?", rief ich wutentbrannt. „Bin ich vielleicht Serbe?"

Was hatte *ich* damit zu tun, dass die serbischen Milizen von ihren Popen gesegnet wurden, bevor sie ihre Vergewaltigungstour starteten? Nicht mal im Urlaub war ich dort! Wozu auch? Ihr Versuch, mich und meine Religion zu diffamieren, war lächerlich und sie wusste das, doch ihr ging es nicht darum, die Tatsachen zu erkennen. Von sich ablenken – das wollte sie!

Natürlich war mein Volk, was die Kriegstreiberei anging, kein unbeschriebenes Blatt, aber von uns Deutschen war jetzt nicht die Rede, wenigstens nicht direkt, und ich würde den Teufel tun, an diesem offenbar völlig misslungenen Abend auch noch deutsche Beiträge in der Geschichte der Kriege aufzugreifen und ausführlich zu thematisieren. Jeder einigermaßen objektive, geschichtlich versierte Mensch wusste außerdem, dass der Erste Weltkrieg andere Verursacher hatte und der deutsche Kaiser von seinen Bündnispartnern praktisch hintergangen wurde. Ehe man sich umsah, hatte man den Ersten Weltkrieg verschuldet! Gut, der Zweite war wiederum etwas völlig anderes; aber ungeachtet dessen, was Schlimmes passiert ist, darf man eins nicht vergessen: Deutscher war Hitler nicht! Ich hatte demnach nichts zu befürchten.

„Was habe ich mit diesen Leuten zu tun?", fragte ich selbstsicher nach. „Du sagst doch selbst, es seien Belgier und Franzosen und was weiß ich noch!"

Ich hoffte bei ihr so etwas wie eine verspätete Einsicht zu wecken und vielleicht eine Art Entschuldigung zu hören. Immerhin wurde ich gerade der Kriegstreiberei beschuldigt!

„Ja, Jürgen, genauso meine ich es!", bestätigte sie begeistert. „Was hast du mit diesen Leuten zu tun? Die haben zufällig deine Religion, ja und? Ihre Ziele sind aber andere, politisch und sicher nicht deine! Vielleicht nutzen sie die Religion als Vorwand, vielleicht denken sie wirklich, dass sie die Auserwählten sind! Du wurdest aber höchstens von mir auserwählt und ich weiß, wer du bist!"

Zugegebenermaßen, für einen kurzen Moment freute ich mich sogar, dass sie mich doch noch verstanden hatte und mit mir einer Meinung war, doch im nächsten Augenblick erkannte ich die Falle.

Jedes Gespräch mit dieser Frau war ein Minenfeld! Man musste höllisch aufpassen!

„Moment mal!", rief ich wütend, doch immer noch geistesgegenwärtig. „Das ist was ganz anderes! Du wirst wohl nicht auf die Idee kommen, dich und mich auf eine Stufe zu setzen!? Deine und meine Religion!"

„Und warum bitte nicht?"

„Wir sind zivilisiert und streben keine Weltherrschaft an!"

Das war der entscheidende Schlag. Sie guckte mich erstaunt an, als hätte sie mir dieses pointierte Denken nicht zugetraut, diese Schlagfertigkeit!

In diesem Augenblick wusste ich, dass ich sie besiegt habe.

Sie rieb sich mit der rechten Hand mehrmals über die Stirn, schüttelte den Kopf, so wie sie es immer machte, wenn sie versuchte, einen klaren Gedanken zu fassen, und sagte, mehr zu unseren Freunden als zu mir: „Ich glaube, ich muss mich jetzt zurückziehen. Es tut mir wirklich leid. Ich glaube, das hat jetzt keinen Sinn mehr, dieses Gespräch ... das alles."

Dann stand sie auf, ging zur Tür, blieb im Türrahmen kurz stehen, machte eine halbe Drehung, grinste plötzlich diabolisch und verkündete: „Ich muss mich jetzt zurückziehen, Liebling. So eine Weltherrschaft will anständig vorbereitet werden!"

So ging sie und ließ mich und unsere Freunde ratlos und allein zurück.

Vermutlich fragen Sie sich, wie es so weit kommen konnte, dass so ein Mensch wie ich so einen Menschen wie Gülsüm heiratet. Ich fürchte, auf diese simple Frage kann ich Ihnen keine einfache Antwort geben – vielleicht, weil Gegensätze sich stark anziehen, vielleicht, weil die Liebe blind macht … Vor dieser schrecklichen Tatsache kann Sie keine Waffe, kein Staatsexamen, nicht einmal ein überdurchschnittlicher Intelligenzquotient schützen, mein lieber Herr Anwalt! Vielleicht hat Gülsüm sich aber auch im Laufe unserer Ehe so verändert und die Frau, mit der ich gezwungen bin, meine Wohnung und einiges andere zu teilen, hat mit der schönen, klugen türkischen Germanistikabsolventin von damals nichts Gemeinsames mehr.

Gülsüm hat sich nie viel aus Religion gemacht. Zugegeben, ich auch nicht, doch um mich geht es hier nur am Rande. Sie wusste, dass ich aus der Kirche ausgetreten war, weil ich mit dem ganzen klerikalen Getue nichts mehr zu tun haben wollte. Das war nicht immer so.

Bevor meine Mutter aus meinem Leben verschwand, war ich kurz davor, Ministrant zu werden. Nachdem meine Mutter sich dann verabschiedet hatte, trennte sich auch mein Weg vom

Wege Gottes. Unbewusst wollte ich mit dieser plötzlichen Herzensentscheidung vielleicht auch meine Mutter bestrafen dafür, dass sie mich allein gelassen hat. Die ganze Sache mit der Kirche wurde bei uns nämlich vor allem durch meine Mutter vorangetrieben. Sie war die Kirchgängerin in unserer Familie, wir anderen waren die Accessoires, die ihre tiefe Andacht noch tiefer erscheinen lassen sollten. Meine Mutter war eine Inszenierungskünstlerin ohnegleichen, müssen Sie wissen. Zuerst kam immer der Schein. Nun, der Schein ist in der Kirche in vielerlei Hinsicht möglich.

Ich wurde besonders protegiert, weil ich, im Gegensatz zu meinen beiden selbst in der Sonntagsmesse kichernden Schwestern, immer die dem heiligen Ort entsprechende Würde und Haltung behielt, die mir übrigens von einigen älteren Damen, ebenso leidenschaftlichen Kirchgängerinnen wie meine Mutter, oft genug bestätigt wurde: „Ja schau mal, wie ein kleiner Priester!", zwitscherten sie los und tätschelten meine Wange. Die alten Frauen waren mir egal. Den Gott fand ich in Ordnung. Mehr nicht. Eine tiefe Religiosität hatte ich weder damals noch heute empfunden, doch damals wollte ich, dass meine Mama sich freute, dass ich ihr in Glaubensdingen folgte, und das tat sie. So kam es mir zumindest vor.

Natürlich wäre meine Mutter sehr stolz auf mich gewesen, wenn ich Ministrant geworden wäre! Sie war übrigens auch stolz auf mich, wenn ich mit dem besten Schulzeugnis von uns dreien nach Hause kam. Eigentlich hatte nur Rudolph, der älteste Sohn der Familie Steinbach, ein besseres gehabt, aber der zählte sowieso nicht, weil die Steinbachs von der anderen Rheinseite kamen, Imis waren und das rote Haus vom Richter Heinen gekauft hatten, für sehr viel Geld und gegen den Willen der Nachbarschaft. Die Steinbachs mochte man nicht.

Dann ging Mama nur mit mir allein in den Zoo oder Eis essen. Auf dem Weg zur Eisdiele erzählte sie Tante Sophia oder dem Metzger, je nachdem, wen sie zuerst sah, dass der Junge wieder mal nur Einser mit nach Hause gebracht hätte (Das sagte sie auch dann, wenn es nicht ganz stimmte. In Kunstfächern und in Chemie war ich zugegebenermaßen eher ein Durchschnittsschüler, was mich, nebenbei gesagt, nicht besonders bekümmerte – doch zum Glück verlangten weder Tante Sophia noch der Metzger jemals nach dem Zeugnis). Wenn es so weiterginge – an dieser Stelle hielt meine Mutter normalerweise inne, um zu prüfen, ob wirklich alle Anwesenden beim Metzger zuhörten, und als sie sich ihrer ungeteilten Aufmerksamkeit sicher war, warf sie mit einer schnellen Bewegung ihrer kleinen, rechten Hand ihren schönen, dicken, blonden Zopf nach hinten –, ja, wenn es weiter so liefe, dann würde der Sohnemann wohl eine Ingenieurlaufbahn einschlagen müssen, sagte sie und grinste stolz, weil mit diesen Leistungen alles andere zu leicht für ihn und eine Schande für die Familie wäre. Nun, der Stolz meiner Mutter auf mich, ihre Gottesfurcht waren weder groß, noch hielten sie lange genug, um sie bei uns zu halten.

Gülsüm dagegen wurde von einer atheistischen Mutter großgezogen, allerdings war Gülsüms Großvater moslemischer Priester, Hodza, und dessen Einfluss auf das Mädchen dürfen wir bei der Betrachtung dieser ganzen Religionssache nicht außer Acht lassen. An diesem Großvater hing sie nämlich sehr und wir wissen, was alles man aus Liebe zu tun bereit ist!

Im Nachhinein ärgert es mich, Gülsüms Kindheitsgeschichten nicht besser zugehört zu haben. Da ich selbst keine schöne Kindheit gehabt hatte, war ich verständlicherweise nicht darauf erpicht, die glücklichen Kindheitserinnerungen anderer zu teilen. Natürlich habe ich zu meiner Frau nie gesagt, dass mich ihre Erzählungen langweilen, gar kränken, doch gelegentlich habe ich, wie alle anderen rechtschaffenen Männer auch, nur mit einem Ohr zugehört oder ein kleines Nickerchen gepflegt. Jetzt könnte ich mich dafür ohrfeigen!

Jedenfalls kann ich mich gut erinnern, dass Gülsüm schon mal Zwistigkeiten zwischen dem Großvater und ihrer Mutter erwähnt hat. Es ging vornehmlich darum, dass der Alte Gülsüms Mutter nie verziehen habe, „den rechten Weg" (sprich Gottes Weg!) verlassen zu haben.

War Gülsüms Extremismus ein verspäteter Versuch, ihre Mutter vor dem geliebten Großvater zu rehabilitieren, quasi vorm Opa und Gott zugleich?

Immerhin schien der Großvater für meine Frau eine Art höhere

Instanz gewesen zu sein, die sie bemühte, wenn sie allein nicht weiterkam, ebenso gern, wenn sie das Bedürfnis hatte, andere zu überzeugen. Der Alte lebte zwar schon lange nicht mehr, doch an seine Worte erinnerte sie sich oft und, so wie es aussah, auch ziemlich genau. Was die Mutter anging, so verhielt es sich ganz anders, aber dann doch irgendwie nicht so anders. Ich würde sagen, anders genug, um immer wieder in einen Konflikt mit dem Vater zu geraten, und ähnlich genug, um sich trotzdem doch noch und immer wieder zu begegnen. Zitiert hat die dicke Baştürk den Alten aber noch nie.

Gülsüm glaubte, dass die Mutter eine Religiosität besaß, die, so drückte sie sich aus, an keine Institution gebunden war, diese jedoch aus Trotz nicht zur Schau stellte. So sei die Kluft zwischen Vater und Tochter immer tiefer geworden, obwohl sie sich beide wohl nichts mehr gewünscht hätten, als von dem jeweils anderen, so wie man war, akzeptiert und respektiert zu werden.

Gülsüm war oft bei den Großeltern mütterlicherseits und während Emina, die jüngere der beiden Schwestern, mit Mutter und Großmutter in der großen Küche herumschwirrte, verbrachte das ältere Mädchen Stunden im Arbeitszimmer des Großvaters. Dort räumte es die Schreibtischschublade aus, in der immer auch ein paar Süßigkeiten für die Enkelin lagen, studierte, während es Schokoladenkekse vertilgte, die Büchersammlung oder es sinnierte in Großvaters gewaltigem grünen

Sessel (der hatte es ihr besonders angetan, der kam nämlich in jeder Kindheitsgeschichte vor) am Fenster zum Hof. Meistens folgte es einfach nur dem Treiben auf der Straße, die zum Wochenmarkt führte. Mit gleichem Interesse und Wohlwollen lauschte die Kleine sicherlich Großvaters Erzählungen und ohne Zweifel hatten die Geschichten eines Imams ein klares religiöses Vorzeichen. Da das Mädchen sich, um dem Ärger mit der Mutter aus dem Weg zu gehen, die diesen Treffen skeptisch gegenüberstand, dazu entschieden hatte, nichts von dem, was Großvater erzählte, weiterzuerzählen, gab es zu Hause also keinen, der das vom alten Mann Gesagte hätte kritisch unter die Lupe nehmen können.

Obwohl der Großvater es nicht lassen konnte, immer wieder auf die lasche Beziehung von Gülsüms Mutter zu Gott zurückzukommen, was das sensible Mädchen bedrückte und lange noch nach den Unterredungen mit ihm beschäftigte, trotzdem liebte sie diese Gespräche mit ihm, weil sie in ihnen viel über das Leben lernte. Das behauptete sie zumindest.

Ein einziges Mal fragte ich genauer nach – Gülsüm neigte nämlich dazu, schwammige Aussagen zu machen, die man, weil unpräzise, sofort wieder vergaß, um das Gehirn mit überflüssigen Informationen nicht zuzumüllen –, und da ich meine Zeit nicht gestohlen hatte, konnte ich mit Zuhören und Erzählen um des Zuhörens und Erzählens willen nicht viel anfangen. Wenn ich mich an diesem orientalischen Zeitvertreib beteiligen sollte, wollte ich wenigstens wissen, was dabei für mich heraussprang, an Erkenntniszuwachs wohlgemerkt.

„Wie, was denn?" Sie guckte wie aus dem Schlaf gerissen.

„Was hast du gelernt? Was hast du von ihm gelernt, von deinem Großvater? Was genau? ", hakte ich, wie gesagt, nach.

Das sagt sich nämlich so einfach, man hätte von einem so viel gelernt; wenn man aber genauer nachfragt, was die Leute wirklich gelernt hatten, stellt sich meistens heraus, dass sie keine Ahnung hatten, weil sie sich an die meisten Dinge, die sie dachten, gelernt zu haben, gar nicht erinnerten. Was bleibt, sind nur Gefühle, vage oder nicht, doch täuschen können sie allemal.

Also fragte ich konkret nach und erwartete eine konkrete Antwort:

„Ich habe gelernt, wie wichtig das Lernen ist", antwortete meine Frau. Ich musste herzlich lachen. (Vielleicht erinnere ich mich auch deshalb so gut an jede Einzelheit der Situation.)

Das war wirklich etwas, worauf die Menschheit ohne Gülsüms Großvater nicht gekommen wäre!

Ich habe es nicht ausgesprochen, um sie nicht zu kränken. Ich wusste, wie sehr sie an dem alten Mann hing. Da sie keinen Vater hatte, war er vermutlich so etwas wie ein Vaterersatz für sie und es wäre nicht richtig gewesen, ihr diesen letzten Strohhalm zu nehmen.

Sie erkannte meine Zweifel.

Der Großvater habe immer gesagt, versuchte sie genauer zu erklären, nur das Wissen könne die Angst vertreiben und die gefährlichste aller Ängste sei jene vor den Menschen, weil sie auf Dauer allein mache.

Na ja, da kannte ich aber andere und schnellere Vereinsamungsmethoden: unkontrolliertes Furzen zum Beispiel, warf ich ein. Diesmal lachte sie.

Gülsüm schwelgte gerne in Erinnerungen. Man brauchte nur eine Frage zu ihrer Kindheit zu stellen, schon bekam sie ihren glänzenden Blick und es sprudelte nur so aus ihr heraus: Geschichten, Sprichwörter, Erlebnisse – ob man es hören wollte oder nicht. Meist fing sie unaufgefordert an zu erzählen und hörte auf, wenn ich ihr mitteilen musste, keine Zeit mehr für sie zu haben. Das passierte allerdings nicht so oft. Erstens konnte sie meine nonverbalen Signale ziemlich gut deuten und hörte, sobald sich meine Stirn verfinsterte, von allein auf, und zweitens konnte Gülsüm in Wahrheit durchaus interessant erzählen und ich hörte ihr, wenn die Zeit es erlaubte, meistens gerne zu.

So war irgendwann die Zeit gekommen, ihr eben die Gretchenfrage zu stellen: Wir unterhielten uns also über die Religion. Wie passe denn das zusammen, fragte ich in einem Anflug freundlicher Ironie, eine Religion, die sich „Frieden" nennt, propagiere den heiligen Krieg?

Ich hätte schon von schizophrenen Menschen gehört, aber von schizophrenen Religionen …

Der einzige Kampf, der im Islam heilig sei, beeilte sie sich – etwas pikiert – zu erklären, sei jener um die höheren Werte und diese hätten mit dem Materialismus, sprich auch dem Materialismus eines Krieges, nichts zu tun. Es sollte, wenn ich sie richtig verstanden habe, etwas sein, was darüber steht, über dem Materialismus, über dem Individuum, eine Art höhere Erkenntnis oder Erleuchtung, die durch Selbstbeherrschung erlangt werden kann.

Alles andere sei die falsche Deutung der Analphabeten und Dummköpfe! So Gülsüms Großvater.

„Viele deiner Religionsbrüder sehen es aber anders!", widersprach ich. „Sie sagen ‚Krieg' und sie meinen den ‚Krieg'!"

„Auf dieser Welt wird nichts mehr manipuliert als Worte", sagte sie, „besonders die heiligen." Das Zitat stammte übrigens auch von ihrem Großvater.

„Aber worauf soll ich denn sonst hören, wenn nicht auf die Worte?!" Meine Frage war eher als Provokation gemeint. Ich wollte den Islam nicht verstehen! Er war mir egal. Ich verstand meine eigene Religion nicht, obwohl ich, zumindest in meiner Kindheit und frühen Jugend, eine Menge Zeit in der Kirche verbracht habe. Das Letzte, was ich wollte, war, mir eine neue religiöse Auseinandersetzung ans Bein zu binden. Eine Antwort bekam ich trotzdem.

„Im Zweifelsfall soll man einfach auf sein Herz hören", sagte sie.

Gülsüms Herz änderte sich aber mit der Zeit. Ob wegen der falschen Herzfrequenz oder warum auch immer, aus einer offenen, liebenswürdigen und zärtlichen Ehefrau wurde ein kurzhaariges, verschlossenes und ironisches Etwas, das nur noch ans Wohl seines Sohnes dachte und alles, was eine Ehe stabil und besser machte, vollkommen vernachlässigte.

Natürlich war sie, trotz ihrer kurzen Haare und der abgemagerten Gestalt, immer noch eine überdurchschnittlich attraktive Frau, in der Lage, mit einem Lächeln Eisberge zum Schmelzen zu bringen, doch dieses Lächeln bekam ich, ihr Ehemann, immer seltener zu Gesicht.

Für mich blieb nur noch das Zähnefletschen übrig!

Unsere Unterhaltungen wurden seltener und je seltener sie wurden, umso heftiger wurden sie geführt. Letzten Endes machte mir das nicht so viel aus, denn die schlagenden Argumente waren immer auf meiner Seite.

Anfangs versuchte Gülsüm noch ihre Meinung zu verteidigen, doch musste sie leider immer wieder erkennen, dass sie auf der falschen Fährte war und ich wieder mal Recht hatte. Natürlich hätte ich nichts dagegen gehabt, wenn sie sich mal auch hätte durchsetzen können! Gott behüte! Ich war wirklich der Letzte, der ihr den Sieg nicht gegönnt hätte, wenn sie ihn verdient hätte! Zu meinem Bedauern war sie jedoch nicht in der Lage, mich zu überzeugen, aber das war das kleinere Problem. Sich selbst konnte sie auch nicht überzeugen, denn sie wusste nicht, was sie wirklich wollte, und besaß deshalb keine Argumente, einschlägig genug, ihrem Gesprächspartner die Stirn zu bieten und die Wichtigkeit ihres Anliegens zu demonstrieren. Weil sie letztendlich gemerkt hat, dass sie mit ihrer lückenhaften Argumentation bei mir auf Granit stieß, zog sie sich zurück, machte aber alles, wie bisher. Dies führte zu neuen Auseinandersetzungen, bei denen sie allerdings kaum noch etwas von ihrer alten Diskussionsschärfe zu bieten hatte. Im Gegenteil, sie wurde immer stiller, allerdings nicht nachgiebiger – wie ein renitentes Kind, das sich seine Tracht Prügel abholt, wohl wissend, diese verdient zu haben, und sich während der Bestrafung bereits auf den nächsten Ärger vorbereitet, den es den Eltern machen würde und für den es wieder Prügel geben würde. Kurz, sie öffnete sich nur selten und ich wusste nicht mehr, was in ihrem Kopf vorging. Und wenn ich es erfragen wollte, redete sie sich mit Müdigkeit heraus und verschwand in ihrem Zimmer, meistens kurz nachdem Sinan eingeschlafen war.

Wir unterhielten uns übrigens auch nur noch über Sinan und Anschaffungen im Haushalt.

Meinen Versuchen, das einmal angefangene Thema abzuschließen, wich Gülsüm regelmäßig aus. Meistens nutzte sie Sinan als Ausrede. In der Regel ging es um ein Anliegen, das keinen zeitlichen Aufschub duldete, das Kind musste umgezogen, bespielt oder sonst wie bespaßt werden.

Ich will Sie nicht weiter auf die Folter spannen: Eine Übersetzung von Gülsüms Gedichten habe ich bis zum heutigen Tag
nicht gesehen.

Als ich sie zum ersten Mal mit meiner Theorie konfrontierte,
ihre Gedichte wären verschlüsselte Botschaften an jemand von
Osamas Mitstreitern, vielleicht auch Osama persönlich – sozusagen Satanische Verse, nur andersherum –, lachte sie laut und
sagte, ich zitiere: „Haha, so was Lustiges habe ich selten gehört!
Der größte Schwachsinn, aber lustig!"

Gülsüm war zu diesem Zeitpunkt schon so weit von der Realität
entfernt, dass sie auch nicht mehr im Stande war, ihre Aussagen
zu kontrollieren. Leider galt das Gleiche auch für ihre Handlungen.

Ich drohte, ihre Gedichte einem unabhängigen Dolmetscher
vorzulegen oder jemandem, der sich mit Gedichtinterpretatio-
nen auskannte. Ich hatte da meinen alten Deutschlehrer im
Sinn. Nichtsdestotrotz brauchte ich jemand, der sie vorher vernünftig übersetzen konnte.

Sie pflichtete mir bei, selbst hätte sie auch nichts anderes gewollt, als die Gedichte jemandem vorzulegen, der mit ihnen
möglicherweise etwas anfangen könnte. Wenn ich die Arbeit
übernehmen wolle, es bliebe mir frei. Sie selbst habe sich gegen
jeglichen Versuch entschieden, damit an die Öffentlichkeit zu
gehen.

Das wundere mich nicht, erwiderte ich, ich könne mir durchaus vorstellen, dass sie große Schwierigkeiten damit hätte, wenn „die verschlüsselten Botschaften" an die Öffentlichkeit gelangten. An die westliche Öffentlichkeit, wohlgemerkt! Das Zeug könnte auch gefährlich sein!

Sie zuckte nur mit den Schultern.

Was ich mit dem „gefährlichen Zeug" mache, sagte sie, überlasse sie mir! Von ihr aus könne ich es auch persönlich bei der Polizei vorbeibringen!

Das habe ich dann auch getan und musste mir im Nachhinein anhören, das Vertrauen gebrochen und die eigene Frau bei den Behörden angeschwärzt zu haben.

17. 08. 2007

Mein lieber Herr Dankbar,

mir ist durchaus bekannt, dass „jeder Mensch Urlaub braucht"; und dass Sie ebenfalls zu dieser „verbrauchbaren Spezies" zählen, die sich „ab und zu ein paar Sonnenstrahlen auf die Bauchdecke scheinen lassen" möchte, das weiß ich ebenfalls. Vielleicht darf ich Sie aber daran erinnern, dass selbst ich derselben verbrauchbaren Art angehöre, obwohl mir aktuell übermenschliche Fähigkeiten abverlangt werden, die nicht einmal ein Denken an solch selbstverständliche Wünsche wie die eben erwähnten Sonnenstrahlen auf der Bauchdecke zulassen. Durch meine akute Lebenssituation, die Ihnen bekannt sein dürfte, bin ich dazu gezwungen, auf die Wonnen der Entspannung zu verzichten.

Wie Ihnen ebenso bekannt sein dürfte, liegt unsere Sache immer noch nicht in trockenen Tüchern. Im Gegenteil: Es brennt!

Ihr plötzliches Verschwinden wirft allerdings Rätsel auf: Könnte es tatsächlich sein, dass Sie die Wichtigkeit Ihrer Aufgabe nicht erfasst haben; dieser gar nicht gewachsen sind?

Könnte es sein, dass Sie kurz aus dem Blickfeld verloren haben, dass von einem guten Anwalt ständige Präsenz erwartet wird?

Junge Leute neigen dazu, ihre Lorbeeren unangemessen lange für sich zu beanspruchen. Sie wären nicht der erste Anfangdreißiger, dem der Erfolg, schneller als angebracht, in den Kopf gestiegen ist und den Blick vernebelt hat.

Nun, wir wollen es ja nicht hoffen, immerhin habe ich Sie mir persönlich ausgesucht!

Die Frontenkämpfe spitzen sich zu, mein lieber Herr Dankbar!

Man muss darauf achten, einen kühlen Kopf zu bewahren, darf keine Zeit verlieren, und was ich im Moment am wenigsten gebrauchen kann, ist ein auf irgendeinem Strand im Süden Sri Lankas herumhopsender Anwalt.

Bereits dreimal habe ich Ihnen auf die Mailbox gesprochen, kein einziges Mal habe ich einen Rückruf erhalten! Ihre Sekretärin, ein selten unverschämtes Exemplar dieser so unnötigen wie schlecht bezahlten Zunft, hat mich auf den 22. August vertröstet. So lange kann ich selbstverständlich nicht warten!

Ich erwarte von Ihnen, dass Sie sich der Sache mit dem nötigen Ernst annehmen! (Dieser Ernst war übrigens einer der Hauptgründe, weshalb ich Sie und nicht einen namhaften Scheidungsanwalt ausgesucht habe.) Ich darf Sie daran erinnern, dass ich mich, seit wir uns kennen, an Ihre Anweisungen gehalten, keinen Schritt unternommen habe, ohne diesen vorher mit Ihnen abzusprechen. Nun, jetzt ist ein dringender Handlungsbedarf da und Ihre Abwesenheit zwingt mich dazu, selbst zu handeln, ja handeln zu *müssen*!

Sicherlich ist Ihr Verschwinden auch ein Vertrauensbeweis mir gegenüber! Ein Mensch Ihres Formats lässt die Arbeit nicht liegen, wenn er nicht weiß, ob einer da ist, der sie anständig erledigt.

Es dürfte Ihnen sicherlich nicht entfallen sein, dass ich auch allein in der Lage bin, die klügste Vorgehensweise zu wählen. Doch hier geht es vielmehr um die Quantität der Arbeit, mein lieber verschollener Anwalt, hier geht es um die Menge, die ein Mensch allein, mag er auch meine Fähigkeiten besitzen, nicht schultern kann! Deshalb brauche ich jemanden, dem ich vertraue und dessen Fähigkeiten mindestens annähernd so gut sind wie meine! Bis vor kurzem bin ich davon ausgegangen, in Ihnen eine solche Stütze gefunden zu haben, da Sie ja auch die entsprechende Ausbildung genießen durften ...

Kurz: Von Ihnen und nur von Ihnen hängt es ab, ob ich meine vortreffliche Meinung von Ihrer Person behalte. Eins sage ich nur: Viel Zeit haben Sie nicht!

Und nun zu unserem Anliegen:

Die Situation ist mittlerweile unerträglich geworden. Ich muss alles Menschenmögliche unternehmen, um jenes kleine unschuldige Wesen dem seelenvernichtenden Einfluss der Person zu entziehen, die vorgibt, seine Mutter zu sein. Ob ich dabei selbst auf der Strecke bleibe, ist im Augenblick zweitrangig.

Ich erwarte von Ihnen, dass Sie diese Aufzeichnungen gründlich lesen und die Ruhe in Ihrem Urlaub dafür nutzen, sich eine erfolgversprechende Vorgehensweise zu überlegen, die uns aus dem eindeutig durch *Ihr Verschulden* entstandenen Schlamassel heraushelfen hilft. Ich bin mir dessen natürlich sicher, dass Ihnen die Tragweite der Fehlentscheidung, Ihren Urlaub gerade zu dem Zeitpunkt zu nehmen, wo einer Ihrer anspruchsvollsten Fälle dem Spannungshöhepunkt naht, in der Zwischenzeit klargeworden ist und Sie sich ob dieses Fehltrittes schwarzärgern.

Nun, mein lieber Herr Dankbar, bekanntlich gibt es wenig Perfektion auf dieser Welt, und wie ich leider feststellen musste, sogar Ihnen passieren Fehler. Menschen wie Sie und ich zählen jedoch zu den wenigen Auserwählten, die Fehler schnell erkennen und unschädlich machen können. Sonst hieße ich nicht Jürgen Habich und Sie wären nicht der Anwalt meines Vertrauens, sondern ein geldgieriger Schurke, eine schlagfertige Mogelpackung, die mit den berühmten Vertretern Ihrer Zunft lediglich die Berufsbezeichnung gemein hätte.

Wir müssen uns übrigens dringend über die Wahl Ihrer neuen Sekretärin unterhalten! Dass Frau Weber diesen Posten nicht mehr bekleiden kann und darf, ist mir bereits klar und Sie werden es auch einsehen, sobald ich Ihnen erzähle, was für Schritte ich habe unternehmen müssen, damit dieses dämliche Weibsbild die Faxnummer Ihres Hotels in Sri Lanka herausrückt. Die Sturheit und fehlende Kooperationsbereitschaft dieser Person sind ein großer, hässlicher Fleck auf der weißen Weste Ihrer Kanzlei, daher ist es für uns beide wohl selbstverständlich, dass sie von Ihrer Lohnliste verschwinden muss, sobald sich eine passende Nachfolgerin findet.

Es dürfte ja kaum ein Problem sein, eine fähigere und liebenswürdigere Vorzimmer-Dame aufzutreiben!

Nun zu den neuesten Ereignissen: Wie oben angedeutet, befinde ich mich seit geraumer Zeit in einer unerträglichen Situation.

Frau Baştürk spricht seit drei Wochen kein Wort mehr mit mir, sie geht mir aus dem Weg, und wenn sie mich trifft, guckt sie durch mich hindurch, als wäre ich Luft.

Wenn ich sie auf ihr unzumutbares Verhalten anspreche, beschuldigt sie mich, sie wie eine Gefangene zu behandeln, sie erpresst und verleumdet zu haben. Sie unterstellt mir, Lügen über sie in die Welt gesetzt und unseren Sohn mit diesen Lügen gegen seine eigene Mutter aufgehetzt und völlig verwirrt zu haben. Sie erzählt in ihrem Freundeskreis, ich wäre ein Tyrann!!!

Angeblich würde ich versuchen, meine Nächsten nach meinem Ebenbild zu formen, und wenn dies misslinge, zu vernichten. (Da hätte ich aber viele vernichten müssen!) Wie ein Kind soll ich sein, das ein Bild zerreißt, das nicht seiner Vorstellung entspricht. Das Wohl meines eigenen Sohnes, von dem ich gerne spreche, erzählt sie, wäre nur ein Vorwand! Eigentlich versuchte ich lediglich den Status quo aufrechtzuerhalten, wohl wissend, dass sich sonst keine fände, die bereit wäre, nach meiner Vorstellung zu leben. Und ich hätte einfach nur große Angst, allein bleiben zu müssen, wüsste, dass Gülsüm ohne ihren Sohn niemals wegziehen würde, würde nur deshalb um Sinan kämpfen, nicht weil ich so ein liebevoller Vater wäre!

Ich brauche nicht zu erwähnen, dass diese hanebüchenen Unterstellungen von Frau B. bar jeder Wahrheit und Logik – nur dazu da sind, mein Ansehen und meinen Ruf in unserem Bekanntenkreis zu ruinieren und alle meine Bemühungen, aus uns drei eins zu machen – eine gut funktionierende Familie – zu untergraben.

Ich glaube, wir müssen uns bei unserem nächsten Treffen auch über eine Verleumdungsklage unterhalten, Herr Dankbar! Ich habe nicht vier Jahrzehnte lang unentwegt an meinem guten Namen gearbeitet, damit irgendeine verrückt gewordene Ausländerin diesen durch den Schmutz zieht! (Ich gehe davon aus, dass ich die betreffenden Nachbarinnen, von denen ich die entsprechenden Informationen bezüglich Gülsüms Lästereien erhalten habe, bald so weit haben werde, dass sie ihre von mir bereits abgetippten Aussagen unterschreiben.)

Und was dieses letztere von Frau B. Gesagte betrifft, so stimmt dies tatsächlich: Mich würde die Dame jederzeit verlassen, ihren Sohn nie! Dies ist aber nicht der Grund, warum ich um Sinan kämpfe!

Sicherlich geht Gülsüm in ihrer Mutterrolle nicht auf. Sicherlich ist sie keine der Mütter, die den Sinn ihres Lebens durch die Tatsache der Geburt erfüllt sehen. Sie ist gewiss auch keine gute Mutter!

Sicherlich wäre es ebenfalls besser gewesen, hätte sie sich gegen ein Kind entschieden (So hätte sie uns allen viel Ärger erspart, sich selbst miteingeschlossen, aber dies nur am Rande). Doch sicher ist auch, Gülsüm würde niemals absichtlich etwas tun, was Sinan enttäuschen könnte, nie eine Entscheidung fällen, die Sinans Leben auf irgendeine Art und Weise beeinträchtigen würde, niemals für immer einen Ort verlassen, an dem Sinan sich wohl fühlt … es sei denn, ihr psychischer Zustand lässt kein Nachdenken zu, sie handelt in Panik, in Euphorie oder in Angst. Bei vielen anderen Frauen, die keine seelische Krankheit vorweisen, stellt sich so eine Frage nicht. In Gülsüms Fall muss sie gestellt werden, ja, sie muss zuerst gestellt werden, bevor alle anderen Fragen zu beantworten sind – die Frage: Was ist, wenn Gülsüm in Angst, Panik oder in Euphorie handelt? Wer beschützt Sinan vor den Auswirkungen ihres Tuns? Wer beschützt ihn, wenn ich nicht da bin?

Auf diesen Fall, mein lieber auf Sri Lanka untergetauchter Herr Advokat, müssen wir vorbereitet sein! Ja, wir müssen handeln, bevor dieser Fall auftritt. *Ich* muss handeln, bevor dieser Fall auftritt, bevor Gülsüm völlig die Kontrolle verliert; denn dass sie wieder die Kontrolle verlieren wird, dass sie wieder verrückt werden wird, ist nur eine Frage der Zeit! Gülsüm ist viel zu schwach, viel zu störungsanfällig! Echte Auseinandersetzung scheut sie, weil sie weiß, dass sie sie nicht gewinnen kann. Sie weiß, dass sie mit ihrem Lebenslauf, ihrem Krankheitsbild, ihrer Herkunft, wenn Sie so wollen, am kürzeren Hebel sitzt.

Die letzten Wochen, ja Monate waren nicht nur für mich nervenzerreißend. Auch Gülsüm musste viel wegstecken und vor allem, sie musste sich rechtfertigen, eine ihr aus tiefstem Herzen verhasste Handlung, denn Gülsüm, das müssen Sie wissen, fühle sich „nur ihrem Herzen und ihrem Gewissen verpflichtet", folglich empfindet sie jede Aufforderung, ihr Verhalten zu rechtfertigen, als eine Zumutung. Und weil das Gefühl bei dieser Dame so übermächtig ist, so findet es auch immer einen Weg an ihrem Gewissen vorbei.

Sei es drum, ich denke, dass ich ebenfalls mindestens eine von Gülsüms Freundinnen dazu bringen kann, Gülsüms Aussagen hinsichtlich meiner angeblichen Erpressungsversuche zu unterschreiben, so dass sie sehr bald eine Verleumdungsklage am

Hals haben wird. Sie wird schon klein beigeben müssen, mein lieber Herr Dankbar, es bleibt ihr nichts anders übrig! So viel Druck kann sie nicht aushalten, vor allem nicht, wenn sie fürchten muss, ihren Sohn zu verlieren. Sie wird erkennen müssen, dass ich der Einzige bin, der ihr helfen kann, der Einzige, der sie aus ihrer unwägbaren Lage, in die sie sich durch ihre überflüssige Hartnäckigkeit selbst gebracht hat, herausholen kann, ihre einzige Chance! Sie wird es einsehen müssen, denn alles andere als diese Einsicht würde für sie den Untergang bedeuten, für sie und vor allem für ihren Sohn! Deshalb, und wenn nur deshalb, wird sie mitspielen müssen. Oder sie wird wahnsinnig, aber dann hat sie erst recht keine Chance, Sinan zu bekommen!

Ihren Versuch, mit Sinan in die Türkei zu fliehen, habe ich vereiteln können, indem ich ihren Pass sichergestellt habe. Sinan habe ich unterrichtet, dass seine Mutter verrückt geworden sei. (Selbstverständlich habe ich darauf geachtet, wie ich meinem Sohn diese an sich unerfreuliche Tatsache schonend beibringe, ohne (!) sein kindliches Gemüt übermäßig zu strapazieren.) Ich sagte, die Mama könne nichts dafür, zumindest nicht direkt. Da Mama niemals auf Papa hören wollte, konnte sie auch nicht gesund werden. Deshalb müsse Sinan immer auf Papa hören, damit er nicht krank werden würde so wie die Mama. Jetzt sei es fast zu spät für sie, doch mit ärztlicher Hilfe könnten wir vielleicht Hoffnung schöpfen, dass es ihr irgendwann besser geht.

Natürlich rechtfertige ich alles mit ihrer Krankheit! Dadurch war eben nicht die Mama böse, sondern die Krankheit. Niemals würde ich dem Kind seine eigene Mutter madig machen!

Wie das denn genau aussehe, wenn man verrückt sei, fragt er. Dass Mama vorhatte, Papa und Sinan für immer voneinander zu trennen, antworte ich, so sehe das aus. Er weint und sagt, er möchte nicht von mir getrennt werden, niemals! Von der Mama auch nicht. Klar, er ist noch ein Kind!

Es fällt ihm noch schwer, den Schwachsinn seiner Mutter zu akzeptieren. Gülsüms Gerede vom „Urlaub-nötig-Haben" und davon, endlich mal Heimatluft schnappen zu müssen, glaubt natürlich kein Mensch!

Wozu hat sie überhaupt einen Urlaub nötig, wenn sie nicht gearbeitet hat? Wenn einer ein Recht auf Urlaub hätte, dann wäre ich derjenige! Aber ich bin standhaft geblieben. Ich weiß Prioritäten zu setzen. Solange nicht alle unsere Schulden beglichen sind, will ich nicht mal an einen Urlaub denken!

Sinan hat mir versprochen, für den Fall, dass die Mama mit ihm zum Flughafen fahren will, ohne dass er sich vorher vom Papa verabschiedet hat, den ersten Polizisten oder jemand vom Flughafenpersonal zu informieren, gekidnappt worden zu sein und zurück zu seinem Vater zu wollen. Sicherheitshalber habe ich Gülsüms Pass in meinen Safe eingeschlossen. Daraufhin ist sie durchgedreht! Sie verlangte ihren Pass – von mir wohlgemerkt, obwohl sie sich gar nicht sicher sein konnte, dass ich ihn habe verschwinden lassen! Solch eine Frechheit! Außerdem hatte sie sowieso keine Tickets, genauer gesagt, sie behauptete, sie hätte keine! Warum sie dann trotzdem ihren Pass haben wollte …?

Könnte es sein, dass sie sich mit Hilfe ihrer Verbündeten mit Sinan im Frachtraum eines bestimmten Flugzeugs verstecken wollte!? Der Gedanke allein, sosehr ich ihn unter der Rubrik „unrealistisch" zu verbuchen versuchte, verursachte Übelkeit und besonders schlimme Magenkrämpfe, die sich erst nach Stunden beruhigen ließen. Was hatte sie vor? Mit meinem Kind am Rockzipfel ein Flugzeug zu entführen und anschließend meine Regierung zu erpressen? Oder wollte sie einfach nur weg aus Deutschland, zu ihren Islamistenfreunden? Ich wollte, ich konnte nicht zulassen, dass mein Kind in irgendeinem Camp für Gotteskrieger sein Land und seine Herkunft vergessen lernt. Gülsüm behauptete zwar, sie hätte niemals vorgehabt, Sinan zu entführen und in der Türkei zu verstecken, und mit meiner Phantasie hätte ich ein Kriminalromanautor werden sollen, aber ich bin durchaus in der Lage, zwei und zwei zusammenzuzählen. Das mit dem Kriminalromanautor stimmte natürlich trotzdem, so wie es ebenfalls stimmte, dass ich dank meiner vielseitigen Begabung auch vieles andere mehr hätte werden können. Jedenfalls als Kriminalromanautor, wenn auch ein verhinderter, wusste ich, woran man eine Verbrecherin erkennen konnte. Ich achtete auf die Körpersprache, auf die kleinen, für

Normalsterbliche kaum bis gar nicht wahrnehmbaren Zeichen in der Gestik und in der Physiognomie ... schließlich ihre Aufregung und ihre Wut, als sie ihren Pass nicht finden konnte. Diese verrieten sie und ich wusste, dass ich sehr gut aufpassen musste, wenn ich sie und Sinan behalten wollte. Sie drohte sogar, mich wegen Freiheitsberaubung anzuzeigen, wenn ich nicht sofort ihren Pass herausrücken würde, was sie dann doch sein lassen musste, da sie ihren fabelhaften Pass zwei Tage später in ihrer blauen Reisetasche fand.

Ich glaube, ich habe es tatsächlich geschafft, sie zu verunsichern. Da wir beide wussten, wie nachlässig und unverantwortlich sie mit ihren Sachen umging, war dies, selbstredend, für mich ein leichtes Spiel. Ich sagte, offenbar hätte sie ihren Pass, aus Angst, ihn möglicherweise zu vergessen, schon früher in das äußere Fach ihrer Reisetasche geschoben und wie so oft, so wie sie viele andere, wichtigere und größere Dinge vergaß, so habe sie diesmal vergessen, ihren Pass bereits eingepackt zu haben.

Sie guckte mich fassungslos an und sagte zuerst gar nichts. Erst einige Sekunden später begann sie, den Kopf zu schütteln und halblaut mit sich selbst zu sprechen. Es sah so aus, als ob sie es geschluckt hätte. Sie regte sich zwar immer noch auf, wiederholte, das könne nicht sein und sie wäre doch nicht senil geworden, aber ich nannte ihr einige Beispiele ihrer berühmt berüchtigten „Geistesgegenwart", wie zum Beispiel das Eis auf der

Fensterbank und die Scheckkarte im Kühlschrank – im Gemüse-fach wohlgemerkt –, und guckte sie lange und vielsagend an. Sie schüttelte nur noch den Kopf.

Ich weiß nicht, ob sie mir endlich geglaubt hat. Sicher war es nur, dass sie angefangen hat, an sich und ihrem Urteilsvermö-gen zu zweifeln, was – vielleicht nicht in diesem expliziten Fall, aber normalerweise schon – durchaus angebracht war. Ich sagte auch, dass ich keine Entschuldigung von ihr erwartete, obwohl sie mir gerechterweise zustehen würde.

Vielleicht glaube sie jetzt, der Pass wäre von Anfang an da ge-wesen und es wäre eine ihrer zahlreichen Aktionen, bei denen sie sich etwas gedacht, später aber leider Gottes vergessen hatte, was.

Das war immer schon der Haken an der Sache mit Gülsüm. Sie war eine kluge Frau, die aber von ihrer Klugheit nicht profitie-ren konnte, weil sie sich selbst im Wege stand. Da sie zu viele Gedanken an einzelne Dinge verschwendete und vor lauter Bäumen keinen Wald sah, schaffte sie es in besonders stressi-gen Phasen nicht mal, die Bäume, die sie sah, voneinander zu unterscheiden. Und je häufiger man sie darauf aufmerksam machte, umso schlimmer wurde sie.

Entschuldigt bei mir hat sie sich jedenfalls nicht. Noch nicht! Ich meine nur, da Gülsüm sowieso nie weiß, wo sie was hat liegen lassen, ist es keine Kunst, sie glauben zu machen, dass sie mich grundlos bezichtigt hat.

Wenn ich weiß, dass ich jemand grundlos bezichtigt habe, entschuldige ich mich für meinen Fehler. Ich schon.

Nicht so Gülsüm.

Obwohl sie für sich in Anspruch nimmt, ein höflicher Mensch zu sein!

Das ist jetzt aber mal wirklich ihr Problem, das ich jetzt nicht zu lösen brauche. Abgesehen davon verliert sie langsam die Nerven. Gestern habe ich sie erwischt, wie sie Sinan anschreit. Er wollte keine Nudeln essen. Genauer gesagt, Sinan hat sich geweigert, ihre neueste Nudelkreation, Spagetti mit Sojafleisch in Tomatensoße, überhaupt zu probieren, worauf sie ihn anmeckerte, er könne doch nicht wissen, dass es ihm nicht schmecke, wenn er es nicht mal probiert habe. Außerdem, drohte sie, würde er nichts anderes zu essen bekommen. Der arme Knirps war vollkommen verwirrt. So was hat er noch nicht erlebt!

Ich bin dann mit ihm auswärts essen gegangen. Wir waren in einem italienischen Restaurant und haben uns eine Familienpizza mit Salami und extra Käse munden lassen.

Natürlich war Klärungsbedarf da! Das Kind durfte nicht so mir nichts, dir nichts angebrüllt werden! Seine Mutter hielt es nämlich nicht für nötig, ihr Verhalten irgendwie zu kommentieren.

Es blieb also wieder mal an mir, meinem Sohn zu erklären, dass Mama krank sei und deshalb Sachen mache, die normale Menschen komisch oder manchmal auch schlimm fänden. Er selbst denke vielleicht, Mama wäre schrecklich böse zu ihm, tröstete ich ihn, dies treffe jedoch gar nicht zu. Mamas Gehirn könne nämlich im Augenblick nicht anders – da es eben krank sei –, als dummes Zeug anzustiften. Ich habe ihm auch gesagt, dass wir der Mama nur helfen können, indem wir ihr ihre Fehler immer und immer wieder vor Augen führen, damit sie aus ihren Fehlern lernt und nicht mehr lebensunfähig wäre.

Papa würde doch der Mama immer Sachen erklären, bemerkte mein kluger Sohn! Dann könne sie doch noch lernen, wie man richtig lebe.

Jetzt wo Mamas Gehirn krank geworden sei, erläuterte ich, mache Mama noch viel mehr Fehler als sonst und ein krankes Gehirn könne nicht so schnell lernen wie ein gesundes, wie Sinans Gehirn beispielsweise.

Ob Mamas Gehirn jemals wieder gesund werden würde, fragte Sinan besorgt. Ich bejahte die Frage nach einer kurzen Denkpause, obwohl ich mir in diesem Augenblick nicht sicher war, meinem Sohn die Wahrheit gesagt zu haben. Ich fand jedoch, dass er an dem Abend von seiner Mutter genug enttäuscht worden war, und wollte nicht der Verantwortliche für den letzten Tropfen im vollen Glas sein. Sinan war noch ein Kind, sosehr ihm seine gegenwärtige Lebenssituation die Kraft und Geduld eines Erwachsenen abverlangte. Er brauchte wieder einen Anlass, optimistisch in die Zukunft zu blicken.

In seiner kindlich naiven Art sagte mein Sohn, er sei der Mama gar nicht mehr böse und er möchte helfen, dass ihr Gehirn schnell wieder repariert würde.

„Dann musst du ihr immer alles sagen, was dir bei ihr nicht gefällt oder du nicht gut findest", belehrte ich ihn. Die Mama wisse das nämlich nicht mehr und müsse neu lernen, was gehe und was nicht und wie man sich vor anderen Menschen richtig benimmt! Wie einen menschlichen E.T. müsse er sich die Mama vorstellen, verdeutlichte ich, er kenne doch den Film und wisse, was E.T. nicht kannte und was ihm die Kinder alles beibringen mussten.

„E.T. wusste aber ganz viele Dinge, die die Kinder nicht wussten!", bemerkte mein kluger Sohn.

Dieses loyale Wesen tat alles, um doch noch eine Entschuldigung für seine peinliche Mutter zu finden.

„Doch mit diesen Dingen konnte E.T. auf der Erde nichts anfangen!", erklärte ich geduldig weiter. „Was E.T. wusste, das konnte ihm auf der Erde nicht weiterhelfen. Erst die Kinder haben ihm geholfen, wieder auf die Beine und nach Hause zu kommen!"

„Dann sind du, ich und Mamas Gehirnarzt jetzt wie die Kinder", schloss Sinan weise.

„Ja und du kannst Mami helfen, indem du ihr erklärst, wie man sich richtig benimmt!", ermutigte ich ihn.

„Manchmal weiß ich aber selbst nicht, wie man sich richtig benimmt", konterte er leise.

„Dann musst du schauen, wie Papa es macht, und dann machst

du alles genauso nach. Und wenn die Mama nicht lernen will, dann kommst du schnell zu Papa und erzählst ihm das! Dann rede ich mit ihr!"

Für den Fall, dass Gülsüm auf die Idee käme, mich bei der Polizei anzuschwärzen, ich würde sie erpressen und ihre Bewegungsfreiheit einschränken – von dieser Frau war alles zu erwarten – , bin ich, gleich nachdem ich ihren Pass in die blaue Tasche gesteckt und von meinen Fingerabdrücken gereinigt hatte, selbst dahin und habe meine Befürchtung geäußert, meine Frau stehe im engen Kontakt mit den türkischen Islamisten und könnte versuchen, in den folgenden Tagen das Land Richtung alte Heimat zu verlassen. Die Gedichte gab es als corpus delicti dazu.

Natürlich war ich mir nicht sicher! Wie sollte ich auch? Es war nur eine Vermutung – das habe ich selbstverständlich auch der Polizei gesagt. Ich wollte keinen anschwärzen! Ich hatte ja nicht vor, Gülsüm für immer zu verlieren – genau das Gegenteil war der Fall! Ich wollte verhindern, dass sie geht, und wusste, wenn einmal ein Verdacht da ist, dann braucht man erst mal Zeit, um ihn aus dem Weg zu räumen. In dieser Zeit hatte Gülsüm keine Chance, das Land zu verlassen; wenn überhaupt, dann in eine von ihr sicherlich nicht erwünschte Richtung.

Irgendwie liebte ich sie trotz allem immer noch und hoffte heimlich, ihr Vergehen würde nicht groß genug sein, dass sie auch noch in einem der berüchtigten USA-Militärgefängnisse

356

landen müsste. Natürlich hätte ich das nicht verhindern können, falls es so gekommen wäre! (Dies hätte selbstverständlich auch den endgültigen Bruch zwischen uns bedeutet! Ich bin ein flexibler Mensch und kann mich mit vielem anfreunden, doch es hätte mir sicherlich nicht gefallen, als der naive Ehemann der Terroristin von nebenan abgestempelt zu werden!) Doch eins dürfen wir natürlich nicht vergessen, ich war derjenige, der sie bei der Polizei gemeldet hatte – folglich konnte man mir keine Mittäterschaft und kein Mitwissen vorwerfen! Die Naivität vermutlich schon, aber die ist, wie wir alle wissen, nicht strafbar. Doch wer von euch keine Schuld trägt, werfe den ersten Stein! Jedenfalls konnte ich Sinan so für immer ihrem schlechten Einfluss entziehen und – seien wir mal ehrlich – wir wussten auch noch nicht, was sie mit mir überhaupt vorhatte, welche Rolle in ihrem schmutzigen Spiel mir zugeteilt war!

Die Untersuchungshaftzeit wollte ich zum Handeln nutzen. G. B. lag am Boden und ich war der einzige Mensch auf dieser Erde, der sie noch aufrichten und retten konnte, denn machen wir uns nichts vor, mein lieber Herr Anwalt, keiner ist so allein wie ein Mensch, dessen Schuld (oder Unschuld) erst nachgewiesen werden muss. Nicht mal dann, wenn das Urteil gefallen und man für schuldig erklärt worden ist, nicht mal dann und als nachgewiesener Verbrecher ist einer so einsam und ohne Halt wie solange die Untersuchung noch läuft.

Ich sage Ihnen warum! Vielleicht sind Sie auch von alleine darauf gekommen; da aber Erkenntnis nur mit Erfahrung Hand in Hand geht und ihr Erfahrungsschatz eben nicht besonders umfangreich sein kann, bin ich bereit, diese Wissenslücke, die ich Ihnen keinesfalls zum Vorwurf mache, mit meinem eigenen Wissen zu füllen (ich habe ja nichts davon, wenn ich in dieser entscheidenden Phase auch noch Druck auf Sie ausübe, der Sie eventuell unsicher werden lässt und zu weiteren Fehlern führt). Sehen Sie; kein Mensch ist so unvorsichtig, sich öffentlich mit einem zu solidarisieren, bei dem sich im Nachhinein herausstellen könnte, doch noch das Gegenteilige gemacht, gemocht oder vertreten zu haben als man selbst. Was für eine persönliche Niederlage wäre das, ich bitte Sie, jemandem irrtümlich Erfolg und Glück gewünscht zu haben!

Bei einem bereits Verurteilten sieht die Sache natürlich ganz anders aus. Da weiß man nämlich offiziell, was man hat, Gutes oder Schlechtes. Man kann die Position beziehen, ohne Angst haben zu müssen, am Ende hinters Licht geführt, betrogen zu werden, mit anderen Worten Sympathie jemandem zu schenken, der sich dieses Gefühls unwürdig erweisen könnte. Nach einem Urteil ist die Sache eindeutig: Man weiß, was der Verurteilte getan hat, und kann sich frei entscheiden, ob man es verachten oder gut finden will. Sie werden es aus Ihrer anwaltlichen Praxis bereits wissen: Es werden sich immer Leute finden, die gegen das Urteil aufbegehren, es zu hart finden und den Betroffenen bemitleiden. Ja, es werden sich immer auch welche finden, die sich mit dem Verurteilten solidarisieren, seine Ziele nachvollziehen, gar die gleichen Ziele und Absichten haben wie der wegen solcher Absichten Verurteilte. Es wird sicherlich auch solche geben, die den Verurteilten insgeheim für völlig verrückt halten und öffentlich trotzdem gegen die Verurteilung sind. Da solche Zeitgenossen nun mal gegen alles sind, also auch gegen diesen Staat, begehren sie, konsequenterweise, auch gegen dessen Justiz und deren Urteile auf. Zweifelsohne wird es auch einige ewige Zweifler geben, die das Urteil ablehnen, weil sie den Verurteilten für unschuldig oder des angerichteten Unheils nicht fähig halten. Diese werden den Verurteilten möglicherweise bemitleiden.

Dies alles käme aber erst nach der Verurteilung. Vorerst ist man jedoch allein und draußen werden, laut oder leise, Mutmaßungen über die Schuldfrage geäußert.

Ich hätte mich vor sie stellen können! Ich hätte sie in Schutz nehmen können, ihr zeigen können, dass ich sie, trotz allem, was sie mir angetan hat, liebte und bereit bin, für unsere kleine Familie zu kämpfen!

Sie fragen nach meiner Intention? Ich wollte, dass sie endlich einsieht, es bleibe ihr nichts anderes übrig, als zu kooperieren, dass sie begreift, dass meine Liebe so stabil, so unerschütterlich ist, dass ich, statt irgendwelchen Rachegelüsten freie Bahn zu geben, dass ich ihr sogar in ihrer unmöglichen und gefährlichen Lage bereit bin der Fels in der Brandung zu sein, ihr persönlicher Fels, ihr Ruhepol! Dass ihre Lage aussichtslos war, sah sie selbst. Eine Ausländerin, ehemalige Patientin einer Nervenheilanstalt, arbeitslos und unter Verdacht, Verbindungen zur Terrorszene zu pflegen!

Je nach Situation und ihrem Benehmen wäre ich sogar bereit gewesen, zur Polizei zu gehen und meinen Verdacht zurückzuziehen. Ich hätte gesagt, dass ich mich schwer geirrt hätte und Gülsüms Gedichte stinknormale, langweilige, keinem Menschen – von ein paar ähnlich Verrückten wie ihr abgesehen – verständliche Poesie wären. Ich hätte auch gesagt, dass ihre Weigerung, sich zu distanzieren, nur ein dummer weiblicher Versuch gewesen wäre, ihren Ehemann in Anwesenheit seiner Kumpel zu ärgern und ihren eigenen Kopf durchzusetzen. Ja, ich war sogar bereit zu behaupten, dass es die Bank, an die Gülsüm das Geld für ihre Mutter überwies, tatsächlich gab. Diesen letzten Gedanken habe ich aber doch wieder verworfen, da ich mich dadurch möglicherweise selbst hätte strafbar machen können. Man sollte nichts behaupten, was sich direkt als falsch herausstellen konnte! Ich hätte nach Bedarf und Möglichkeit ebenfalls gesagt, dass Gülsüms Interessen andere waren und sie sich, seit wir uns kannten, vollkommen unverdächtig benommen hätte. Ich meine, die Frau hatte, wenn wir ehrlich sind, mit religiösem Fanatismus so viel zu tun wie ich mit einer

Mondlandung. Sie wusste, dass es das gab.

Nun, man kann dem BND sicher einiges an Schlamperei vorwerfen, aber in diesem einen Fall hat er sich vorbildlich verhalten: Gülsüms Gedichte, ihre gesamten Bücher wurden erst mal konfisziert, ihre Geldüberweisungen genauestens geprüft! Überflüssigerweise, meiner Meinung nach, wurden ebenfalls unsere gesamten Kontobewegungen unter die Lupe genommen. Auch unsere Wohnung wurde auf den Kopf gestellt. Die ganze Nachbarschaft, die Freundinnen mit ihren Telefonnummern, die Firmen, für die sie gearbeitet hat, die Kinder, welchen sie Nachhilfeunterricht gegeben hat – eigentlich alle und alles, womit Gülsüm Baştürk jemals in Berührung gekommen war, wurde beguckt, geprüft und durch die Mangel gezogen. Sogar ihre Diplomarbeit in russischer Literatur haben sie sich die Mühe gemacht zu lesen! Ich weiß jetzt nicht, ob das die Beamten selbst gemacht haben oder jemand, der etwas von dem Thema versteht, jedenfalls konnte man es später der Arbeit ansehen, dass sie gelesen wurde, und so hatte das Ganze auch noch etwas Positives für Gülsüm.

Während meine Frau beim Verhör saß und ihren verworrenen Gedanken nachgehen durfte, musste *ich* mich die ganze Zeit um Sinan kümmern. Natürlich war das eine schwere Zeit für mich! Auf der Arbeit fühlte ich mich auch unwohl, weil ich nichts Genaues sagen konnte und wollte. Was hätte ich auch sagen können? Dass ich mir jahrelang von einer Terroristin auf der Nase habe herumtrampeln lassen?

Sinan wollte wissen, warum die Mama jetzt bei der Polizei und ob sie eine Verbrecherin sei, warum die Polizisten Mamas Bücher mitgenommen hätten und ob sie sie wirklich „allealle" lesen würden. Und ob dies alles geschehe, weil Mamas Gehirn krank sei? Und warum Mama zur Polizei gehe und nicht zum Arzt, denn ich hätte gesagt, ein Arzt könnte Mama helfen und nicht ein Polizist. Und ob Polizisten auch Gehirne heilen könnten?

Erklären Sie das mal alles einem kleinen Jungen!

Ich sagte, Mama stehe unter Verdacht, bösen Leuten zu helfen, und die Polizei sei jetzt damit beschäftigt, der Sache auf die Spur zu gehen. Sinan erwiderte, Jakob und Maria (Sinans Freunde aus dem Kindergarten) seien lieb.

Ich verstand nicht, was er damit meinte.

„Weil die Mama Jakob und Maria immer hilft, wenn sie bei uns zu Besuch sind und etwas nicht kapieren, wenn wir zusammen spielen oder so", erklärte der kleine kluge Kerl, meinen verdutzten Gesichtsausdruck richtig deutend. Jetzt war es an mir zu erklären, dass Mama außer Sinan und seinen Freunden und Papa und dessen Familie, die alle lieb seien, auch noch andere Leute kenne, die Papa nicht kennt, und dass einige von diesen Leuten böse seien. Darauf fing Sinan an zu weinen. Er hatte Angst, die

362

bösen Leute würden Mami etwas antun. Ich erklärte, die bösen Leute würden Mama nichts tun, weil Mama auch ihnen helfe, nicht nur Jakob und Mascha, sondern auch den bösen Leuten, und dass sie da ganz schön blöd wären, die Bösen, wenn sie jemandem, der ihnen helfe, was antun würden. Auf die Frage, warum Mama bösen Leuten helfe, hatte ich leider keine Antwort, auch darauf nicht, ob man denn dann selbst böse werden würde, wenn man bösen Leuten helfe. Ich sagte, dies sei eine sehr schwere Frage, die nur die Polizei und der liebe Gott beantworten könnten, doch auch diese beiden Parteien würden dabei länger nachdenken müssen.

„Ist Mama deshalb dort, um den Polizisten beim Nachdenken zu helfen?", fragte Sinan.

Und so weiter und so fort …

Ja, es war eine schwere Zeit für mich, doch auch da behielt ich die Fassung, auch in dieser schlimmen Zeit dachte ich zuerst an meine Familie. Ich sagte zum Beispiel, dass Mama wieder zurück zu uns käme, wenn die Polizisten herauskriegten, dass sie sich geirrt hätten.

Ich nahm eine mutmaßliche Verbrecherin in Schutz, weil ich es nicht übers Herz bringen wollte, meinen Sohn mit der schrecklichen Wahrheit zu konfrontieren.

Ich weiß nicht, wie es bei den Verhören war und was da abgelaufen ist. Nicht mal so was Grundsätzliches wollte meine Frau mir erzählen! Nicht, als sie nach Hause kam, später auch nicht.

Und nicht nur das! Nicht mal in den Arm genommen hat sie mich, als käme sie gerade aus dem Badezimmer und nicht von einem langwierigen Polizeiverhör. Dafür hat sie Sinan umso länger gedrückt und gesagt, jetzt halten Sie sich fest – sie sagte, dass jetzt alles gut sei, denn die Mama sei da!

Das nenne ich eine verzerrte Selbst- und Realitätswahrnehmung!

Ob sie den Polizisten beim Nachdenken geholfen habe, fragte Sinan, und ob sie jetzt wüssten, dass Mama nicht böse sei.

Ich spürte einen kurzen bösen Blick auf meinem Nacken. Ihren Blick!

Er solle sich keine Sorgen mehr machen, sagte sie und küsste ihn dreimal laut.

Was denn mit **mir** wäre, ob **ich** mir Sorgen machen müsste, hakte ich nach.

Sie guckte mich nicht mal an.

Ich wiederholte meine Frage.

Da sie wieder kein Wort herausbrachte, fragte auch Sinan nach, ob Papa sich denn Sorgen machen müsste:

„Mama, Papa fragt, ob *er* sich Sorgen machen muss?"

Nein, erwiderte sie, Papa sollte sich auch keine Sorgen mehr machen um sie.

Mehr Information bekam ich an diesem Abend nicht.

Ich vermute, dass sie mit ihren beiden zuverlässigsten Verbündeten, ihrer Schönheit und ihrer Frechheit, die zuständigen Beamten bezirzt und eingewickelt hatte. Jedenfalls war sie früher zu Hause, als meines Erachtens in solchen Fällen angebracht und als ich es erwartet hatte. Es war ihr vermutlich nahegelegt worden, bis die Sache endgültig geklärt würde, Köln nicht zu verlassen. Ich bin mir ziemlich sicher, dass unser Telefon in der Folgezeit abgehört und Gülsüm beschattet wurde. Das heißt, ich gehe davon aus, dass dies der Fall war. Gemerkt habe ich nichts Konkretes, doch ich denke, dass es nicht anders sein konnte. Mindestens dieses Wenige ist der Staat unserer Sicherheit schuldig!

Zu diesem Thema sagte meine Frau weder an diesem besagten Abend noch irgendwann später mehr.

Ein paar Monate danach erfuhr ich, dass die ganze Sache aus Mangel an Beweisen eingestellt werden musste. Die Bank, an die Gülsüm das Geld überwies, gab es anscheinend wirklich und auch noch die Tante dazu. Mit dem türkischen Verlag wurde ebenfalls Verbindung aufgenommen und die konnten berichten, dass Gülsüm Baştürk bereits mit zwanzig Gedichte veröffentlicht hatte – zwei Gedichtsammlungen, genau genommen, und zwei Novellen.

So sah es aus.

Meine Frau konnte man googeln und ich wusste es nicht!

Wie auch?! Sie selbst hatte nie ein Wort darüber verloren. Man fragt doch nicht jemand, dessen Namen man vor einer halben

Stunde erfahren hat, ob er auch irgendwelche Veröffentlichungen vorzuweisen habe! Es ist nicht meine Aufgabe gewesen, dies in Erfahrung zu bringen! Wohlgemerkt war es die Aufgabe und die Pflicht meiner Frau, darüber zu berichten. Dass sie das nicht getan hat, spricht natürlich für sich.

So viel zu gegenseitigem Vertrauen! So viel zu Offenheit und partnerschaftlicher Kommunikation!

Ich fragte sie, warum sie nichts gesagt hatte, und sie sagte wieder nichts. Es war, als ob sie taub und blind wäre. Entweder schwieg sie und guckte durch mich hindurch, oder sie wechselte abrupt das Thema. Ich merkte, es lohnte sich nicht nachzubohren und ließ sie in Ruhe. Vielleicht brauchte sie Zeit, um alles, was sie erlebt hatte, zu verstehen und erst mal in ihrem Kopf zu sortieren. (Fürs Sortieren brauchte sie bekanntlich lange!) Immerhin war sie jetzt auch noch eine Dichterin!

Zu Tante Reni sagte Gülsüm, als jene sie in meinem Auftrag ausfragte, dies (die Zeit, in der ihre Poesiesammlungen veröffentlicht wurden) sei eine Zeit gewesen, die sie in Deutschland endgültig vergessen wollte.

Reni wollte sich dann immerhin die Bücher zeigen lassen. Und wie es der „Zufall" so wollte, waren diese angeblich noch in der Türkei geblieben, bei ihrer Mutter, weil – jetzt passen Sie auf: „jemand, der sie nicht geliebt hat, die beiden Vorworte geschrieben" haben soll.

Das wiederum war wieder mal typisch! Welcher normale

Mensch lässt sich von jemandem, der einen selbst nicht mag, nicht „liebt", um bei Dichterins Rhetorik zu bleiben, Vorworte für die eigenen Bücher schreiben?!

Der kann mich nicht leiden, also soll er das Vorwort für mein neues Buch schreiben!

„So was Idiotisches konnte eben nur von Gülsüm kommen!", sagte ich.

„Ich schätze, sie hat gedacht, dass er sie liebt!", fügte Reni ruhig hinzu und zuckte die Schultern.

Tante Reni hatte schon nach dem Tod ihres dritten Ehemannes ihren Frieden mit der Welt, den Menschen und der Liebe im Allgemeinen geschlossen und hatte für alles, inklusive dessen, was sie nicht verstand, nur noch ein verständnisvolles Schulterzucken übrig. In mir regte sich ein vager Verdacht, Reni könnte Gülsüms Verhalten billigen, heimlich billigen natürlich, denn immerhin war sie meine Verwandte und nicht die von Gülsüm. Ein paar Mal hatte sie nämlich auch öffentlich Partei für Gülsüm ergriffen, ich weiß jetzt nicht mehr, worum es da genau ging, weiß nur, dass meine Schwestern und mein Vater ebenfalls dabei und anderer Meinung waren als die zwei.

Doch Tante Reni war schon seit Langem das schwarze Schaf der Familie Habich und dass sie zu Familienfesten und anderen ähnlich anstrengenden Veranstaltungen überhaupt noch eingeladen wurde, lag sicherlich daran, dass sie in Konfliktsituationen nie klar Position bezog und im Zweifelsfall mit Schulterzucken reagierte, welches wirklich alles oder auch gar nichts bedeuten konnte, meistens aber einfach nur Renis Verständnis für die Launen des Schicksals signalisierte. Wenn einer sich mit den Launen des Schicksals auskannte, dann war das nämlich Tante Reni. Immerhin hatte sie mit neunzehn einen Alkoholiker geheiratet! Weniger aus Liebe und mehr, weil sie von ihm schwanger war, aber das nur nebenbei. Sieben Monate später brachte sie ein todkrankes Kind zur Welt, das nach zwei Monaten starb und dem ein halbes Jahr danach sein sturzbesoffener Vater auf einem geklauten Moped folgte.

Renates zweiter Mann, Onkel Peter, den ich persönlich vergöttert und in dem ich eine Art besseren Vater für mich gesehen hatte, starb auf Mallorca, während er unermüdlich versuchte, seiner Frau das Schwimmen beizubringen. Es war ein Gehirnschlag, aus heiterem Himmel buchstäblich! Er sank in sich zusammen, während seine Frau begeistert ihre erste Schwimmrunde drehte. Renate merkte es als Letzte, während sie ihren Lernerfolg euphorisch feierte, das Winken der Verwandtschaft am Strand falsch deutete und, statt schnellstens zum Strand zurückzuschwimmen, fröhlich zurückwinkte und sich immer weiter entfernte.

Renates dritter Mann, Onkel Klaus, ein lustiger, geselliger Typ, der seit einer Ewigkeit Tante Reni schöne Augen gemacht hatte – er kannte sie tatsächlich noch aus der Mittelschule und war damals schon hinter ihr her gewesen –, wurde ein Jahr, nachdem er sie endlich hatte überzeugen können, es doch noch einmal mit einem Mann zu versuchen, in Köln Weidenpech von einem Blitz getroffen.

Als die Nachricht von Klaus` Tod kam, lachte Reni laut und riss sich die Haare büschelweise vom Kopf. In genau dieser Reihenfolge! Entsetzt über so viel plastisch gezeigte Verzweiflung, soll die Oma gerufen haben: „Arm Reni kricht noch `ne Pläät!" Diese Szene und Omas Kommentar hatten sich in das kollektive Familiengedächtnis so fest und dauerhaft eingeprägt, dass man jedes Mal, wenn man von Tante Reni redete, automatisch nur noch Pläät-Reni sagte und unfreiwillig an die gruselig komische Szene denken musste. Und obwohl man sie eigentlich immer für eine feine, kultivierte und kluge Frau gehalten hatte und obwohl ihr trotz dieses unglücklichen Spitznamens immer noch genug Haare auf dem Kopf geblieben waren, nach dem Tod ihres dritten Mannes, vielmehr nach ihrer Reaktion auf die Nachricht von dessen Tod, nahm man sie in der Familie nicht mehr für voll. Sie selbst wusste von diesem interfamiliären Gefühlswandel, doch schien er ihr, wie so vieles, was nach dem Tod ihres dritten Ehemannes passierte, an ihrem Allerwertesten vorbeizugehen. Pläät-Reni war alles egal.

Dass Gülsüm also von der verrückten Pläät-Reni Mitgefühl oder vielleicht auch eine Form von Unterstützung bekam, falls sie sie bekam, hatte in der Tat nichts zu bedeuten.

Ich jedenfalls fand nicht, dass ein Vorworte schreibender Mann, der sie nicht liebte und deshalb aus ihrem Kopf verschwinden musste, als Entschuldigung dafür ausreichte, dass sie mir ihre Bücher vorenthielt. Es war natürlich wieder eine von Gülsüms Entschuldigungen, so verrückt, dass man fast in Versuchung kam, ihr zu glauben. Unweigerlich kam man nämlich zu dem Schluss, nicht mal ein Vollidiot würde sich solch eine blöde Geschichte in Wahrheit als Entschuldigung ausdenken, folglich konnte sie irgendwie durchaus stimmen.

Es musste bei ihr immer irgendeine Gefühlsduselei sein!

In der Zeit nach den Polizeiverhören war es eigentlich nur noch schlimmer mit ihr geworden. Wenn man sie endlich so weit hatte, einem eine Antwort oder eine Erklärung für ihr Verhalten zu geben, war man danach noch weniger schlau als davor. In der Regel fragte man sich, ob man sich die Überzeugungsarbeit nicht hätte sparen können und in der Zeit nicht lieber was Sinnvolles gemacht hätte.

 Letztendlich war ich aber froh, dass die Sache diese Wendung genommen und ich mich in meiner Frau nicht getäuscht hatte. Stellen Sie sich nur mal vor, es wäre anders gekommen! Wie wäre ich dagestanden? Jürgen Habich, der Depp der Nation; der Blödmann, der dem internationalen Verbrechen den Unterschlupf bietet, den Terroristen die Möglichkeit eröffnet, ihr Unwesen in unserem schönen Land zu treiben! Was hätte ich meinem Sohn gesagt? Dass ich mich in seiner Mutter schwer getäuscht habe? Dass sein kluger und rechtschaffener Vater einen schicksalhaften Fehler begangen hatte, unter dem sie beide jetzt und ein Leben lang zu leiden hätten? Wie hätte ich mich in meiner Firma blicken lassen, erhobenen Hauptes wohl kaum?! Und was hätte ich den Nachbarn erzählt? Wie alles erklärt? Wie in die fragenden, vorwurfsvollen, enttäuschten Gesichter geguckt? Ich hätte mit Sinan bestimmt wegziehen müssen, weil ich für immer der Ehemann der Terroristin und mein Sohn der Sohn der Terroristin geblieben wäre.

Natürlich bin ich zur Polizei gegangen und habe sie angezeigt – vor allem aber, um Gülsüm vor sich selbst zu schützen! Denn eins war klar: Kampflos wollte ich sie den Fundamentalisten nicht überlassen!

Natürlich war der geäußerte Verdacht vage! Natürlich hatte ich auch vor, sollte Gülsüm Einsicht zeigen, noch mal zur Polizei zu gehen und meine Aussage zurückzuziehen! Ich war sogar bereit zu sagen, dass ich mich vollkommen geirrt habe! Doch die Angst kam, die Zweifel, dass es doch möglich sein könnte, dass mich meine unbestechliche Beobachtungsgabe wieder mal in die richtige Richtung lenkte.

Sie war einfach viel zu still geworden, viel zu ernst! Zwei hässliche lange Falten hatten sich um ihre schöne Nase gebildet, die ihrem Gesicht einen besorgten, geradezu alten Ausdruck verliehen. Ihr helles Lachen konnte man nur noch auf den Videoaufnahmen aus den ersten Jahren unserer Ehe hören, ihre Haare hatten auch an Glanz eingebüßt … kurz, sie sah nicht aus wie ein Mensch, der sich seines Lebens freute. Nicht mal, wenn sie mit Sinan sprach, hatte ich das Gefühl, dass sie ganz bei ihm war. Sie war unkonzentriert, ernst, nachdenklich und abweisend. Gülsüm Baştürk sah aus wie jemand, den wichtige Fragen beschäftigten und der sich aus diesem Grunde auf den köstlichen Teller Nudeln vor ihm nicht konzentrieren konnte.

Es wäre natürlich eher in unserem Sinne gewesen, wäre die Polizei länger im Dunklen getappt und hätte ich mit dem Zurückziehen meiner Aussage schließlich Licht in die Dunkelheit gebracht. So hätte ich die Gelegenheit gehabt, Gülsüm zu zeigen, was sie gerne vergaß, dass nämlich ich und nur ich ihre Rettung war!

Aber auch so, dachte ich, hatte ich keine schlechten Karten. Schließlich gehörte die Wohnung, in die sie wieder zurückkommen wollte, mir!

Normalerweise wird das Familienmitglied, das im Konflikt mit dem Gesetz steht, vom Rest der Familie, dem, der noch zum Bravbürgertum gehört, abgelehnt. Die Gründe dafür mögen verschieden sein: Man will nicht in schlechtes Licht geraten, das eigene Ansehen beschädigen, nur weil jemand, der zufälligerweise von denselben Eltern abstammt, denkt, alles tun und lassen zu können, was ihm so vorschwebt. Manchmal hat man auch genug eigene Probleme und fühlt sich nicht in der Lage, Probleme anderer auch noch zu behandeln und zu beheben. Gelegentlich mag man die Person einfach nicht und nutzt den Gesetzeskonflikt als vorgeschobenen Grund für einen dauerhaften Bruch. Manchmal will man sich schlicht und einfach von der abscheulichen Tat distanzieren.

Sie sehen es selbst, es gab mehrere Möglichkeiten, wie ich auf Gülsüms Erscheinen nach den Verhören hätte reagieren können.

Das habe ich ihr alles gesagt, als ich sie vor meiner Tür stehen sah, und ich habe ihr auch gesagt, dass ich nichtsdestotrotz bereit sei, sie in die Wohnung zu lassen und mit ihr und Sinan neu anzufangen.

Nun, wenn Sie jetzt eine verspätete Einsicht erwarten, dann muss ich Sie leider enttäuschen. Die Frau, die in mein Leben so viel Ärger und Unordnung wie keine andere vor ihr gebracht hat und der ich trotzdem im Begriff war zu verzeihen, hielt es nicht für angebracht, eine einfache Entschuldigung durch die Lippen zu pressen!

„Ich will zu meinem Sohn!", war alles, was sie sagte.

Kein Dankeswort dafür, dass ich ihr trotz meiner und polizeilicher Zweifel doch noch eine Chance gebe! Keine Entschuldigung für die Blamage, die sie uns angetan hat! Kein Wort des

Verständnisses für mich! Keine Anerkennung dafür, dass ich mich während ihrer Abwesenheit um ihren Sohn gekümmert habe!

Als Sinan sie fragte, ob sie jetzt bei uns bleibe und nicht mehr weggehe, sagte sie: „Mama bleibt immer bei dir, wenn du das möchtest!"

Dabei wirkte sie aber keinesfalls überzeugend, vielmehr war sie gedankenabwesend und gar nicht bei der Sache, doch der Kleine merkte es natürlich nicht. Selbstverständlich war es wieder an mir zu erklären, dass die Mama erst mal frei gelassen wurde, weil die Polizei keine stichhaltigen Beweise gegen sie gefunden habe, und dass die Mama in Zukunft sehr gut aufpassen müsste, wie sie sich benimmt, damit die Herren von der Polizei nicht wiederkämen und die Mama zurückholten.

Sinan fing an zu weinen. Er wollte nicht, dass Mama wieder geholt wird.

Diesen meinen Versuch, dem Kind schonend die Wahrheit beizubringen, bezeichnete meine Frau später als „Herzlosigkeit" und – das muss man sich mal auf der Zunge zergehen lassen – als meine „manipulative Technik", angewendet nur, um sie „zu verunsichern".

In der besagten Situation kommentierte sie jedoch das Gesagte mit keinem Wort! Lediglich nahm sie Sinan in den Arm, küsste ihn und sagte, dass keiner sie wegholen würde und er sich keine Sorgen machen müsse.

So einfach war das natürlich nicht und grundsätzlich lehne ich es strikt ab, ein Kind, mein Kind (!) ganz besonders, für dumm zu verkaufen, doch dank ihrer Unfähigkeit, sachlich zu bleiben, brachte meine Frau auch unseren Sohn zum Weinen, so dass er nicht mehr in der Lage war, meinen weiteren Erläuterungen zu folgen. Ich entschied mich also fürs Schweigen. Als ich sie alle beide umarmen wollte, wand sie sich heraus.

Später wurde sie von Sinan gefragt, warum sie denn überhaupt zur Polizei gehen musste und ob es deshalb war, weil ihr Gehirn krank geworden sei.

Ihre Reaktion: ein schneller, böser Blick, auf mich gerichtet, und ein liebevolles Lächeln für Sinan, dann die Antwort, ihrem Gehirn ginge es prima und sie wäre bei der Polizei gewesen, weil ein dummer Mensch zu viel Angst hatte, um nachzudenken, und deshalb die Polizei geholt habe.

Natürlich konnte ich in diesem Moment nichts sagen, um mich nicht zu verraten! Ich konnte ja schlecht zugeben, dass ich lediglich um sie Angst hatte, sonst nichts! Sinan hätte das auch nicht verstehen können und ich fühlte mich noch nicht in der Lage, ihm, wie ich das in der Regel tat, die Beweggründe für mein Handeln kindgerecht und verständlich zu schildern. Ihre Bemerkung beschäftigte mich, ja sie tat mir weh, doch ich blieb stumm, um meinen Sohn nicht mit den Dingen zu belasten, die ihn, zumindest im Moment, nichts angingen.

Meine Annäherungsversuche an den darauffolgenden Tagen wehrt Gülsüm mit Verachtung ab.

Sie sagt, ich zitiere: „Wir sollten mit dem Schauspiel aufhören!"

Langsam muss ich mir eingestehen, dass es nichts mehr Liebenswerts, auch nichts Attraktives mehr an dieser Frau gibt. Ihr Äußeres lässt in der letzten Zeit im Allgemeinen zu wünschen übrig: Augen rot und kleiner als sonst, Haut blass und trocken, selbst ihre tollen Haare – ihr größtes Kapital – sind stellenweise ergraut und stumpf. Ihre Wangenknochen stechen aus ihrem Gesicht heraus – zwei kahl gewordene Bergspitzen, wie bei einer alten Frau! Sie wirkt müde und erschöpft, dabei bin ich derjenige, der jeden Morgen um 6 Uhr aufstehen muss, nicht sie!

Sie kocht nur noch für sich und Sinan. Normalerweise essen sie spät zu Mittag, so dass ich mich, wenn ich nach der Arbeit nach Hause komme, mit Resten begnügen muss. Für Sinan gibt es abends Brote mit frischem Gemüse dazu oder irgendeine Art Börek. Das isst er nämlich gerne. Das hat er von mir.

Ich esse Börek auch gerne. Sie fragt nicht einmal danach, ob ich auch etwas haben möchte!

Seit einem Monat habe ich ihre Karte gesperrt. Jetzt muss sie selbst sehen, wie sie mit dem Geld vom Nachhilfeunterricht das Lotterleben für sich und ihren Sohn finanziert.

Um Sinan mache ich mir keine Sorgen. Ich weiß, dass er genug zu essen bekommt. Es ist eine Egofrage für sie, wenn Sie so wollen. Sie möchte als gute Mutter dastehen! Am Wochenende gehe ich mit Sinan regelmäßig in ein Restaurant oder zum Mc Donald`s, damit das Kind die Vorzüge einer guten Küche nicht völlig vergisst. Zum Mc Donald`s natürlich nicht aus dem eben genannten Grund, aber Sinan geht nun mal gerne hin und Gülsüm kann sich solche Ausflüge mit ihrem Sohn nicht mehr leisten (wenn sie sich überhaupt noch etwas leisten kann).

Im Freundes- und Familienkreis habe ich schon vorgesorgt. Ich habe verlautbart, dass Gülsüm wegen ihrer Verschwendungssucht bereits in Therapie war und dass jeder, der ihr Geld leihe, den Therapieerfolg verzögere, ja gefährde, ihr somit keinen Gefallen tue. Das dürfte aber sowieso kein Problem sein. Keiner von unseren gemeinsamen Freunden hat so viel Geld, um es in der Welt zu verteilen.

Für Sinan habe ich immer, wenn ich keine Überstunden machen muss, ein offenes Ohr.

Mehr, als ich tue, kann man nicht tun! Die Zeit arbeitet für mich. Wenn mich nicht alles irrt, brauche ich jetzt nur geduldig zu warten und sie kommt angekrochen. Eine Arbeit findet sie so schnell nicht. Nicht in ihrem Zustand! (Ich gebe zu bedenken, dass ihre Schönheit schwindet!) Auch nicht mit einem Kind wie Sinan, das sehr viel Aufmerksamkeit gewohnt ist. Abgesehen davon wird sich jeder vernünftige Arbeitgeber nach dem polizeilichen Führungszeugnis erkundigen und Frau B. ist seit der

Terrorverdachtsgeschichte kein unbeschriebenes Blatt mehr. Weiß Gott nicht! Meine Nachbarin Ilse, das zweite Haus von links, habe ich bald so weit, dass sie einen von mir verfassten Brief unterschreibt, in dem es um die Äußerungen geht, die Gülsüm im Zusammenhang mit mir und meinen Absichten Sinan gegenüber in Ilses Beisein getätigt hat. Dann kommt zum Terrorverdacht auch noch eine Verleumdungsklage. Übrigens habe ich bei uns im Viertel unerwartet viel Zuspruch bekommen, seit der Terrorverdacht Einzug in unser Haus gehalten hat. Dabei hatte ich noch befürchtet, Leute würden sich wegen Gülsüm von mir abwenden!

So kann man sich irren!

Beim Metzger wurde ich gleich am nächsten Morgen darauf angesprochen und von zwei Nachbarinnen von der anderen Straßenseite wurde mir Unterstützung zugesichert. Von Frau Zimmer habe ich bereits zwei Mal Sauerbraten vorbeigebracht bekommen. Völlig unerwartet! Ich hatte mich mit ihrem Mann einmal in der Wolle gehabt, weil ich ihn in der Hitze des Gefechts „einen Rassisten" genannt hatte. Das ist aber fast zehn Jahre her. Im Sommer, bei einer Gartenparty bei Ilse und Heinz war das und wir hatten beide mehr intus, als es uns guttat. Danach hat er mich nicht einmal mehr gegrüßt. Jetzt weiß ich gar nicht mehr, was die eigentliche Ursache für unseren Disput war. Wahrscheinlich ging es um Ercan und dessen Familie. Ach, jetzt fällt es mir ein: Ich weiß noch, dass Herr Zimmer dagegen war, dass Heinz einen Teil seines Gartens an Ercan verpachtet. „Das fehlt noch", hat er gesagt, „dass uns der Türke eine Moschee vor die Nase setzt!", und: „Wenn ich vom Muezzingesang aus dem Bett geschmissen werden will, fliege ich nach Istanbul!" Glücklicherweise hat Heinz sich nicht darum geschert, wie Herr Zimmer geweckt werden wollte! Es gab sowieso keine weiteren Interessenten. Als es aber ein Tomatenhäuschen und keine Moschee geworden war, war Herr Zimmer der Erste, der sich von Ercan ganze Alditüten mit Tomaten und Zucchini vollpacken ließ. Ganze Tüten voll mit Gartenprodukten des Mannes, dessen Namen er immer noch nicht aussprechen kann. Oder will.

Garten-Erwin nennt er ihn!

Nicht nur die Liebe geht durch den Magen, mein lieber Herr Dankbar, die politische Überzeugung manchmal auch! Oder auch nicht. Man weiß es ja nicht, er kann sich ja Ercans Tomaten schmecken lassen und weiterhin gegen Türken schimpfen. Das wäre aber auch irgendwie schizophren, meinen Sie nicht?

Nichtsdestotrotz machte Frau Zimmer einen hervorragenden Sauerbraten und es tat mir gut, dass mich meine Nachbarn, sogar oder vor allem die, von denen ich es gar nicht erwartet hätte, in dieser schwierigen Lebenssituation nicht allein ließen. Ich schätze, wenn einer die Ressentiments der Nachbarschaft zu spüren bekäme, dann würde das Gülsüm sein – wegen ihrer Geheimnistuerei.

Gülsüm braucht sie, diese Geheimnistuerei. Das nennt sie dann ihre „Privatsphäre"! Ich dagegen war immer eine ehrliche Haut und habe alles schön erzählt, so wie es ist und war. Ich habe nicht mal versucht zu verheimlichen, auch selbst erstaunt, enttäuscht und auch verängstigt gewesen zu sein. Ebenfalls habe ich gesagt, nicht bereit gewesen zu sein, mit dieser Frau – sollte sich der Terrorverdacht bestätigen – einen Tag länger unter dem gemeinsamen Dach zu verbringen, ebenso dass ich eins auf jeden Fall nicht zulassen würde, dass diese Verbrecherin – sollte sich herausstellen, sie wäre eine –, dass diese Verbrecherin weiterhin die Möglichkeit hätte, meinen Sohn in irgendeiner Hinsicht zu beeinflussen. Sie werden sich vielleicht wundern, aber gerade von den Zimmers und von den beiden Nachbarinnen vom Ende der Straße, die Namen weiß ich noch nicht, aber dieses Versäumnis werde ich umgehend korrigieren, den beiden, die ich oben eben erwähnt habe, habe ich für meine klare und konsequente Haltung nur Zustimmung und viel Mitgefühl erhalten. Ich denke, Gülsüm ist selbst schuld, wenn die Nachbarn sich ihr gegenüber im Augenblick etwas reserviert verhalten.

Sie hätte, als der Verdacht ausgeräumt war, selbst aktiv werden müssen! *Sie* hätte die Leute aufsuchen müssen, um diese von ihrer Angst zu befreien. Immerhin waren sie und ihr Verhalten der Grund dafür, dass sie welche gekriegt haben!

„Wer nix sagt, braucht sich auch nicht zu wundern, dass zu ihm auch nix gesagt wird!

Und über ihn viel!", hat meine Oma immer gesagt.

Das wird sie schon beschäftigen; ich kenne Gülsüm! Sie mag es nicht, wenn man von ihr schlecht denkt. Das hat sie sich aber alles selbst zuzuschreiben! Man kann nicht auf die Gefühle seiner Mitmenschen pfeifen und erwarten, dass sie im Gegenzug mit einem selbst behutsam umgehen. Gut, erwarten kann man ja alles, doch die Erwartungen werden bekanntlich nicht immer erfüllt. Ja, das wird sie schon lange beschäftigen! Ich wage sogar zu prophezeien, wenn diese Sache sie nicht endgültig bricht, dann wird dies die Sorge um Sinan erledigen.

Der Junge ist verwöhnt, gewöhnt, immer nur das Beste zu kriegen. Lange wird sie ihm nicht erklären können, warum sie den Gürtel enger schnallen müssen. Wenn Sinan am Wochenende mit mir essen geht, dann hat er wieder seinen gewohnten Lebensstandard und das gefällt ihm. Das genießt er!

Unter uns, für seine Persönlichkeitsentwicklung ist es gar nicht so schlecht, auch mal Entbehrungen kennenzulernen. Er soll erfahren, dass man nicht alles bekommen kann, wonach einen gelüstet. Eins ist jedenfalls sicher: Der Mensch ist käuflich und ein Kind ist ein kleiner Mensch.

Sie wird schon angekrochen kommen, mein lieber Herr Dankbar, das wird sie und dann können wir zuschlagen!

15. 09. 2007

Gestern habe ich einen weiteren Brief von Frau Baştürks Anwältin erhalten. Frau Baştürk tut so, als wäre es ihr ernst und als wollte sie sich wirklich, so schnell es geht, scheiden lassen. Dass ich nicht lache! Sie will sich scheiden lassen, nach allem, was sie mir angetan hat! Wenn einer das Recht dazu hat, den Scheidungsanwalt zu bemühen, dann bin ich das wohl! Aber Logik war nie Gülsüms Stärke.

Und wo will sie, ich bitte Sie, hin? In die Türkei kann sie nicht und mit Sinan sowieso nicht, denn dazu braucht sie meine Erlaubnis. Eine eigene Wohnung suchen? Da bin ich gespannt, wie das funktionieren soll! Dazu hätte sie sich zuerst eine Arbeit suchen müssen und das hat sie … verpasst. Zumindest war sie mit ihren Versuchen nicht erfolgreich genug! Wer gibt ihr ohne Arbeit eine Wohnung? Keine Arbeit, keine Wohnung, so einfach ist das. Die Milchmädchenrechnung eben. Auf eine Sozialwohnung wartet man lange. Und wo soll sie sonst hin? Allein mit Kind und ohne Geld? Mit den Ansprüchen einer Prinzessin auf der Erbse und einem Sohn, der gewohnt ist, dass man ihm jeden Wunsch von den Augen abliest.

Nun, ich habe ihr gesagt, dass ich nicht mehr beabsichtige, irgendeine der ankommenden Rechnungen zu bezahlen. Soll sich die Gnädigste selbst darum kümmern. Es ist mir egal, wie! Darüber hätte sie sich eher Gedanken machen müssen! Irgendwann muss man mit den Konsequenzen des eigenen Verhaltens konfrontiert werden. Je früher, desto besser, wenn Sie mich fragen, desto schneller lernt man! Ich jedenfalls werde die ausstehenden Rechnungen dieser Person nicht mehr begleichen!

Ich weiß wirklich nicht, was die Frau eigentlich will – sagt nichts und beklagt sich, dass man sie nicht versteht. Man bietet ihr eine letzte Chance und sie behauptet, wir beide hätten einander nichts mehr zu bieten, „nicht mal eine letzte Chance"! Sie macht mich langsam nervös und Nervosität zählt nicht zu meinen bevorzugten Gefühlslagen!

Außerdem macht sie sich mit ihrem konspirativen Verhalten immer wieder verdächtig, und wenn ich dann zur Polizei gehe, dann ist sowieso alles meine Schuld!

Seit geraumer Zeit spricht Frau Baştürk am Telefon immer nur türkisch. Wenn sie mit Sinan kein Deutsch sprechen würde, würde ich denken, diese Frau hätte ihr Deutsch komplett vergessen! Sie weiß, wie sehr ich diese Geheimnistuerei hasse. Sie weiß, dass Sinan solche Gespräche nicht gleichberechtigt führen kann und sich so ausgeschlossen fühlt. Meinen Sie, das interessiert sie? Als ich sie gestern darauf ansprach, sagte sie, dieselbe Sprache muss nicht automatisch eine gemeinsame Sprache heißen, wir zwei wären das beste Beispiel dafür. Wir hätten zehn Jahre lang deutsch miteinander gesprochen, dies hätte uns einander auch nicht nähergebracht. Eine bemerkenswerte Aussage der Mutter meines Kindes! Unverschämterweise rät sie mir dazu, zur Polizei zu gehen und sie anzuzeigen, zu berichten, sie spreche jetzt selbst mit ihrer türkischen Mutter türkisch.

Ich erwidere, sie in ihrer Lage und mit ihrer Vorgeschichte würde dadurch nur neue Zweifel wecken, wo die alten noch nicht völlig aus dem Weg geräumt seien, und dass sie sich dadurch in eine ganz dumme Lage bringe.

Sie befände sich bereits seit zehn Jahren in einer ganz dummen Lage, antwortet sie, und ich wäre der Letzte, dessen Ratschläge ihr da heraushelfen könnten.

Dass sie so von ihrem eigenen Mann denke, spreche nicht für ihre Intelligenz und ihren Charakter, sage ich, worauf sie nur antwortet, dass es nicht mehr angebracht wäre, vom „eigenen Mann" zu sprechen.

Ob es ihr denn klar sei, dass sie ohne mich und Sinan nicht überleben könne, frage ich.

Sie hätte auch nicht vor, ohne Sinan zu leben und zu überleben, fährt sie mich an, lediglich ohne mich.

Zum Thema Scheidungsantrag sagt sie: Sie wisse, dass ich mich niemals damit einverstanden erklären würde, dass sie Sinan behält.

Sie sei keine unintelligente Frau, sehe sie denn nicht, dass sie bereits auf einem verlorenen Posten kämpfe, frage ich. Würde sie denn Wunder erwarten? Sie, mit ihrer Vergangenheit? Mit ihrer Akte?

Ihre Akte hätte sie nur mir zu verdanken, kontert sie frech, und wie sie davon ausginge, das Gericht würde zwischen der Rache eines verletzten Ehemannes und einer tatsächlichen Gefahr im Verzug unterscheiden können.

Sie lässt mir keine Wahl, ich muss sie an ihre Psychiatrievergangenheit erinnern!

Kein Richter würde das Kind einer psychisch kranken Mutter überlassen, Ausländerin ohne Arbeit, einer Muslima, die nebenbei auch noch unter Verdacht steht, Verbindungen zur Terrorszene zu pflegen.

Ich hätte tatsächlich nichts dem Zufall überlassen, schreit sie fast heraus. (Sie bemüht sich nicht mal mehr, ihre Wut zu unterdrücken! Übrigens schreit sie jetzt häufiger. Mit ihrer Lautstärke könnte sie manchmal die neugierigste Nachbarin zufrieden stellen!) Und ich hätte alles dafür getan, sie so klein und lebensunfähig, so schlecht und verrückt aussehen zu lassen, wie es nur geht. Das sagt sie. Und auch noch:

„Wenn deine Bemühungen am Ende doch nicht ausreichen sollten, Sinan zu bekommen und dadurch auch mich zu behalten, dann muss es doch an einer höheren Macht liegen! Du kannst dir jedenfalls nicht vorwerfen, etwas unversucht gelassen zu haben."

Natürlich versuche ich, dieser gewaltigen Menge an Gemeinheiten ungeachtet, die Ruhe zu bewahren.

So viel Lob aus ihrem Munde, erwidere ich zum Beispiel sarkastisch lachend, oder ich sage, dies zeige umso mehr, wie wichtig mir unsere kleine Familie sei und wie sehr ich dafür zu kämpfen bereit sei. Ich sei schließlich derjenige, der unsere kleine Familie zu retten versuche, sie mit ihrem psychotischen Seelenmist, sie richte sie lediglich konsequent zu Grunde.

Es gäbe bei uns nichts mehr zu retten, erwidert sie gefühllos. Ein paar letzte übrig gebliebene Nerven vielleicht.

Für ihre Nerven sei es bereits zu spät, antworte ich mit meiner sprichwörtlichen Schlagfertigkeit. Was Kölns namhafte Psychiater nicht geschafft hätten, bekomme eine Scheidung auch nicht hin.

Sie faucht mich an, ich solle das ihre Sorge sein lassen. Sie will das Wohnzimmer verlassen und bleibt trotzdem im Türrahmen stehen. Ständig diese Unfähigkeit, eine, wenn auch die harmloseste, Entscheidung zu treffen!

Nach allem, was sie sich erlaubt habe, kontere ich, habe sie nun wirklich keinen Grund, auf mich böse zu sein. Ich hätte mich ihr gegenüber immer fair verhalten. Sie solle nicht glauben, dass ein anderer Ehemann in meiner Situation genauso gehandelt hätte.

Sie lächelt ironisch – das falsche Lächeln einer Verräterin, das ihre mittlerweile abgehärteten Gesichtszüge noch härter und ihr einst wunderschönes Gesicht Jahre älter aussehen lässt. Am Ende muss sie doch noch zugeben, dass ich Recht habe.

„Ich bin dir auch nicht mehr böse", behauptet sie.

Verlieren kann sie aber leider immer noch nicht. „Ich bin einfach zu müde, um mich zu ärgern. Ich habe keine Kraft mehr, nicht mal für die Freude habe ich Kraft!" (Ich gebe lediglich zu bedenken, dass diese Sätze von der Frau kamen, die sich jahrelang von mir hat aushalten lassen!)

„Wenn zwei Partner einander nicht mal mehr enttäuschen können, dann ist die Zeit gekommen, getrennte Wege zu gehen."

Sie klingt fast froh und erleichtert, wenn sie das sagt, als würde sie heiraten und nicht sich scheiden lassen wollen!

So einfach sieht sie das! Ich finde, dies ist ein weiterer Beweis dafür, dass es für Gülsüm Baştürk in dieser Ehe niemals um irgendwelche Gefühle gegangen ist, abgesehen vielleicht vom Gefühl der Macht. Ihrer Macht wohlgemerkt!

Es bleibe immer noch die Frage, wie sie ohne mich überleben wolle, füge ich hinzu, wo sie genauso gut wie alle, die uns kennen, wisse, dass sie ohne mich lebensunfähig sei.

Dies würde nicht mehr meine Sorge sein, sagt sie.

„Ich mache mir aber Sorgen", sage ich, „du bist immer noch meine Frau und die Mutter meines Sohnes und ich möchte, dass es euch gut geht!"

Ein glaubwürdiger Beweis wäre, entgegnet sie, wenn ich es wirklich ernst meinte, würde ich, solange sie und unser Sohn mit mir in einem Haushalt wohnten, die gemeinsamen Rechnungen bezahlen.

Ich antworte, die Rechnungen lägen nicht mehr in meinem Zuständigkeitsbereich, ich sei keine Wohltätigkeitsorganisation.

Eins kann man mir sicher nicht vorwerfen: dass ich aus meinen Fehlern nicht lerne. Zweimal lasse ich mich nicht von derselben Schlange beißen und bevor ich fliehe, zerschlage ich ihr lieber den Kopf, damit sie keinen anderen mehr beißt.

Sie solle sich an ihre Osama-Verehrer wenden, sage ich. Vielleicht würden sie sich revanchieren wollen für alles, was sie für sie getan habe.

Ich solle endlich mal mit meinen hanebüchenen Verdächtigungen aufhören, sagt sie, das wäre einfach nur lächerlich!

Das könne sie vielleicht den naiven Polizisten erzählen, die sie verhört hätten, dass die Verdächtigungen hanebüchen seien, kontere ich. Ich würde sie ein bisschen länger und besser kennen und wisse, wozu sie in der Lage sei.

Frau Baştürks Kommentar hierauf gebe ich wegen dessen vielsagender und vielschichtiger Bedeutung als Zitat wieder: „Du bist so krank! Du bist so von Angst zerfressen, dass du nicht mal zwei und zwei zusammenzählen kannst! Wie kann man bloß anfangen, den Lügen zu glauben, die man selbst in die Welt gesetzt hat?

Wenn ich dich noch lieben würde, würdest du mir leidtun. So

kann ich dummerweise nur noch mich selbst bemitleiden!"

An den Folgetagen bekomme ich Frau Baştürk und Sinan kaum noch zu Gesicht. Da ich schon um sieben Uhr aus dem Haus gehe und bereits seit Wochen Überstunden mache, komme ich vor halb neun nicht nach Hause. Sinan ist da schon im Bett und seine Mutter hält es nicht für nötig, ihre Gemächer zu verlassen, um mich im Wohnzimmer zu begrüßen.

Gegessen wird nicht gemeinsam. Auf die Trennung von Tisch und Bett achtet sie penibel. Ich darf mir die Reste von ihrem Abendessen warm machen, wenn ich dazu trotz Müdigkeit in der Lage bin, anderenfalls kann ich mir auch auf dem Weg nach Hause beim Türken was kaufen. Bei der Türkin bei mir zu Hause gibt es schon lange nichts mehr zu holen.

Den Termin mit der Dame vom Jugendamt habe ich auf Ihr Anraten wahrgenommen.

Es ist nicht viel Gescheites dabei herausgekommen, abgesehen davon, dass sie mir eine Menge Fragen gestellt hat, die ich alle zu ihrer Zufriedenheit habe beantworten können, und dass ich, direkt nachdem sie weg war, das Waschbecken auf der Gästetoilette habe sauber machen müssen. Noch eine Langhaarige, die denkt, dass die ganze Welt sich um sie drehen muss, nur weil sie schöne Haare hat. Sie findet sie so schön, ihre Haare, dass sie die Spuren dieser Pracht sogar in fremder Leute Waschbecken verteilt, damit alle was davon haben.

Selbstverständlich habe ich ihr danach telefonisch mitgeteilt, dass ich es mir wünsche, sie bei unserem nächsten Treffen mit einer Mütze oder mindestens mit einem Pferdeschwanz zu sehen. Abgesehen davon, dass ein Pferdeschwanz zu ihrem winzigen Gesicht besser passen, weil er es mehr zur Geltung bringen würde, als offene Haare, die das kleine Gesicht auch noch zusätzlich verdeckten, hätte ich jahrelang mit den langen schwarzen Haaren meiner eigenen Frau genug zu kämpfen gehabt und hätte in meiner augenblicklichen Situation Wichtigeres zu tun, als die Haare von irgendwelchen fremden Frauen zu beseitigen, habe ich erklärt. Lange Haare in fremder Leute Badezimmern zu kämmen halte ich übrigens ohnehin für eine Zumutung und Beleidigung für den Gastgeber. In ihrem Fall, füge ich beschwichtigend und mit einem selbst durch den Hörer hörbaren Schmunzeln hinzu, ginge ich natürlich davon aus, sie habe dies nur aus einem Grund gemacht, nämlich um dem Gastgeber, sprich mir, zu imponieren, und deshalb sei ihr diese nicht zu Ende gedachte Vorgehensweise sicherlich zu verzeihen. Ich müsse sie trotzdem darauf hinweisen, dass meine momentane Situation keine überhasteten Entscheidungen zulasse, da ich im Augenblick vor allem in meiner Rolle des sich sorgenden Familienvaters aufginge, ja aufgehen müsse!

Um sie jedoch nicht zu entmutigen und zu sehr zu enttäuschen, könne ich ihr jedenfalls mitteilen, dass sie unter anderen Umständen schon zu dem Typ Frau gehörte, die ich mir, unter anderen Umständen wohlgemerkt, genauer anschauen würde.

Das Schweigen auf der anderen Seite der Leitung zeigt mir, dass ich wieder mal ins Schwarze getroffen habe. Dies ist nichts Neues für mich, fast würde ich sagen, nichts anderes hatte ich erwartet. Es passiert immer wieder, dass ich mit meiner Hellsichtigkeit, meiner einmaligen Fähigkeit, meine Mitmenschen zu durchschauen, Bewunderung, Staunen, Unsicherheit, Neid, manchmal sogar Wut hervorrufe. Menschen fühlen sich ertappt und werden sauer, oder sie halten sich selbst und ihre Vorgehensweise für sehr clever und können es nicht fassen, dass es andere gibt, die es noch schneller und besser erfassen können. Bei Frauen kommt natürlich auch noch die leidige Hormongeschichte dazu. Ich befinde mich jetzt in einem Alter, in dem ein Mann, wenn er es gewandt anstellt, besonders attraktiv erscheinen kann. (Ich sage bewusst „erscheinen" und nicht „aussehen", weil sich das letztgenannte Verb vor allem auf das Äußere bezieht, was mir, wie Sie sich sicherlich vorstellen können, klar zu wenig ist.) Durch die schrecklich unangenehme Situation, in der ich mich seit geraumer Zeit befinde, habe ich mein altes Gewicht wiedererlangt und das Grau meiner Haare ergänzt das stählerne Blau meiner Augen sehr vorteilhaft. Beim schwächeren Geschlecht hinterlässt diese auffällig attraktive Erscheinung eines Mannes in seinen besten Jahren, gepaart mit einem alles durchdringenden Blick, sicherlich Spuren, Spuren in

Form von Rotwerden, Augenniederschlagen ... Einigen Frauen verschlägt es nur die Stimme, was natürlich bei einem Telefonat äußerst peinlich werden kann.

Ich schätze, meine Gesprächspartnerin befand sich im besagten Augenblick in einer solchen, äußerst peinlichen Situation.

Endlich hörte ich sie es sagen (ich schätze, meine Ablehnung hat ihr wehgetan, aber ich werde mich kaum auf das erstbeste Angebot stürzen, nur weil sich meine ehemals Auserkorene als eine Mogelpackung herausgestellt hat), sie sagte es nun mit einem für jeden anderen leicht zu überhörenden, doch für mich verräterischen Zittern in der Stimme, das dem Inhalt ihrer Worte eine zusätzliche, ich würde behaupten: die entscheidende Bedeutung verlieh: Sie schätze meine Ehrlichkeit, sagte sie, freue sich auch, dass ich mit ihr so offen spreche. Meine Ehrlichkeit verpflichte sie im Gegenzug dazu, mir gegenüber ebenso ehrlich zu sein.

Die Antwort lautete dann, wie so oft bei verschmähten Frauen, weniger spektakulär als die Einführung: Sie sagte, dass sie schon in festen Händen wäre und mich weder unter diesen noch unter irgendwelchen anderen Umständen genauer würde anschauen wollen. (Vorsicht! Verletztes weibliches Ego!) Ihr Interesse an mir wäre rein beruflicher Natur, betonte sie. (*Natürlich hätte sie es nicht nötig gehabt, dies zu betonen, wenn ihre Aussage tatsächlich der Wahrheit entsprochen hätte!*) Das Einzige, was sie an mir interessiere, wäre mein Umgang mit meinem Sohn, die Art und Weise, wie sich unsere Beziehung gestalte, und all die Fragen, die sie mir zu meiner Person bei unserem letzten Treffen gestellt habe, seien ausschließlich zu diesem Zweck gestellt worden. Und was ihre Haare betreffe, normalerweise entscheide sie selbst, wie sie diese zu tragen hätte, und, aufgepasst, jetzt kommt der endgültige Beweis, wie sehr ich ihre Hoffnungen enttäuscht haben muss – sie schickte noch nach: Mir würde sie in Zukunft am liebsten unter einer Burka versteckt begegnen, doch dieses Kleidungsstück passe nicht zu ihrer Lebensphilosophie!

Ach!

Mein lieber Herr Dankbar, mir ist es durchaus bewusst, dass diese Frau, die ich durch die Ablehnung ihrer Offerten unabsichtlich schwer verärgert habe, dass diese beleidigte Frau einen Bericht über mich und meine Eignung als Vater schreiben soll und schreiben wird. Verbiegen will und kann ich mich aber nicht, denn ein verbogener Jürgen Habich ist kein Jürgen Habich mehr.

Ich würde vorschlagen, sehen Sie das optimistisch: Stellen Sie sich mal vor, ich hätte auf ihre Avancen entsprechend positiv reagiert, ich hätte „angebissen" und es hätte sich nach ein paar Wochen (eher Tagen, länger gebe ich ihr nicht) herausgestellt, dass die zierliche Schwarzhaarige meinen Ansprüchen in keinerlei Hinsicht genügen konnte! Schlimmer noch, stellen Sie sich vor, die Frau selbst wäre sich ihrer eigenen Unvollkommenheit zum ersten Mal in meiner Gesellschaft peinlich bewusst geworden! Was glauben Sie, was die Gute erst recht in so einem Fall über mich und meine väterliche Eignung geschrieben hätte – eine verwundete Löwin, gekränkt im Heiligsten, was ihr eigen ist, ihrem Ego? Wie einen Frauenhelden und Schürzenjäger hätte sie mich wahrscheinlich dargestellt, unfähig, selbst ein Huhn zu erziehen! Sicherlich als einen Mann, für den die Verlässlichkeit ein Fremdwort ist, einen ewigen Jungen, ohne innere Stärke, ohne Manieren, die jemand mit einer Vorbildfunktion so bitter nötig hat! Vielleicht auch als irgendeinen Hallodri, der bei jedem Minirock einen schiefen Hals bekommt ... Keine Ahnung, was für Ausmaße weibliche Bosheit, vom Wunsch genährt, denjenigen zu verletzen, der das eigene Selbstbild ins Wanken gebracht hat, annimmt. Wer weiß das schon? Was wäre das für ein gefundenes Fressen für Frau Baştürk und erst recht für diese durchtriebene Frau Abuhan, ihre Anwältin! Ich wäre geliefert und Sie mit mir!

Ich kann mir jedenfalls nicht vorwerfen, unehrlich oder falsch gehandelt zu haben, und wenn die Gute, so wie sie sagt und wie man es von einem Vertreter des Jugendamtes erwartet, zum Wohle des Kindes arbeitet, dann kann sie, mag sie auch persönlich gekränkt sein, an meinem Verhalten nichts Verwerfliches finden. Nichts, das bei der Erziehung eines Kindes von Nachteil sein könnte. Es geht hier nämlich schlicht und einfach um die

Ehrlichkeit, die ich grundsätzlich allen Menschen entgegenbringe, es geht um Ordnung, um die ich mich in meiner Wohnung, demzufolge auch der Kindesumgebung, bemühe, die ich herzustellen versuche, es geht um die Ästhetik, die mir viel bedeutet, und es geht um meine Fähigkeit, Menschen dahingehend zu beraten, ästhetische Grundsätze zu beachten. (Ein Waschbecken mit zwei langen, schwarzen Haaren darin sieht nun mal hässlich aus! Punkt.)

Nichts davon, wirklich nichts davon ist der Erziehung eines kleinen Jungen abträglich, ganz im Gegenteil! Ich bin der festen Überzeugung, dass alles, was die Jugendamtsdame bei mir erleben und von mir erfahren durfte, sich nur positiv auf die Gesamtbewertung meiner Person auswirken kann, folglich auch positiv auf unsere Sache. Und wenn die Frau ihre Arbeit nicht gut macht, wenn sie das Private vom Beruflichen nicht zu trennen im Stande ist, so wird es für meinen meisterlichen Anwalt zweifellos ein Leichtes sein, die Schnepfe im Zeugenstand so auseinanderzunehmen, dass sie es bitter bereut, jemals in ihrem Leben einen Bericht über wen auch immer geschrieben zu haben!

Übrigens, vielleicht könnten wir ihr in einem solchen Fall unsere Hilfe beim Berichteschreiben anbieten, sozusagen als Versöhnungsangebot. Kommt beim Gericht bestimmt gut an, denn daraus wird es deutlich ersichtlich, dass ich keinen Groll hege, nicht mal gegen offensichtliche Anfeindungen!

Warten Sie einfach mal den Bericht ab, mein lieber Herr Anwalt, bevor Sie sich aufregen! Sie werden schon sehen, dass es keinen Grund zur Sorge gibt.

Was ich allerdings nicht im Fall von meinem Sohn behaupten kann, denn diesen sehe ich seit einigen Tagen nicht mehr.

Wie Sie bereits erfahren durften, arbeite ich seit der letzten Woche länger und komme erst nach Hause, nachdem er von Frau Baştürk ins Bett gebracht worden ist. Folglich schläft der Junge schon, wenn ich da bin.

Frau Baştürk kommt natürlich nicht auf die Idee, Sinan länger wach zu halten, damit er seinen Vater sehen kann.

Darauf angesprochen, antwortet sie schmallippig: „Das Kind braucht seinen Schlaf!"

Aber als ihre Mutti aus der Türkei zu Besuch kommen sollte, da hat das Kind merkwürdigerweise keinen Schlaf gebraucht, da hatte sie es aber schon am Nachmittag ins Bett gelegt, damit es, wenn die Oma abends ankommt, wieder wach ist.

Jetzt urteilen Sie und das hohe Gericht, wer für das Kind von größerer Wichtigkeit ist und sein soll, die Oma, die es einmal in drei Jahren sieht, oder der eigene Vater! In den Augen von Frau Baştürk bin ich offenbar bedeutend weniger wichtig als irgendeine Oma. Ich bin nur der Mensch, der das Geld verdienen geht, schuftet, damit Sinan etwas zu essen bekommt und einiges mehr! Aber wen interessiert das schon?!

Nun, das Gericht wird es schon interessieren, meine liebe Frau

Baştürk, das Gericht wird das schon interessieren und dann werden Sie nicht schlecht staunen mit Ihrer Ignoranz! Es wird Ihnen Ihre Maske der Gerechten von Ihrem verlogenen Gesicht herunterreißen, damit alle, damit die ganze Welt die Fratze eines Monsters erblicken kann, damit alle sehen, wie Sie tatsächlich sind – ignorant, arrogant und überlebensunfähig!

Ich verstehe die Frau einfach nicht!

30. 10. 2007

Guten Tag, Herr Dankbar!

Ich wollte Ihnen nur mitteilen, dass Gülsüm weg ist.

Mehr kann ich im Moment auch nicht sagen.

Meine Frau ist weg, und sie hat meinen Sohn mitgenommen und zum ersten Mal in meinem Leben weiß ich nicht, was ich tun soll! Das ist zweifellos das erste und das letzte Mal, dass Sie mich so ratlos erleben. Ich weiß nicht, warum sie das gemacht hat, und vor allem weiß ich nicht, was sie damit bezwecken will. Will sie mich einfach nur ärgern? Erwartet sie plötzlich und nach so vielen Jahren irgendwelche romantische Bekundungen meiner Liebe? Soll ich sie suchen, soll ich um sie kämpfen, soll ich ihr Verschwinden der Polizei melden, soll ich bitten und betteln, dass sie zurückkommt, sie aus ihrer Dachgeschosswohnung retten, wie Richard Gere Pretty Woman in ihrer Lieblingshollywoodschnulze ...?

Wozu überhaupt das Ganze?

Gülsüm Baştürk ist ohne Frage psychisch krank und von Sinnen.

Das heißt so viel wie: Die Frau ist sich für keine Schandtat zu schade, wenn sie ihren Willen durchsetzen will.

Klug genug ist sie bei allem Gestörtsein trotzdem, zu wissen, dass dieses ganze romantische Trara nur aus einem Grund existiert, um nämlich den anderen, so schnell es eben geht, ins Bett zu kriegen.

Gülsüm will aber schon lange nicht mehr ins Bett mit mir! Sie hat dieses ganze Getue, verdammt noch mal, nicht nötig!

Was will sie aber dann? Was denkt sie?

Sie müssen herausfinden, was meine Frau denkt, Herr Dankbar, und zwar DRINGEND! Schließlich sind Sie der Scheidungsanwalt und haben häufig genug mit wahnsinnigen Frauen zu tun.

Diese hier ist meine erste Wahnsinnige! Ich muss also nicht notgedrungen wissen, wie ich vorzugehen habe; denn wenn sie, wenn Gülsüm denkt, dass ihr irgendein Gericht, möge es auch das Gericht Gottes sein, die Erlaubnis, das Sorgerecht für mein Kind gibt, dann irrt sie sich gewaltig! Sobald wir geschieden sind, hat sie kein Kind mehr! Das war`s! Wenn sie die vorbildlichste Mutter wäre, was sie wohlgemerkt nicht ist!

Sinan ist ein Junge, sprich: er braucht männliche Vorbilder, um sich entsprechend zu entwickeln. Da gibt es *keine* Diskussion! Gülsüm kann und darf diese Rolle nicht ausüben! Die Frau, die nicht mal ein Auto ordentlich parken kann, soll in Deutschland ein kleines Kind erziehen? Alleine?! In der Türkei vielleicht, einer primitiveren Gesellschaft mit genug Onkeln, Tanten und Cousinen, die einem unter die Arme greifen. Doch selbst diese Hilfe ist nicht umsonst! Selbst solche einfach gestrickten Menschen erwarten Gegengefallen! Ich kann mir Gülsüm auf einem Schemel, Kühe melkend, schwer vorstellen. Sie würde vermutlich einen Nervenzusammenbruch bekommen, wenn es nicht sofort klappt, entweder sie oder die Kuh oder beide.

Was hat sie denn, ich bitte Sie, einem Bauern zu bieten? Ihre Schönheit? Machen wir uns nichts vor; in der Türkei gibt es heiratsfähige und heiratswillige Kandidatinnen, die mindestens zwanzig Jahre jünger sind als sie. Gülsüm sieht noch attraktiv aus, doch die Jugend ist dahin! Endgültig vorbei! Das ist der Lauf der Dinge! Ihre Haut hat nicht mehr die Spannkraft einer 20-Jährigen, in ihre schwarze Krause ist seit Neustem ein verräterisches Grau eingezogen, ein sehr helles Grau, das ihr Alter ziemlich genau kennzeichnet. Ihre Gelenke knacksen, wenn sie geht! Es ist vorbei! Das, was nach dem 37. Geburtstag am Körper einer schönen Frau passiert, kann nur noch Schadensbegrenzung sein – es ist nur noch Schadensbegrenzung!

Und der Bauer braucht Arbeitskraft, helfende Hände – keine verdaddelte Intellektuelle, die von einmal Schubkarreaufladen einen Bandscheibenvorfall kriegt. Gülsüm hatte schon zwei gehabt – mit 35. Sie spricht nicht gerne darüber. Ich glaube, wenn sie darüber spricht, kommt sie sich älter vor, als sie bereits ist, doch den Schaden beseitigt man nicht, indem man ihn verschweigt. Die Tatsachen sind dadurch Tatsachen geworden, dass sie in der Tat passiert sind, mag man über sie sprechen wollen oder nicht. Dann hat sie sich auch noch ihre Haare abgeschnitten! Ihr Schönheitskapital! Ihr Markenzeichen! Ich kenne keine Frau, die schönere Haare hatte als Gülsüm, keine! Jede Modellagentur hätte sie, ohne zu zögern, als Haarmodell eingestellt! Ihr schwarzes, schweres, glänzendes, lockiges Haar! Und was macht diese Verrückte? Lässt sich eine Glatze schneiden. Nun, fast. Mehr als drei, vier Zentimeter sind es jedenfalls nicht mehr. Was sagt man dazu? Die Frau vernichtet alles Schöne – auch an sich!

Vielleicht könnte sie naturverbundene Gedichte schreiben, die keiner versteht. Vielleicht lässt der Bauer sich davon beeindrucken, gibt ihr etwas Milch und Käse als Dank dafür, dass sie seine Zeynep, die dickste Kuh auf der Weide, besungen hat.

Oder sie versucht ihr Glück wieder in Istanbul, in demselben Sumpf, in dem sie schon mal ertrunken ist. Schändlich ertrunken ist! Na, dann mal Prösterchen!

Von wegen die größte europäische Stadt – die Weltmetropole! Die Größe wird daran gemessen, wie man als Mann mit seiner Frau umgeht, meine sehr verehrten Istanbuler Herren! Ich zwang meine Frau nie dazu, ihre Haare unter einem Bettlaken zu verbergen! Von mir aus hätte sie sie jedem zeigen können, damit hatte ich absolut kein Problem! Von mir aus durfte und sollte jeder sehen, was für eine Schönheit Jürgen Habich als Frau hat!

Kann man so von Ihnen nicht behaupten! Und kommen Sie mir jetzt nicht mit „Istanbul ist nicht Südostanatolien!". „New York ist nicht Amerika!" Wenn ich diesen Satz schon höre!

Es ist mittlerweile dem Dümmsten klar, dass Ausnahmen nur dafür da sind, um die Regel zu bestätigen, und die Regel lautet: Der Türke macht seine Frau fertig, wo er nur kann!

Und sie, sie kennt es nicht anders und wäscht seine Unterhosen, während er im türkischen Café die Weltlage erörtert und an seinem Cay nippt. Ich habe meine Frau immer und überall mitgenommen! Überall! Ich war doch stolz auf sie! Wo wir auch hinkamen, überall sind Männer unruhig geworden, sobald sie den Raum betreten hat. Dass sie aber mit so viel Freiheit, die sie bei mir erfahren durfte, nichts Besseres anfangen konnte, als sich die Haare abzuschneiden und abzuhauen, das ist sicherlich nicht meine Schuld!

Habe ich die Politik im Osmanischen Reich gemacht? Kann ich etwas für die Jahrhunderte der Unterdrückung? Die Sklaverei ist den Frauen dort in den Genen angelegt, da kann man sich nicht mir nichts, dir nichts frei fühlen! Kann ich etwas dafür, dass so was ins Fleisch und Blut übergegangen ist? Ist es meine

Schuld, dass diese Frauen den Wahnsinn als Normalität kennengelernt, akzeptiert und internalisiert haben, weshalb jeder andere, wohlwollende und liebevolle westeuropäische Mann nur als ein Fremdkörper empfunden werden kann – einer, der sie nie verstehen wird?

Ich konnte nicht mehr geben, als ich dieser Frau gegeben habe. Doch offensichtlich war sie es nicht gewohnt, von den Männern – aus ihrem Kulturkreis wohlgemerkt – mehr als sexuelles Interesse entgegengebracht zu bekommen. Alles Weitere, die ehrliche Liebe und Zuneigung, überforderte sie. Es machte sie wahnsinnig, so wie eine Million einen Sozialhilfeempfänger wahnsinnig machen würde – der alte Wunsch, unerwartet in Erfüllung gegangen, wie vom Himmel gefallen, einen völlig aus der Bahn werfend. Man kriegt, was man sich ein Leben lang erträumt hat, und bekommt es mit der Angst zu tun; fängt an, alles in Frage zu stellen: Ist dieses ganze Glück wirklich für mich? Habe ich es auch verdient? Wo ist der Haken?

Möglicherweise kam Gülsüm zum Schluss, nein, sie hätte ihr Glück nicht verdient.

Sie hätte Jürgen Habich nicht verdient! Einmal eine reife Erkenntnis, werden Sie sagen, doch was nutzt mir das alles jetzt? Und was ist mit dem Kind?

Wenn sie mich nicht verdient, dies eingesehen hat und deshalb gehen will, dann kann ich das als Produkt einer langen und reiflichen Überlegung noch verstehen. Man sieht, dass man zu hoch gepokert hat, dass man, durch den Zufall, den Gott oder durch was auch immer, irgendwo hingelangt ist, wo man nicht hingehört. Auf dem Olymp ist die Luft zu dünn! Ganz oben atmet man schwer. Jedenfalls alle, die keine Götter sind.

Möglicherweise hat sie es erkannt. Möglicherweise hat sie erkannt, dass für die kleine Gülsüm selbst Istanbul zu groß war, und plötzlich soll sie in Köln klarkommen. (Natürlich weiß ich, dass Istanbul flächenmäßig größer ist als Köln, aber mehr als die Hälfte sind irgendwelche nicht ernst zu nehmenden Dörfer, die sich irgendwann selbst zu Istanbul erklärt haben.)

Möglicherweise hat sie wieder auf diese eine ihr einzig mögliche und unnachahmliche Art reagiert: lieber ihre Sachen gepackt und sich aus dem Staub gemacht, statt ehrlich zuzugeben, so ziemlich alles falsch gemacht zu haben, und Buße zu tun.

Genauso wie, wenn ihr bei unseren Streitigkeiten die Argumente ausgingen und sie sich in ihrem Zimmer verbarrikadierte, statt zu fragen, was zu tun sei, damit ihr verziehen wird.

Aber so weit denkt Gülsüm nicht! Sie ist schlau genug, zu erkennen, dass sie Fehler gemacht hat, doch besitzt sie nicht die Sensibilität, zu erahnen, wie viel eine ernst gemeinte Entschuldigung aus dem Munde des Täters dem Opfer bedeuten kann! Diese menschliche Größe besitzt sie selbst nicht und erwartet sie deshalb auch nicht bei den anderen. Sie erwartet sie nicht und sie erkennt sie nicht, wenn sie ihr begegnet. So einfach ist das.

Da sie grußlos gegangen ist, habe ich natürlich auch keine Möglichkeit gehabt, sie mit der Tatsache zu konfrontieren, dass ihr Versuch, das Haus unbemerkt zu verlassen, nichts anderes als ein klares Schuldeingeständnis ist. Bei dieser Gelegenheit hätte ich ihr ebenfalls erklären können, dass es zu den grundlegenden Regeln der menschlichen Koexistenz gehört, sich der eigenen Schuld bewusst zu werden, diese anzuerkennen und sich zu entschuldigen! Ich hätte ihr sogar erklärt, was für eine Entschuldigung und in welcher Form ich diese erwarte!

Niemals hätte ich verlangt, dass sie von jetzt auf gleich eine perfekte Ehefrau, Liebhaberin und Mutter wird, doch ich hätte mich bemüht, ihr genaue Anweisungen zu geben, und zu den Bedingungen der Entschuldigung hätte gehört, dass sie meinen Anweisungen penibelst zu folgen hat. Selbstverständlich hätte ich ihr ebenfalls erläutert, dass sie mit meiner Geduld rechnen könne, dass sie jedoch nicht – in ihren kühnsten Träumen nicht – auf die Idee kommen sollte, diese Geduld überzustrapazieren. Geduld ja, aber keine Nachgiebigkeit mehr, kein Verzeihen! Denn dass wir uns in vollkommen unterschiedlichen Verhandlungspositionen befanden, das war uns beiden mehr als klar. Er: ein deutscher Bürger mit einer weißen Weste, der sich nie etwas zu Schulden kommen ließ, tadellos in jeder Hinsicht – im besten Alter, berufstätig und gut aussehend, trotz oder gerade wegen der grauen Strähnchen, die seit dem vergangenen Jahr immer auffälliger seine Schläfen schattieren; sie: Ausländerin,

Türkin, mit einem islamischen Hintergrund, ohne Verwandtschaft, die sie auffangen könnte, ohne ein soziales Netz – damit meine ich kein Facebook, sondern Menschen aus Fleisch und Blut, die einem in die Augen sehen, wenn sie mit einem sprechen – denn machen wir uns nichts vor, Freunde, die einspringen, wenn Not am Mann ist, hat sie keine gehabt.

So abstoßend ich die arrogante magere Kuh auch fand, so war Charlotte doch ihre einzige Freundin, ihre letzte! Alle anderen waren schon weg! Und die Nachbarinnen ließen sich bei uns auch nicht mehr oft blicken, eigentlich gar nicht. Genau genommen, seit meine Frau anfing, häufiger mit der Polizei zu plaudern als mit ihnen. Da waren sie verständlicherweise sehr schlecht auf sie zu sprechen. Logisch und nachvollziehbar, wenn Sie mich fragen! Erst einmal mögen es Menschen grundsätzlich nicht, wenn sie ignoriert werden – und Nachbarn mögen es ganz und gar nicht, und zweitens hat Gülsüm in der Zeit, in der ihre Verbindung zur Terrorszene geprüft werden sollte, keinen Versuch unternommen, sich mit unseren Nachbarn zusammenzusetzen und ihnen die Situation aus ihrer eigenen Perspektive zu schildern. Wenn du dich freiwillig aus der Gesellschaft begibst, brauchst du dich später nicht zu beschweren, keine Gesellschaft mehr zu haben!

Außerdem, machen wir uns nichts vor, Herr Dankbar: Eine Verbindung zur Terrorszene verzeiht einem kein Nachbar, selbst dann nicht, wenn es sie in Wahrheit gar nicht gegeben hat.

Ich gehe sogar so weit zu behaupten, besonders dann nicht! Dies mag zuerst etwas befremdlich klingen, ist es aber gar nicht! Sehen Sie, wozu um alles in der Welt hat man sich überhaupt aufgeregt, wenn der Grund der Aufregung gar nicht existent war? Kein Mensch regt sich gerne umsonst auf! Kein Mensch macht irgendetwas umsonst! Nachbarn sind auch Menschen.

Und wie steht man außerdem als Freund und Nachbar vor anderen da, vor jenen, die vielleicht einen gemäßigteren Ton einschlagen wollten, eingeschlagen hätten, wenn man selbst nicht fürs Gegenteil gesorgt hätte, die Diskussion in die falsche Richtung gelotst hätte? Wie ein Nachbarschaftsnestbeschmutzer, ein böser Mensch, wenn Sie so wollen, nur weil man Haltung gezeigt hat! Das will doch keiner, glauben Sie mir, keiner! Stellen Sie sich doch selbst vor, Sie beschuldigen Ihren Nachbarn lautstark eines Verbrechens, das er nicht begangen hat. Nicht mal so schlimm, dieser erste Schritt, doch stellen Sie sich jetzt vor, es wird offiziell, es steht schwarz auf weiß, dass Ihr Nachbar unschuldig sei, und dies spricht sich, so wie die erste Sache, die Sie vielleicht nicht selbst ins Rollen gebracht, selbst aber am Rollen gehalten haben, in der Nachbarschaft herum! Wie ein Feuer verbreitet sich das Gerücht, dass Sie, Herr Dankbar, an die Schuld des Unschuldigen geglaubt haben! Ich meine jetzt nicht Sie, als Anwalt, sondern Sie, als Nachbarn. Vielmehr dass Sie kein Geheimnis aus Ihrer Meinung gemacht haben, ganz im

Gegenteil! Na, wie stehen Sie denn da, jetzt, wo die Unschuld bewiesen wurde?

Wie ein Depp natürlich!

Es sei denn, Sie sorgen vor und kümmern sich darum, dass ein paar Zweifel an der Unschuld des Betroffenen weiter existieren. Dann sind Sie, mit ein wenig Glück, fein raus, zumindest fürs Erste, und dem (unschuldigen) Betroffenen gnade Gott, wenigstens bis eine neue Nachbarschaftssau durchs Dorf getrieben wird.

Ich verstehe wirklich nicht, welcher Teufel sie geritten hat! Mit einem kleinen Kind, ohne Arbeit! Wo soll sie überhaupt hin mit ihren besonderen Ansprüchen? Ins Frauenhaus? Ins Obdachlosenheim? Die Frau mit der empfindlichsten Nase in ganz Köln und Umgebung! Gülsüm riecht ein ungewaschenes Unterhemd, selbst wenn Sie darüber zehn Pullover und zwei dicke Jacken anziehen!

Die beiden müssen schon gestern am frühen Nachmittag das Haus verlassen haben. Gemerkt habe ich das Verschwinden aber erst am darauffolgenden Morgen, also heute. Ich bin gestern Abend, etwas später als sonst, nach Hause gekommen, weil ich beim Portugiesen gegessen habe. Ich hatte plötzlich Lust auf Fisch und der Knabe versteht was davon. Von seiner Weißweinsoße können sich einige Sterneköche eine dicke Scheibe abschneiden (oder auch einen großen Kochlöffel schöpfen, so Sie es treffender haben wollen!). Seine Grillspezi-alitäten sind aber genauso hervorragend, und die drei, vier de-likaten Sößchen, die er dazu serviert, finden in Köln, das können Sie mir glauben, keine gleichwertige Konkurrenz.

Punkt 23.30 Uhr habe ich also das Haus betreten. Das Licht war aus. Weil ich müde war, bin ich gar nicht ins Wohnzimmer ge-gangen, sondern direkt ins Bett.

Im Nachhinein scheint es mir, als sei mir bereits gestern Abend das Bad etwas fremd vorgekommen, irgendwie leer und aufge-räumt, aber im Augenblick, als ich das Bad betrat, lief mir vieles durch den Kopf. Abgesehen davon war mein Magen nach langer Zeit wieder mal viel zu voll, um meinem Gehirn das ungestörte Denken und vor allem das Merken zu gestatten. Dazu gesellte sich ein leckerer Weißwein, der im Begriff war, mich daran zu erinnern, dass ich über die Stränge geschlagen habe.

Kurz, ich war zu kaputt und zu satt, um solche, an sich positiven Veränderungen wie das leergeräumte Badezimmer bewusst zu registrieren und mir darauf einen Reim zu machen!

Heute früh bin ich von einer unglaublich penetranten Stille ge-weckt worden. Nicht dass Sinan und meine Frau morgens einen großen Lärm veranstalten – keiner der beiden ist wirklich laut. Es herrscht bei uns am frühen Morgen in der Regel eine sehr angenehme Lautstärke. Unsere Regel ist, wer zuerst wach wird, verhält sich so, dass die noch Schlafenden vom Vogelgezwitscher geweckt werden können. Direkt nach Sinans erstem Geburtstag habe ich nämlich vor unserem Schlafzimmerfenster ein Vogelhäuschen angebracht, das Gülsüm regelmäßig mit diversen Körnern und Brotresten bestückt. So können wir uns im Winter vor Meisen und Amseln kaum retten und morgens, besonders am Wochenende, kommt man in den Genuss eines richtigen Vogelkonzertes, es sei denn Sinan oder seine Oma haben es geschafft, durch hirnloses Türenzuschlagen, Geschirrgeklapper oder Tischdecken die kleinen Musikanten zu vergraulen.

Nachdem ich den beiden bezüglich dieses unmöglichen Benehmens die Leviten gelesen hatte (der Oma sofort und Sinan, sobald er in der Lage war, mein Anliegen zu verstehen), war sehr bald eine deutliche Abnahme aller Art Störgeräusche festzustellen. Es ist natürlich auch hier eine gewisse Zeit zum Üben notwendig gewesen und mein konsequentes Ermahnen. Wie auch immer, jetzt achten sie umso mehr darauf, keine überflüssige Bewegung zu tätigen. Gülsüm brauchte ich sowieso nur zu sagen, dass sie mit ihrem morgendlichen Putzfimmel ihrer Mutter immer ähnlicher würde, und schon machte sie keinen Atemzug zu viel. Bei Sinan hat es etwas länger gedauert, aber er hat es ebenfalls verstanden. Man konnte also sagen, dass die beiden unabhängig voneinander Lernprozesse vollzogen haben. Dies hatte zur Folge, dass es ihnen mittlerweile durchaus gelang, ihre Bedürfnisse in einer moderaten Lautstärke zu befriedigen, so zum Beispiel auf Kaffeemaschine am frühen Morgen oder das Klappern mit Duschutensilien zu verzichten.

Doch solch eine unerbittliche Stille wie an diesem Samstagmorgen war mir bisher nicht begegnet. Stellen Sie sich vor, jemand hätte eine Kassette angemacht, auf die man Stille aufgenommen hätte, und diese dann auf der höchsten Lautstärke laufen lassen.

Es war ein sonderbares, ein undefiniertes Gefühl, das sich in meiner Magengegend breitmachte; wie ein Erdbeben, als hätte einer das Haus um mich herum geklaut – mein Haus (!) und ich säße alleine, ohne die Mauern, nur mit Bett und dem kalten Fußboden unter ihm, auf einer gottverlassenen Ebene.

Ich bin mit diesem komischen Gefühl im Bett weiter liegen geblieben. Es war so sonderbar und ich schrieb alles dem Schnaps zu, den Maria, Christianos' Frau, am Abend zuvor ausgeschenkt hatte, vom Haus aus. Kopfschmerzen hatte ich jedoch keine.

Keinen Gedanken habe ich daran verschwendet, dass diese schreckliche Person, die in diesem Augenblick mein Kind in ihrer Gewalt hat, mit ihren Drohgebärden Ernst machen würde! Warum sollte ich's auch. Ich wusste, was sie verliert, wenn sie geht, und ich war mir sicher, dass sie nicht so dumm sein würde, auf alle Vorteile auf einen Schlag zu verzichten. Aber wer schon ist imstande, den nächsten Schritt einer psychisch verwirrten Frau mit Sicherheit vorherzusagen!? Wer überhaupt kann den nächsten Schritt einer Frau mit Sicherheit vorhersagen?

In ihren jungen Jahren mochte Gülsüm Spaziergänge am frühen Morgen. Bei unserem ersten und einzigen Türkeiurlaub stand sie normalerweise in aller Gottesfrühe auf, um am Strand spazieren zu gehen. Immer kam sie mit frischen Brötchen und einem Liter Milch zurück. Dies war der Vorwand dafür, dass sie sich um halb sieben aus dem Bett schlich. Eigentlich wollte sie nur am Meer spazieren gehen, aber weil sie befürchtete, ich könnte etwas gegen diese allerherrgottsfrühen Ausflüge haben, redete sie sich mit den Einkäufen fürs Frühstück heraus, statt, wie es in einer gut funktionierenden Ehe normal wäre, gleich zu Beginn dem Ehemann die Wahrheit zu sagen.

Selbst hatte ich nicht viel dagegen, dass Gülsüm so früh rausging. Ich hatte es ja schließlich nie gemerkt. Damals schlief ich noch wie ein Toter. Genau genommen hätte man ein Symphonieorchester zu uns einladen können – ich hätte vermutlich keinen Ton vernommen! Ich bin immer erst wach geworden, als sie wieder zu Hause war und der leckere Duft vom frisch aufgebrühten Kaffee in meine Nase kroch.

Also sagte ich zu ihr, sie brauche ihre Leidenschaft fürs Meer am frühen Morgen nicht zu verheimlichen.

Ich konnte mir tatsächlich vorstellen, dass das Meer und diese ganze Gegend dort in der Frühe etwas Majestätisches hatten (so beschrieb sie es nämlich, als „majestätisch"). Ich selbst, erläuterte ich, könne und würde sie weder jetzt noch in der Zukunft bei ihren morgendlichen Spaziergängen majestätischer oder welcher Art auch immer begleiten, da ich zu dieser Uhrzeit für solche Ausflüge nicht wach genug sei und ohne Frühstück sowieso nicht aus dem Haus gehe. Sie dürfe aber gehen, betonte ich, da ich ihrer Leidenschaft nicht im Wege stehen wolle, erst recht nicht, solange sie immer schön daran denke, auf dem Weg nach Hause die kleine Bäckerei an der Bushaltestelle aufzusuchen (Natürlich war es eher ein Zeitungskiosk, in dem konnte man aber hervorragende Mohnbrötchen kaufen und ich wäre der Letzte, der ihre Gefühle würde verletzen wollen, indem man das Kind beim Namen nannte!) und ihren wachgeküssten Ehemann mit den erworbenen Köstlichkeiten zu erfreuen.

Ich weiß es noch, damals lachte sie, nahm mich in den Arm und gab mir einen dicken Schmatzer. Wenn ich es mir ganz genau überlege, glaube ich, dass dies auch das letzte Mal war, sie glücklich gesehen zu haben.

Nun, an diesem Morgen dachte ich, Gülsüm hätte ihre alte Leidenschaft für frühmorgendliche Spaziergänge am Meer wiederaufleben lassen, hätte bloß vergessen, dass es in Köln kein Meer gab und sie inzwischen einen Sohn hatte, der ihre Anwesenheit und ein Frühstück brauchte. Ich drehte mich auf die andere Seite und versuchte wieder einzuschlafen. Der Gedanke ließ mir aber keine Ruhe! Sinan allein zu lassen, ohne mich zu informieren, das wäre ein Fehler gewesen, der sie teuer zu stehen gekommen wäre! Ich konnte es mir zwar nicht vorstellen, doch in der letzten Zeit brachte sie immer wieder Sachen zu Stande, von denen ich mir vor ein paar Jahren auch nicht hatte vorstellen können, dass ich sie jemals würde erleben müssen. Von Wut angestachelt, schnellte ich aus dem Bett und eilte schnurstracks in Sinans Zimmer.

Doch Sinan war nicht da. Sein Bett sah unbenutzt aus. Ich konnte mir in dem Augenblick keinen Reim darauf machen. Ich weiß nicht, ob ich gedacht habe, dass er, wie immer, wenn er nachts Angst bekam, ins Bett seiner Mutter gekrochen war ... aber eigentlich ging alles sehr schnell und ich weiß nicht, ob ich überhaupt Zeit hatte, irgendetwas zu denken.

Ich riss die Tür von Gülsüms Zimmer auf. Der nächste Schock – ebenfalls ein unbenutztes Bett – wartete auf mich. Das Zimmer war übrigens halb leer! Die übrig gebliebenen Sachen lagen ordentlich gestapelt in ihren Fächern. Ein viel zu schöner und viel zu seltener Anblick! Zu schön, um keinen Haken zu verbergen! Kurz hoffte ich, Gülsüm hätte nach so vielen Jahren einen Sinn für Ordnung entwickelt, sich überflüssiger Dinge entledigt und nur behalten, was für sie wirklich von Bedeutung war, doch in der folgenden Sekunde musste ich schon über meinen unverbesserlichen Optimismus im Hinblick auf meine Frau verbittert lachen.

Gülsüms Sachen hingen immer noch in ihrem Schrank. Im ersten Augenblick löste der Anblick ihrer Kleidung in mir Erleichterung aus, gebe ich ehrlich zu, auch dass ich mit Entsetzen feststellen musste, wie viel mir diese Frau immer noch bedeutete. Beim genaueren Inspizieren des Schrankinhaltes erkannte ich jedoch, dass Gülsüms Lieblingsklamotten weg waren. Alle Kleidungsstücke, die sie aus der Türkei mitgebracht hatte, waren weg: die Glockenjeans, die sie von ihrer Mutter geerbt hat (die alte Baştürk soll einmal rank, schlank und modebewusst gewesen sein), die braune Hose, die sie letztes Mal vor acht Jahren angezogen hat, und ihre beiden Lieblingspullis konnte ich ebenfalls nicht finden. Ich rannte ins Bad. Hier wartete eine nächste Überraschung auf mich. Gülsüms Kosmetika waren verschwunden. All die Töpfchen und Fläschchen aus ihrem Badezimmerschrank schienen sich in Luft aufgelöst zu haben. Eigentlich sah das Bad so wie gestern Abend aus, doch gestern Abend hatte ich dieses wünschenswerte und so normale Aussehen für jedes Badezimmer in jeder anständigen Familie unter dem Einfluss von Müdigkeit, Wein, Schnaps und vielleicht auch der Hoffnung, Gülsüm hätte die Sache mit der Ordnung endlich verstanden, so selbstverständlich gefunden, dass ich mir keine weiteren Gedanken darüber machte. Deshalb habe ich vermutlich auch den Brief nicht gesehen, der offensichtlich bereits seit gestern Nachmittag am Spiegel lag. Eigentlich mehr ein Zettel als ein Brief. Eine halbe ausgerissene Seite.

Gülsüm hatte nie einen Sinn für Romantik:

Sinan und ich sind weggezogen. Ich habe mich an das Jugend-
amt gewandt. Ich glaube, dass wir alle drei Zeit brauchen wer-
den, uns ans neue Leben zu gewöhnen. Deshalb ist es besser,
wenn du unsere Adresse erst einmal nicht weißt.
Das Jugendamt und meine Anwältin werden sich mit dir in Ver-
bindung setzen, um bis zum Scheidungstermin alles Nötige be-
züglich deiner Treffen mit Sinan in die Wege zu leiten.
Gülsüm
Und dann noch mit ganz hektischen Bewegungen als PS hinzu-
gefügt:
PS: Manche Dinge tut man einfach nicht!

Dies genau war der Wortlaut. Jetzt werden Sie schlau daraus!
Ich schaffe es gerade nicht! Den Originalbrief sende ich Ihnen
heute noch zu. Jetzt nur die Mail, damit Sie morgen sofort in-
formiert sind und ebenfalls **sofort** die ersten Schritte in die
Wege leiten können.
Ich möchte lieber nicht daran denken, wie viel Zeit(verlust) uns
Ihre Sri-Lanka-Reise gekostet hat!
Gülsüm hat zwei Reisetaschen mit ihren und Sinans wichtigsten
Sachen mitgenommen.
In der Nachbarschaft ist keinem etwas aufgefallen. Keiner will
gesehen haben, wann meine Frau verschwunden ist, wann sie

mit Sinan das Haus verlassen hat. Das übliche nachbarschaftliche Miteinander eben: Alle werden sich über uns die Münder zerreißen, doch wirklich gesehen hat keiner etwas.

Sie muss mit einem Taxi weggefahren sein. Ich glaube nicht, dass sie sich von jemand hat abholen lassen. Zeynep, Ercans Frau, soll auch nichts gewusst haben. Gülsüm habe sie länger nicht besucht. Angeblich.

Ob sie sich verkracht hätten, wollte ich wissen.

„Nö, Gott behüte, nicht verkracht, nur lange nicht gesehen." Die hätte so etwas auch nicht zugegeben! Für Zeynep waren alle Menschen gleich und alle gleich gut. Deshalb sollte man sich mit ihnen auch nicht streiten, weil jeder mit seinen Absichten nur Gutes wollte. Das Problem war nur, dass es verschiedene Auffassungen von „Gutem" gab, und mein „Gutes" nicht immer dein „Gutes" war. Darüber wollte sie dann aber nicht mehr sprechen. Ich schätze, diesen komplizierten Teil ihrer einfachen Lebensphilosophie machte sie mit sich selbst aus. Vorwerfen konnte man ihr sicherlich nicht, dass sie, den anderen „Guten" zuliebe, auf die Durchsetzung ihrer Anliegen verzichtete.

Verabschiedet habe sie sich von ihr jedenfalls nicht und von Ercan auch nicht, erwiderte sie kopfschüttelnd.

„Wenn man ein neues Leben anfangen will", flüsterte Zeynep, sie flüsterte immer, wenn sie über andere sprach, auch wenn sie im gleichen Raum saßen wie sie, „versucht man allem aus dem Weg zu gehen, das einen im alten festhalten könnte." Vielleicht hätte sie in Gülsüms Lage das Gleiche getan, bemerkte sie.

Da sehen Sie es! Von wegen männliche Vorurteile! Wenn's hart auf hart kommt, halten Frauen zusammen! Egal, welchen Mist die Geschlechtsgenossin gerade dabei ist zu verzapfen oder bereits verzapft hat!

Diese Frau, Zeynep, vergaß offensichtlich, wem sie und ihr Göttergatte das neuerworbene Ansehen in der Nachbarschaft verdankten!

Ich war es, der sie in die Gesellschaft eingeführt hat! Kein anderer, Gülsüm nicht und die anderen Nachbarn auch nicht. Gülsüm war doch immer mit sich und ihrem Sohn beschäftigt! Das Wohlergehen anderer Leute lag ihr nur am Herzen, solange sich andere um sie kümmern durften und dabei ihren Spaß hatten. Sie war nett zu den beiden, sehr nett, und sie mochte Zeynep auch, aber ich war der Erste, der Zeynep und ihren Mann zu einer Feier eingeladen hat, bei der fast die ganze Nachbarschaft anwesend war! Ich war es! Keiner unserer deutschen Nachbarn, die sich – deutlich später wohlgemerkt – mit diversen Gemüsesorten beschenken ließen! Vor mir keiner! Nach mir auch nicht! Aber säckeweise grüne Bohnen mitnehmen! „Die schmecken ja, Ercans Bohnen! Was für ein toller Garten! Er hat ja auch einen grünen Daumen!" Die Xenia. Die hat die Arbeit auch nicht erfunden, tut aber immer so, als würde sie von jeder eine

Menge verstehen!

„Nö, meine Liebe", habe ich zu ihr gesagt, „Ercan hat normalerweise einen brauen Daumen, immer wenn er im Garten bud-
delt. So einen kannst du dir auch erarbeiten, wenn du zum Beispiel statt deines Gärtners selbst Hand anlegst!" Das haben wir
gerne: Sich im Nachhinein schlau stellen und vorher blöd tun,
damit sich ein anderes Opfer für die anstrengende Arbeit findet. Das können die modernen Frauen irgendwie am besten:
klug reden, nachdem ein anderer ihre Arbeit gemacht hat.

Gut, die Studentin, Franziska, die hat es auch noch gemacht,
von der wurden die beiden auch mal zu ihrer Einweihungsfeier
eingeladen oder zum Geburtstag. Vielleicht waren es auch zwei
Feten, das weiß ich nicht mehr so genau, es tut auch nichts zur
Sache! Franziska hat sie auch gelegentlich besucht. Ich glaube,
sie hat mal der jüngeren der beiden Töchter Nachhilfe gegeben.
Das war`s dann aber auch!

Mir ist es zu verdanken, dass sie Leute aus der Nachbarschaft
überhaupt kennengelernt haben. Sonst wären sie für immer
„die Türken mit dem Garten" geblieben! Keiner aus unserer
Nachbarschaft hätte ihren Namen gekannt! Ach was, nicht mal
gefragt hätte man danach! Wozu auch? Die meisten Deutschen
können türkische Namen eh nicht aussprechen.

Von den Özencs selbst wäre natürlich auch nicht viel gekommen. Ercan ist schüchtern und Zeynep spricht nicht besonders
gut Deutsch. Nicht gut genug. Sie kann schon alles ausdrücken,

was sie sagen will, aber es ist nicht immer leicht, ihr zuzuhören. Sie als Anwalt wissen es doch am besten: Entweder besitzt man die Gabe, stundenlang um den heißen Brei zu reden (das nennt man dann Smalltalk), oder man besitzt sie nicht. Und wenn man sie nicht besitzt, dann muss man sich etwas anderes einfallen lassen, um die Menschen für sich zu gewinnen.

Nun geht die Liebe bekanntlich durch den Magen und Zeynep hat in dieser Hinsicht durchaus den Puls der Nachbarschaft getroffen. Mit fünf köstlichen Vorspeisen (von ihr an demselben Nachmittag zubereitet, an dem die Party stattfand), die sie mitgebracht hat, wäre eine dreißigköpfige studentische Partygesellschaft satt geworden.

Natürlich wurde sie von den Nachbarinnen darauf angesprochen, nach dem Rezept gefragt, das eine Wort ergab das nächste. Kurz: Ich habe Zeynep mit meiner Einladung eine Bühne geboten und diese hat sie geschickt für sich genutzt. Heute spricht jedenfalls keiner mehr von den „Türken mit dem Garten", und dass man dies nicht macht, dass man selbst ihre Namen kennt, das hat die Gute mir zu verdanken.

Die Worte, die ich eben von Zeynep vernommen hatte, waren also der Dank für meine Integrationsbemühungen. Hätte man sich auch vorher denken können! Wenn alle gleich gut sind, dann sind alle auch gleich schlecht und alle ebenso gleich undankbar! Aber ich wusste, ja ich war mir hundertprozentig sicher, dass Ercan in diesem Zusammenhang anders denken und seine Frau nicht unterstützen würde. Ich nahm meine ganze Kraft zusammen, obwohl ich wegen Zeyneps Unverschämtheit kurz vorm Explodieren war, und erinnerte sie beiläufig, wo ihr Platz in der Gesellschaft war:

„Du bist aber nicht in Gülsüms Lage!", bemerkte ich, so gelassen wie möglich.

„Ich hoffe, solch unüberlegte Bemerkungen deinerseits bleiben mir in Zukunft erspart! Wenn nicht, könntest du, so wie ich meinen Freund Ercan kenne, sehr schnell in Gülsüms Lage gelangen!"

Ich brauche mir keine weiteren Sorgen zu machen, pflichtete sie mir versöhnlich bei, so weit würde es sicherlich nicht kommen. Wie es in einem Menschen wirklich aussehe, wisse nur derjenige, der in dessen Körper wohne.

Man konnte über Zeynep sagen, was man wollte, aber die Frau erkannte immer sofort, woher der Wind wehte und wer am längeren Hebel saß.

Als ich später dann aus reiner Neugier nachfragte (ich bin am Abend noch einmal hingegangen, weil ich keine Lust hatte, den Samstagabend allein zu verbringen, außerdem Hunger hatte, und im Gegensatz zu meiner eigenen Frau hatte Zeynep zu Hause wirklich immer etwas zu essen, sie findet es außerdem toll, wenn sie andere mit ihren Köstlichkeiten erfreuen kann), als ich sie also fragte, wie sie denn bloß auf die Idee kommen könnte, zu behaupten, sie würde in Gülsüms Situation genauso handeln wie Gülsüm, und ob dies nationale Solidarität wäre, die aus ihr spräche, lächelte sie mich an und antwortete, sie spreche mehr als Frau denn als „türkische Frau".

Na bitte! Was habe ich Ihnen gesagt?! Im Ernstfall halten die Damen zusammen!

Sie glaube, fuhr Zeynep fort, wenn sie einmal solch eine schwere Entscheidung gefällt hätte, das eigene Heim zu verlassen, dann wäre sie allem aus dem Weg gegangen, was ihr die Umsetzung hätte erschweren können – den lieben Nachbarn, die beim Abschied Fragen gestellt oder geweint hätten, vielleicht versucht hätten, sie umzustimmen, sicherlich auch.

Ich dachte eher daran, dass Gülsüm Angst gehabt haben muss, die erfahrene Landsmännin würde an ihr Gewissen appellieren, welches sie offensichtlich endgültig stillgelegt hatte.

Vielleicht hatte Zeynep sogar ein bisschen Recht. Gülsüm konnte ja nie Entscheidungen treffen! Vieles konnte Gülsüm nicht, aber Entscheidungen treffen konnte sie ganz und gar nicht. Dafür hatte sie ja mich.

Nicht mal beim Kauf ihrer Unterhemden konnte sie sich vernünftig entscheiden. Das glaubt einem keiner, ich weiß, weil man es nur glauben kann, wenn man das „große Los" gezogen hat, einer solchen Gelegenheit beiwohnen zu müssen.

Einmal hatte sie es geschafft, ungelogen, fünfunddreißig Minuten für den Kauf eines Unterhemdes zu vergeuden, das sie am Ende nicht mal kaufte! Sie ließ sich dabei sogar von mir beraten und legte das gute Stück anschließend, kurz nachdem sie sich zum Bezahlen angestellt hatte, wieder zurück, mit der Erklärung, sie würde sich darin unwohl fühlen!!! Ich gebe zu bedenken und betone es auch, es ging hier nicht um den Kauf einer Wohnung, sondern den eines lächerlichen Unterhemdes! Sie überlegte gefühlt eine halbe Stunde, ging von einem Regal zum nächsten und dann wieder zum ersten zurück, schaffte es schließlich doch noch, sich für eine der zweifelsohne zahlreichen Möglichkeiten zu entscheiden, sich dann brav in der Schlange anzustellen, nur um kurz vor der Kasse umzudrehen, die Wahre dorthin zu bringen, wo sie sie gefunden hatte, und zu gehen!!!

Das muss ihr erst einmal einer nachmachen!

Gülsüm hatte fast panische Angst davor, die falsche Wahl zu treffen. Immer! Lieber tat die Frau gar nichts als das womöglich Falsche! Wie das dumme Kind, das mit geschlossenen Augen in die Zauberkiste greift und inständig hofft, dass das, was es gezogen hat, nicht etwas Langweiliges ist, so macht auch sie, wenn sie zwischen mehreren Angeboten wählen muss, die Augen zu und lässt den Zufall entscheiden.

Von wegen, sie wäre meinetwegen ängstlich geworden und würde sich nichts mehr zutrauen!

Von wegen, ich hätte ihren Willen gebrochen, aus ihr ein unsicheres Kind gemacht, das keinen Schritt mehr unternimmt, ohne zu fragen!

Die Wahrheit war: Gülsüm hat sich nie etwas zugetraut, keinen Schritt ins Ungewisse ohne hundertprozentige Absicherung getätigt!

Die Frau musste ein ganzes Studium abschließen, um sich zu trauen, deutsch zu sprechen! Ich bitte Sie! Andere brauchen einen dreimonatigen Sprachkurs, Frau Baştürk braucht fünf Jahre Studium und noch genauso viel Zeit in Deutschland, um loszureden. Diese permanente Angst, was die anderen sagen oder von ihr denken könnten, wenn sie einen Fehler macht! Sinnlos, fruchtlos und sehr anstrengend! Selbstverständlich konnte Gülsüm sich nicht verabschieden! Dann wäre sie nämlich hiergeblieben.

Diese an sich lächerliche Tatsache gab mir die Hoffnung, dass es wieder mal nur um eine Laune meiner Frau gehen könnte. Wahrscheinlich hatte sie überlegt, was sie mit ihrem Leben anstellen sollte, und das Weggehen war eben eine der Möglichkeiten – sicher die schlechteste, aber das spielte für Gülsüm in ihrer psychischen Verfassung keine Rolle. Wahrscheinlich hat sie die Möglichkeiten auf mehrere Zettel geschrieben und dann gezogen. Ein Spiel. Und dann hat die brave Schülerin, gewissenhaft, wie sie durchaus war (dies muss man der Wahrheit zuliebe auch erwähnen), den gezogenen Auftrag erledigt.

Warum Gülsüm sie vorher nicht besucht hätte, das würde mich wundern, sagte ich zu Zeynep, bevor die endgültige Entscheidung fiel (gezogen wurde).

„Gülsüm ist kein Mensch, der es versteht, seine Trauer mit anderen zu teilen. Sie macht alles mit sich selbst aus. Wenn sie gegangen ist, dann muss sie sehr traurig gewesen sein!", mutmaßte die kleine, von meinen Fragen offensichtlich vollkommen überforderte Hausfrau.

Zeynep tappte natürlich völlig im Dunklen, doch zugeben wollte und konnte sie es nicht. Wahrscheinlich gefiel sie sich in der Rolle der einfachen Frau vom Lande (Zeynep stammte aus einem Dorf irgendwo in Kappadokien, dessen Namen ich mir nie merken konnte, Gözleme oder so), die einem Jürgen Habich, dem Elektroingenieur, die Welt erklärte. Dass sie dazu nicht in der Lage war, das wussten wir beide. Sie entschied sich dazu, diese für sie wenig schmeichelhafte Tatsache zu ignorieren. Ich hatte aber kein Bedürfnis danach, Zeynep beim Aufmotzen ihres Hausfrauenselbstwertgefühls behilflich zu sein.

Die Erklärung sei viel einfacher, konterte ich, vielleicht ein wenig ungehalten.

„Gülsüm ist psychisch krank. Daher die Trauer, *wenn* sie überhaupt traurig war! Sie hatte keinen Grund, traurig zu sein! Sie hatte eine schöne Wohnung mit Garten, einen Mann, der gut verdiente und sich ganz rührend um sie und das Kind kümmerte. Sie hatte jemanden, der ihr ganzes Leben organisierte, damit sie durch ihre Unfähigkeit nicht auffiel oder auf die Nase fiel. Sie brauchte ihm nur zu folgen, diesem Mann!

Doch nicht mal das schaffte sie!"

Sie hatte einen Sohn, der sich zweifellos prächtig entwickelte, obwohl er, das war leider nichts Neues, eine bessere, sei es drum, wahrscheinlich nur eine fähigere Mutter verdient hätte. (Die beste Mutter ist aus der Sicht des Kindes leider immer die eigene, auch dann, wenn sie zum Muttersein unfähig ist.) Mit Gülsüm hat mein Sohn sicherlich keinen großen Wurf gelandet, aber da konnte er nichts für, schließlich habe *ich* sie für ihn ausgesucht.

Sie brauchte nicht einmal arbeiten zu gehen! Ich hätte mich natürlich gefreut, wenn sie das wie tausende und abertausende anderer Frauen in den Griff bekommen hätte, die Arbeit, das Kind, den Haushalt und den Garten – wobei der Garten mehr mein Arbeitsbereich war und der Haushalt, die Küche und Wäsche ihrer –, ich hätte mich gefreut! Aber ich war auch bereit, ihre Fehler erst mal zu akzeptieren und an ihnen zu arbeiten, sie auszumerzen! Das einzige Ziel, das ich bereit war umzudefinieren – aus einem Etappenziel eine Lebensaufgabe zu machen. Ich meine, machen wir uns nichts vor: Sie hätte den Garten verwildern lassen! Das dürfen Sie und das hohe Gericht mir gerne glauben! Ich denke mir hier nichts aus! Schön aufgeräumte, geordnete Gärten waren Gülsüm ein Graus! Heimlich hat sie schon die Augen verdreht, wenn ich unseren Rasen vertikutiert habe! Monate hat sie gebraucht, bis sie sich nur den Begriff „Vertikutieren" gemerkt hat! Eine normal intelligente Frau! Sie hätte sich natürlich auch nur für das Kind, den Haushalt und den Garten entscheiden können und gegen die Arbeit, was sie mehr oder weniger tat. Dies stimmt aber auch nicht ganz. Eigentlich zu Hause bleiben, das tat sie. Der umfangreiche Rest, bestehend aus Haushalt und Garten, wurde eher schlecht als recht bewirtschaftet; spätestens seit dem Zeitpunkt, als ihr Sohn in unser Leben trat. Ich kann mich nur schwer daran erinnern, wann ich sie zum letzten Mal beim Jäten erwischt habe, es sei denn, man wollte das wahllose Herumgezupfe, das sie unter nervlicher Anspannung veranstaltet hat, Jäten nennen. Nein, Gülsüm hatte wirklich keinen Grund, traurig zu sein, und wenn sie das doch gewesen sein soll, dann hat sie es nur ihren miserablen Genen zu verdanken, ihrer Nachlässigkeit, ihrer Konzentrationsstörung, ihrer Unfähigkeit, Prioritäten zu setzen und das Wichtige von Unwichtigem zu unterscheiden, ihrer Unfähigkeit, das Leben zu planen und zu leben!

Gülsüm war ohne mich lebensunfähig! Nach allem, was Sie über diese Frau mittlerweile erfahren haben, erfahren mussten, werden Sie dieser auf den ersten Blick vielleicht ein wenig überheblich anmutenden Aussage nach einer kurzen Überlegung zweifellos beipflichten. Es war mir immer schon ein Rätsel, wie diese Frau ohne mich hatte überleben können. Gut, die meiste Zeit ihres Lebens hat ihre Mutter sich um sie gekümmert, dann kam die Zeit in der WG. Ich kann mir beim besten Willen nicht vorstellen, wie Gülsüms Zusammenleben mit anderen Menschen funktioniert haben soll, doch muss sie als Mitbewohner jemand gefunden haben, dem es ein innerstes Bedürfnis war, anderen hinterherzuräumen.

Als ich sie einmal fragte, warum sie mich geheiratet hatte, antwortete sie: „Weil du der erste gutaussehende, ehrliche Mann warst, der mir einen ernst zu nehmenden Heiratsantrag gemacht hat."

Ich hielt es für einen Witz! Jetzt, Jahre später, fällt mir dieser Satz wieder ein, vielmehr verfolgt er mich, zusammen mit meiner damaligen Unfähigkeit, diese Aussage richtig einzuordnen.

Sollte ich, trotz meiner hohen Intelligenz, dümmer und naiver gewesen sein als all die anderen Männer, die sie kannte?

War ich nur ehrlicher und attraktiver oder war ich auch noch naiver als die anderen?

Dass eine Frau von Gülsüms Schönheit und Intelligenz von keinem außer mir geheiratet werden wollte, kam mir damals absurd vor.

Sie behauptete, auf „die zum Ego-Zweck mit 25-jährigen Gedichte schreibenden Studentinnen Sex treibenden Familienväter mit Potenzschwierigkeiten" keine Lust gehabt zu haben. So hat sie es wortwörtlich gesagt, ich füge kein Wort hinzu! Ich wusste natürlich, wer der Glückliche war, der mit dieser, das muss man ihr lassen, sehr präzisen Beschreibung der Zielgruppe gemeint war: der alte Knacker, mit dem sie ein halbes Jahr lang eine Beziehung gehabt hatte – wie auch immer man den Begriff „Beziehung" definieren mag –, bis er sie eines schönen Tages und aus heiterem Himmel seiner Gattin vorgestellt hatte. Als seine „wissenschaftliche Assistentin" wohlgemerkt!

Feine Wissenschaft!

Wenn sie wenigstens Biologie studiert hätte!

Ich habe sie nie gefragt, was sie an ihm gefunden hat. In körperlicher Hinsicht hatte er zweifellos nichts zu bieten. Immerhin war er mindestens fünfundzwanzig Jahre älter als sie! Mir braucht keiner zu erklären, wie die Haut aussieht, die langsam, aber sicher von jeglicher Spannkraft verlassen wird. Da muss man schon im Fitnessstudio wohnen, um das Ganze einigermaßen erträglich erscheinen zu lassen! Eins ist sicher, leichter wird es nicht, wenn man nebenher auch noch ein Leben zu organisieren, Frau, Kinder, einen Job und eine Geliebte hat! Und dann auch noch Gülsüm. Eine Schönheit und ein kluges Mädchen!

Es ging wohl eher um den Vaterersatz, den sie hier suchte, jemand, der so viel erfahrener, nüchterner, gelassener war als sie selbst und ihr, orientierungslos, wie sie war, eine Gebrauchsanweisung für die Welt da draußen liefern sollte.

Gab es denn keine Gleichaltrigen, die mit ihr gehen wollten, erkundigte ich mich. Gleichaltrige hätten sie damals nicht interessiert und sie Gleichaltrige ebenso nicht. Auf die Dauer sei sie jedem Gleichaltrigen zu grüblerisch, zu schlau, zu anstrengend geworden. Sie wiederum fand Jungs in ihrem Alter zu oberflächlich, zu flatterhaft, zu gierig … wahrscheinlich zu langweilig, um sich mit ihnen häufiger zu treffen.

Sie wollten sie wegen ihres Aussehens und Gülsüm war das zu wenig. Meine Frau wusste natürlich, wie sie aussah und wer sie war, und wollte sich nicht unterm Preis verkaufen. Im Grunde gibt es da nichts entgegenzusetzen. Ich glaube aber auch, dass sie tatsächlich auf ältere Männer stand.

Unlogisch war das nicht.

Da sie meistens frigide war, hatte Gülsüm in Liebesdingen andere Prioritäten als sexuelle Befriedigung und konnte deshalb die eine oder andere Pleite verzeihen. Möglicherweise hoffte sie auch, dass einer von den erfahrenen, geduldigen Liebhabern in ihr doch noch ein Feuer entflammen würde.

Kein einziges Mal kam es mir in den Sinn, dass die anderen Männer sich von ihrer Schönheit einfach nicht haben täuschen lassen!

Kein einziges Mal kam es mir in den Sinn, dass sie, im Gegensatz zu mir, rechtzeitig gemerkt haben müssen, dass die Frau verrückt war! Na ja, wenigstens absonderlich.

Natürlich sah man es ihr nicht sofort an. Vielmehr sorgte ihr gutes Aussehen fürs Gegenteil. Verzaubert war man zuerst! Gerade deshalb war sie so gefährlich! Ja, die Liebe machte nicht nur blind, sie schaffte es auch, die intelligentesten Zeitgenossen auch noch blöd zu machen, manche auf unbestimmte Zeit! Wenn doch die besagte Zeit der geistigen Umnebelung vorbei war, wollte man sich erst mal nicht eingestehen, bei aller Klugheit und Raffinesse, der man sich rühmte, von einer bekloppten

Frau hinters Licht geführt worden zu sein.

Natürlich hatte Gülsüm auch ausgesprochen helle Phasen – verständlicherweise, würde ich sagen –, denn nur wegen ihres Aussehens hätte ich sie niemals geheiratet! Natürlich konnte sie sich tagelang, ja wochenlang so verhalten, dass keinem ihre Nervenkrankheit auffiel – keinem, der sie nicht so gut kannte wie ich!

Gülsüms letzte Handlung ist doch der endgültige Beweis dafür, dass alle Gespräche, alle Erziehungsversuche, sämtliche Bemühungen meinerseits, ihre Therapie miteingeschlossen, nichts außer Ärger gebracht haben, rein gar nichts! Je länger ich darüber nachdenke, umso klarer sehe ich es.

Einen Menschen, der orientierungslos umherirrt, weil er nicht in der Lage ist, die Richtung zu finden, solch einen Menschen vermag man zu führen. Ein solcher Mensch ist nämlich durchaus lenkbar, da er von seiner Unfähigkeit weiß, darunter zu leiden hat und diesem Leid ein Ende setzen will. Dabei muss der aufgezeigte Weg nicht mal seiner sein. Er folgt Ihnen schon aus Dankbarkeit, dass Sie ihn aus seiner Ausweglosigkeit befreien. Das ist alles logisch und gut so. Wenn zielloses Umherirren einen Sinn hätte, wäre es längst zu einer olympischen Disziplin geworden! Und sie, sie wäre eine Olympiasiegerin.

Jetzt stellen Sie sich vor, Sie treffen so jemanden, einen, der keinen Weg findet, weil er, so scheint es, nicht in der Lage ist zu suchen. Ein hoffnungsloser Fall, denken Sie, doch aus irgend-welchen erdenklichen Gründen (behaupten wir mal, dass Sie, warum auch immer, in den Bann der Obenerwähnten gezogen worden sind) finden Sie also Gefallen an derselben und Sie geben der Person jede erdenkliche Hilfe! Sie braucht sich um nichts zu kümmern, sie braucht den angezeigten Weg nur zu gehen! Schritt für Schritt, in einem vorbestimmten, leistbaren Tempo. Klingt einfach, nicht wahr? Denken Sie! Doch plötzlich, aus heiterem Himmel und nichts ahnend, erleben Sie Ihr blaues Wunder. Die Person, um die Sie sich so rührend kümmern, dass Sie bereit sind, eine Menge Ihrer wertvollen Zeit zu opfern, mehr Zeit, als Sie jemals für einen Menschen verbraucht haben, zeigt keinerlei Dankbarkeit, sie zeigt nicht mal den Wunsch, Ihnen zu folgen! Womöglich macht sie genau das Gegenteilige: Sie torpediert Ihre Erwartungen, untergräbt Ihre Hoffnungen! Sie unterliegt keinem Einfluss, sie reagiert auf keinen Ratschlag, sie tut, als würde sie alles von vorneherein besser wissen und die Ratschläge anderer gar nicht brauchen! Und das Schlimmste kommt noch: Sie ist sogar in der Lage, bei aller Konfusion, die einen großen Teil ihrer Persönlichkeit ausmacht (den größten, wage ich mal zu behaupten), andere negativ zu beeinflussen! Denken Sie dann immer noch, dass dieser Mensch nur krank ist und Ihre Hilfe braucht, oder kommen Sie irgendwann doch noch auf die Idee, dass die fragliche Person keinen Ratschlag annimmt, weil sie sehr genau weiß, was sie will und wohin sie will, weil sie alles, aber auch alles von Beginn an genauestens geplant hat und das ganze Umherirren, die ganze gespielte Hilflosigkeit nur ein Ablenkungsmanöver ist! Wofür? Ich glaube, das wollen Sie nicht wirklich wissen. Nicht mal die Polizei und der Staatsschutz haben das wissen wollen, sonst hätten sie längst etwas gegen dieses Monster in Gestalt einer wunderschönen Frau unternommen! Warum sollte ich mich also abmühen und denen weitere Beweise liefern, wenn sie sich nicht mal der ganzen Vorarbeit meinerseits würdig erwiesen haben? Es sind nicht nur *mein* Land und *meine* Kultur, die hier zu Grunde gehen können!

Und doch habe *ich* ihnen geholfen, was auch immer Gülsüm und ihre Terroristenfreunde vor hatten zu tun, zu vereiteln. Meinen Sie, jemand hätte sich bei mir bedankt? Meinen Sie, ein Vertreter irgendeines staatlichen Organs hätte „Danke!" gesagt, dafür dass ich mein persönliches Glück einer größeren Sache geopfert hatte?! Dem Patriotismus.

Ich meine, immerhin habe ich meine Ehefrau meinem Land geopfert, denn dass diese den Karren lieber vor die Wand fährt, statt umzudenken, das war doch von Anfang an sonnenklar!

(Mit dem „Karren" bezeichne ich metaphorisch unsere Ehe.)

Gülsüm Baştürk war viel zu stolz, um einem eine Verleumdung zu verzeihen! Viel zu stolz! Ich wusste schon, was mich erwartet!

Nicht dass es direkt eine Verleumdung war – ich konnte ja nicht wissen, wie die Sache wirklich ausgehen würde, genauso gut hätte ja was dran sein können! Man steckt ja nicht drin!

Doch nicht nur Gülsüm Baştürk begab sich sehend in die Katastrophe.

Leider ging sie nicht allein! Die grausamste aller Frauen wusste genau, wie sie mich am wirksamsten treffen konnte!

Sie nahm mir das, was meinem Leben Sinn verlieh! Sie nahm mir meinen Sohn weg und somit tötete sie mich!

Mail vom 07. 11. 2007

Bezugnehmend auf unser heutiges Telefonat

Herr Dankbar!

Es ist mir völlig egal, ob das Jugendamt weiß, wo die zwei sich aufhalten, oder nicht! Es ist mir ebenfalls völlig egal, was das Jugendamt über mich als Vater und über meine Erziehungsmethoden denkt! Das interessiert mich nicht!!!

Ich habe die Herrschaften nicht darum gebeten, sich in mein Leben einzumischen, folglich ist mir die angebotene „Unterstützung" dieser Institution völlig schnuppe! Wenn sie meine fabelhafte Gattin „unterstützen" wollen, ist das deren Problem!

Ich brauche diese Form von Unterstützung nicht!

„Warum diese Vehemenz?", möchten Sie wissen.

Oh, das erläutere ich Ihnen gerne!

Sehen Sie sich doch bitte zuerst die ganzen Sozialarbeiterkinder an! Alles Verrückte oder Drogenabhängige oder beides! Und ich weiß, wovon ich spreche! Immerhin hatten wir zwei reizende Exemplare dieser Berufsgruppenbrut in der Firma. Nur als Praktikanten, versteht sich! Länger hätten wir sie sowieso nicht ausgehalten. Der eine sah aus wie ein ramponiertes Mädchen, das sich eine Jungenstimme antrainiert hatte, der andere, Malte (!), ein netter Kerl im Grunde genommen, sehr hilfsbereit, ein guter Zuhörer, sprach unverhohlen davon, wie er nach der Arbeit einen „durchziehen würde"! Dies mit neunundzwanzig! Ich bitte Sie! Was will er tun, wenn das erste Kind zum ersten Mal ins Höschen macht? Auch einen durchziehen?

Jetzt erklären Sie mir, mein lieber Herr Anwalt, wie sollen diese unglückseligen Menschen mir mit meiner Familie helfen, wenn sie ihren eigenen Kindern nicht helfen können?

Dass das Jugendamt in 95 Prozent der Fälle vollkommen handlungsunfähig und in 70 Prozent der Fälle auch noch handlungsunwillig ist, zwitschern mittlerweile die Spatzen vom Dach. Von mir aus, vielleicht sind es auch 80 und 40 Prozent oder 50 und 50, mögen die Zahlen sein, wie sie wollen … Ich brauche keine Statistiken, um zu erkennen, ob eine Arbeit Erfolgsaussicht hat oder nicht!

Übrigens noch so eine vollkommen überflüssige, weil völlig handlungsunfähige, Berufsgruppe – neben Psychologen,

Hauptschullehrern, Hochschulprofessoren und Fernsehmoderatoren. Die sind doch alle restlos überfordert! Reines Geben ein Leben lang! Ich meine jetzt natürlich nur die ersten zwei. Die letzten beiden sind einfach überflüssig. Und nichts kommt zurück! Und wissen Sie, warum nichts zurückkommt? Weil nichts zurückkommen kann! Die kämpfen alle auf einem schon längst verlorenen Posten, weil die Lebensläufe dieser Kinder, um die sie sich kümmern sollen, ihre eigenen Kinder miteingeschlossen, durch die Lebensläufe der Eltern vorbestimmt sind! Da kann man nichts machen, außer so tun, als ob man etwas täte.

Sehen Sie, das nenne ich gesellschaftlich betriebene Augenwischerei, im Auftrag der Gesellschaft wohlgemerkt. Ein Ablenkungsmanöver! Man töpfert für den Frieden und lässt sich von der Presse ablichten, man besucht Integrationsveranstaltungen und lädt das Fernsehen ein, stopft sich mit Fleischbällchen mit Schaschliksoße voll, Vegetarier mit Samosas mit vegetarischer Füllung, parliert über die neusten Entwicklungen im Sozibereich, während diejenigen, um die die geladenen Gäste sich kümmern sollten, im selben Moment von ihren grausamen Müttern, und von den grausamen Vätern oft natürlich auch, verprügelt, misshandelt und langfristig seelisch vernichtet werden.

Das Gesetz lässt es zu! Offiziell vielleicht nicht, aber irgendwie schon. Welches Kind traut sich schon, gegen eigene Eltern auszusagen? Welches Kind kann überhaupt so was? Ich bitte Sie! Und ohne stichhaltige Beweise und Kindesaussage, die die Eltern beschuldigt, bleibt das Ganze nur eine Steuergelder verspeisende Farce.

Warum auch sollte das deutsche Gesetz diejenigen schützen, für die es gemacht wurde? Das wäre doch logisch und wer hat jemals behauptet, dass die deutsche Rechtsprechung logisch sein muss?

Anschließend wird über die Unterbesetzung und Unterbezahlung geklagt. Dies allerdings zu Recht, finde ich, denn wenn das Jugendamt in dieser immer kaputteren Gesellschaft tatsächlich etwas erreichen soll, dann müssen seine Leute Gehälter namhafter Onkologen bekommen – immerhin haben sie es von morgens bis nachmittags mit Krebsgeschwüren der Gesellschaft zu tun. Und sie müssen viele und sehr gut ausgebildet sein. Einem müden Arzt stirbt der Patient. Einem handlungsunfähigen ebenso.

Ergo, mein lieber Herr Anwalt, das Jugendamt mag wissen, was es wissen will, es hat nicht die Möglichkeit, mir in meiner Situation zu helfen! Um wirklich handlungsfähig zu sein, muss es nämlich zuerst sich selbst helfen können, und ich habe keine Zeit, darauf zu warten!

Besuche bei Gülsüms Freundinnen ergaben ebenfalls kein wünschenswertes Resultat. Keine der beiden weiß, wo sie wirklich ist. Da sie sich ernsthaft Sorgen zu machen scheinen, glaube ich sogar, dass sie die Wahrheit sagen. Anscheinend will die Dame wirklich nicht gefunden werden. Die Befragten gaben ebenfalls zu, schon gewusst zu haben, dass Gülsüm und ich Schwierigkeiten hatten, behaupteten jedoch, diese Info *nicht* von Gülsüm erhalten zu haben. Angeblich hätten sie das einfach so „herausgehört"?!

Das Beste kommt aber noch! Angeblich hätte man das vor allem aus meinen Bemerkungen heraushören können.

Ach, dies waren zwei durchaus amüsante Unterhaltungen, an deren Ende ich meinen Gesprächspartnerinnen empfohlen habe, sich mit ihren hellseherischen Fähigkeiten um eine Anstellung beim Astro-TV zu bemühen, damit sich diese seltene Gabe auch finanziell für sie lohnt.

Dass das Trennungsjahr vorbei war, wollte trotzdem keine von ihnen gewusst haben. Dass Gülsüm vorhatte, auszuziehen und Sinan mitzunehmen, angeblich auch nicht. Symptomatisch war gleichsam, dass keine der befragten Frauen mich fragte, wie es *mir* ging! Immerhin war ich der Verlassene!

Aber sie wussten natürlich, wie es mir ging. Sie hatten schließlich alles darangesetzt, dass es mir ging, wie es mir ging!

Ich bin kein Idiot! Natürlich weiß ich, worüber sich müßige Frauen unterhalten, wenn sie sich treffen! Sicher nicht über

Nuklearphysik!

Es gibt für Frauen kein interessanteres Thema als „Männer". Allerdings gibt es für Männer einige mindestens ebenso interessante Themen wie „Frauen". Das wissen die Damen natürlich und das gefällt ihnen nicht im Geringsten. Verständlicherweise. Es schmeichelt nicht dem aufgeblasenen Ego! Das Ego der Frau wächst übrigens mit ihrer Hässlichkeit. Je faltiger, hagerer, dicker, formloser und unattraktiver die Ehefrau nämlich wird, umso erschreckendere Riesenausmaße nimmt ihr Ego an. Nehmen sie in Zukunft das Selbstbewusstsein auffällig hässlicher Damen genau unter die Lupe, wenn Sie mir nicht glauben! Da werden sie nicht schlecht staunen, glauben Sie mir! Dass sie da, wenn sie sich zum Tratschen treffen, kein gutes Haar an uns lassen, dafür kann ich meine Hand ins Feuer legen. Aus erwähntem Grund war es für mich ausgesprochen wichtig, Gülsüm von derart schädlichen Einflüssen, so gut es ging, fernzuhalten. In unserem gemeinsamen Interesse!

Dieses Miststück Silke ging sogar so weit zu behaupten, es wäre nur selbstverständlich, dass Gülsüm das Kind mitgenommen hatte, dies hätte jede anständige Mutter getan und ob sie es etwa meiner Gehirnwäsche (!!!) hätte überlassen sollen!? Sie hätte lange genug geschwiegen, meinte sie, und dies nur, weil Gülsüm sie darum gebeten habe! Selbst hätte sie mir angeblich schon längst „die Meinung gegeigt", genauso hat sie es ausgedrückt, „die Meinung gegeigt", doch Gülsüm wäre dafür viel zu höflich gewesen, „viel zu höflich für diese Welt …!" Na, dafür war Silke unhöflich genug für beide!

Ihr sei seit Langem rätselhaft vorgekommen – das Biest zischte mich an, als ob ich ihr kleiner Bruder wäre –, warum Gülsüm das alles mit sich machen, warum sie sich „kaputt machen" (!) ließe, sagte sie, statt sich zu wehren. Sie hätte keine Woche mit mir ausgehalten, sagte sie (dieses Gefühl beruhte natürlich auf Gegenseitigkeit!). Keine Frau, die nicht Gülsüms Geduld hätte, hätte es mit mir länger als ein paar Tage ausgehalten – ich glaube, sie sagte sogar: „keine zwei Tage ausgehalten", und Gülsüm wäre ein Engel und hätte für ihre Geduld, die sie mit mir bewiesen haben soll, einen Orden verdient, und ich, ich hätte aus meiner Frau eine kleine graue Maus gemacht. Sie sagte wörtlich: „Die Frau kam hier an wie eine Königin und du hast sie vernichtet, du mit deinem Ordnungswahn, mit deinem durchstrukturierten Tag, mit deinen Gewürzschränken und deinen sechs unterschiedlichen Brotdosen!"

Ich möchte hier klarstellen, dass wir zu Hause niemals mehr als vier Brotdosen hatten, für Weißbrot, Vollkornbrot, Knäckebrot und Brötchen! Ach ja, mit meinen „Neurosen", sagte sie auch noch!

Ich darf Sie und das hohe Gericht ebenfalls daran erinnern, dass meine Frau in psychotherapeutischer Behandlung war – nicht ich –, aber dies nur am Rande. Ich habe es nicht nötig, auf die

Fehler der gegnerischen Partei hinzuweisen, um selbst im besseren Licht zu erscheinen. Soweit es mir möglich ist, werde ich trotzdem versuchen, der Authentizität zuliebe, Silkes Aussagen in ihrer ursprünglichen Form wiederzugeben. Den Anspruch auf Vollständigkeit erhebe ich nicht.

Im gleichen Stil ging es dann weiter:

„Du hast ihr alles weggenommen, was sie war, damit sie so wird, wie du bist! So, wie du bist, konnte Gülsüm aber nicht werden. Sie hätte es bestimmt versucht, um des lieben Friedens willen, aber sie konnte es einfach nicht und es ist ein Glück, dass sie es nicht konnte! Ich weiß nicht, wo sie ist, aber ich hoffe, dass sie sich gut versteckt und dass *du* sie nie wieder zu Gesicht bekommst!"

Eine kurze Pause machte sie nur, um Luft zu holen, dann wurde es aber immer bunter:

„Sie hat sich seit dieser absurden Geschichte mit den angeblichen Terrorbotschaften nicht mehr bei mir gemeldet. Und weißt du was, damals habe ich ihr gesagt, ich könnte meine beiden Hände ins Feuer legen, dass du derjenige warst, der sie bei der Polizei angeschwärzt hat. Nicht, weil du wirklich daran geglaubt hast! Nein, dies sicher nicht – alles nur aus Angst, dass sie dir abhauen könnte. Du bist doch klug genug, du hast schon lange gemerkt, dass sie tausendmal besser ist als du! Sie wollte es mir nicht glauben! Ehrlich! Sie hat den Kopf geschüttelt, wollte mir gar nicht zuhören. Ja, Jürgen, ich habe ihr auch dazu geraten, dass sie dich sofort verlassen sollte, denn so verrückt, wie du bist, hättest du sie auch noch umbringen können!"

Sie guckte mich herausfordernd an und schloss ihren hinterhältigen Angriff mit den Worten: „Mag sein, dass ich zu weit gegangen bin, vielleicht hätte ich mich heraushalten sollen, aber die Frau wäre sonst untergegangen!"

Die dumme aufgeblasene Pute zitterte beinahe, während sie sprach. Und dann fügte sie noch hinzu: „Ich bin froh, dass die sich bewegt hat, ich bin froh, dass sie ihren Arsch hochgekriegt hat", das waren ihre Worte, ich füge keine Silbe hinzu (!), „ich bin froh, dass sie gegangen ist, bevor du sie kaputt gemacht hast!

Ich hatte Angst, dass sie mir meine heftigen Worte übelgenommen hat, aber es ist in Ordnung. Jetzt ist alles gut! Jetzt weiß ich, dass sie es begriffen hat."

Was sagt man dazu? Wenn das kein Geständnis ist, dann weiß ich es auch nicht!

Ich wusste nicht, ja ich ahnte es nicht einmal, dass Silke mich so gehasst hat. Ich wunderte mich aber nur, dass mir diese Hasswelle, die sie mir entgegenschleuderte, kaum etwas ausmachte. Als hätte ich sie erwartet. Natürlich war mir von vorneherein klar, dass Gülsüm manches anders erzählt, als es sich in Wirklichkeit zugetragen hatte. Natürlich wusste ich, dass es ihr schlicht und einfach peinlich war, ihre Unfähigkeit vor ihren Freundinnen zuzugeben. Natürlich wusste ich auch, dass sie die Geschichte unseres Ehelebens mit künstlerischer Freiheit versah, was es *ihr* möglich machte, vor ihren Freundinnen im guten Licht dazustehen. Für mich war darin ein Schattenplatz vorgesehen. Nichtsdestotrotz fragte ich mich, warum Silke nie den Wunsch geäußert hatte, meine Version der Geschichte zu hören. Sie konnte doch nicht im Ernst geglaubt haben, dass ich Gülsüm unterdrückt hatte! Die Frage beschäftigte mich nur kurz wohlgemerkt, denn gleich im nächsten Augenblick fiel mir etwas ein, was Silkes überraschenden Gefühlsausbruch in ein anderes, neues und klares Licht rückte. Ich erinnerte mich, dass ich an demselben Abend, an dem ich Gülsüm kennengelernt hatte, auch Silke kennenlernen „durfte" und dass Silke am Anfang, genauso wie Gülsüm, keinen Begleiter gehabt hatte. Erst später, nachdem sie eine Zeit lang verschwunden war, erschien sie in Begleitung eines mir unbekannten Herrn (falls die Bezeichnung „Herr" in diesem Fall überhaupt angebracht ist). Er trug eine Einmachgläserbrille und ein Vogelnest aus Haaren auf dem Kopf.

Aber anfangs war Silke mit Gülsüm allein. Wenn mich nicht alles täuscht, hatten wir an diesem Abend mehrmals Augenkontakt, Silke und ich. Natürlich bevor ich Gülsüm näher zu Gesicht bekam. Zuerst standen sie nämlich so, dass nur Silke in meinem Blickfeld war.

Es war Langeweile, nicht mehr. Man ist ein Mann und von Männern umgeben, also sucht der Blick etwas, das mehr Unterhaltung verspricht als eine maskuline Visage hinter einem Kölschglas, und bleibt an der nächstbesten jüngeren Frau haften. Dummerweise war gerade Silke diese jüngere Frau.

Wer weiß, was sich die arme hässliche Silke von diesem Blickwechsel mit mir versprochen hatte! Wahrscheinlich hörte sie schon die Hochzeitsglocken läuten – Gott behüte! So sind Frauen: machen aus jeder Banalität eine romantische Begegnung, träumen sich eine Telenovela zusammen, ein ganzes Serienmonster! Vielleicht denken sie sich schöner, als sie sind, wer weiß!? Mit ihren hässlichen Visagen bleibt ihnen sowieso nichts anderes übrig.

Doch seitdem ich sie endlich gesehen hatte, interessierte ich mich nur für Silkes Freundin, meine Zukünftige und mein Verderben.

Enttäuschte Hoffnungen können schmerzen. Und lange können sie schmerzen! Die arme Klugscheißerin! Das findet man oft bei Frauen, mein lieber und in diesen Dingen unerfahrener Herr Anwalt, dass sie sich Situationen erträumen, bis in die kleinste Kleinigkeit ausschmücken, immer und immer wieder, so dass sie zwischen Traum und Wirklichkeit irgendwann gar nicht mehr unterscheiden können. Schließlich fallen sie aus allen Wolken, sind zudem überrascht und beleidigt, wenn sie doch noch begreifen müssen, dass alles nur geträumt war. Der Mann muss praktisch für deren eigene Dämlichkeit geradestehen! Nicht zu fassen! Silke sah sich mit mir vorm Altar. Ich heiratete aber ihre Freundin. Offensichtlich zählte Silke zu den Frauen, die einem eine solche Niederlage niemals verzeihen.

Auch wenn sie nun wirklich hätte blind sein müssen, um zu erwarten, dass sie neben Gülsüm, und dann auch noch bei so jemandem wie mir, auch nur den Hauch einer Chance hätte! Doch nicht alle Menschen sind mit einem Realitätssinn gesegnet! Außerdem ist es eine Tatsache, dass sich hässliche Frauen oft ganz bewusst in die Gesellschaft schöner Geschlechtsgenossinnen begeben. Man fragt sich unüberlegt, wie masochistisch ein Mensch sein muss, der sich einer solchen Konkurrenz freiwillig stellt, doch, wenn Sie mich fragen, ganz abwegig ist diese Methode ganz und gar nicht! Immerhin haben sie so die Garantie, wenn auch nur „als Hintergrund" der schönen Freundin, ins Visier gutaussehender, interessanter Männer zu gelangen.

Der Moment, in dem der Interessent sich ihrer schönen Freundin nähert, ist der Moment, in dem sie handeln. Dabei nutzen sie, ganz perfide, die erste Verlegenheit der beiden Attraktiven aus, den zaghaften Moment, in dem das Kennenlerngespräch noch nicht im Fluss ist, und füllen diese noch ein wenig unangenehme Gesprächspause mit eigenem Geplauder. Nicht selten haben sie sogar Erfolg damit. Sie glauben mir nicht? Ich erkläre es Ihnen: Die schöne Freundin, von Natur aus verwöhnt, da schön, beherrscht keine Flirt-Technik, die ihr ermöglicht, den zögerlichen Kandidaten sofort für sich zu gewinnen. Sie kennt keinen Aufhänger, den sie plötzlich aus dem Ärmel schüttelt und der den Gesprächsfluss sichert. Wozu auch? Sie ist schön, und wenn sie um eine Sache nicht kämpfen lernen musste, dann um die Aufmerksamkeit. Deshalb tut sie sich am Anfang auch immer etwas schwer mit dem Smalltalk, die Schöne, denn besonders flexibel ist sie ebenfalls nicht. Wie denn auch? Flexibilität lernt man ausschließlich in der Not; wenn man gezwungen ist, die wenigen Chancen, die einem das Leben bietet, zu nutzen oder eben die Niederlagen schönzureden.

Die Schöne hat mit dem Chancendefizit nichts am Hut. Ich behaupte, sie weiß nicht einmal, wie das Wort geschrieben wird (wobei meine Frau auch hier eine Ausnahme wäre!). Sie braucht keine Angst zu haben, nie wieder positiv aufzufallen! Anders ihre Begleiterin! Sie weiß, was sie zu bieten hat – vor allem weiß sie, was nicht: kein wunderschönes Gesicht! Deshalb ist sie in der Regel, wenigstens am Anfang, freundlicher, oft charmanter und *immer* kommunikativer als die Schöne. Die Unattraktive weiß, dass sie mit ihrer Kommunikationsfähigkeit um ihr Glück kämpfen muss, und das macht sie, das können Sie mir glauben, das macht sie, und wenn sie Glück hat und das Gegenüber gehemmt und in solchen Dingen unerfahren ist, dankbar dafür, dass ein anderer das Eis bricht, so hat sie schon halb gewonnen. Von da an geht es nur noch darum, ob das Interesse des Mannes an der schönen Freundin stark genug ist oder ob er lieber, wie übrigens die meisten Männer, den kürzeren und sicheren Weg vorzieht. Das erklärt auch, warum sehr schöne Frauen oft sehr spät im Leben oder auch gar nicht heiraten. Vermutlich haben sie alle eine hässliche Freundin im Gepäck, die für sie die Kartoffeln aus dem Feuer holt und sich dabei selbst zuerst bedient.

Ich war nie einer von der schüchternen Fraktion und kurze und sichere Wege sind mir langweilig. Ich weiß, was ich will, und meistens auch, wie ich es kriege.

Wenn ich das, was ich will, gefunden habe, dann zögere ich nicht und vor allem brauche ich keinen, der mir dabei die Türen öffnet und sich nebenbei selbst anbietet.

Dass so etwas nicht nach dem Geschmack der dürren Brillenschlange war, die mich während meiner Denkpause herausfordernd anstarrte, konnte ich mir schon vorstellen.

Silke zählte zu den Frauen, die einem die eigenen Niederlagen nicht verzeihen.

Diese beschränkte, arrogante Gans hat meine Blicke falsch gedeutet und war augenscheinlich zu Tode beleidigt, als sie sah, dass mein Interesse jemand anderem galt und ihr aufgeblasenes Regenwaldgelaber mich von meinem Ziel, ihrer wunderschönen Freundin, nicht ablenken konnte. Jetzt, zehn Jahre später, kam die Quittung und ich wollte nicht glauben, dass das, was ich dachte, tatsächlich der Wahrheit entsprach. Aber warum um alles in der Welt hätte sie sonst so ärgerlich sein sollen und so böse?

Doch Silkes Gefühle interessierten mich im besagten Augenblick weniger, höchstens deren Auswirkung auf die Handlungen meiner Frau.

War es möglich, dass ich in all diesen Jahren Silkes Einfluss auf Gülsüm unterschätzt hatte?

Immerhin hat meine Frau anfangs nicht wirklich über meine Perfektionsansprüche geklagt, über meine Ordnungsliebe, die sie übrigens einmal, Jahre nach unserer Hochzeit, genauso wie Silke, als „Ordnungswahn" charakterisierte.

Waren es in Wahrheit Silkes Worte?

Könnte es sein, dass Gülsüm nie und niemals auf die Idee gekommen wäre, die Scheidung einzureichen, wenn Silke sie dazu nicht ermutigt, dahin gedrängelt hätte? Und könnte es sein, dass Gülsüm niemals auf die Idee gekommen wäre, auszuziehen, wenn Silke ihr diese Schwachsinnsidee nicht in den Kopf gesetzt hätte?

Ich betrachtete diese kleine unscheinbare, bebrillte Kakerlake, die so mir nichts, dir nichts mein Leben kaputt gemacht hatte, und fühlte plötzlich unbändige Lust, sie zu zerquetschen – auszulöschen, zu vernichten, zu zerstören, so wie sie mit ihrem Neid meine Familie zerstört hatte. Ich packte die Bestie an ihrem hässlichen, dünnen Hals und warf sie – angewidert von so viel Bosheit – weit weg von mir. An so etwas wie ihr wollte ich mir meine Finger nicht schmutzig machen!

Sie flog in die Ecke des Zimmers, die mit Zeugs so vollgestopft war, dass sie nicht einmal richtig hinfallen konnte, sondern auf einem Bücher- und Klamottenhaufen hängen blieb, und guckte mich entsetzt an. Ich konnte ihre Angst spüren.

Solch verdorbene Kreaturen, wie sie eine war, hätten eigentlich keine Existenzberechtigung, sprach ich, doch selbst hätte ich im Moment keine Zeit, mich mit derart niederen Geschöpfen aufzuhalten. Sie brauche allerdings nicht zu denken, fügte ich dröhnend hinzu, sich so einfach aus der Affäre ziehen zu können. Mit einer Verleumdungsklage könne sie schon mal rechnen.

Ohne ein weiteres Wort zu verlieren, verließ ich Silkes Wohnung.

Ich musste mich beeilen, den Schaden wiedergutzumachen, den sie angerichtet hatte.

Irgendwie ging und geht es mir jetzt besser mit dem Wissen, dass Gülsüm nicht freiwillig gegangen war, dass sie nicht so dumm war, ihr Heim und alles, was sie hatte, zu verlassen.

Gülsüm stand in den letzten Monaten unter großer nervlicher Anspannung. Nicht zuletzt der Verdacht, mit dem Terrornetzwerk in Verbindung zu stehen, sosehr er sich als unbegründet erwiesen hatte, machte ihr zu schaffen. Ich habe bereits in einem anderen Zusammenhang ausgeführt, wie wichtig es für Gülsüm war, was ihre Mitmenschen über sie dachten, und wie sehr sie sich darum bemühte, vor anderen die Contenance zu bewahren.

Jetzt stand sie entsetzt vor einem Scherbenhaufen und sah keinen Weg zurück.

Sie wusste, dass sie als Ehefrau und Mutter versagt hatte.

Ihr Ruf in unserem Bekanntenkreis war seit ihrer angeblichen Verbindung zur Terrorszene auf Dauer beschädigt. Sie hatte keine Arbeit, kein Geld und keine in Deutschland abgeschlossene Ausbildung. Sogar ihr größtes Kapital, ihr Aussehen, ließ sie langsam, doch merklich im Stich.

Sie sah kein Licht und immer dann, wenn sie sich in einer ausweglosen Situation wähnte, neigte Gülsüm dazu, unüberlegt zu handeln.

Doch das war ihr Problem!

Das Einzige, was mich jetzt beschäftigte und was ich mir vorwarf, war, Silkes Einfluss auf Gülsüms Entscheidungen unterschätzt zu haben. Ich kannte meine Frau. Ich wusste schon lange, dass sie sich mit Entscheidungen im Allgemeinen schwertat. Vor lauter Angst, unüberlegt zu handeln – eine falsche Entscheidung zu treffen und diese bitter zu bereuen –, traf meine Frau meistens keine. Oft war das nur halb so schlimm, denn sie hatte nun mal mich und mir konnte man wirklich keinen Mangel an Entscheidungsfreude vorwerfen. Im Gegenteil, als Familienvater fühlte ich mich dazu berufen, für uns drei zu entscheiden, und ich übernahm dieses Amt mit Stolz, Würde und Verantwortung. Mir war schon klar, dass Gülsüm auch hätte früher gehen können. Ich wusste auch, dass es bei uns Situationen gab, die sie seelisch zermürbten. Dies alles geschah natürlich nicht zu ihrem Schaden, sondern sie sollte aus der Situation lernen und jeder vernünftige Lernprozess tat nun einmal weh. Ein Kind fasst nur einmal auf eine heiße Herdplatte – ich habe jedenfalls noch von keinem gehört, das es zum zweiten Mal getan hat (und wenn doch, dann war es entweder ein besonders renitentes oder ein besonders dummes Kind und hatte demzufolge die Schmerzen verdient)!

Nichtsdestotrotz wusste ich, dass Gülsüm schon längst hatte gehen wollen, da sie es schwer aushielt, erzogen zu werden.

Warum ist sie nicht gegangen?

Zog sie den Luxus, in einer bequemen Wohnung mit Garten zu wohnen und einen Mann zu haben, der sich um alles kümmerte, ihrem Bedürfnis nach Eigenständigkeit vor, wie es ihre fabelhafte Freundin Silke behauptete? Gülsüm hat es mir selbst erzählt, dass sie es gesagt hat! Kopfschüttelnd hat sie es erzählt!

Nein, so war es nicht, das muss ich der Wahrheit zuliebe zugeben. Gülsüm wäre gegangen! Für Kompromisse war sie nicht gemacht. Sie wäre gegangen, wenn sie sich hätte entscheiden können.

Entscheidungen mit großer Tragweite traf Gülsüm jedoch äußerst selten. Dafür besaß sie zu viele Antennen für Nebensächlichkeiten. Das war ihr Problem!

Wo die normalen Menschen 6 Rezeptoren hatten, hatte Gülsüm Baştürk 600. Sie hatte die Gabe und das Pech, eine Situation mit all ihren Vorteilen und Nachteilen zu erfassen – sie sah sie wirklich alle, oft genauso gut wie ich, doch hat sie es nur selten geschafft, die einen auf Kosten der anderen auszublenden, eine Vorgehensweise, die, wenn Sie mich fragen, bei der Entscheidungsfindung unverzichtbar ist. Da Gülsüm immer viele Wege sah, inklusive dazugehöriger Verlockungen und Hindernisse, blieb sie vor lauter Ratlosigkeit am Wegrand stehen. Gülsüm brauchte andere, die für sie Entscheidungen fällten. Selbst war sie zu schwach.

Ich wusste das und war mir deshalb sicher, dass sie von allein nicht gehen würde. Dazu war sie schlicht und einfach nicht in der Lage!

Den Einfluss ihrer Freundinnen hatte ich dabei unterschätzt und dies kann ich mir nicht verzeihen! Alles hatte ich unter Kontrolle! Ich wusste, wo sie war, wenn sie nicht zu Hause war, ich wusste, wo sie hinwollte, wenn sie noch im Begriff war, aufzustehen, ich wusste, was sie vorhatte zu sagen, wenn sie lange nichts sagte, und wenn sie telefonierte, wusste ich, mit wem sie telefonierte und um was für ein Thema es beim Telefonat ging. Nicht dass Gülsüm sich beeilt hätte, mir alles zu erzählen – nee, so einfach war die Sache ganz und gar nicht! Meine Frau war kein offenes Buch, doch durch konsequentes Nachfragen, genaues Hinschauen, gepaart mit einer hervorragenden Menschenkenntnis, aber auch mit Interesse und schließlich Liebe für die betreffende Person, kann man viel in Erfahrung bringen, jedenfalls deutlich mehr, als das Gegenüber von sich aus bereit ist preiszugeben.

Dabei waren die paar Frauen, mit denen Gülsüm sich noch getroffen hat, so handverlesen – die meisten von mir persönlich ausgesucht! Ich war derjenige, der sie mit ihnen bekannt gemacht hat. Ich war derjenige, der Gülsüm wiederholt auf deren gute Eigenschaften aufmerksam gemacht hat! Ich stellte ihr Zeynep vor! Durch mich lernte sie Henriette, unsere ehemalige Arzthelferin, kennen! Ich stellte ihr meine Schwestern vor! Gut, die zwei Letzteren waren kein großer Gewinn, für keinen von uns, aber immerhin waren sie meine Schwestern, mein Fleisch und Blut, dürften demzufolge, auch ein paar gute Eigenschaften geerbt haben. Sie hielten sie nur so gut versteckt, dass man sie beim besten Willen und trotz langer Suche nicht entdecken konnte.

Ich kümmerte mich außerdem unentwegt darum, dass sich in unserem Freundeskreis kein Unkraut einnistet. Nur mir konnte sie danken, dass sie so leichtsinnige Freundschaften wie mit ihren beiden ehemaligen Arbeitskolleginnen, die Namen habe ich schon verdrängt, aufgegeben hatte. Selbstverständlich wäre sie ohne mich ins Verderben gerannt! So war sie nun mal! Wenn es um Freundschaften ging, war Gülsüm zu blauäugig, um hinter die Fassade zu gucken. In dieser Hinsicht war sie wirklich wie ein Kind! Zuerst ging sie gar nicht davon aus, dass einer sich auch verstellen konnte, und stürzte sich Hals über Kopf in jede neue Freundschaft hinein, anschließend lag sie am Boden zerstört, weil sie feststellen musste, dass die neue Freundin ihren idealen Vorstellungen nicht entsprach. Und wer hat sie immer wieder darauf hinweisen müssen? Wer die Augen geöffnet? Wer die weiteren schlimmen Erfahrungen erspart? Die Kränkungen. Ich natürlich! Wer sonst?

Wenn es um ihre Freundinnen ging, schaltete Gülsüm ihren kritischen Verstand aus, sobald eine von ihnen um die Ecke bog. Meist bemerkte sie nicht mal, dass sie für sie alle vor allem der seelische Mülleimer war und nur zu diesem Zweck ge- und missbraucht wurde! Erst durch mich bekam sie überhaupt eine Ahnung davon, was wahre Freundschaft bedeutete, begriff, dass nicht wenige Menschen viel Geld zahlen müssen, um ihre Last beim anderen abzuladen, und ihre Freundinnen diesen Service bei ihr unentgeltlich und zu jeder Zeit in Anspruch nehmen konnten. Sie gab für ihre Freundinnen die Therapeutin, ohne eine Gegenleistung zu verlangen. Sogar ohne es zu merken! Jedenfalls bin ich mir sicher, dass sie es ohne mich nie gemerkt hätte. Und was war der Dank für meine Bemühungen?

Schließlich war ich derjenige, der die angebliche Freundschaft mit Helen (eigentlich hieß sie Charlotte, aber Helen war ihr Künstlername), der lesbischen Ratte, so strapazierte, dass sie letzten Endes auseinanderbrechen musste („Ratte" natürlich wegen ihres Aussehens, nicht weil ich etwas gegen gleichgeschlechtliche Beziehungen hätte, mir soll es egal sein, wer mit wem in die Kiste steigt, es sei denn es ginge um jemand, mit dem ich ebenfalls ins Bett will – unnatürlich sind sie trotzdem). Das war nicht einfach, das können Sie mir glauben! Gülsüm mochte diese eingebildete Frau wirklich und Helen – ja, sie war in Gülsüm verliebt. Ein weniger geübter Beobachter, als ich einer war, hätte vielleicht gesagt, Helen mit all ihrer Dominanz sah in der kleinen Gülsüm eine Art jüngere Schwester, schutzbedürftig und niedlich, „verliebt" wäre zu viel gesagt, doch ich habe Augen im Kopf, ich habe gesehen, was ich gesehen habe; wie sie sie angesehen hat! Mir konnte sie nichts vormachen! So guckt man keinen an, den man nur beschützen möchte, wenn Sie wissen, was ich meine!

Davon abgesehen war Helen Künstlerin. Die beiden begegneten einander auf einer ganz anderen Ebene! So einer wie ich hatte bei dieser ganz besonderen Freundschaft nichts verloren. Ich bitte Sie! Dafür war ich zu sehr von dieser Welt, zu sehr mit realen Dingen beschäftigt, „profanen", wie Helen es zu sagen pflegte, so profan wie zum Beispiel: Wie verdiene ich Geld genug, um meiner Frau und ihrem Sohn ein angenehmes Leben zu ermöglichen, zu dem auch die geistreichen Gespräche mit Helen und einem Gläschen Rotwein gehörten? Und wie eisig sie mich nur angeguckt hatte, ihre Helen, als ich es wagte, in meinem Haus, in meinem Wohnzimmer, an meinem Esstisch in ihr künstlerisches Gespräch einzusteigen! In ihre Sphäre einzudringen!

Selbstverständlich ließ ich mich von ihrer abweisenden Art nicht einschüchtern! Ich befand mich auf vertrautem Gelände, auf meinem Gebiet! Sie, sie war der Eindringling, sie mit ihren Vernissagen und Eventeinladungen, mit ihren Installationen, mit ihren richtigen und falschen Lichtverhältnissen! Eine ekelerregende Person!

Ich weiß immer noch nicht, was Gülsüm an ihr fand! Sie pflegte zu sagen, Helen wäre lustig und unberechenbar, als ich sie danach fragte. Ich hatte in diesen acht Monaten unserer Bekanntschaft keinen einzigen Witz vernommen, der aus dem Mund dieser Frau kam! Jedenfalls keinen lustigen! Man könnte natürlich einwenden, möglicherweise hätten wir einen unterschiedlichen Humor, nicht alle Menschen finden alles gleich komisch. Möglicherweise! Meine Frau und ich hatten möglicherweise auch einen unterschiedlichen Humor – sonst würden wir uns nicht scheiden lassen. Doch muss es irgendwo den kleinsten gemeinsamen Nenner geben, einen Witz, der alle zum Lachen bringt, zum Schmunzeln mindestens, und sehen Sie, diesen einen habe ich aus Helens Mund noch nicht vernommen. Ich habe sie auch sehr selten lachen gehört, ganz im Gegenteil, sobald ich in ihre Nähe kam, verfinsterte sich Helens sowieso finsteres Gesicht noch mehr! Meistens ging Gülsüm in solchen Fällen auf meine Worte ein, sie erklärte, worüber sie sich gerade unterhalten hatten, bemühte sich, mich ins Gespräch einzubeziehen und die Unterhaltung mit mir aufrechtzuerhalten. Helen musterte mich nur intensiv von oben bis unten und „lächelte" ein wenig, wobei „lächeln" bei Helen bedeutete, dass sie die Oberlippe faul nach links zog, die oberen zwei Schneidezähne leicht entblößte und den Kopf leicht, kaum merklich nach hinten warf. Manchmal zeigte sie auch ein paar Zähne mehr, wenn sie Gülsüm anlächelte, wohlgemerkt.

Ich habe Gülsüm gesagt, dass Helen versucht hat, mich zu verführen.

Natürlich stimmte das nicht! Vom bloßen Gedanken daran wird mir schon angst und bange. Helen ginge es vermutlich nicht anders, wenn sie um diesen Gedanken wüsste. Da mache ich mir nichts vor: Ich weiß, dass ich ein attraktiver Mann bin und dass es, bei aller Bescheidenheit, sehr wenig Frauen gibt, die achtlos an mir vorbeigingen. Helen steht aber eindeutig nicht auf Männer – auf mich nicht und auf die anderen ebenfalls nicht! Außerdem mochte sie mich von Anfang an nicht, weil sie in mir einen gefährlichen Konkurrenten sah – ihren gefährlichsten! Das erkannte ich und das tangierte mich nicht im Geringsten, weil ich von solchen intellektuell faselnden Monstern in (halbwegs) Frauengestalt wirklich nicht geliebt werden muss, doch

Gülsüm schien das alles gar nicht zu merken. Sie fand alles, was Helen sagte, interessant und großartig. Sie hing geradezu an ihren Lippen!

„Das glaube ich dir nicht, Jürgen!", rief sie aufgebracht. „Das kann ich dir nicht glauben!" Sie hielt ihre Arme verschränkt und trippelte von einer Seite des Wohnzimmers auf die andere und dann wieder zurück.

„Warum kannst du es mir nicht glauben?"

Ich musste mich wirklich zusammenreißen, um nicht laut loszulachen. Gülsüm sah in ihrer hektischen Aufregung wirklich lustig aus. Ein großer, hagerer, schöner, rotbackiger Junge. Ich fragte mich, was ihr eher zugesetzt hatte, der Verrat ihrer angeblichen Freundin oder die Tatsache, dass nicht sie, sondern ich das leibhaftige Ziel von Helens Phantasien war. Ich konnte mir vorstellen, dass dieses Letztere besonders weh tat. Gülsüm stand nicht auf Frauen, das wusste ich, aber auf Komplimente stand sie schon.

Kein Wesen ist so eitel wie schöne Frauen, mein Lieber Herr Anwalt, und Gülsüm war schön! Selbst mit einem Jungenhaarschnitt!

„Glaubst du, andere Frauen finden deinen Mann nicht attraktiv?!" Ich versuchte so naiv wie möglich aus der Wäsche zu gucken und konnte mir nur mit Mühe ein feines Lächeln verkneifen.

Zugegeben, es bereitete mir Vergnügen, sie so unsicher, fast panisch, zu sehen.

„Mal sehen", dachte ich, „mal sehen, wie lange deine fabelhafte Künstlerfreundschaft den Angriffen deiner Eifersucht standhält, mal sehen!" Denn, das müssen Sie wissen, Gülsüm war eifersüchtig! Sehr eifersüchtig! Der Wahrheit zuliebe muss man zugeben, sie selbst nahm es mit der Treue ziemlich genau: Ich meine, wenn eine Frau überall auf Bewunderung stieß, dann war sie es! Im Grunde brauchte sie nur die Hand auszustrecken und zuzugreifen, aber sie tat es nicht. Nur in meinem Bekanntenkreis fallen mir mindestens vier Männer ein, die ihr aus der Hand gefressen hätten, ein Leben lang, wenn sie es darauf angelegt hätte. Die Liebe sei genauso eine Sache der Gefühle wie der Entscheidung, sagte sie. Sie habe sich für mich entschieden. Sie hätte mir sicherlich nie, nie im Leben verziehen, wenn ich bei Helen schwach geworden wäre. Gülsüm war ausgesprochen eitel.

Ich nehme an, sie glaubte, zu schön, zu gut, zu intelligent, zu unwiderstehlich zu sein, um betrogen werden zu dürfen. Wahrscheinlich hätte sie es als Gotteslästerung empfunden! Trotzdem hatte sie Angst, ich könnte ihr so etwas antun, obwohl ich ihr eigentlich nie einen Anlass zur Sorge gegeben hatte, auf diesem Gebiet nicht. Ich glaube, sie fürchtete, gehen zu müssen, weil sie den Ehebruch mit ihrem Stolz und ihrer, trotz ihrer rebellischen Ader, romantischen Auffassung von Liebe nicht hätte vereinbaren können. Sie fürchtete sich davor, eine Entscheidung fällen zu müssen, die sie entweder verbiegt oder bricht.

Der andere wunde Punkt war natürlich, dass meine Frau, auch wenn sie etwas völlig anderes behauptet hatte, durchaus merkte, dass Helens Interesse an ihr nicht nur rein freundschaftlicher Natur war, und obwohl sie mit Frauen als Sexualpartnern nichts am Hut hatte, fühlte sie sich ob Helens Schwärmerei durchaus geschmeichelt. Die bezaubernde Gülsüm, so schön, dass alle sich in sie verlieben müssen, sofern ihnen die Fähigkeit, sich zu verlieben, gegeben ist!

Sie begann plötzlich zu weinen. Laut zu weinen. Sie war wütend, schluchzte und ich weiß immer noch nicht, ob das die verletzte Eitelkeit war, die da mitweinte, weil Helens gierige Blicke, die gerne und wiederholt zwischen ihrem Hals und ihrer Taille landeten und sich da auszuruhen pflegten, von ihr anscheinend fehlgedeutet worden waren, oder war doch etwas anderes der eigentliche Verursacher ihrer Wut, etwas, was sie niemals zugeben würde, nicht mal sich selbst?

In Wahrheit konnte sie ihrer von der Muse geküssten Freundin nämlich nicht verzeihen, dass sie meine durch und durch unmusische Person, Jürgen Habich, den Praktiker, den Handwerker, den Mann der Tat, den bodenständigen, anständigen Familienvater aus Köln Longerich, ihr, Gülsüm Baştürk, der einmaligen

Schönheit und Dichterin, einer Gleichgesinnten, einem Schöngeist, vorgezogen hatte. Je länger ich darüber nachdachte, umso mehr gefiel mir diese Erklärung für Gülsüms hysterische Reaktion.

Ich hielt mich nicht lange mit der Beschreibung der Details von Helens Verführungsversuchen auf. Meine Frau kannte sie viel besser als ich und ich befürchtete, trotz meiner geistigen Wendigkeit und meines Phantasiereichtums den einen oder den anderen Fehler zu machen, der Gülsüm verraten würde, dass alles nur eine gut ausgedachte Geschichte war. Natürlich war die Geschichte einzig und allein dafür da, meine Frau aus den Fängen dieser überflüssigen Freundschaft zu befreien, aber wahr war sie trotzdem nicht. Auch wenn sie mir Jahre später dafür vielleicht gedankt hätte, dass ich sie von dieser unnahbaren, kaltschnäuzigen Krake mit zweifelhaften moralischen Grundsätzen befreit hatte – so lange konnte ich nicht warten.

Ich beschrieb nur meine Reaktion, meine vehemente, doch immer noch höfliche Ablehnung von Helens Avancen und äußerte meinen Wunsch, diese Frau in unserem Hause nicht mehr zu sehen.

Gülsüm wiederholte wie in Trance, sie könne es nicht glauben, sie könne es einfach nicht glauben. Ich parierte, ich hätte es ebenso nicht glauben können, ich hätte es auch nicht geglaubt, wenn ein anderer Mann mir Ähnliches von Helen erzählt hätte, denn immerhin sei ich fest davon überzeugt gewesen, Helen wäre lesbisch und heimlich in meine Frau verliebt.

Dieser Satz war mein letzter und entscheidender Schlag. Und er kam, wie alle entscheidenden Schläge, vom Gegner unerwartet. Sie schluckte und versuchte im folgenden Augenblick sogar über diese meine mit Absicht provokante Bemerkung zu lachen. Sie stammelte aber plötzlich und druckste schließlich herum, Helen würde sich für ihre Gesprächspartner immer sehr interessieren, diese lange und genau angucken, ja mustern, wodurch manchmal ein falscher Eindruck entstehe. Doch ihr Gesicht sprach Bände. Jedenfalls kann ich mich nicht erinnern, sie jemals derart am Boden zerstört gesehen zu haben.

Zu Helen habe ich gesagt, Gülsüm könne die Tatsache, ihre Freundin wäre lesbisch, mit ihrer in der letzten Zeit wachsenden Religiosität nicht vereinbaren, wäre jedoch zu schüchtern, dies jener selbst zu sagen; habe offenbar Angst, Helen zu verletzen und vor den Kopf zu stoßen. Ich erzählte ihr auch, natürlich im Vertrauen (Gülsüm durfte nichts davon erfahren, weil ich es Helen gar nicht hätte sagen dürfen!), Gülsüm würde sich verpflichtet fühlen, ihre Freundin auf den rechten Weg, vielmehr auf das rechte Ufer zurückzuholen – sie zu retten, quasi – , wüsste jedoch nicht, wie sie es am besten anstellen könnte. Noch nicht!

Man kann Menschen den größten Schwachsinn unter dem Deckmantel einer fremden Religion verkaufen. Sie kaufen es einem ab, sie reißen es dir buchstäblich aus der Hand und brauchen dabei nicht mal so beschränkt eingleisig und verbohrt zu sein wie diese aufgeblasene Pute Helen!

Gülsüm selbst hat mich auf die Idee gebracht, es auf diesem Wege zu versuchen, als sie sich während einer Talkshow über die Beiträge einiger Gäste so maßlos aufgeregt hat, dass sie auch noch eine halbe Stunde vor Mitternacht mit mir über das Thema diskutieren wollte. Es war schon spät und eigentlich wollte ich ins Bett, weil ich am nächsten Morgen früh aufstehen musste, aber sie erzählte immer weiter und ihr Gesicht wechselte dabei die Farbe von einem hellen Rosa in ein dunkles Rot, was ich irgendwie faszinierend fand. Deshalb blieb ich noch eine Weile im Wohnzimmer sitzen: „Ich kann zum Beispiel behaupten", rief sie fast und ihre Wangen färbten sich dunkler, „jemanden zu kennen, dessen Glauben ihm verbietet, seinen Schlafanzug zu waschen."

Sie machte eine kurze Pause und schaute mich irgendwie erwartungsvoll an. Ich wusste nicht, was genau sie von mir hören wollte, also hielt ich meinen Mund und ließ sie weiterreden.

„Es gibt schon Vollidioten auf dieser Welt!', denkst du, nicht wahr? Oder du denkst: ,Was für ein Schwachsinn, haben die kein Wasser oder einfach nur kein Hirn, die Pyjama-Leute?!' So was in der Art, denkst du, nicht wahr?" Sie lächelte mich ermutigend an und nickte siegessicher.

„Der richtige Gedanke wäre aber: ,Was erzählt die Frau für

dummes Zeug?"

Sie zögerte wieder kurz, überlegte, guckte mich prüfend an, um sich meiner ungeteilten Aufmerksamkeit zu vergewissern, dann fuhr sie fort:

„Wenn ich aber meine Behauptung wiederhole, mehrmals wiederhole, dabei überzeugend und sympathisch wirke, vielleicht sogar schön bin, wird auch dein zweiter Gedanke nicht sein: ‚Warum lügt diese Frau so schamlos? Welches Ziel verfolgt sie und was hat sie davon, Pyjamaträger zu verunglimpfen?', nein, du wirst vermutlich denken: ‚Wie dumm müssen die Menschen bloß sein, die sich an solche Gebote halten?' Vielleicht denkst du auch: ‚Arme Ehefrau, der Kerl muss ja gewaltig stinken!', oder: ‚Hoffentlich bleiben sie bloß unter sich, die Dreckspyjamas!' Vielleicht wirst du noch darüber nachdenken, wie glücklich du bist, ein normaler Mensch zu sein, von Normalen umgeben ..., nur dass ich schlicht und einfach das sichere Auftreten bei völliger Ahnungslosigkeit beherrsche, so sagt man das hier doch, nicht wahr, das wirst du nicht denken, auch nicht, dass ich etwas missverstanden haben könnte, und ebenfalls nicht, dass ich gelogen habe, weil ich zum Beispiel möchte, dass du Pyjamaträger komisch findest. Vielleicht will ich auch, dass du sie abstoßend findest, abstoßend und dumm! Für den Anfang reicht aber *komisch* schon mal." Ihr Gesicht wurde plötzlich sehr ernst.

„Man braucht immer Leute, die dümmer sind als man selbst –

das ist gut für das Selbstbewusstsein; Menschen, denen es dreckiger geht als einem selbst. Wenn sie dann auch noch alles richtig machen und die zugewiesenen Rollen spielen, lassen sie nämlich unsere Selbstzweifel verschwinden, oder kleiner werden. Nur darauf kommt es an! Man fühlt sich besser, irgendwie überlegen, ohne dafür etwas getan zu haben, ohne jegliche Anstrengung!

Wozu sonst sollte man sich im anderen spiegeln? Der Spiegel, der einen hässlich macht, wird zerschlagen. Zumindest ausgewechselt! Oder gemieden. Eine Zeitlang hatte H&M in den Umkleidekabinen Spiegel, in denen man die kleinste Cellulitisdelle sah. Jetzt gibt es sie zum Glück nicht mehr! Ich meine, dass ich am Po Cellulitis habe, das weiß ich doch selbst! Muss ich auch noch beim Einkaufen daran erinnert werden?"

Gülsüm war zornig und wenn sie so war, blubberte sie immer wie ein Wasserfall.

„Man krittelt an sich selbst herum, aber wirklich aufregen tut man sich über die anderen. So sieht es aus!" Ihr Blick wanderte nach innen und ich dachte, dies war der Zeitpunkt, aufzustehen und ins Bett zu gehen, aber dann sprach sie plötzlich weiter:

„Wir wollen am liebsten glauben, dass wir gut sind, gute Menschen mit guten Absichten, mit guten Lebensentwürfen. So wurden wir erzogen. Anderenfalls müsste man alles auf den Kopf stellen. Wer tut so etwas ohne große Not? Eltern, die zu ihrem Kind sagen: ‚Wir haben eine schlimme Religion, Kind, such du dir lieber eine andere!', wurden wahrscheinlich noch nicht geboren! Du kannst eine sexuelle Beziehung zu deinem Staubsauger aufbauen, die offene Gesellschaft würde amüsiert abwinken, aber für einen elterlichen Rat Marke ‚Such dir eine bessere Religion als unsere, mein Sohn!' kämest du womöglich in die Klapse! Oder in die Hölle." Sie lachte kurz auf.

Ich weiß noch, dass ich mich fragte, wie man um alles in der Welt innerhalb zwei Minuten von H&M-Spiegeln zum Konvertieren kommen konnte, aber ich war ziemlich müde und es war mir, zumindest in dem Augenblick auch egal.

Sie lachte über ihren eigenen Witz. Ich fand das merkwürdig, da sie dies normalerweise nicht tat. Lachen tat sie schon und Witze machen auch, doch über eigene Witze lachen, das tat sie nie.

Im Nachhinein meine ich, vielleicht hatte sie an diesem Punkt Recht gehabt, vielleicht …

Damals hatte ich ihr nicht widersprochen. Gülsüm brachte mich manchmal zum Nachdenken. Wenn es nicht um Mitternacht passierte, fand ich dies grundsätzlich begrüßenswert.

Jedenfalls dachte ich viel später, warum es nicht einmal versuchen, den Feind mit seinen eigenen Waffen zu schlagen, mit seinen eigenen Worten.

„Man glaubt gerne an das Gute im Menschen und das Schlechte in der Religion, in der fremden lieber als in der eigenen. Folglich braucht es nicht lange, um zum Schluss zu kommen, dass der andere (weil ähnliche Anlagen allen Menschen zur Verfügung stehen) nur auf Grund seiner dummen Religion spinnt. Derjenige darf sich dann immerhin entscheiden, ob er lieber anständig werden oder ein dummer Spinner bleiben will und der Entscheidungsprozess hat immer etwas mit der Aufgabe eigener Glaubensgrundsätze zu tun.

Wer anständig ist, bestimmt natürlich die anständige Mehrheit."

Ganz so verkehrt ist diese letzte Behauptung meiner Frau, wenn Sie mich heute fragen, nicht. Ich meine, irgendwie ist man bei der Taktik immer fein raus. Jedenfalls kann Ihnen keiner vorwerfen, etwas Persönliches gegen einen, den Sie beispielsweise gerade dabei sind, abzumurksen, im Schilde geführt zu haben. Sie bringen ja keinen vorsätzlich um, Sie tun nur etwas dafür, dass die anständigen Leute ruhig schlafen können! Wer soll es da wagen, Sie persönlich zur Rechenschaft ziehen?

So kann man sich eine Menge Diskussion ersparen. Es ist auch nicht unbedingt unsere Lieblingsbeschäftigung, von uns Männern, meine ich, das Diskutieren. Entweder entledigt man sich des Bösen oder das Böse erledigt einen. Punkt.

Verstehen Sie, was ich meine? Ich versuche es an einem konkreten Beispiel zu verdeutlichen: Sie haben einen Nachbarn, der Günther heißt. Günther ist so alt wie Sie und manchmal unterhalten Sie sich am Zaun, über das Wetter oder die Wespenplage. Manchmal quatscht Günter ein bisschen viel, viel überflüssiges Zeug, aber freundlich und hilfsbereit ist er und das zählt ja!

Im Grunde haben Sie gegen Günther also nichts. Nichts Konkretes. Gut, er hat ein größeres Haus als Sie. Das ist erlaubt, das darf er ja! Sein Garten ist schöner – auch gut; oder seine Frau – nicht so gut, aber Ihre kann dafür besser mit den Kindern umgehen. Doch auf alle Fälle ist Günther nett und anständig. Sie wissen außerdem, dass jeder sein Stück vom Kuchen kriegt, je nach Schicksal und Verdienst, und jedes Stück schmeckt eben anders. Sie akzeptieren Ihr Stück, verfeinern es vielleicht noch mit Schokoladensoße, soweit möglich, und das Leben geht weiter. Wenn Sie Günther wohlgesinnt sind, freuen Sie sich vielleicht sogar für ihn oder eifern ihm nach.

Nicht so in schlechten Zeiten, behauptet meine Frau, und was schlechte Zeiten sind, das bestimme natürlich Ihr persönliches Empfinden und müsse für den Außenstehenden, für den ahnungslosen Günther zum Beispiel, nicht nachvollziehbar sein. In schlechten Zeiten, meint Gülsüm, wollen Sie die Ungerechtigkeit nicht akzeptieren. Es ist vorbei! Ihr Stück Kuchen erscheint Ihnen nicht annähernd so lecker wie das von Günther und Sie finden das nicht fair! Obwohl Sie immer noch wissen, dass Ihre gegenwärtige Lage nicht durch Ihren Nachbarn verschuldet ist – Ihre Frau haben Sie sich schließlich selbst ausgesucht und das Grundstück und die Hauseinrichtung sind auch nicht vom Himmel gefallen –, beginnt Ihnen der dämliche Ahnungslose mit seinem vermeintlichen Glück auf die Nerven zu gehen. Persönlich sind Sie aber ein anständiger Mensch und wollen Ihr Selbstbild auch nicht so schnell begraben. Was macht man da?

Nun, Sie könnten einen neuen Kuchen backen, doch da kommen einem sofort die Zweifel: Lohnt es sich überhaupt? Sollte man nicht eher froh sein, überhaupt etwas Essbares abgegriffen zu haben? Man fühlt sich vielleicht nicht mehr ganz so im Safte, Experimente zu wagen, hat keine Geduld mehr, kein Stehvermögen und die finanzielle Situation könnte auch besser sein. Es muss außerdem schnell gehen diesmal, denn in der zweiten Lebenshälfte hat man keine Zeit, die Zeit zu verschwenden. Was liegt da näher, als nach dem Kuchenstück des Nachbarn zu greifen – machen doch Kinder im Kindergarten genauso und welcher böse Mensch könnte einem kleinen Kind bösen Willen unterstellen!? Sehen Sie?! Ist und bleibt der Mensch nicht für immer ein Kind, zumindest dort, wo er sich wohl fühlt? Schreit nicht alles danach, dass man sich sein inneres Kind bewahren soll?

„Natürlich weiß man, dass sich ein solches Benehmen nicht gehört, Gülsüm! (Vielleicht wehrt sich der Nachbar und muss gewaltsam zum Schweigen gebracht werden.) Es gibt so etwas wie Anstand!" Ich widersprach vor allem, weil ich dieses Gespräch abkürzen wollte. Es war, wie bereits erwähnt, schon spät und ich wollte ins Bett. Wenn Gülsüm ein Herzensanliegen hatte, war ihr aber jede Uhrzeit recht und meine Bedürfnisse relativ egal.

Sie zuckte mit den Schultern: „Dann bleibt alles, wie es ist! Jeder lebt sein Leben."

„Das heißt also, es bleibt mir nur noch der Neid?", schloss ich mit einem ironischen Grinsen. Ich wusste nicht genau, worauf sie mit der Geschichte hinauswollte, wusste nur, wo ich hin wollte, ins Bett nämlich!

Sie nickte, guckte mich plötzlich irgendwie weggetreten an und lächelte. Ihre Stirn hellte sich auf, so als sei ihr der Gedanke in diesem Augenblick zum ersten Mal gekommen: „Es sei denn, man erklärt etwas Größeres für gemeingefährlich, etwas, was bedeutender sein mag als der einzelne Mensch; die Nation, die Religion, so etwas. Dann geht es! Dann ist es kein Verbrechen aus niederen Beweggründen mehr. Eine Notwendigkeit ist es dann, eine überlebenswichtige Notwendigkeit! Oder vorausschauende Selbstverteidigung. So bleibst du der Held in deiner eigenen Inszenierung und manchmal wirst du nebenbei auch der Held für andere, natürlich vorausgesetzt, du hast es geschafft, diese anderen rechtzeitig zu überzeugen, dass Günters Was-auch-immer deren Lebenskonzepte bedroht."

„Und wenn einer die Polizei ruft? Leute werden Fragen stellen, sagen, dass Günter nett war!"

Einst mochte ich solche Spielchen mit ihr. Man konnte ihr buchstäblich ansehen, wie emsig sie nach einer schnellen, mich zufriedenstellenden Antwort suchte! Und wenn sie diese hatte, die Antwort, dann erhellte sich plötzlich ihr ganzes Gesicht und ein schnelles Lächeln huschte darüber.

„Ja, da kann man immer noch sagen: ‚Stimmt, er war nett, aber vor allem war er Franzose und er wollte damit nicht aufhören, obwohl er in unserem Land jede Möglichkeit dazu gehabt hätte!‘

Nicht mal vor schlechtem Gewissen brauchst du dich zu fürchten, weil sich eine ordentliche Selbstreflexion nur Verlierer erlauben können, und die fragt ja bekanntlich keiner!

Natürlich kann man sich jede beliebige Nation oder Religion nach Bedarf aussuchen. Wer das Drama schreibt, bestimmt die Bösen und die Guten.“

Verstehen Sie jetzt, was ich meine?

Wenn Sie es besonders gewandt anstellen, kriegen Sie am Ende vielleicht auch noch einen Orden für besondere Verdienste fürs Volk und Vaterland!

Also, wenn Sie mich fragen, ist es mit der Religion so wie mit den Kindern: Die fremden sind weder besser noch schlechter als die eigenen, doch über die eigenen herzuziehen, sie auszutauschen oder zu ignorieren verbieten einem das Pflichtgefühl, der Verwandtschaftsgrad und die Gewohnheit.

Gülsüm meint, ursprünglich wolle man die Religion ausrotten, weil der fremde Wahnsinn mehr störe als der eigene. Nicht mal, weil er anders sei, der Wahnsinn. Ganz im Gegenteil, der Wahnsinn sei, sagt sie, wie der Name schon sage, wahnsinnig, so wie der Tisch Tisch sei, der Wald Wald. Da gehe es gar nicht rum. Es gehe nur darum, dass es nicht der eigene Wahnsinn sei. Verstehen Sie?

Dumm nur, dass am fremden Wahnsinn eine Menge Menschen dranhängen, die sich an ihn auch noch gewöhnt haben.

Man kann nicht die Ideen vernichten und den Menschen verschonen, wo die Ersteren bekanntlich nur menschliche Überträger haben. Jedenfalls habe ich noch nichts von einem Hund mit einer bahnbrechenden Idee gehört.

Gülsüm sagt, wenn uns der Mensch nicht besonders wichtig sei, dann würden wir ihn bei der ersten größeren Verfehlung einfach abhaken (weil unser Leben auch ohne dieses überflüssige Problem anstrengend genug sei), und die falsche Religion komme uns dabei entgegen, frei nach dem Motto: Glaube falsch – Mensch falsch! Man kann nix machen!

In extremen Zeiten, meint sie, schenke man sich gar die Verfehlung, da reiche schon die Hautfarbe, das Glaubensbekenntnis oder irgendein gleichwertiger Ersatz und die Annahme, dass man ungestraft davonkomme; weil man bewaffnet sei oder mächtige Beschützer habe – Gott wäre zum Beispiel so ein mächtiger Beschützer, es könne aber durchaus auch jemand von dieser Welt sein.

Nun, so ungefähr lautete Gülsüms Theorie. Sie hat oft über so etwas nachgedacht. Zu oft, wenn Sie mich fragen! Früher machte ich mir nichts daraus.

Zuerst dachte ich, es komme davon, weil sie ihren verschollenen Vater in Bosnien wähnte und nicht wusste, ob er den Krieg überlebt hatte. Später, als ihre mögliche Verbindung zur Terrorszene auf die Tagesordnung kam, war ich mir des Ursprungs und der Gründe dieser thematischen Faszination nicht mehr so sicher.

Nichtsdestotrotz kam mir dieses „Abhaken" aus religiösen Gründen bei meinem Versuch, sie vor Helen zu schützen, sehr gelegen.

Genau das war es übrigens, was Helen mit Gülsüm gemacht hat. Sie hat sie zusammen mit ihren religiösen Grundsätzen (von mir ausgedachten Grundsätzen, aber das ist ja nebensächlich) abgehakt!

Eigentlich wundere ich mich immer noch, wie schnell diese Frau, diese vermeintliche Freundin, diese Intellektuelle (!) bereit war, Gülsüm fallenzulassen. Nicht dass ich etwas dagegen gehabt hätte – unsympathisch war Helen mir von Anfang an –, aber trotzdem! Es war irgendwie schlimm und faszinierend zugleich.

Natürlich schluckte Helen meine Erklärung. Sie stellte nicht mal Fragen! Fast war ich ein wenig enttäuscht. Ich hatte mich auf eine längere Diskussion eingestellt, auf einen regelrechten

Schlagabtausch vorbereitet. Dabei reichte es, nur Gülsüms Religion ins Spiel zu bringen, und die ewige Skeptikerin, so hatte Gülsüm sie genannt, nachdem ich mich eines Abends über Helens Lust zu widersprechen ereifert hatte, die „ewige Skeptikerin", sagte sie, äußerte keine Zweifel! Sie bemerkte nur, Gülsüm würde es selbst am besten wissen, welche Prioritäten sie setzte, gab mir kurz die Hand, zog ihren ausgeleierten, einst wahrscheinlich schwarz gewesenen Regenmantel an und verließ für immer unser Haus.

An den darauffolgenden Tagen war Gülsüm niedergeschlagen – wieder mal –, doch allmählich schien sie sich mit dem Gedanken abzufinden, dass es in Deutschland keine Freundin für sie gab, keine wirklich seelenverwandte und ebenbürtige, und dass sie zumindest die wenigen übriggebliebenen Beziehungen zu den älteren Damen aus meinem Verwandten- und Bekanntenkreis, dass sie diese nicht leichtfertig aufs Spiel setzen durfte.

Sowohl Frau Ungeheuer als auch meine ältere Schwester, schließlich auch unsere Nachbarin Zeynep, alle drei waren erfahrene, ältere Damen, die für Gülsüm mütterliche Gefühle hegten und deshalb auch in der Lage waren, ihr ihre Schwächen aufzuzeigen und zu erklären, wie sie diese wieder in den Griff bekommt.

Trotz ihrer mittlerweile 41 Jahre wirkte Gülsüm in der Gesellschaft dieser erfahrenen Frauen wie ein unsicheres, jedoch lernwilliges Kind. Sie hörte zu, dankbar, jemanden gefunden zu haben, der die Geduld, ja die Güte besaß, sich mit ihr und ihren Macken abzugeben.

Viel gesprochen hat sie bei solchen Treffen nicht. Das weiß ich von Frau Ungeheuer. Ich bestand anfangs darauf, selbst dabei zu sein, doch Frau Ungeheuer hielt es für keine gute Idee. Frau Ungeheuer war eine rechtschaffene und in allem, was sie tat, angemessene alte Dame und ich vertraute ihr.

Meistens erzählte Gülsüm über Sinan, beschrieb detailreich seine Reaktionen auf die Umwelt, und die anwesenden Frauen lachten vergnügt und zufrieden, weil sie es zu merken wähnten, dass dieses lebensunfähige Wesen, Gülsüm, allmählich zu einer richtigen Frau wurde, zu einer liebevollen und tüchtigen Mutter.

Wie sehr hat sie uns alle getäuscht!

Wie sehr haben wir uns alle an der Nase herumführen lassen!

Ihr Schweigen haben wir als Interesse, ja Einverständnis gedeutet, dabei war sie in ihrer Entscheidungsfindung bereits so weit angekommen, dass sie keine Umkehr mehr sah, also auch keinen Sinn zu widersprechen, wobei auch immer.

Wir dachten, die Frau sei endlich eine richtige Mutter geworden, dabei war Sinan das einzige Thema, das unverfänglich genug war und über das sie sprechen konnte, ohne sich zu verraten. Auch am Rande des Wahnsinns wusste die Verrückte immer noch, wie sie andere manipulieren konnte, mich mit eingeschlossen – denn seien wir mal ehrlich, ich habe mich mit der

Zeit so sehr an ihre Eskapaden gewöhnt, sie sind mir so vertraut geworden, dass ich keinen einzigen Gedanken an einen erneuten Ausbruch ihrer seelischen Krankheit verloren habe. So sehr hatte ich mich mit diesem alltäglichen Wahnsinn abgefunden, dass ich nicht mal merkte, dass meine Frau dessen höchste Stufe erreichte.

Entsetzlich die Tatsache, zugelassen zu haben, dass diese Frau in ihrem seelischen Zustand sich eines unschuldigen Kindes bemächtigt! Meines Kindes!

Entsetzlich ebenfalls, viel zu lang geduldet zu haben, dass sie ihren gefährlichen erzieherischen Einfluss auf mein Kind ausübt!

Schier unglaublich und gruselig die Vorstellung, dass sie in diesem Augenblick irgendwo ganz allein mit meinem Kind ist und dass sie über dessen Leben und Tod entscheidet!

Zu meiner Entschuldigung muss ich sagen, dass ich Sinans Entwicklung, sein Verhalten, schließlich seine Äußerungen mit Argusaugen beobachtet habe und bei Gefahr im Verzug schnellstens eingegriffen hätte.

Abgesehen davon hatten wir zwei feste Wochenendrituale, bei welchen wir Männer etwas unternahmen und bei welchen ich ebenfalls die Gelegenheit hatte, seine Persönlichkeit zu formen oder geradezubiegen, immer dann, wenn mir die eine oder andere, meist durch Gülsüms Fehlverhalten verursachte Verkrümmung, auffiel. Das war nicht immer einfach, doch die Regelmäßigkeit unseres Austausches sowie Sinans Anhänglichkeit – mein Sohn hat mich vergöttert – waren meine besten und zuverlässigsten Verbündeten. Gülsüm hatte praktisch keine Chance, ihm Verhaltensweisen beizubringen, mit denen ich nicht einverstanden war. Sobald der Junge nur gehört hatte, sein Papa würde sein Handeln missbilligen, hatte er mitten in der Bewegung aufgehört.

Sinan ist nämlich ein lieber und intelligenter Junge, der sich gut entwickelt und alles dafür tut, seinem Papa zu gefallen, jedoch ist er viel zu klein, um sich seiner Mutter zu widersetzen und von allein zu mir zurückzukommen.

Mittlerweile habe ich jedenfalls den Eindruck, der Einzige zu sein, dem wirklich an Sinans Wohlergehen liegt. Die staatlichen Institutionen scheren sich offensichtlich keinen Pfifferling darum!

Es ist unerhört, wie das Jugendamt stillschweigend akzeptiert, dass eine psychisch kranke Person ein Kind kidnappen und als Belohnung für diese Grausamkeit auch noch behalten darf!

Es ist unerhört, dass es den genauen Aufenthaltsort des Kindes kennt, diesen jedoch dem sich sorgenden Vater nicht bekannt gibt, mit der Begründung, die arme, angeblich seelisch misshandelte Mutter könnte bedroht werden oder auf irgendeine andere Art und Weise unter Druck geraten, denn, so die zuständige Dame: „Wenn die Kindesmutter sich in Ihrer Gegenwart sicher und wohl gefühlt hätte, hätte sie Sie über ihre aktuelle Adresse selbst informiert."

„Wenn sie sich bei mir sicher und wohl gefühlt hätte, wäre sie nicht von mir gegangen!", habe ich geantwortet, „doch das Problem liegt hier nicht in der Bedrohung durch meine Person, Gnädigste, die Bedrohung liegt darin, dass Frau Baştürk sich nirgendwo gut und sicher fühlt, weil Frau Baştürk sich nirgendwo gut und sicher fühlen kann! Gülsüm Baştürk ist nämlich eine psychisch kranke Frau, ein zutiefst gestörter, seelisch kranker Mensch, der sich nicht mal in der einen Haut, die ihm zur Verfügung steht, gut und sicher fühlen kann, weil ihm das sein krankes Gehirn verbietet, und an diesem Gefühl kann meine Anwesenheit kaum etwas ändern – abgesehen vielleicht davon, dass im Falle, dass Gülsüm sich was antun wollte, einer da wäre, zu dem Sinan Vertrauen hätte und der ihn in Sicherheit bringen könnte, bevor er mit dem Anblick der toten Mutter konfrontiert wird."

Es ist ebenfalls unerhört, dass sich das Nichthandeln der Institution, die sich das Kindeswohl auf die Fahne geschrieben hat, auf den mangelhaften Bericht einer ihrer Mitarbeiterinnen bezieht und beschränkt, die Gülsüm und mich in unserer Interaktion mit dem Kind nur zwei Mal beobachten durfte und anhand dieser lächerlichen, durch und durch lückenhaften Beobachtungssituation befähigt sein will, sich ein Urteil darüber zu erlauben, wer von uns beiden das Kind besser erziehen kann. Diese offensichtlich minderbemittelte wie männerhassende Vertreterin des Jugendamtes, die nicht einmal in der Lage ist, anderen Leuten einen Besuch abzustatten, ohne deren Wohnung zu verunstalten, dürfte wohl die letzte Person sein, die sich anmaßen sollte zu urteilen, was der Erziehung eines Kindes guttut und was nicht. Natürlich habe ich gewisse Erkundungen über die besagte „Sachverständige" schon vorgenommen und jetzt werden Sie bestimmt nicht schlecht staunen, wenn Sie hören, dass die Frau, die über die Zukunft unserer Kinder und deren Familien entscheidet, über Leben und Tod letztendlich, dass dieselbe Frau überhaupt keine Kinder hat!

Dies zeigt immerhin, dass der Heiland doch noch alle Fäden in der Hand hat, werden Sie jetzt ironisch bemerken (wie gut ich Sie kenne, nicht wahr?!), denn dieser Frau Kinder zu schenken würde das Gleiche bedeuten wie sie in die Welt zu setzen und sie dann in der Sonne beim Anblick einer Wasserquelle hinter einer Plexiglasscheibe verdursten zu lassen. Doch diese an sich richtige Überlegung vermag mich im Augenblick über die fehlende Kompetenz der betreffenden Person nicht hinwegzutrösten. Ich bin nämlich durchaus in der Lage, die Beweggründe für ihr falsches Handeln zu erkennen und zu verstehen. Deshalb, weil sie selbst nicht im Stande war, eine eigene Familie zu gründen, deshalb, weil sie keinen Mann finden konnte, der sich überzeugen ließ, dass gerade sie die richtige Mutter für seine Kinder wäre (sie lebt mit einem Mann zusammen, aber in einer unehelichen Beziehung (!), wie ich bereits in Erfahrung bringen konnte), befindet die oben Genannte sich auf Rachefeldzug gegen alle liebevollen Väter dieser Stadt, die bereit sind, für ihre Frau und ihr Kind zu kämpfen.

Es ist eine Schande, dass die Zukunft unseres Landes auf diese Art und Weise dem Gutdünken solch zwielichtiger Gestalten überlassen wird, während andere Nationen in Deutschland die Geburtenrate in die Höhe treiben müssen.

Es ist eine Schande, dass das Wohl unserer Kinder vom Gutdünken kinderloser Menschen abhängig ist!

Ich jedenfalls denke nicht daran, solchen Menschen die Entscheidung über die Zukunft meines Kindes zu überlassen.

Diese an sich logische Schlussfolgerung habe ich den Verantwortlichen beim Jugendamt bereits mitgeteilt. „Ich habe meine Zeit nicht gestohlen, um sie mit unfähigen Leuten zu verplempern!", habe ich gesagt, und dass das Jugendamt sich schon bemühen müsse, erfahrene und gut ausgebildete Leute anzustellen, wenn es ernst genommen werden wolle.

Und die müssten es sehr bald machen, ansonsten würde ich dazu neigen, ihre Arbeit auch nicht mehr ernst zu nehmen, wenn sie es selbst nicht täten.

Von Ihnen, mein lieber Anwalt, erwarte ich ebenfalls, dass Sie sofort handeln. Überzeugen Sie die Verrückte, dass sie alleine und ohne mich keine Überlebenschance hat und dass ihr kein Gericht dieser Welt – von einem türkischen vielleicht abgesehen –, dass ihr also kein Gericht dieser Welt die Erziehung eines deutschen Kindes überlassen wird und dass der Verdacht, mag die Sache mit der Verbindung zur Terrorszene für sie noch glimpflich positiv ausgegangen sein, dass der Verdacht nichtsdestotrotz immer noch in ihrer Akte ruht, nicht vergessen ist und nicht vergessen sein wird! Sie müssen sie daran erinnern und Sie müssen zu ihr durchdringen (Ich würde das gerne übernehmen, aber man lässt mich ja nicht!). Sie müssen ihr also ins Gedächtnis rufen, dass sie selbst nur deshalb die Freiheit genießen kann, weil der BND einfältig genug war, mit offenen Karten zu spielen, wodurch er Gülsüm und ihren Mitstreitern ausreichend Zeit gegeben hat, belastendes Material zu verstecken und quasi mit Lichtgeschwindigkeit einen Verlag zu gründen. Heutzutage kann wohl jeder Vollidiot einen Verlag gründen – aber die Frage ist, was für Inhalte in diesem Verlag und an welches Publikum sie kolportiert werden?! Ich bin mir nämlich gar nicht so sicher, dass die Kölner da so genau nachgeforscht haben. Der Kölsche an sich ist leider einfältig. Er betrügt seine Frau nur an Karneval und dann in fester Überzeugung, dass die Sache, falls sie irgendwann herauskommen sollte, wegen Kostümierung jemand anderem in die Schuhe geschoben werden kann.

Sagen Sie ihr außerdem, dass wir bereit wären, in Berufung zu gehen und weitere Verdachtsmomente ins Spiel zu bringen. Ich habe im Augenblick nichts Konkretes im Visier, aber eins kann ich Ihnen schon mal versprechen, dieses Mal lasse ich mir etwas Schwerwiegenderes als ein paar Gedichte einfallen. Dann helfen ihr kein Rehblick und keine langen Beine mehr, denn machen wir uns nichts vor, ich weiß es und Sie wissen es auch, dass Gülsüm nur ihrer Attraktivität zu verdanken hat, dass sie so schnell in die Freiheit entlassen wurde. Hätte sie das Pech gehabt, statt zwei von einer Midlifecrisis geschüttelten Ostheimer Polizisten eine junge aufstrebende Staatsbeamtin erwischt zu haben, wäre die Sache sicherlich anders verlaufen, zumindest wäre meine Frau nicht so schnell wieder zu Hause aufgetaucht!

Ich gehe davon aus, dass Sie baldmöglichst einen Kontakt zu Frau Baştürk aufnehmen und ihr meine Forderungen mitteilen. Sollte Ihnen das – wider Erwarten – nicht gelingen und sollte das Jugendamt sich weiterhin dagegen sperren, den Aufenthaltsort meiner Frau und meines Sohnes herauszurücken, so sehe ich mich dazu gezwungen, mein Kind auf meine Art vor diesem Monster in Engelsgestalt zu schützen.

11. 11. 2007

Sehr geehrter Herr Dankbar,

hiermit möchte ich Sie informieren, dass Sinans Mutter und meine Ehefrau, Gülsüm Baştürk Habich, heute Morgen verstorben ist. Ihrem Krankheitsbild entsprechend, hat sie sich entschieden, ihrem Leben selbst ein Ende zu setzen, indem sie eine Überdosis Schlafmittel genommen hat. Mir war das große Glück beschieden, ihre letzten Stunden mit ihr zusammen zu verbringen und, bevor es endgültig so weit war, Sinan nach Hause, in die väterliche Obhut zu nehmen. Dem Wunsch meiner Frau entsprechend habe ich keine Wiederbelebungsversuche gestartet.

Hochachtungsvoll,

Jürgen Habich

Sehr geehrter Herr Dankbar,

herzlichen Dank für den kurzfristigen Perspektivenwechsel! Wie es aussieht, haben Sie und Ihre Nachricht mir und, wer weiß, vielleicht auch Sinan das Leben gerettet. Er bleibt erst mal so lange bei meiner Mutter und mir, bis die Sache mit Jürgens Mordversuch geklärt ist.

Offenbar will er sich selbst verteidigen.

Ich hätte nie gedacht, diese Worte dem Scheidungsanwalt meines Mannes zu schreiben, doch ich stehe für immer in Ihrer Schuld!

In Dankbarkeit,

Gülsüm Baştürk

PS: Es waren Placebos.

Besonderer Dank an Doro für das Lesen und Zuhören, gemeinsames Nachdenken und kluge Anmerkungen, an Grützi für das Lesen und Mutmachen, an Moni und Markus für hilfreiche Impulse und an meinen Mann für alles, was ich ohne ihn nicht gemacht hätte.